西安翻译学院校级学术出版资助项目23XYZ07

The Good Earth

沃土

（美）赛珍珠·布　克——著

袁小陆　林瑞娟——译

梁根顺——译审

中国文联出版社

图书在版编目（CIP）数据

沃土／（美）赛珍珠著；袁小陆，林瑞娟译.
北京：中国文联出版社，2024.10. -- ISBN 978 - 7
- 5190 - 5671 - 1

Ⅰ. I712.45

中国国家版本馆 CIP 数据核字第 2024RA9829 号

著　　者	（美）赛珍珠	
译　　者	袁小陆　林瑞娟	
责任编辑	王　斐	
责任校对	乔宇佳	
装帧设计	中联华文	

出版发行　中国文联出版社
地　　址　北京市朝阳区农展馆南里 10 号　　　邮编　100125
电　　话　010 - 85923025（发行部）　　　85923091（总编室）
经　　销　全国新华书店等
印　　刷　三河市华东印刷有限公司

开　　本　710 毫米×1000 毫米　　　1/16
印　　张　17.5
字　　数　278 千字
版　　次　2025 年 1 月第 1 版第 1 次印刷
定　　价　78.00 元

创作背景

　　长篇小说《沃土》是诺贝尔文学奖获得者、美国作家赛珍珠（1892—1973）的一部重要作品。1937 年，基于赛珍珠的同名小说改编的电影《沃土》在全球上映时也取得了轰动性的成功。

　　赛珍珠是最早以中国农村为背景进行小说创作的一位美国作家。她的母亲长期在中国传教。婴儿时，赛珍珠就被父母带到中国，在这里她度过了珍贵的童年时代，直到 1934 年才返回美国，她前后在中国生活了 40 多年。她既传教又读书，广泛地接触过社会各个阶层。她几乎像同时代的中国人一样，经历了中国现代史上的一系列风云变幻。到 20 世纪 30 年代，中国仍然为内忧外患所威胁。军阀混战、日军进犯、经济衰败、政治腐朽，中国人生活在水深火热之中。赛珍珠目睹了这一切，便不能不在她的作品中有所反映。但是，赛珍珠的笔一直处在理智与情感、现实与理想的矛盾之中，并使她对土地、对农民的偏爱化为一种理想化的浪漫情调贯穿于作品始终。当她能够冷静地观察中国现实时，她是那样真实地描绘了风云变幻、动荡不安、多灾多难、生灵涂炭的中国，她写到了下层民众的贫困，述说了自然灾害、土匪、军阀、税赋给人民带来的苦难，甚至还无情地描绘了她钟爱的农民身上的各种弱点：封闭、愚昧、自私，以及百依百顺的奴性，还有人与人之间的相互算计、残杀、坑害。但是，只要涉及农民与土地这一主题之时，她那种博爱式的同情、浪漫式的理想主义便为严酷的现实抹上了一层绚丽的光彩，甚至会以宽容、理解的笔调描绘农民身上的弱点，把愚昧、奴性和封闭作为一种美德加以赞扬，把原始的农业文明视为人性完美的标志。她像法国的卢梭以及那些浪漫主义时代的文人，也像中国的老庄、陶渊明等人，把原始的刀耕火种和封闭、落后的农村升华到田园诗般的境界。她曾明确地表示过，"农村生活才是中国真实而原有的生活。这种生活欣幸地尚未沾染上驳杂的摩登习气而能保持其纯洁健全的天真"。她把这种生活视为中国的基础。赛珍珠本人虽然出生在美国，但是她曾根据自己在中国的经历，写就数部描写中国底层农民的小说，并为此而荣获诺贝尔文学奖。赛珍珠的小说在 30 年代的美国广为流传，是当时美国人了解中国现状的重要信息来源，其中尤以《沃土》最受欢迎。该小说曾在美国先后发行 200 万册，连续几年都位于世界畅销书第一名。《沃土》无疑是赛珍珠三部曲作品（《沃土》《儿子》《分家》）中最成功的一部。

故事情节

　　《沃土》是一部描写 20 世纪 20—30 年代中国北方农民生活的鸿篇巨制，它的问世，使赛珍珠享誉世界文坛。出版于 1931 年的《沃土》（*The Good Earth*）"因其对中国农民生活丰富而真实的史诗般描写"而先后获得美国普利策（Pulitzer）小说奖、豪厄尔斯（Howells Medal）最佳小说奖和诺贝尔文学奖（The Nobel Prize in Literature）。

　　一个名叫王龙的贫苦农民从地主黄家娶回一个丫头（阿兰）做老婆，俩人辛勤积攒，渐有积蓄。夫妻二人一心想拿这笔钱买田置地。黄家后代，纨绔子弟，挥金如土，糟践钱财，把田地一分一亩地卖出去，而王龙却一分一亩地买进来。

　　翌年，不料庄稼歉收，饥馑荒年，饿殍遍野，生灵涂炭，灾民为了活命，抢劫了王龙的家。后来，他只得逃荒至南方城市，靠拉洋车和乞讨养家糊口。此时的王龙一心祈盼着老天的眷顾，希望来年风调雨顺，庄稼苗壮成长，这样就可以再回老家，重操旧业，置地种田，以求东山再起，农民意识极强，小农经济思想非常严重，什么革命，国家大事，统统都与他无关。在一次贫民暴动中，王龙捞到了一笔横财。于是，他回到老家，买了牛，置了地，学着地主的样子先娶了个姨太太，后来住进镇上的大宅院，继而又娶了一个 18 岁的丫头（梨花）当小妾。到了垂暮之年，他年老体弱，病卧榻床，临终之前，依然眷恋着他的田地，并叮嘱儿子："地不能卖，卖了地，你们就完蛋了。"

　　故事感人，质木无文，情节跌宕，意义隽永，值得一读。

人物关系表

王龙：主人公，忠厚老实，勤勤恳恳，农民意识严重，守地如命。

阿兰：黄家大户的灶房丫鬟，王龙妻子；任劳任怨，勤劳质朴，内秀于心，外毓于行，识大体的贤妻良母。

老秦：王龙朋友及管家，忠心耿耿，胆小怕事。

大儿子：花花公子，贪慕虚荣，挥霍无度。

二儿子：持筹握算，善于理财。

三儿子：投笔从戎，志在四方。

大女儿：身患残疾，智力障碍。

小女儿：王龙的龙凤胎之一，早早出嫁，过着衣食无忧的生活。

荷花：王龙二姨太，风尘女子，来自茶楼风月场。

杜鹃：黄家老爷的暖床丫头，后流落至风月场所，情场老手。她和荷花互称姐妹，后来成为其贴身丫鬟。

梨花：丫鬟，清纯，涉世不深。

堂叔：老奸巨猾，深藏不露，土匪二当家。

堂婶：好吃懒做，尖酸刻薄。

堂弟：纨绔子弟，兵痞二流子。

目录

沃
土

第一章　大喜之日

今天是王龙结婚的大喜日子。清晨，他躺在床上黑咕隆咚的帷帐里，睁开惺忪的眼睛，想不出今天的清晨和往日的有什么不同。屋子里静悄悄的，只有他那年迈的父亲微弱的咳嗽声回响在空荡荡的屋子里。父亲的房间就在堂屋的另一边，正对着他的房门。每天早晨，他睁开眼睛先听到的便是父亲的咳嗽声。王龙时常赖在床上，静静地听着父亲的咳嗽声，但是，听到父亲渐近的咳嗽声或父亲房门户枢的"吱吱"声，他便会起床。

但今天早晨他不再睡懒觉了。他一跃而起，把床上的帐子掀到一边。这是一个昏暗、天色微红的黎明，透过窗户上一个小小的方孔，便能瞥见窗外朦胧的晨曦。微风吹动着一个窗格上破碎的窗户纸，他走到窗户跟前，把那张糊在窗孔破碎的窗纸撕了下来。

"春天来了，这破玩意儿也没啥用了。"他喃喃道。

王龙很希望房子显得整洁干净一些，但在这个特殊的日子里，又不想大声说出自己的心愿，他实在是羞于启齿。那个窗孔不大，他硬是把手伸了出去，感觉一下室外的空气。一阵微风从东边徐徐吹来，风绵细而轻柔，带着微微的潮湿。这倒是个好兆头。有了雨水，干渴的庄稼就会结出果实。今天看来是不会下雨了，但是，柔风是个征兆，如果这样继续吹下去，几天之内便会下雨。要是能下雨，那就太好了。昨天他还对父亲说，如果烈日暴晒、久晴不雨，小麦就不会抽穗灌浆了。老天爷似乎选好了良辰吉日，今天特别向他道喜祝贺。看来庄稼就要开花并结出果实了。

他匆匆走出屋子，进了堂屋，边走边系着裤子，把一条蓝色的布腰带紧紧地缠在肥硕的腰间。他光着上身，要准备烧水洗澡了。

他走进盖在堂屋一侧的厨房，厨房很昏暗，一头牛晃动着脑袋，从门旁边的角落里向他发出低沉的"哞哞"声。厨房和堂屋一样，都是用土坯

1

建成的，土坯是用从他们自己田里挖来的土做成的，然后用自家的麦秸苫在房顶上。这个锅灶还是祖父年轻时用自己田里的泥土砌成的，由于多年做饭一直使用，现在已经烧烤得硬邦邦、黑黢黢。在这个土灶的上面，放着一口又深又圆的大铁锅。

王龙用瓢从旁边的瓦罐里往锅里添了半锅水。他舀水时非常小心，总怕把水洒在外面，因为水是珍贵的。他踌躇片刻，然后，突然把瓦罐提起，一下子把水全都倾倒到锅里。今天他要把自己的身子从上到下洗个干净。打从在母亲怀里吃奶到今天，还没有哪个女人看过他的身子。今天就有人要看见了，他要把自己洗得一尘不染，洁净舒坦。

他绕过锅台走到后面，从厨房的一隅捡了一把堆放在那里的干麦秸和树叶，小心地放到灶膛里，生怕一片树叶掉出来。然后，他用一把旧火镰和一颗火石打着火种，点燃干草，火苗立刻蹿了上来。

这可能是他生火做饭的最后一个早晨了。自从六年前母亲过世后，他每天早晨都要生火、烧水、做饭，然后，把开水倒进碗里，端到父亲的房间，这似乎就是他每天必须完成的事情。父亲坐在床边，边咳嗽，边在地上用脚摸索着趿拉鞋子。六年来，每天早晨，老人都等着儿子把开水端到面前让他喝，以此来减轻他的晨咳。要不了多久，父亲和儿子都可以歇息下来，因为家里就要有女人了。王龙再也不用一年四季都要一大早起来生火、烧水、做饭了。他可以躺在床上，静等着有人把开水送到他面前，而且，如果收成好，开水里还会漂浮几片茶叶。以前他也过了几年这样的好光景。

王龙遐想着，如果女人累了，还有她的孩子们来生火、烧水、做饭，她会为王龙生下很多孩子。王龙的万千思绪戛然而止，痴呆地想象着孩子们在三间屋子里跑出跑进。自从母亲去世后，三间屋子对他们来说总显得有点多余，大半个屋子都显得空荡荡的，但是他们总是从心里提防着众多的亲戚，比如他的叔父，孩子成群，嬉戏打闹，家里人满为患。

可是叔叔一家人却对王龙父子说："你们呀，两个单身汉，哪能需要这么多屋子？你们父子俩就不能睡在一张床上？年轻人身上的火气会暖热老人身子骨的，使他的咳嗽也能好转些。"

但他父亲总是回答说："我的床铺是留给孙子的！我老了，孙子会暖热我这把老骨头的。"

孙子很快就会有的，而且还会有重孙、玄孙的！那时，床都要靠墙摆放着，厅堂都要放着床，恐怕整个房子里都得放着床。王龙想象着，儿孙绕膝，人丁兴旺，半空的屋子里放满了床。这时，炉膛的火灭了，大铁锅里的水也凉了。老人的身影出现在门口，身上披着未系扣子的衣服。他一边咳嗽一边吐痰，还大口喘着气。

"咋啦，还不快把开水拿来让我暖暖身子？"

王龙一愣，从恍惚中清醒过来，难以为情。

"柴草湿了，"他在灶台后面嗫嚅道，"风中的潮气太重……"

老人不断地咳嗽，一直等到水开了才停下来。王龙给碗里舀了些许水。过了一会儿，他打开放在灶台边上一个上了釉的小罐子，从里面拿出十几片卷曲的干叶子，撒在开水上面。老人贪婪地睁大眼睛，但立刻抱怨起来。

"你咋这样浪费呢？茶叶就是能吃的银圆啊。"

"今天不一般，爹。"王龙爽朗地笑了笑，"你就喝吧，犒劳犒劳自己。"

老人用他那枯萎干瘦的手接住碗，咕咕哝哝地小声抱怨着。他看着卷曲的茶叶在水面上舒展，真舍不得喝下这贵重的东西。

"快喝，水要凉了。"王龙敦促道。

"好，好，"老人慌忙说，然后大口地喝起热茶来。他简直就像一个贪吃的小孩子，抓住好吃的东西就不放，直到吃得满鼻子满眼的。但他并没有得意忘形，也不是什么都不理不顾。看见王龙一瓢又一瓢地把水从锅里舀到一个深深的木澡盆里。他抬起头，严厉地盯着儿子看。

"这么多水要是浇地，足够让庄稼结出果实的。"他突然说。

王龙继续舀水，直到把最后一滴水舀完，他都没有做出任何回应。

"哎，说你呢！"父亲大声训斥道。

"过了年我还没有擦洗过一次身子。"王龙低声说。

王龙不好意思对父亲说，他想让女人看到他干净的身子。他端着澡盆，急匆匆走进自己的屋里。木门挂在变了形的门框上，门也关不严实。老人跟跟跄跄跟着走进堂屋，把嘴对着门缝大声地喊叫：

"要是有了女人，让她这样过日子，这可不是什么好事儿，早晨泡茶喝，洗澡浪费水！"

"就这一次，爹！"王龙大声说，接着他又补了一句，"洗完后我会把水倒到地里，一滴水都不会浪费的。"

老人听了这话后，便也默不作声了。于是，王龙解开腰带，脱掉衣服。一缕阳光透过墙上方形的窗户洒了进来，王龙把一小块儿毛巾从冒着热气的水里拿出来，拧了拧，使劲擦着他那修长、黝黑的身子。尽管他觉得屋内的空气是暖和的，但身子沾了水，还是会感觉到空气是冷飕飕的，因此他加快了擦洗速度，不停地用毛巾往身上撩着热水，直到他浑身都冒起腾腾热气。然后，他走近母亲曾经用过的木箱子，从里面取出一套崭新的蓝布衣服。这天不穿棉衣也许有点冷，但他突然觉得不能把这破棉衣穿到他那刚刚洗干净的身子上。棉衣面子又破又脏，棉絮从破洞里都露了出来，又黑又潮。他不能让自己的女人第一次就看见他穿着裸露棉絮的衣服。以后过日子，她肯定要洗洗补补的，但第一天不能这样寒酸。他在蓝布衣服外面，罩上一件用同样布料做的长袍——他唯一的一件长袍，这件长袍只在过年时才穿，一年也就穿十来天吧。随后，他麻利地用手指解开垂在背后的辫子，从摇晃不稳的破桌抽屉里拿出一把木梳，开始梳理他的头发。

父亲又走近他的房间，把嘴对着门缝："难道今天我不吃饭了吗？"他抱怨说，"到我这个年纪，身子骨在早晨都是虚弱的，不吃点东西怎么行啊。"

"好，爹，我这就去做饭。"王龙说着，迅速把辫子编得整整齐齐，而且还在发辫中间编进一条带穗的丝绳。

随后他脱掉长袍，把辫子盘在头上，端着盛水的澡盆走了出去。他差不多把他爹的早饭给忘得一干二净了。他通常会在开水里撒点玉米面，然后做成玉米粥给父亲吃，而他自己从来不吃。他趔趄着把澡盆端到门口，把水倒进离家最近的一块地里。这时他才想起，为了洗澡，他已经把锅里的水用光了，他还得重新生火做饭。于是，他心里腾升起一股对父亲的无名怨气。

"这死老头子就知道吃呀喝呀的。"他对着炉灶口低声说道，就是大声说，他又能说些什么呢！这是他必须为老人支锅造饭的最后一个早晨了。他从门旁边的一口井里打了一桶水，往锅里添了一些。不一会儿，水就烧开了，他在滚烫的水里撒了点玉米面，熬成粥，然后端给老人吃。

"晚上我们吃米饭，爹，"他说，"喏，先喝点玉米粥吧。"

"粮筐里米不多了。"老人说着说着，就坐在了堂屋的桌子边，用筷子搅着稀溜溜的黄粥。

"那我们过年时就少吃点吧。"王龙说。但老人没有听见，只顾"咕噜咕噜"地端着碗喝粥。

然后，王龙走进自己的房间，又穿上他的蓝布长袍，放下盘着的辫子。他用手摸着刚刮过的前额，又摸了摸脸颊。也许最好把自己再收拾收拾？时间尚早，太阳还没有露脸。他可以到有剃头匠的那条街，在见到在家里等他的那个女人前，他必须先剃头刮须。如果钱够，他一定会再理个发的。

他从腰带上取下一个用灰布做的油腻腻的小荷包，数了数里面装的钱，一共就六个银圆和两把铜板。他还没有告诉父亲，洞房花烛夜的晚上，他已经请了一些朋友来家里喝喜酒、吃喜饭呢！他请了他的堂弟，也就是他叔父的小儿子，为了父亲的颜面，当然也请了他叔父，另外，还请了三个住在同村的邻居。他打算喜日那天的早上，从镇上带回点大肉、一条塘鱼和一包果仁。他甚至想到，也许要买些南方产的竹笋和牛肉，用来和自己菜园里种的蔬菜炖在一起，但这只有在买了豆油和酱油之后，如果还有余钱才行。如果剃了头，也许就买不成牛肉了。他突然拿定了主意，头一定要剃。

他没有和老人商量，一清早就出去了。虽然天色尚早，在朦胧的晨曦中，太阳悄悄地爬上了天边的云端，照射着正在生长的大麦和小麦叶片上晶莹透亮的露珠。王龙毕竟是农民，看见麦子的长势，喜不自胜，心里甜滋滋的。他弯下腰，察看着刚抽出的麦穗。麦穗没有灌浆，还都在抽穗，就等着下雨了。他嗅嗅空气，焦灼地望着天空，看样子要下雨了，黑云压顶，风刮得也紧，雨就隐藏在云端。他要买几炷香，烧给村头小庙里的土地爷。为了祈雨，他会烧香磕头的。

他沿着田间弯曲的小路走着。不远处矗立着灰色的城墙。在他就要穿过的城门里边，坐落着黄家的大院，自己未来的女人从小便是黄家的奴仆、丫鬟。人常说，"宁可打光棍，不娶富家奴"。有一天，他对父亲说："我这一辈子就娶不了个女人，要打一辈子光棍吗？"

父亲回答道："咱们家这么穷，日子这么苦，娶亲花费那么多，过门前，哪个女人不要彩礼？什么金戒指、绸衣裳。对穷人家来说，讨个丫鬟

就不错了。"

那时，他父亲也曾想过给儿子娶个媳妇，后来还专门去过黄家，询问有没有要嫁的丫鬟。

"丫鬟年龄大点没关系，也用不着多好看。"父亲说。

王龙曾因他爹一句"媳妇不一定多好看"而郁闷不乐，伤心至极。娶个好看的媳妇有啥不好！要是娶个好看的媳妇，别的男人会羡慕死的，都会前来祝贺的。父亲看到他那阴沉的脸，对他厉声呵斥道："娶个好看的女人有什么用？我们要娶的女人得会持家，生孩子，还得会干农活儿，侍弄庄稼，一个好看的女人会做这些吗？好看的女人就想着穿漂亮的衣裳，涂抹她那好看的脸蛋儿！告诉你，不行，在我们家，那可绝对不行。我们是庄稼人。再说了，谁听说过有钱人家漂亮的丫鬟还是黄花闺女？那些阔少们早把她们糟蹋了。宁肯和丑女有第一次，也不愿意和美女有第一百次。你想想看，一个漂亮女人会看上你，一个农民？你那双粗糙的手能和阔少爷柔软的手相比吗？你那黑不溜丢的脸能与那些阔少细皮嫩肉的脸相比吗？"

王龙也知道父亲说的是实话。但是，他没有理会父亲。心想："我宁肯受皮肉之苦，也要与他理论一番。"于是，他撑了撑父亲说："最起码我不愿娶一个麻子脸或者是豁嘴的女人！"

"那我们就等着瞧吧，看你能娶个啥女人。"父亲回答道。

其实，那个女人既不是麻子脸，也不是豁嘴。关于这个女人，他就知道这么多，其他的一无所知。他和父亲买了两只镀金的银戒指和一副银耳环，父亲把这些订亲的信物送给了它们的主人，作为彩礼，以示感谢。除此之外，对于他将要娶的那个女人知之甚少。他只知道这天要把她接回家成亲。

他走进城门洞里那凉爽灰暗的阴凉处。城门洞外面的挑水人挑着大水桶，整天进进出出，水从桶里溅出，洒在石头铺的路面上。城门洞建在厚厚的砖土结构的城墙下面，里面总是阴森潮湿的，夏天非常凉爽，所以卖西瓜的小贩常常把西瓜摆在石头地上，让切开的西瓜吸着潮湿的凉气。因为季节尚早，西瓜还没有上市，但是城门洞靠墙的两边摆着一排排篮子，里面装着又小又硬的青桃子，卖桃子的小贩高声吆喝着："刚摘的桃子，又鲜又甜，快来买了！桃子通便排毒，身体健壮如牛。"

王龙自言自语道："要是这女孩喜欢桃子，回来时我就给她买一些。"他无法想象，折回经过城门洞时，身后会跟个女人。

进了城门，他向右转，没走几步就到了"剃头街"。除了他，几乎没有什么人这么早就进城的，只有一些头天晚上挑着蔬菜进城的农民，他们想在早市上把蔬菜卖掉，然后早早赶回去，因为地里的活儿还等着他们干呢。他们整夜打着寒战，依偎蜷缩在菜筐边睡觉，现在，蔬菜卖完了，他们脚边的菜筐也空了。王龙躲着他们，唯恐有人认出他来。他不想让人在这个良辰吉日取笑他。整条街上，一长排剃头匠站在他们的剃头挑子后面，王龙走到最远处的一个剃头摊，坐在凳子上，朝正和身旁的人聊天的剃头师傅打了个招呼。剃头师傅立刻转过身，麻利地从一个放在木炭火盆上的壶里往一个铜脸盆里倒着热水。

"全活儿吗？"他很内行地问。

"剃个头，刮个脸。"王龙回答。

"要不要修剪耳毛和鼻毛？"剃头师傅问。

"那要加多少钱？"王龙小心地问。

"四文钱。"剃头师傅边说，边在热水里摆洗着一块黑黢黢的毛巾。

"两文钱行了吧。"王龙说。

"那就修一个耳朵和一个鼻孔，"剃头师傅接着又问道，"你想修哪一边的呢？"他一边说一边向旁边的剃头匠做了个鬼脸，那个剃头匠禁不住哈哈大笑起来。

王龙看得出他们在嘲笑自己，心里有种说不出的难受。虽然他们只不过是剃头匠，社会上最下等的人，但是他也总觉得自己不如这些镇上人，于是他赶忙说："行，行，随便吧。"

随后，他就让剃头师傅给他头上打肥皂、揉搓洗发、刮脸、剃须。然后，剃头师傅熟练地为他捶肩揉膀，按摩后背，放松肌肉。他还算大方，没有额外收钱。给王龙净前额时，他说："剃了头，看你长得不赖啊。现在时兴的是要把辫子剪了。"

他的剃刀在王龙头顶的发旋儿边游移来游移去，王龙突然喊道："没我爹的同意，我可不能把辫子剪掉！"剃头师傅哈哈大笑，剃刀擦着王龙头顶上的发旋儿边剃过。

剃完头，王龙把钱数好，塞到剃头师傅那皱巴巴、湿漉漉的手里时，突然有一阵恐惧感。剃个头就花了这么多钱！但他沿着大街继续前行，清风吹拂着他那刚刚剃过的头皮，他自言自语道："就这一次吧。"

然后，他走到市场，割了两斤猪肉，看着屠夫用干荷叶把肉包好。接着，他犹豫了一下，又买了六两牛肉、一条小塘鱼和两块新鲜豆腐，肉冻一般的豆腐在荷叶上晃荡着。东西买好之后，他又走到一家香烛店，买了几炷香。随后，他带着几分羞怯，朝黄家大院走去。

刚到黄家大院门口，他就恐慌起来。他怎么能一个人来呢？他应该请他的父亲、他的叔父，甚至请他亲近的邻居老秦，或者请其他人和他一道来。他以前从未迈进过富人家的大门。他怎么能挎着盛满办婚宴喜礼的篮子进去，见人就说："我来接一个女人？"

他在大门口站了好久，凝视着两扇大门。漆黑的大木门四边包着铁皮，门面上镶嵌着圆圆的大铁钉，大门紧紧地关着。两尊石狮，一边一个，威严地守护着大门。门外连个人影都没有。他转身走开，看来这桩婚事要黄的。

他突然觉得头有些发晕。他要先去买点吃的填填肚子，到现在他还水米未进，肚子里"咕噜咕噜"地响——他把吃饭忘记了。他走进街边的一个小饭馆，在桌子上放了两个铜钱，坐了下来。一个肮脏的、穿着油腻发亮的黑围裙的堂倌走了过来，王龙叫道："来两碗面条！"面条刚端上来，他就用筷子把面条挑起，急忙塞进嘴里，狼吞虎咽地吃着，那个堂倌站在旁边，用拇指和食指捻弄着铜板。

"还要吗？"堂倌冷冷地问道。

王龙摇摇头，坐直身子。他环顾四周，发现这个又小又暗、摆满桌子、拥挤狭窄的屋子里，没有一个他认识的人。只有几个人坐在那里，或吃饭或喝茶。显然，这是个穷人聚集的地方。在那些人中间，他显得干净整洁，颇像个富人，因此，一个乞丐走过来就向他乞讨说："发发慈悲吧，师傅，给点钱，我快饿死了啊！"

王龙以前从未碰到过叫花子向他乞讨，也从未有人叫过他"师傅"。他很高兴，就向乞丐的讨饭碗里扔了两个铜钱，乞丐迅速抽回一只黑手，抓住铜钱，慌忙塞进他褴褛的衣服里。

王龙坐在饭馆里歇息了片刻，这时太阳升至中天。堂倌不耐烦地走动着，"要是你不再需要什么，走吧。"他终于不客气地说，"要坐可以，你得付点板凳钱。"

王龙对这样的无礼要求感到愤慨，他本来就想着站起身走出餐馆，可是他满脑子想的是要到黄家大院去，到那里要接一个女人回家。想到这里，他浑身燥热，冒着虚汗，好像他正在地里干活儿似的。

"倒杯茶吧。"他有气无力地对堂倌说。他还没来得及转身，茶就送上来了。小堂倌尖刻地说："把茶钱付了!"

王龙感到吃惊，但也无话可说，只好从腰里再掏出一个铜钱。

"这简直就是抢钱嘛。"他咕咕哝哝地说，心里极不高兴。这时，他看见他邀请吃喜酒的邻居走进店里，于是他急忙把铜钱放在桌上，一口气把茶喝完，然后匆匆地从侧门溜了出去，又一次来到大街上。

"得走了，"他急忙提醒自己，"不能再耽搁了。"他自言自语道。他慢慢地转过身，朝黄家大院走去。

这时，日过中天，黄家大门半开着。看门人懒洋洋地坐在门槛上。他刚吃过饭，正在用竹签剔牙。此人高个子，左脸颊上有颗大黑痣，黑痣上长着三根长长的黑毛，好像从没有剪过。当王龙走近大门时，他看见王龙胳膊上挎着篮子，琢磨着，这人可能是来卖什么东西的吧。因此，他便粗鲁地喊道："喂，卖什么的?"

王龙很不好意思地回答说："我叫王龙，农民。"

"噢，王龙，农民，啥事?"看门人反问道。除了主人和女主人富有的朋友，他对谁都不会客气的。

"我是……来……来……"王龙支支吾吾地说。

"哦，明白了。"看门人挺耐心地说，用手指轻轻地捻弄着他那黑痣上的三根长毛。

"有个女人。"王龙说，他无助地压低声音，低得像耳语。在阳光的照射下，他的脸上流淌着汗水。

看门人哈哈大笑起来。

"这么说你就是那个男的了，"他大声说道，"他们让我今天在这里等一

个新郎。可是，你看你，胳膊上挎个篮子，我看不出你就是新郎啊。"

"篮子里就几块肉。"王龙抱歉地说，等着看门人把他领进去。但看门人却一动不动。最后，王龙不安地问道："我能自己进去吗？"

看门人故作一惊地说："进去？哼，看老爷不要了你的命！"

看门人看出王龙老实巴交，便说道："只要银圆出了面，什么事情都好办。"

王龙终于明白了，这人是想向他索要钱。

"我是个穷人。"他乞求道。

"让我看看你腰里揣着什么东西。"看门人说。

天真的王龙真的把篮子放在石阶上，撩起他的长袍，从腰里掏出钱包，把买东西剩下的钱放在左手里给他看。这时，看门人露出了笑脸。王龙还剩一块银圆和十四个铜板。

"把这块银圆给我吧。"看门人冷冷地说，王龙还没来得及说话，那人已经把钱放到他的衣袖里，快步走进大门，边走边喊："新郎来啦，新郎来啦！"

王龙尽管对刚才发生的事情感到气愤，但大声通报他的到来倒使他吃惊。王龙无可奈何，只能听之任之了。他提着篮子，目不斜视地跟着看门人走了进去。

虽然这是他第一次探访大户人家，但事后他什么也记不起来了。他脸上发烧，低着头，穿过一个又一个庭院，只听得前面呼喊阵阵，左右两边笑声朗朗。突然，他感觉到自己仿佛穿过了近百个院子。就在这时，看门人不再喊叫，把他推进一个门厅。他一个人站在那里，看门人走进了里屋。顷刻，反身回来说道："老夫人叫你去见她。"

王龙正要往前走，看门人却又把他拦住，厉声呵斥道："你不能胳膊上挎个篮子——一个装着猪肉、牛肉、鱼和豆腐的篮子——去见一位尊贵的夫人！你怎么躬身施礼呀？"

"对……对……"王龙附和着，心存胆怯。但他还是不敢把篮子放下，唯恐篮子里的什么东西被偷了。他想象不到，世界上有谁稀罕这些东西，两斤猪肉、六两牛肉、一条小塘鱼和两块豆腐。看门人看出了他的担心，非常蔑视地嚷嚷道："像这样的大户人家，这些东西都是喂狗的！"说完，他提起篮子放在门后，顺手推着王龙向前走去。

他们走过一条狭长的走廊，整个长廊由雕画得十分精致的柱子支撑着，然后他们进入一个王龙从未见过的大厅，那么宽敞、那么宏伟，这样的房子，就是20个人走进去都会踪迹难觅。他只顾惊奇地仰头看着那些巨大的雕梁画栋，差一点被门口的高台阶绊倒，幸亏看门人抓住了他的胳膊，大声喊道："哈哈，你这不是要在老夫人面前磕响头吗？这叫什么礼节啊！"

王龙羞愧难言，感到无地自容。他定了定神，往前瞅了瞅，只见屋子中央的榻台上坐着一位年迈的老太太，玲珑小巧的身子穿着绸缎衣裳，浑身散发着珠光宝气。身旁矮凳上放着一盏小油灯，她把烟枪放在油灯上点着，正满足地抽着鸦片。她脸型瘦削、皮肤皱巴，一双细小敏锐的黑眼睛，好似猴子那凹陷的火眼金睛。她看着他，手握烟枪吮头的一端。包裹着她那纤细骨头的皮肤微微伸展后，显得圆润光滑，呈黄色，宛若一尊镀金佛像。王龙跪下，在铺了砖的地上磕着响头。

"让他起来，"老太太威严地对看门人说，"礼节就免了吧。他是来领那个女人的吗？"

"是的，老夫人。"看门人回答。

"他为什么不吭声？"老太太问。

"他是个傻子，老夫人。"看门人说着，捻着黑痣上的三根长毛。

这话惹急了王龙，他愤怒地望了望看门人。

"我只不过是个粗人，尊贵的老夫人，"他说，"我没有见过这种场面，不知道怎么说话。"

老太太仔细地、认真地打量着他，刚要开口，一只手却抓住了丫鬟递给她的烟枪，于是，她好像一下子把他的存在忘记了。她俯下身子，美美地抽了几口烟，敏锐的眼神顿时消失殆尽，马上忘我自醉了。王龙泥塑般地站在原地，直到目光掠过他，老夫人才发现眼前站着一个人。

"这个人站在这儿，是干什么的？"她突然愠怒地问道，她好像把刚才的一幕忘记得一干二净。看门人的脸色凝重，缄口不言，伫立一旁。

"我在等那个女人，老夫人。"王龙非常惊讶地说。

"女人？什么女人？"老太太疑惑地问。她身旁的丫鬟弯下腰，低声提醒了她。她立刻想起来了。"啊，是的，刚才我忘记了——小事一桩——你

是来领一个叫阿兰的丫鬟？我记得我们答应过把她许配给一个乡下人。你就是那个乡下人吗？"

"是的，我就是。"王龙回答。

"快把阿兰叫来。"老太太吩咐着丫鬟。她突然变得有点不耐烦，好像要把这件事立马处理完，以便让她在这宽敞的房间享受片刻安宁，美美地抽上一袋烟。

眨眼工夫，丫鬟回来了，领着一个身材高大壮硕的女人，只见那女人身穿干净的蓝布衣裤。王龙看了那女人一眼，马上把目光移开，他的心"怦怦"直跳，心想："这女人就是我的了。"

"过来，丫头，"老夫人淡然地说，"这人是来领你的。"

那女人走到老夫人面前，低垂着头，双手交叉于胸前。

"都准备好了吗？"老太太问。

"好了。"那女人慢慢地回答道，声音像是回声。

王龙第一次听到她的声音，她就站在他面前，他看着她的后背。她的声音很好听，不大也不小，温柔不娇气，朴实不矜持。头发梳理得整齐光滑，衣服干净整洁。突然，他有一种失望感，他看到这女人没有缠过脚，不是小脚女人。他无暇细想，因为这时老太太对看门人说："把她的箱子搬到大门口，让他们走吧。"然后，她对王龙说："我说话时你要站在她身边。"王龙顺从地走上前去。她说："这丫头 10 岁就来我们黄家，那时候还是个孩子，她一直就生活在这里，现在已经 20 岁了。在一个饥馑之年，我把她买下了。那年头，她的父母很穷，没吃没喝的，逃荒来到南方。他们是从山东那边过来的，后来又回山东去了，再后来他们的情况我就不得而知了。你也看到了，她四方大脸，身体强壮，能干农活儿，挑水做饭，样样行。她会称你心如你意的。虽然她长相不算好看，但是好看对你没有用。寻欢作乐的男人才找漂亮女人。她也不算聪明。可是，你叫她做什么，她都能做好，而且脾气好，也乖巧。如今，她还是个黄花闺女呢。即使她不在厨房当厨娘，也没有漂亮到让我的儿子、孙子对她动心的程度。要说她有什么能耐，她就是一个听话的好奴仆。院子里有那么多漂亮的丫头整天飘来飘去，有谁会看上她？把她带走吧，好好地使唤。虽然她有些反应迟钝，傻傻乎乎，可她是个好奴仆。我在庙里许过愿，为了黄家人丁兴旺，福寿不断，我要积功德，行善事，帮助更多的穷人。虽然舍不得，但是我想了想还是不留她了，给她找个人家算了，尽管她是厨房的一把好手。只要有人上门提亲，我就会把她许配给人家，我家老少爷们是看不上她的。"然后，她又对那女人说："听男人的话，给他生个儿子，给他多生几个。把头生儿子抱回来让我瞧瞧。"

"是，老夫人。"那女人恭顺地说。

他们都静静地站在那里，显得犹豫不定，王龙显得非常窘迫，不知道是不是应该开口说话，可是说些什么呢？

"好了，走吧，你们走吧！"老太太不悦地说。王龙慌忙鞠了一躬，转身走了出去。那女人跟在他身后，看门人紧随其后，肩上扛着她的行李箱。他把行李箱放在过道里，过道门口放着王龙的菜篮子。他放好箱子，转过身，一句话没说就走了。

王龙转向那女人，第一次正眼看了看她。她那方方正正的大脸，显得忠厚老实，鼻子短小而平阔，下面镶嵌着两个大大的黑鼻孔，嘴巴有点大，好像那脸庞上出现了一道又深又长的沟渠。她的两眼细小，暗淡无光，流露着难以名状的悲凄眼神。看样子，这女人早已习惯于沉默，且不善言辞，就是有机会让她说话，她也不会说话。她让王龙端详着自己，既不尴尬，也无反应，直到王龙把她看个够。他一边看，一边暗自思忖，这女人确实一点都不好看——褐色的脸庞，相貌平平，给人一种逆来顺受的感觉。不过她黝黑的皮肤上并没有麻子点，她也不是豁嘴。他看见她的耳朵上戴的就是他给她买的那副镀金耳环，手指上戴的也是他给她买的戒指。他转过身，心中窃喜。啊，他有了自己的女人！

"这是咱们的箱子，这儿还有个篮子。"他粗声粗气地对女人说。

她弯下身，一句话没说，提起箱子的一头，就把箱子放到自己的肩膀上，在箱子的重压下，她趔趄着想站起来。这一切他都看在眼里，他突然说道："我来扛箱子。你拿篮子吧。"

于是，他把箱子放到自己的肩膀上，也顾不得他那最好的袍衣。她仍然没有说话，迅速提起了篮子。此刻，他想着他穿过的上百个庭院，想着他扛着箱子那狼狈的样子。

"要是有个旁门就好了……"他低声说道。她想了想，然后点了点头，

好像她并没有立即明白他说的是什么意思。然后，她带着路，穿过一个几乎被遗弃的小院，院子里长满了杂草，水池也废弃了，弯弯的松树下有个陈旧的拱门，她拉开门闩，穿过那个门，竟然走到大街上了。

他时不时地回过头看看她。她跟随在他身后，宽阔的脸庞没有丝毫表情。没缠过的一双大脚走得步履坚定，稳稳当当，好像她这辈子都走的是这条道。在城门里，他有些犹豫，但是停下了脚步，一只手在腰里摸索着他剩下的几个铜板，另一只手把肩上的箱子扶着。他掏出两个铜板，买了六个小小的青桃。

"这桃子你拿着，自己吃吧。"他瓮声瓮气地说。

她贪婪地一把抓住桃子，像个孩子似的攥在手心里，一句话也没说。他们沿着麦田的田埂走着，他再次看了看她，她正在一点一点地啃着桃子。但当她发现王龙在看自己时，她急忙把桃子捂在手里，下巴一动不动了。

他们就这样继续走着，一直走到了村西地边的土地庙。这个土地庙是座很小的建筑，只有一个人肩膀那么高，用灰砖青瓦建造，屋顶苫着瓦片。这座庙是用王龙的爷爷用手推车从镇上推来的砖瓦修建的。爷爷曾在这块地上耕作了一辈子，现在王龙不但继承祖业，也继承着爷爷的衣钵，他要把自己的一生奉献给这片土地。庙的墙体外抹了一层灰泥，在一个丰年，受雇的画匠在白灰泥墙上画了一幅山麓和竹子的风景画。但是，由于风吹雨蚀，年久失修，现在只剩下模糊的山麓和羽毛似的竹子，原来画里的山麓几乎荡然无存了。

土地庙受到很好的保护，屋里有两尊庄严的小佛像。佛像是用庙周围田里的泥土做成的。两尊佛像，一个是土地爷，另一个是土地婆。它们身着红纸和金箔纸做的衣服，披红挂彩，好不威武。土地爷还留着用真毛发做的稀疏下垂的胡须。每逢过年，王龙的父亲都要买些红纸，细心地裁剪成衣服，为这对佛像换洗一新。每年不仅有雨雪飘洒进来，更有夏日阳光的照射，佛像身披的彩衣都多多少少地遭到了毁坏，有些斑驳。

新年伊始，佛像身上的衣服依然崭新。王龙对它们漂亮整洁的外观感到骄傲。他从女人手里拿过篮子，小心翼翼地在猪肉下面翻找着他买的几炷佛香，唯恐把佛香折断了。佛香要是被折断了，那就意味着一种厄运和凶兆，幸好佛香完好无损。他把佛香找出来后，把它们并排插在佛像前香炉的香灰里，那是别人烧香时积攒起来的香灰，这里的四邻八村都供奉着这两尊小小的佛像。王龙从腰间摸出火镰和火石，弄了一把干树叶做火引，点燃了佛香。

王龙和他的女人双双站在他们敬奉的土地爷前。那女人看着香头渐渐烧红，然后变成了香灰。香灰越来越长，她便俯过身，用手指把香头上的香灰掸掉。然后，脸露惧色，好像自己做错了什么事情。她急忙看了看王龙，面无表情。可是王龙喜欢她的一举一动，这似乎说明了一点，她觉得那些佛香是属于他们俩的。这不就是结婚的情景嘛，他们并肩而站，缄口无言，眼看着佛香烧成了灰烬。此时，太阳渐渐西沉，王龙扛起箱子，他们一起朝家里奔去。

老人站在家门口，沐浴着西斜阳光的最后一抹余晖。他看着王龙和那个女人慢慢走近，他站着没动。让他和那个陌生女人先打招呼，那是有失身份的。因此，他佯装观赏云彩，大声说："那块挂在新月左角的云朵是下雨的征兆。最迟明天夜里就会下雨的。"当他看见王龙从女人手里接过篮子的时候，他又喊道："花钱了吧？"

王龙把篮子放到桌子上。"今晚有客人，爹。"他简短地说，然后把箱子扛进他睡觉的屋子里，放在存放衣服的箱子旁边，他好奇地望着它。老人走到门口，又唠唠叨叨地说："这个家没完没了地花钱！"

但他暗自高兴着，儿子要请客了，但他觉得，在儿子的新媳妇面前不埋怨几句是不行的，不然的话，一开始她可能会大手大脚，胡乱花钱。王龙没有说话，他走出去，把篮子拿进厨房，那女人也跟了进去。他把吃的东西一件件从篮子里拿出来，放在冰冷的锅台上，然后，对她说："这是猪肉，这是牛肉、豆腐和鱼，一共有七个客人来家里坐坐。你会做菜吗？"

他对她说着话，耷拉着头，眼皮子都不抬。这样做显然是不合适的。那女人很朴实地回答说："自从进了黄家，我就做厨娘。黄家每顿饭都有肉的。"

王龙点点头，把她留在厨房里，客人陆续赶来，拥挤在屋里，这时他才再次走进厨房。邀请的客人中有他的叔父，此人满脸堆笑，老奸巨猾，好吃懒做；叔父的儿子—— 一个蛮横无礼的 15 岁少年，还有三个老实巴交、笨拙羞怯的农人。有两个村里的乡党，王龙经常与他们交换种子，收

割时互相帮忙，还有一个是他的紧邻，此人姓秦，身材矮小、不善言辞，除非万不得已，他是不愿主动开口说话的。

客人们互相推让之后，便在堂屋中间依次落座。王龙走进厨房，出于礼貌，想让自己的女人上菜敬酒。可是女人对他说："我把碗碟递给你，你把饭菜摆到桌子上。我不喜欢在男人们面前抛头露面。"王龙听后，心中窃喜。

王龙心里充满了骄傲，感到非常得意，因为这女人是自己的，而且在他面前一点也不怯生，但是她却不愿见其他男人。他站在厨房门口，从她手里接过盛菜的碗碟，然后把它们放在堂屋中间的桌子上。这时，王龙大声招呼着大家说："吃好，喝好，叔叔，兄弟们，不要客气。"

他那爱开玩笑的叔父说："你不让我们看看漂亮的新娘吗？"

王龙坚定地答道："我们还没有成婚。在完婚之前别的男人看她是不合适的。"

他力劝客人们多吃饭，他们也不客气地吃着那桌饭菜，他们不言不语，吃得很开心。这时客人们开口说话了，全是赞美的话。有人说红烧鱼的汤汁做得好，也有人说红烧肉的味道美极了，而王龙则在一旁一遍又一遍地应酬着说："饭菜不好，包涵，包涵！"

虽然嘴上这么说，可他心里却甜滋滋的，他对每道菜都感到十分满意，因为不管是怎样的肉，到了自己女人的手里，她就会配上糖、醋、一点酒和酱油，便神奇而巧妙地做出肉的最好味道。反正王龙在朋友家的酒席上从没有吃过这么喷香的饭菜。

当天晚上，吃完饭，客人们在王龙家里又逗留了一小会儿，喝着茶，聊着天，又说又笑，一直唠到深夜，而那个女人一直守着锅台。当王龙送走了最后一位客人后，他才走进厨房。一进去就发现她已经依偎在牛圈旁边的草堆里睡着了。王龙把她叫醒，她的头发上粘满了干草。王龙喊她时，她才从睡梦中惊醒。突然间，她举起了胳膊，仿佛是怕挨打似的。她终于睁开了眼睛，用陌生的眼神望着他，没有说话。这时，他觉得这个女人在他面前好像就是一个孩子。他拉着她的手，把她领到那天早晨他洗澡的房间，然后点燃了桌子上的一支红蜡烛。在烛光下，当他发现自己独自和一个女人在一起时，他突然觉得有些羞涩，于是，他不得不提醒自己："她是我的女人。男女之事还是要做的啊!"

于是,他硬着头皮开始脱自己的衣服。那个女人趴在帐子的一个角落,不声不响地铺着床。王龙粗声粗气地吼道:"睡觉前,先把蜡吹灭。"

说完,他躺下身子,拉过棉被盖在身上,佯装睡觉,但他并没有睡着。躺在那里,他的身子微微颤动着,全身的神经都被晃醒了。过了许久,屋子才黑了下来。当那女人在他身边慢慢地、不声不响地蠕动时,一阵狂喜充满了他的全身。他极度亢奋,身体似乎要爆炸了。黑暗中,一阵狂喜过后,他把她一把抱住,搂吻在怀里。

第二章　成家立业

王龙现在的生活竟是如此的惬意和享受。第二天早晨，王龙躺在床上，望着这个现在完全属于自己的女人。起床后，阿兰穿上她那肥大宽松的衣服，慢慢扭动着身子，把衣服穿好，并系好扣子，唯恐脖子和腰间进风，然后把脚塞进布鞋，用鞋后面的鞋襻把鞋提上。一道光亮透过小窗孔照射在她身上，王龙朦胧地看见了媳妇的脸庞，没有什么变化。他感到惊奇，他觉得，好像这个夜晚使他有了天翻地覆的变化，可是身边的这个女人，从他的被窝儿爬出来，好像每日例行公事一般，无动于衷。在黎明前的黑暗里，传来老人令人烦躁的咳嗽声，于是，他对阿兰说："去给爹端一碗开水，让他润润嗓子。"

"水里要不要放点茶叶？"她问道，和昨天的声音一模一样。

这简单的一问到使王龙犯难了。他本想说："当然要放点茶叶啦。你以为我们家穷得叮当响？"他本想让这女人觉得茶叶在他们家不算什么好东西。可是在黄家，人家天天喝的都是绿莹莹的茶水。或许连黄家的丫鬟都喝茶，不喝白开水。但他知道，如果这女人第一天就给他爹端茶水而不是白开水，老人家一定会生气的。何况，他们也真的不富裕。因此，他若无其事地答道："茶叶？不……不……茶水会使他咳嗽得更厉害。"

说完他便躺在床上，温暖而惬意，而那女人则在厨房里生火烧水。他本想继续睡觉，他完全可以多睡一会儿，但他那副一辈子受罪的贱骨头就是睡不着，他习惯了早起。于是，他躺在床上，从精神到肉体，全身心地享受着这懒散的奢侈。

一想到自己的女人，他还真有点害羞。但大多数时间他都在想他的那块地，想田里的麦苗，想雨后的收成，想萝卜籽。如果价钱谈妥，他希望从邻居老秦那里买些萝卜籽。尽管满脑子都是琐碎凌乱的事情，但他依然编织着未来美好生活的梦想。想着昨天夜里的事情，他突然想知道这女人是否喜欢他，一种前所未有的无名状从心中陡然升起。以前他只想着他会不会喜欢她，在床上她是否高兴，对这个家她是否满意。虽然这女人长相一般，双手皮肤粗糙，可是，她那肥硕的躯体却细腻柔软，而且她的身子没有被人动过。想到这里他笑了，笑得和那天晚上他在黑暗里发出的那种粗犷急促的笑声一样。看来在黄家少爷们的眼里，她只是一个厨娘，相貌平平，不值得引起他们的那些歪心邪念。这么说她以前一直守着自己的贞操。突然，他臆断道："她肯定喜欢做我的女人。"想到这里，他竟有些不好意思了。

门开了，她不声不响地走了进来，双手捧着冒着热气的碗。他在床上坐起身，接住碗。水面上漂浮着一些茶叶。他很快地抬头看了她一眼。她立刻感到有些害怕，就对他说："听你的话，我没有给爹的水里放茶叶，但给你的这碗水，我……"

王龙感到她有些怕他，这倒使他很高兴。没等她把话说完，他就说："好，好，我喜欢喝茶水。"他品着茶，发出满意的"啧啧"声。

王龙心里甜丝丝，美滋滋，但他嘴硬，羞于说出口，"这个女人还真喜欢我！"

在此后的几个月里，他天天守在这个女人身旁，看也看不够，好像无事可做。其实，他的生活和以前没有什么区别，只有下地干活。他扛着锄头，走到地里，一垄一垄地锄着麦苗；他套牛犁地，在村西边犁好的地里栽种大蒜和葱。他乐意干活儿，并把干活儿当成一种奢侈。日到中天，他就可以回到家里，洁净的桌子上摆放着整齐的碗筷，吃着现成的饭菜，好不惬意。可是以前呢，一回到家里，筋疲力尽，腰酸腿疼，还得自己做饭吃。要是老人饿了，他就凑合着弄点拌汤，或者和点面，烙一张死面饼，卷根大葱就着吃。

现在，王龙的日子很惬意，一切都是现成的，饭菜现成的，房屋整洁而干净，没什么可挑剔的，他可以安心地坐在桌边的板凳上，随时吃饭。屋里的黏土地面被扫过了，柴火堆也被拾掇得整整齐齐。早上王龙出门下地后，媳妇便拿上竹耙和一条绳子到田野上去捡柴火，这里搂把草，那里捡根树枝或拾几片树叶，中午时分，背回足够的柴草，然后开始做饭。王龙心中大悦，他们用不着再买柴火烧锅了。

下午，她手持铁锨，肩背粪篓，走在通往镇上的大路上，路上有来来往往、驮着货物的驴、骡、马等牲畜。她捡着拉在路上的牲口粪便，然后把粪便背回家，堆在前院里，用作追地的肥料。她不声不响地主动干着这些活儿，无须他人的指使。劳累了一天后，她还要把养在厨房里的牛喂饱饮足才肯休息。

她拿出他们的破衣服，用自己在竹锭上捻的棉线，缝补着冬装上的破洞和裂缝。然后，她又把被褥拿到门口的太阳底下，拆洗被子表里后，挂在竹竿上晾晒，她还把常年铺盖的被褥里面又硬又黑的棉絮扑打扑打，使其蓬松，杀死寄生在被褥缝里的虱子和跳蚤，然后放在太阳底下暴晒。一天又一天，她马不停蹄地忙里忙外，直到把三间屋子收拾得干干净净，生机勃勃，焕然一新。老人的咳嗽也渐渐好转，他常常背靠南墙，席地而坐，晒着太阳，半醒半睡，感到温暖而知足。

可是，就这个女人，除了生活中非说不可的话外，她从不说多余的话。看着她的一双大脚慢腾腾、稳稳地在屋子里走来走去，王龙不动声色地注视着她，看着她那毫无生气的方脸，难以名状的表情和胆小怯懦的眼神，突然他感到她很陌生。只有到了夜晚，他才感受到她柔滑结实的身子。白天，她的衣服——朴素的蓝布衣裤——遮住了他所知道的一切秘密，她就像一个忠诚的、沉默寡言的女仆，一个佣人而已。然而，他没有质问她，"你为什么不说话？"，那样做是不合适的，她只要履行一个女人的职责就行了。

有时候，在田里忙农活，他便常常想着关于她的事情，他想知道，她在黄家那上百个院子都有过什么见闻？和他结婚前，她过的是什么样的日子？他百思不得其解。对自己的好奇，对她的兴趣使他觉得羞答答的。人家毕竟只是一个女人嘛。

在黄家，一个大户人家，这个女人从黎明忙到深夜，她也只不过是个丫鬟，一个奴仆。对现在的她来说，收拾收拾三间屋子，一天做两顿饭，这根本算不了什么，再忙也比在黄家轻松。一日，王龙在迅速生长的麦地里正忙活着——这几天，他每天都在地里锄小麦，忙得不可开交，累得他腰酸背疼——这时，她的身影出现在他锄过的麦垄里，她站在那里，肩上扛着一把锄头。

"天黑以前家里没什么活儿了。"她随口说道，然后二话不说，走到他左边的麦垄，熟练地锄起地来。

时值初夏，阳光照射在他们身上，她的面颊挂满了汗珠。王龙脱去上衣，光着脊背，但她却穿着遮住双肩的单衣干活儿，单衣很快湿透了，贴在身上像是一层人皮。他们俩一起锄地，配合默契，一句话也不说，一小时一小时地过去了，他觉得和她干活儿，一点儿也不觉得累。他也不知道说些什么好，只有两人动作的和谐和内心的愉快。他们把属于自己的这块地在阳光下锄了一遍又一遍。这块地就是他们的家园，是他们赖以生存的命根子，是他们心中的神。这块肥沃的土地，黑黝黝的，在他们的锄头下轻轻地松散开来。他们时而在土壤里翻起一块砖头，时而又翻出一块木头碎片。这算什么呀，从前，也说不上来哪个朝代，这块地里埋着死人，这里曾经有过房子，后来坍塌了，又都变成了泥土。同样，他们的房子有一天也会变成泥土，他们的肉体也要埋进土里。在这块土地上，每个人都有自己的归宿。他们继续干着活儿，默契地一起干着，谁也不跟谁说话。但是，他们铆足劲儿，心理想着：一定要让庄稼结出果实来。

夕阳西斜，王龙慢慢地直起腰，看了看媳妇。她满头大汗，一脸泥土，简直就像个土人，浑身成了褐色，和土地颜色一模一样。她湿漉漉的黑衣服紧贴在她宽厚而结实的身上。她不慌不忙地把最后一垄麦子锄完。然后，像平常一样，她毫无表情地、坦诚地说："我有了。"她的声音在寂静的夜空里显得单调，比平常更缺乏生气。

王龙一动不动地站着。他该说些什么呢！这时，她弯下腰，捡起一块碎砖头，把它从麦垄里扔了出去。她这样说，无惊无奇，就好像在说"你喝茶吧"，或者好像在说"我们吃饭吧"一样。这样的话，在她看起来竟是那样的平常！但是，对王龙来说——他无法说出这究竟意味着什么。他激动万分，心中猛然"咯噔"了一下，好像遇到了什么羁绊。看来，在这块土地上他们要发迹了！

他突然从她手里夺过锄头，声音低沉地说："别干了，天已经晚了，我们把这消息去给老爹说说。"

说完，他们朝家里走去。她走在王龙身后，有五六步远的距离，这样做才像个女人。老人站在门口，肚子饿得"咕咕"叫，在等着吃晚饭呢。自从家里有个女人，他不再自己做饭。他有些饥饿难忍，急不可耐了，便嚷嚷道："我老了，像这样等饭吃我实在是受不了！"

王龙从他身边经过时说："她有喜了，爹。"然后走进屋里。

他尽量把话说得平和轻松一些，就像有人说"今天我在村西地里撒下了种子"那样，但他做不到。虽然他说话的声音很低，但让外人听起来，他的声音如雷贯耳。

老人先是眨了眨眼睛，然后一下子明白了，接着哈哈大笑起来。

"哈哈哈！"儿媳妇走近时，他对着她喊道："丰收在望啊！"

昏暗中老人看不清她的脸，但她平静地回答说："我这就去做饭。"

"啊，啊，做饭！"老人急切地说，像个孩子似的跟着她走进了厨房。想到要有孙子了，他把吃饭都忘了，而现在，想到就要吃热饭了，他又把孙子忘记了。

可是，在昏暗里王龙却坐在桌边的凳子上，双臂交叉，托扶着脑袋，伏在桌子上。一个新生命即将诞生，那是他的亲骨肉啊！

第三章　家有贤妻

快到分娩的时候，王龙对媳妇说："到时候我们得找个人来帮忙——找个女人。"

但她摇了摇头。她正在洗涮晚饭用过的碗碟。老人已经上床睡觉了。现在晚上只剩下他们俩人，唯有摇曳的油灯光照在他们身上。灯是一盏锡灯，里面盛着豆油，用棉花搓成的灯芯浸在豆油中。

"不要女人帮忙吗？"王龙惊愕地问道。他现在已经慢慢地习惯了这样和她说话。他们俩说话时，她要么摇摇头，要么扬扬手，至多偶尔不情愿地从她的大嘴里蹦出一句话来，他甚至逐渐觉得这种交流可有可无。"可是咱们家里有两个男人，怪怪的。"他继续说，"我母亲那时就从村里找了个女人。我对这种事一窍不通。你在黄家——那个大户人家——干活儿时，就没有跟你相处很好的老妈子来帮个忙？"

这是他第一次提到她离开的那户人家。她气呼呼地撑着他，他从来没见过她这样发飙。她那小眼睛圆睁着，脸色铁青，发着无名火。

"没人能来！"她冲着他喊道。

他放下正在装烟叶的旱烟袋，瞪着眼睛看着她。但她的脸色忽然又变得和平常一样，她在收拾着碗筷子，好像她什么也没有说一样。

"哎，这就让人作难了！"他吃惊地说。但她没有任何反应。然后他继续跟她解释着："家里就我们爷俩，两个男人，对生孩子的事情一窍不通。我爹呢，一个大男人，不方便进入你的房间，就说我自己，我连牛下牛崽儿都没见过。我这么笨手笨脚的，怕把孩子弄伤了。唉，还是从那个大户人家找个人吧，那里的仆人不也常常生孩子嘛……"

她细心地把筷子整成一把，放在桌子上，然后看着他。过了一会儿，她才说："我再去黄家时，我要在怀里抱上我儿子。我要给他穿一件红袄，一条红花裤子，头上要戴一顶帽子，帽子的前面缀着镀金的小菩萨，脚上要穿一双绣有虎头的鞋子。我自己也要穿上新鞋，新的黑棉缎外衣，我要到我过去干活儿的厨房去转转，还要到老夫人抽鸦片的大厅去看看，我要让他们看看我和我的儿子。"

他从未听她一口气说过这么多话。除了说得慢，倒也流畅，那是一气呵成的。他突然意识到，这一切她早已胸有成竹，都提前安排好了。早在和他一起在麦田里干活儿的时候，她就一直在心里默默地计划着！她真是了不起啊！看到媳妇一天到晚在家里忙活着，王龙还真想问问她："你都不想要个孩子？"然而，事情并不像他所想象的那样。她早已预见了自己会有孩子的，并做好了一切准备。她设想着，孩子生下来后，给他穿上一套新衣服，而她作为母亲，也要穿上新衣裳！此时此刻，他无话可说了。这时，他便使劲地用拇指和食指把烟叶揉成一个小球，拿起他的旱烟袋，把烟球塞进了烟锅。

"我想你需要些钱吧。"他终于开口说话了，声音显得有些生硬。

"要是你能给我三块大洋……"她怯怯地说，"就够了，我已经仔细算过了，我不会浪费一个铜子儿。我让布商给我撕布时一尺不多，一寸不少。"

王龙在他的腰里摸索着。前天，他到镇上的集市上卖过一捆半芦苇，那是他从村西地里的水塘割的。现在他腰包里有的是钱，足够她用。他把三块大洋放到桌子上，犹豫片刻，他又掏出了第四块大洋。这块洋钱他在腰包里保存了好长一段时间，他想着哪天早上在茶馆里赌一把，碰碰赌运。可是，他总怕赌输，所以他从未上过赌场，只是在赌桌边游来荡去，看着骰子在桌子上"哗啦哗啦"作响。进了城，他一般把多余的时间消磨在说书棚里，在那里，人们可以听听古代的故事，当敛财碗传到他跟前时，他最多放进一个铜板。

"你最好把这一块大洋也拿着。"说着，他把纸捻吹着，点上烟袋，"也许你可以用一块丝绸布头给孩子做件衣服。毕竟他是头生子。"

她没有马上把钱拿起来，她站在那儿，低头看着那几块大洋，脸上毫无表情。然后，像耳语般地低声说道："这是我第一次手里拿到洋钱。"

她突然把钱拿起来，攥在手里，匆匆走进她睡觉的房间。

王龙坐着抽烟，想着刚才桌子上放着的几块大洋。这钱是他从田地里弄来的；这钱是他勤劳耕作从他的土地里刨出来的。他的生命也是来自这块土地的，他辛辛苦苦，靠着滴滴汗水从土地掘出粮食，粮食又变成了银圆。在此之前，每当他把钱拿出来支付给人时，那就像是割了他身上的一块肉，心疼地奉送给别人。而现在，把钱给了人，竟然毫无痛惜之感。他知道，这钱不是给了镇上陌生的商人。他明白，这些钱会变成比钱本身更有价值的东西——衣服，将要穿在他儿子身上的衣服。这个奇怪的女人，只干活儿，不说话，也没见过什么世面的女人，却知道如何让孩子穿得漂漂亮亮！

分娩的时候，她拒绝任何人待在她身边。那是一个傍晚，太阳刚刚落山，两口子正在地里干活儿。小麦收割后，浇灌了土地，插上了秧苗，现在稻子也丰收在望。夏天充沛雨水的滋润，初秋温暖阳光的照射，稻穗熟透，稻粒饱满。他们弯着腰，低着头，整个一天都在收割稻子，他们用短把儿大镰刀将稻子割下，打包成捆。由于她身怀有孕，挺着大肚子，勉强吃力地弯下腰，她割得比他慢多了，不一样的进度，就前后拉开了很大的距离，他在前面割，她在后面赶。从中午到下午再到傍晚，她的速度越来越慢，他不耐烦地扭过头看看她。她停下来，然后，站起身，把镰刀扔到地上，脸上不断流淌着豆大的汗珠，那是另一种痛苦的汗水。

"我撑不住了，"她说，"我要回家去。我不叫你，你不要进屋。给我拿一根新剥的苇子，把它劈成篾子就行了。我要用它把孩子的脐带割断。"

她穿过田地向家里走去，仿佛没什么事似的。他望着她走远了，便走到离田地还有段距离的池塘边，挑了一根细长的绿苇子，细心地剥好，用镰刀劈开。这时，秋天的夜幕很快降临，他肩扛镰刀，赶紧回家。

回到家里，他发现晚饭热乎乎的被放在餐桌上，老人正在吃饭。原来她早早收工，是为了给他们爷俩做饭吃！他心里想着，这么好的女人在哪里找啊！然后，他走到他们的房间门口叫道："苇篾拿来了。"

他在门外等待着，想着她会让他把篾子递进去的，但她没有吭声。她走到门口，从门缝里伸出手，把篾子拿进了屋子。她什么也没说，但他听见她急促地喘着气，这声音就像一个跑长路的动物那样在喘息。

老人的目光离开碗筷，抬起头看了看说："吃饭吧，饭快凉了。"然后，他又接着说，"别操心了，没那么快，等等吧。我记得很清楚，我那第一个孩子到黎明时分才生下来。唉，想想我和你娘生的那些孩子，一个接着一个地生——可能有十来个吧——我都记不清了——可是只有你命大，活了下来！你明白了吧，这就是为什么一个女人要生了又生。"这时，他好像突然想起了什么，又补充说道，"明天这个时候，我可能就有孙子了，我要当爷爷了！"他突然放声笑起来，饭也不吃了，在昏暗的屋子里，兴奋地笑了好一阵。

可是王龙仍然站在门口，听着屋内她那沉重的、动物般的喘息声。一股温暖的血腥味从门缝里飘出来，那是一种令人作呕的气味，他感到一阵怕。屋里女人的喘息声变得高亢而急促，像在低声呻吟，但她忍着剧痛，没有出声。他再也忍不住了，正要闯入屋里时，一阵尖细刺耳的婴啼声传了出来，这时，他忘乎所以了。

"是男孩吗？"他急切地问道，全然不顾女人的死活。这时又传来了婴儿"哇哇"的啼哭声，细声细气，连续不断。"是男孩吗？"他又问道，"快告诉我，是不是个男孩？"

一个微弱的声音说："男孩！"这声音像是一个回音。

他回身走到餐桌旁坐下。这一切都发生在瞬间！饭菜早已凉透了，老人坐在板凳上睡着了，变化真快，令人难以置信！他摇了摇老人的肩膀。

"是个男孩，爹！"他得意地说，"我当爹了，你也当爷爷了！"

老人突然醒来，哈哈一笑，笑得很开心，就像他刚才在睡梦中的笑声一样。

"啊，啊，"他呵呵地笑着说，"当爷爷了，当爷爷了！"他站起身向他的床铺走去，仍然呵呵地笑个不停。

王龙端起一碗冰凉的米饭，便吃了起来。突然间，他感觉真的饿了，恨不得把饭一口吞下去。他听到了女人在屋里拖着脚走动的声音，孩子的哭声连续不断，声声刺耳。

"我想，这个家从此以后不会有片刻的安宁了。"他得意地自言自语道。

吃完饭后，他又回到了门口。这时，她叫他进去，他也就进去了。空气中仍然弥漫着分娩时那种热血的腥味，但是，除了木盆里的血渍外，别处没有留下一点儿血的痕迹。不过，她已经往木盆里倒了些水，并把它推放在床底下，这样他几乎什么也没有看见。屋里那根红蜡烛依然点亮着，她躺在床上，把自己和婴儿捂得严严实实。她的身边躺着他的儿子，按照当地的风俗，婴儿要用他爹的一条旧裤子裹着。

他走上前去，一时间说不出话来。他提着心，吊着胆，俯身看着孩子。圆乎乎的小脸，皱皱巴巴，皮肤显得有点黑，脑袋上的头发又黑又长，还湿漉漉的。这时候他已经不啼哭了，双眼紧闭，静静地躺在母亲的怀里。

他回过头看看妻子，她也抬头看了丈夫一眼。她的头发仍然湿漉漉的，不知道她经受了多大的痛苦，细小的眼睛凹陷，显得暗淡无神。除此之外，她没有任何变化，就和平常一样。他看着她躺在那里，令人既感动又同情，此时此刻，他思绪万千，感慨不已。他的心已经投向这母子二人，他不知道该说什么好，只听到他说："明天我到镇上买一斤红糖，冲红糖水给你喝。"

然后，他又看了看孩子，忽然嘴里冒出一句话，好像是刚刚想到的，"我们一定要买一大篮子鸡蛋，把鸡蛋都染红，然后送给全村的人。这样，人人都知道我有个儿子了！"

第四章　人丁兴旺

生完孩子后的第二天，阿兰像平常一样，早早起了床就去给爷俩做饭，她没有跟王龙一起下地收割庄稼。这样，他就一个人一直干到后晌，然后，换上蓝大布衫就进城了。他来到集市，买了50个鸡蛋，鸡蛋虽然不是很新鲜，但也不错，一文钱一个。他又买了几张红纸，准备煮成水染红鸡蛋。他挎着放鸡蛋的篮子，来到糖果店，在那里买了一斤多红糖，看着店员用麻纸小心地把红糖包好，用麻绳缠了缠，然后，在麻绳下面塞了一个带有商号的红封贴。店员一边包一边微笑着。

"给刚生完孩子的妈妈买的吧？"

"头生，儿子。"王龙得意地说。

"噢，真有福气啊。"那人随口应答着，这时，店里来了一位衣着考究的客人，他转过身，就去招呼这位客人。

就这句话店员不知对店客说过多少次了，甚至天天都说，但他觉得，店员这话是专门对他说的，很有意义。他对店员的服务态度也满意，临走时，他对店员连连鞠躬。随后他走到烈日暴晒、尘土飞扬的大街上，暗自思忖着，谁有他这样的好运和福气！

想到这儿，他不由喜上眉梢，但马上又感到了一种恐惧的痛苦。这辈子光富足不行啊。这世界上到处都充斥着丑陋的嘴脸，他们不可能让凡人的日子过得红红火火，尤其是不会让像他这样的穷人过上好日子的。他急忙转身，走进了蜡烛铺子，那里也卖香。他买了四炷香，他要给家里每人烧一炷香。他带着香走进了那座小小的土地庙，把香插在香炉的灰烬里，他和妻子曾在这里烧过香。他把四炷香点着，看着它们燃成灰烬，这才离开土地庙，往家里走去。心里宽慰了许多。这两尊小小的保护神稳稳地坐在这个小庙里，它们竟有如此强大的力量！

　　当人们还没有从现实中醒悟过来时，这女人就和他一起下地干活儿了。庄稼收割完毕，他们就在家门口的麦场上用连枷打谷脱粒。他们俩一起干活儿。打下谷粒后就要扬场，他们用大簸箕把谷子在空中上下扇簸着，让风把轻轻的谷糠和秕子吹走，较重的谷粒落下时，又用簸箕接住，这动作循环往复，直到把谷子扬完。紧接着就该犁地种冬小麦了，他套好牛，备好犁，就开始犁地，女人拿着锄头跟在他身后，时不时地把犁沟里翻起来的大土坷垃打碎。

　　现在，她每天都要在地里干活儿。干活儿时，她在地上铺一条又旧又破的棉被子，让孩子躺在上面睡觉。孩子醒来哭闹时，女人就停下手中的活儿，平坐在地上，解开衣襟给孩子喂奶。阳光照射在娘俩身上，这时，晚秋的阳光，牵着夏日的余温死死不愿松手，除非即将来临的冬日寒冷将它们驱散。妈妈和孩子的皮肤被晒成了古铜色，他们坐在那里就像土造泥塑一般。女人的头发和孩子那柔软乌黑的头发上沾满了田里的泥土。

　　女人有一双巨大的褐色乳房，孩子吮吸着源源不断地涌出如雪的乳汁，嗫着一个奶头时，另一个奶头的奶水如泉水一般喷薄而出，但她任凭其流淌着。虽然孩子很贪吃，但妈妈有充足的奶水，他是吃不完的，她的奶水可以供养很多孩子吃。她知道自己的奶水很丰沛，就是流出来一些她也不在意，奶水有的是。有时候为了不把衣服弄脏，她撩起上衣让奶水流到地上，奶水渗入土壤，形成一小块柔软、发黑的沃土。孩子胖乎乎的，也很听话，尽情享受着母亲给予他永不枯竭的生命源泉。

　　冬天就要来临了，他们已经做好了过冬的准备。以前哪有过这样的好收成，三间屋子粮食堆得满满的，屋梁上挂满了一串一串的干葱和大蒜；堂屋、老人居住的屋子和王龙两口子住的屋里到处都堆放着用苇席围成瓮形的粮囤，里面囤满了小麦和稻谷。这么多粮食，大部分都要卖掉，但是王龙过日子很节俭，他不像村里许多人，赌博成性，好吃懒做，他一点也不像他们，在收获季节，以低价格把粮食卖掉。相反，他把粮食囤起来，等到冬天下雪或过年的时候再卖掉，这个时候，镇上的人就会不惜高价购买粮食。

　　可是，他的叔父常常不等庄稼熟透，就迫不急待地卖粮食。有时为了弄点现钱，他的叔父甚至就站在田里把粮食卖掉了，这样省去了收割、打场的麻烦。再说了，他的婶娘也是个不会持家的傻女人，肥胖，懒惰，整天嚷嚷着要吃甜食，吵着要这要那，鞋子都要从城里买，可是，王龙家人的鞋子都是媳妇给做的。她按照各自脚的大小，给王龙、给老人、给孩子，也给她自己做鞋。要是媳妇也吵闹着要买鞋穿，王龙真不敢想象这日子怎么过啊！

叔父那间房子很破旧，摇摇欲坠，屋梁上从来没有挂过什么东西。可是，王龙家的屋梁上现在还挂着一条猪后腿呢。那是邻居老秦杀猪时，他从他那里买的。那头猪像是得了什么病，怕掉膘，老秦就把它早早地杀了。这是一条猪后腿，阿兰用盐把整个猪腿腌制了，挂起来让其风干。另外，他们还把自己养的两只鸡也杀了，掏出内脏后，在肚子里塞上盐，连皮带毛挂起来风干。

冬天来了，从东北方荒漠吹来的寒风，凛冽刺骨，他们坐在温暖的家中，享受着早已囤积过冬的美食。时光如梭，孩子很快就要学会自己坐了。孩子过满月那天，他们做了一桌面条盛宴，名曰长寿面，表示庆祝，王龙还把参加过他婚宴的那些人请来，给了每人十个煮熟染红的鸡蛋；对村里那些前来向他祝贺的人，每人赠送两个红鸡蛋。人人都羡慕恭贺他得了个儿子，这孩子胖乎乎，圆脸蛋，高高的颧骨颇像他妈。现在是仲冬，孩子坐在屋里土地板上铺的被子上，而不是坐在田地里。他们把南门敞开，让阳光照射进来，而北风被房子厚实的土墙阻挡着，根本吹不进来。

门前枣树的树叶落了，田边柳树和桃树上的树叶也落了。唯有房子东边稀疏的一小丛竹林上的竹叶还在，即使狂风扭动抽打着竹干，竹叶也没有脱落。

干燥的风不断地刮着，地里播下的麦种不可能发芽，王龙焦躁不安地期待着下雨。有一天，天色阴沉，风渐渐停息了，空气静谧而温暖，这时，屋外忽然下起了雨。温馨的一家人坐在一起，屋里洋溢着幸福和满足。大雨如注，下个不停，他们眼看着雨水流到了庭院附近的田地里，也看着雨水从茅草苫顶的屋檐上滴流下来。小孩子感到惊奇，雨落下时，他伸出小手去抓那银白色的雨线。小孩笑了，他们跟着他一起笑，老人蹲在孩子身边的地上，他说："十里八村都找不到像咱们家这孩子。我兄弟那几个孩子在学会走路之前，对周围的事物一点反应都没有。"

田里的麦种终于发芽了，在湿润的褐色土地上呈现一片娇嫩的新绿。

这个时候，人们就会互相串门，走亲访友，因为他们都觉得，只要老天爷有眼，给他们降雨，庄稼就能得到浇灌，这样，他们就不必一趟趟地用扁担挑水浇地，他们把扁担在肩膀头上不停地换来换去，累得他们腰酸背痛。上午他们不是到你家，便是到我家，不是喝茶，就是聊天。要么他们就打着一把颇大的油纸伞，光着脚板，穿过田间小路，互相串门。如果女人们勤俭，还想着给过年准备点什么，她们一定会固守在家，或做鞋或缝补衣服。

但王龙和妻子却不常串门。这个村子是由六七户分散人家组成的，王龙家便是其中一户，但是，在村子里没有一户像他们家那样把日子过得温馨殷实。王龙觉得如果与别人走得太近，别人就会向他开口借钱。新年马上就要到了，谁愿意借给他们添新衣购年货的钱呢？他索性就待在家里。媳妇缝缝补补时，他就拿出破损的竹耙修一修，断了的绳节，他就用自己种的大麻做的绳子把它织好，耙齿断了，他就灵巧地换一根新竹耙。

王龙做着修理农具的活儿，而妻子阿兰在家里做着缝缝补补的事儿。如果一个陶罐破了漏水，别的女人就会把它扔掉，嚷嚷着买个新的。可是，阿兰不像她们，她会弄些黏土和成泥，把裂缝补上，用火慢慢烧烤，结果这个陶罐就像新的一样。

因此，他们就这样坐在家里，欣赏着彼此之间的默契，他们讲话不多，有一句没有一句的，零零星星，断断续续。他们夫妻之间的家常话是这样的："你把明年还要种的大南瓜籽留好了吗？"或者"我们把麦秸卖掉吧，做饭可以烧那些豆秆"。或者，王龙偶尔会说一句"这面条做得不错"，而阿兰则会反着回答"今年麦子磨的面好"。

今年是个好年景，王龙辛辛苦苦得到的银圆远远超出了他们的需求，他不敢把这些钱都带在腰里，除了他的女人，他也不敢告诉别人他有多少钱。他们想着把这些银圆该放到哪里呢？最后，这个女人巧妙地在他们屋里床后面的内墙上挖了个小洞，王龙把那些银圆塞进这个洞里，然后，再用一团泥巴把洞口封好，使墙皮看上去根本没有挖过的痕迹。这对王龙和阿兰来说，他们俩都觉得自己暗藏了一笔财富。王龙心里很清楚，现在他的钱是花不完的。当他走在乡党中间时，他可以不设防心，轻松愉快地走自己的路。

第五章　喜迎新年

新年将近，家家户户都在购置年货，准备过年。王龙来到镇上的蜡烛店，买了几张福贴，上面用金粉墨汁分别写着"福""财""寿"之类的吉祥字。他把这些写有"福"字的大小不一的斗方贴在不同的农具上，希望给新年带来好运。他还给耕犁、牛轭，以及扁担、水缸和水桶上都贴了"福"字。然后，他在正门上贴了一副对联，写着"吉祥如意"的字眼，接着他巧妙地用红纸剪了一个花卉图案贴在门楣上，算是横批。王龙也买了给土地爷做新衣的红纸，尽管他的手有些颤抖，但他还是精巧地剪好了纸衣服。王龙拿着这些纸衣，给土地庙的两尊佛像穿在身上，然后，在佛像前烧了香，祈求新年吉祥如意。他给家里也买了两支红蜡烛，准备除夕在供奉佛像时的桌子上点燃，那张佛像就贴在堂屋中间桌子上方的墙上。

后来，王龙又到镇上走了一趟，买了些猪板油和白糖，媳妇把猪板油炼得滑润洁白，然后又舀了一些米粉。这米粉是用他们自家的米在石磨上磨成的。需要磨面时，他们就把自己养的牛套在石磨上磨面。她把猪油、白糖和米面粉和在一起，然后揉搓成面团，最后做成年糕，也叫月饼，就跟黄家大院吃的年糕一样。

她把年糕整齐地摆在桌子上准备烤的时候，王龙心中充满了自豪感。村里哪个女人能像他媳妇这样能干，会做只有富人家逢年过节吃的年糕？在有些年糕上，她还放了一点切成细细的山楂丝，并用青梅干点缀一下年糕，还摆成了花的图案。

"我都不忍心吃这些东西。"王龙说。

老人围着桌子转来转去，看到那些光艳的彩色，高兴得像个小孩。他说道："把我兄弟叫来，让你叔父和孩子过来——过来看看。"

富裕已经使王龙变得格外谨慎起来。你总不能把饥饿的人请来只是看看年糕吧。

"还没过年，就让外人看见年糕是不吉利的。"他急忙解释道。他媳妇双手沾满了米面粉和黏糊糊的猪油，就对他说："这些年糕不是给我们吃的，给客人们尝尝普通的年糕就行了。我们还不富裕，没有吃白糖和猪油的福分。我这是为黄家老夫人准备的。初二我把孩子带上，把这过年的礼物给他们送去。"

看来这些年糕意义非凡，比什么都重要，王龙当初第一次去黄家，在大厅里，他表现得那么胆怯，显得那么卑微、那么寒酸。现在他的妻子，抱着穿大红衣服的小孩，带着优质面粉、白糖和猪油做好的年糕，要到黄家做客了。想到这里，他心里一阵狂喜。

今年这个春节，媳妇走"娘家"是天大的事，除此之外，一切都将无足轻重。阿兰亲手给他缝制了一件黑色棉衣，他穿上后，自言自语道："送他们娘俩去黄家时，我就穿上这件黑棉衣。"

他强忍受着大年初一的单调与无聊。这天，叔父和邻居们都过来拜年，为父亲和他祈福，嚷嚷着要吃这，要喝那的。他早早把带着花卉图案的年糕放到篮子里，收拾了起来，唯恐被这些来拜年的人给吃了。想想看，当客人尝了普通的年糕，说猪油好吃，味道香甜，你好意思不说一句："你们再尝尝带花的特制年糕吧。"

但他没有这么说。现在，他最大的希望是要昂首阔步地走进那个大户人家。

大年初二，是女人们回娘家的日子，前一天，即大年初一，王龙和父亲吃了个酒足饭饱，今天他们早早就起床了。阿兰给孩子穿上她亲手做的红衣服和虎头鞋。除夕那天，王龙给孩子剃了头，她把绣着金色小菩萨的无冠红帽子戴在孩子头上，然后把他放在床上。王龙麻利地穿好衣服，妻子则把又黑又长的头发梳好，把他给她买的镀银铜簪别在发髻上，然后，穿上一件黑色新棉袄。这新棉袄和王龙的新大褂是用同一块布料做的，当时给他们两人一共撕了二丈四尺好布，其中有二尺是搭送的，这是布店的规矩。随后，他抱上孩子，阿兰挎着装有年糕的篮子，他们穿过田间小径，朝黄家大院走去。时值隆冬，田野里一派萧条，显得空荡荡的。

在黄家大门口，王龙得到了礼遇，看门人听到有女人的叫门声，赶快出来开了门。看到眼前的一切，他目瞪口呆，用手捻着黑痣上的三根长毛，惊呼道："啊，是农民老王啊，一家三口来的，不是一个人了，"当看到他们一袭新衣，又生了个孩子时，他接着说，"你真是红运当头，日子一年比一年好啊。"

王龙漫不经心地回答着，目无他人的样子："都是收成好，好收成啊。"说完，他迈着坚定的步伐，自信地走进了大门。

守门人被自己目睹的一切深深地感动了，他对王龙说："请到寒舍坐坐，我这就去通报，让你媳妇和儿子进去。"王龙站在门口，望着妻儿带着给这家大户主人的新年礼物，穿过庭院向里走去，这真给他长了脸。他们穿过一个庭院又一个庭院，在墙高院深的尽头，他们的身影越来越小，他目送着他们娘俩，直到转弯处，他们消失在视线之外。这时，他走进看门人的屋里。看门人的麻子脸老婆客气地给他让了座，他也毫不客气地接受了，就坐在了堂屋中间桌子的左边，然后，接过她端过来的一碗茶，微微点点头，表示谢意。他没有喝，仿佛那茶叶的质量对他来说档次不够。

过了很久，看门人才把他媳妇和孩子带过来。王龙盯着媳妇的脸，看了一会儿，想知道是否一切都挺好的。他现在学会了察言观色，从她那张毫无表情的方脸上，发现了他原来未曾察觉的细小变化。她脸色凝重，心情不悦。他急不可待地想知道，庭院内那些丫鬟们到底发生了什么事情，可是，她不被允许进入丫鬟们住的庭院里，因为这和她毫无干系了。

他向看门人和他的麻子脸老婆微微鞠个躬，然后就催着阿兰赶快走，他把孩子接过来抱在怀里，孩子已经睡着了，新衣服也弄得皱皱巴巴。

"怎么样？"他回过头，向身后的媳妇问道。这次，他对她的迟缓有点不耐烦了。她往前紧赶了几步，小声对他说："听我说，我觉得那家人今年手头紧了。"

她的话里带有几分震惊，就像有人对你说神仙饿了那样。

"你这话是啥意思？"王龙催着她问道。

但是她并不着急。对她来说，说话就像做事情一样，话要一句一句地说，事情要一件一件地做，让她痛快地说句话可真难。

"老夫人今年还穿着去年的旧衣裳，这已经不同寻常了，我从来没见过。丫鬟们也没有穿新衣裳。"她停顿了一下，接着说，"我没看见哪个丫鬟穿着像我这样的新衣服。"她停了停，然后，又接着说，"要说我们的儿子，没有老爷和哪个妾生的孩子能和咱们的儿子相比，无论是长相，还是穿衣。"

她的脸上慢慢掠过一丝笑容，而王龙则哈哈大笑，把孩子爱怜地搂抱在怀里。这孩子长得真好——这孩子长得真好！然而，狂喜之余，他又有些惧怕。他这不是在做一件蠢事吗？抱着一个漂亮英俊的男孩，行走在光天化日之下，要是让偶尔从空中飘过的妖魔看见了怎么办？他急忙解开外衣，把孩子的头塞进怀里，然后，大声说："可惜的很，我们这个孩子是个没人要的女孩子，还得了天花，多可怜呀，就让这孩子死了吧。"

"是啊，就是啊。"他媳妇赶紧附和着说，没搞明白他们在做一件什么大事情。

说出这些不吉利的话后，他们心里宽慰了许多，这时，王龙又催问着媳妇。

"你知道他们为啥比以前穷了吗？"

"我和厨子私下里说了会儿话，我原来在她手下干过活儿。她说：'家里有这五位少爷，他们的好日子快到头了，在外面，少爷们大手大脚，花钱如流水，把他们厌倦了的女人一个个都送回老家；老爷守在家里，每年也要纳一两个妾，而老夫人每天抽鸦片的钱折成黄金足足能装满两只鞋。'"

"哦，原来是这样！"王龙低声说道，好似着了魔。

"还有，三小姐今年春天就要出嫁了，"阿兰继续说，"彩金是一个王子的赎金，这笔钱足以在大城市里买一幢房子。嫁妆全是用苏杭二城上好的绸缎制作的，而且她还特邀上海的裁缝带领助手来给她做嫁妆，她想让自己的衣服和洋场上女人的衣服同样时髦。"

"花这么多钱，她要嫁给谁呀？"王龙问，他对这样挥霍钱财既羡慕又痛恨。

"听说她要嫁给上海一个做官的二儿子，"她说。停顿了好长一会儿，又接着说，"看来他们的日子越来越不好过了，因为老夫人亲口对我说，他们想卖地——想把宅子南边的那块地卖掉，那块地就在城墙外边，他们每

年在那块地里都种稻子，那是一块肥沃的土地，很容易从护城河里引水浇灌的。"

"他们要卖地？"王龙重复着，相信这应该是事实，"看来他们真的变穷了。可是，地是人的命根子啊！"

他沉思片刻，突然用手掌拍拍前额，一个想法在他脑海闪过。

"这是我没有想到的！"他大声说，转过身看着媳妇，"我们要买这块地！"

他们互相看了看，他非常高兴，可她万分木然。

"可是——这块地——这块地。"她咕哝着说。

"我要买下这块地，"他用傲慢的口气喊道，"我要从黄家人手里买下这块地！"

"这地离家太远了吧，"她惊愕地说，"得走好半天才能到那块地里。"

"我一定要买。"他急躁地重复着，好像他在对母亲重复着一个被拒绝了的请求。

"买地是好事，"她平静地说，"买地肯定比把钱藏入土墙里好。可是，为什么不买你叔父的那块地呢？他一直吵着要把靠我们村西地的那块狭长的地卖掉。"

"哦，你说我叔父那块地，"王龙大声说，"我不会购置他的那块地的。那块地让他都胡乱折腾20年了，他从来不给地施肥，也不给地喂点豆饼，土地贫瘠，土壤像石灰。不买他的地，我一定要买黄家的地。"

当他说"黄家的地"的时候，就好像他在说"秦家的地"一样随意——老秦就是他那个农民邻居。他要比这些愚蠢的、富有的、奢侈的人家高高在上。要手里攥着大把银圆，他会牛气地说："我有的是钱。说吧，那块地你们想卖个什么价？"他似乎听见了自己在老爷面前说的这些话，然后对管家说："一视同仁，不要把我当成外人。给个公道价？我手里有的是钱。"

王龙的妻子曾经是这高傲的大户人家的厨娘，可现在她成了拥有这大户人家一块土地人的媳妇。正是这土地才使得黄家几代人都荣华富贵。王龙媳妇似乎明白了他的意思，突然，她不再阻拦，反而说道："那就把地买下吧。毕竟那是块好稻田，又靠着护城河，浇地都方便，收成有保证，是个好事。"

　　一丝笑容在她脸上慢慢舒展开来，但这笑容从来没有使她那呆滞的、狭小的黑眼睛闪烁起来。良久，她才说："去年这个时候，我还是这大户人家的丫鬟呢。"

　　他们继续走着，一路上沉默寡言，对买地这个事情做着周密的思考和筹划。

第六章　买田置地

王龙最终买下了黄家的那块地，正是这块地后来才极大地改变了他的生活。当初，他把银圆从墙里取了出来，送给黄家，得到了和老爷身份等同的地位，也敢和他面对面地说话了，他感到很体面，但是，后来他整天萎靡不振，感到有点后悔。当他想到原来塞满了银圆的墙壁现在空空如也时——那些银圆他从来都没动过——他好想把那些银圆要回来。再说了，耕种这块地需要更多的时间和劳作。就像阿兰说的那样，这块地离家太远了，有一里多路。而且，就说买的这块地吧，并没有给他带来他向往的荣耀。

有一天，他早早起床，朝黄家大院走去，老爷还在昏昏大睡。尽管是中午时分，他依然大声喊道："告诉老先生，我有重要的事情——告诉他，是钱的事。"

可是，看门人明确地告诉他说："你就是把世界上的钱都给我，我也不敢把那个'老老虎'叫醒。他正在搂着桃花睡觉呢，桃花是他三天前新纳的妾。让我把老爷叫醒，那不是要我的命吗？不值！"然后，捻弄着黑痣上的三根长毛，有些不怀好意地补充说："不要以为银圆就能把他叫醒，告诉你，老爷出生时手里攥的都是银圆。"

后来，就买地这个事他不得不与老财主的管家打交道。管家油腔滑调，简直就是个无赖。他双手捧着王龙递过去的银圆仔细审视着。此时此刻，王龙突然感觉到，银圆还是比土地更有价值，银光闪闪的银圆是可以看得见的啊。

就这样，王龙得到了那块地。二月里的一个阴天，他到那块地里转了转。这个时候，还没有人知道那块地已经属于他了，他是一个人到地里走走看看的。那是一块长方形的黏土地，位于环绕城墙的护城河旁边。他用步丈量了一下那块地，长 300 步，宽 120 步。四块界石仍然立在地角，上面用篆体刻着"黄家"二字。唔，王龙要把这些界石改过来。过不了多久，他要把这些界石拔掉，把刻有自己名字的界石栽在这里——但是现在还不行，他不想让人知道他已经富得能买得起大户人家的土地了，以后更富有了，他就无后顾之忧了，到那时，想做什么就做什么。看着那块长方形的土地，他暗自思忖着："在大户人家的眼里，这块地算不了什么，但对我来说，这可是天大的事情啊！"

随后又一想，感到自己没有出息，小小的一块地就这么重要！这不，当他得意地把银圆倒在管家手里时，管家漫不经心地把钱收了起来，说道："不管怎样，这点钱够老夫人抽几天鸦片的。"

他和那家大户人家之间的鸿沟仍然很大，他突然感到，这条鸿沟就像眼前灌满了水的水渠难以逾越，又好像他们之间耸立着一堵高大而古老的城墙不可攀越一样。愤怒之余，他暗下决心，一定，必须要用银圆再次把墙上的洞塞满，等他攒够了钱，从黄家买更多的地，那时候，这块长方形的地在他眼里就分文不值了。

那时候，这块地就变成了王龙的一个象征。

春天来了，乍暖还寒，春风吹拂，雨云压顶。对王龙来说，冬天那种半清闲的日子已经变成了整日在地里的辛勤耕作。老人在家里照看着孩子，王龙和媳妇一起从早到晚手脚不闲地在地里干活。一天，王龙得知媳妇又怀孕了，他的第一个反应便是愤怒，他气愤的是，收割庄稼时，她帮不上什么忙了。王龙累得直发脾气，对她喊道："你故意挑这个时间生孩子，是不是？"

但她沉住气，不慌不忙地说："头胎难点，再生孩子就没啥了。"

打那以后，他们再没有说过有关二胎的事情，只见她的肚子随着胎儿的发育越来越大。直到秋天的一个上午，她放下手里的锄头，慢慢地回到家里。那天他没有回去，连回家吃午饭的时间都没有，因为天空乌云密布，随时都可能下暴雨，稻子已经熟透了，他必须赶紧收割，还要打成捆。后半晌，太阳还没有落山，她又来到地里，帮他干活儿。她的肚子瘪了，看起来有点疲惫，但她不哼不哈，表现得很刚强。他本想说："今天让你受罪

了，回去躺在床上歇着吧。"但他自己也累得疲惫不堪，不得不变得有些狠心。不过，他只是在心里说："你生孩子痛苦，我在地里干活就不累了吗？"因此，在小憩的时候，他问媳妇："是男孩还是女孩？"

她平静地回答说："又是个男孩。"

他们彼此再没说什么，但他心里感到高兴，这时，不停地伏身直腰，似乎割稻子也显得不那么累了。他们一直干到月亮从紫色的云边露脸，收割完毕，他们才回家。

吃过晚饭，王龙用冷水洗过被太阳晒黑的身子，喝了几口茶后，他才走进屋里去看他的第二个儿子。阿兰做过饭后便躺在床上，孩子躺在她的身边——一个胖乎乎、安静的孩子，很健康，没有第一个孩子大。王龙看了看他，回到堂屋，心里喜滋滋的。又生了个儿子，一年一个儿子，一年一个儿子——每年都给大家送红鸡蛋，麻烦死了，生第一个孩子时，送红鸡蛋就够了。每年生个儿子，家里红运高照啊——这个女人给他带来了无尽的好运和财富。他对父亲喊道："爹，你又得了个孙子，我们得把老大放到你的床上呀！"

老人非常高兴。他一直都盼望着孙子能和他睡在一张床上，用小孩充满活力的柔绵躯体来温暖他那衰老冰冷的身子。可是，孩子不愿意离开他娘。随着孩子一天天长大，他现在可以在屋里蹒跚着走动了，他望着妈妈身边这个新生的孩子，瞪着严肃的眼睛，似乎明白了，另一个孩子代替了他的位置。于是，他不再反抗，顺从地让人把他放到了爷爷的床上。

今年的收成奇好，卖掉粮食后，王龙又获得不少银圆。他把银圆再次藏入墙洞里。他买黄家的那块地收获的稻谷差不多是他自己稻田收成的两倍。新置的那块地既湿润又肥沃，地里的稻子长得很旺盛，就像其他地块里不需要的野草一样疯长，不让它长它也长。现在大家都知道王龙拥有那块地了，于是，村里都私下议论着，要推举他为村长。

第七章　财不顾亲

这时候，王龙的叔父倒成了他的心腹之患，他处处跟王龙作对，王龙早就预感到他会来这一套的。这个叔父是王龙父亲的亲弟弟，按常理，都是有血亲关系的，如果他生活拮据，不能养家糊口，他完全可以依靠侄儿王龙嘛。以前，王龙和父亲很穷，愁吃愁穿的。他叔父还招呼家人在自家地里干点活儿，左耕右种，从土里刨点食，也能填饱全家人的肚子，养活着老两口和七个孩子，日子就这么一天天地过着。可是这家人一旦吃饱喝足了，谁也懒得干活儿，媳妇也不扫地了，孩子懒得连脸都不洗了，嫌麻烦，经常弄得脸上沾着饭粒。更丢人的是，大点的女儿都长成大姑娘了，也到了谈婚论嫁的年龄，可是她们仍然在村里大街小巷浪来荡去的，出门时，头发也不梳，棕色头发乱蓬蓬的像个鸡窝，甚至还和男人们搭讪。

一天，王龙碰见了他的大堂妹，她那个样子让王龙非常生气，这简直是给王家丢脸。于是，他斗着胆去找婶娘。"婶婶，你说，像我妹妹那样的女孩子，能嫁出去吗？她跟啥男人都眉来眼去的。还有三年就是她出嫁的年龄，可是，她满村子飞来飘去的。今天在大街上，我就看见一个无赖把手放到她的胳膊上，她对着人家还嬉皮笑脸的！"

婶娘这人长了一身懒骨头，就那张刀子嘴不饶人。现在她冲着王龙打开了机关枪。

"你说得轻巧，可是，嫁妆、婚礼费用，还有媒人的钱，谁来出呀？地多的人只会说好听话，就是不知道做点实事，有了多余的银圆，就知道从大户人家那里买地，买地。可是，你叔父的命不好啊，从小就是命苦。命中注定的啊！这也不能怪你叔父。你看，别人家的庄稼长势良好，收成不错，可他，把种子撒到地里，连芽都不发，种子都闷死在土壤里，地里除了长草，什么都不长，就这样，他的腰还都快累断了。"

这时她大哭大闹起来，借着疯劲，装出一副愤怒的样子。她抓住后脑勺的发髻，发狂似的撕着，蓬乱的头发遮着她的脸，披着头散着发，歇斯底里地号叫着："哎呀，有些事情你不知道啊——都是命不好呀！别人家的地里都能长出好米好麦子，可我们家的地里净长草呀；别人家的房子能住100年，可我们家房子的屋基都摇晃了，墙也裂缝了；别人家生的都是男孩子，除了一个儿子外，我生的净是女孩子——唉，真是苦命啊！"

她大声号叫着，左邻右舍的女人们都跑出来看热闹。但王龙站在那里纹丝不动，他要把想说的话说完。

"不过，"他说道，"虽然我没有资格劝说我叔父，但我还是要说，趁着一个女孩还是黄花闺女的时候，赶紧把她嫁出去吧。谁听说过一条在街上游荡的母狗不会生崽？"

王龙三言两语把话说完，便回自己家去了，留下婶娘在那里使劲哭喊着。他在心里盘算着，今年还要从黄家再买一些地，只要有机会，他希望每年都能买一些地，他还设想着再盖一间新房子。然而，令他生气的是，当他看到自己和儿子们正成为一个拥有地产的家庭时，有血脉相连的堂妹，一个姓氏，一窝懒虫，竟放荡不羁。

第二天，他正在地里干活儿，叔父来看他。阿兰不在那里，自从她生了第二个孩子以后，十个月已经过去了，第三个孩子也快生了。这一段时间，她身体不太好，好几天也没到地里干活儿了，所以王龙一个人在地里干着。他叔父懒洋洋地沿着田埂走过来，衣服披在身上，从来不扣，腰间扎一条腰带，似乎一阵风吹过，他就会赤身露怀，一丝不挂。王龙正在锄一垄蚕豆，叔父走到他跟前，不声不响地站在那里。这时，王龙头也不抬，没好气地扔给他一句话："叔叔，别怪我没有停下手里的活儿。你知道，这豆子一定要锄两三遍。你肯定把你的豆子地锄完了。我干活儿慢——一个穷汉——不干完活是不能喘口气的。"

王龙的叔父完全明白他的弦外之音。但他却圆滑地回答说："我是个苦命人。今年种的豆子，20个种子里只出一棵苗，长势也不好，锄它也没用。看来今年要想吃豆子，只能花钱买了。"说完，他重重地叹了一口气。

这时王龙的心也硬起来了。他心里很清楚，叔父是有事来求他的。他把锄头慢慢往前一伸，小心翼翼地锄着地，一边锄，一边把锄得松软的地里的土坷垃打碎。豆秧长得疏密有致，阳光下投下了清晰的轮廓。终于，他叔父开口说话了。

"我屋里人对我说，"他说道，"说你很关心我那个无用的大丫头。你说的全是实话。就你这样年纪来说，你可真是个灵性人。应该给她找个婆家，都十五六岁了，过个三四年，结了婚，就要生孩子。我整天提着心吊着胆，就怕哪个野种让她怀了孕，给我脸上抹黑，给我们家族丢脸。想到这种事会发生在我们这个正经的家族里，你说，你叔父我，你爸的弟弟，丢人不丢人！"

王龙刚拿起锄头，又放下了。他真想不客气地说他几句。他很想说："那你为什么不管管她呢？你为什么不让她老老实实地待在家里，让她扫地、洗衣、做饭、做针线活呢？"

这种话怎么能说给一个长辈听呢！因此，他沉默不语，给一棵小小的庄稼苗松着土，他在等着叔父的反应。

"我要是命好，"他叔父悲伤地继续说道，"像你爹那样，娶个好老婆，又能干活，又能生儿子，像你媳妇那么能干也行啊，可是，你看我过的啥日子，我那女人，除了长膘，什么都不会，生孩子也净生女孩，生个儿子吧，还是个饭桶，整天游手好闲，懒得就不像个男人。我本来也可以像你现在一样的富。要是我真的富了，只要我愿意，我会很高兴地和你分享我的财富。我会做媒，把你女儿嫁给好人家，荐你儿子到商行做学徒，而且我还会乐意替他出保证金的——我还会愿意给你修房子，把最好吃的东西分给你、你爹，还有你的孩子，因为我们是同宗同门，一家人啊！"

王龙回答道："你知道我不富裕。现在还有五个月的孩子要吃饭，我爹也老了，什么活儿也干不了，总要吃饭吧，给你说吧，家里又要多一张吃饭的嘴了。"

他叔父提高了嗓门说："你有钱——你富有！你从大户人家置了地，天知道你花了多少钱买的地——看看村子里还有谁能买得起地？"

听到这话，王龙一肚子气。他扔下锄头，瞪着叔父，突然大声喊道："如果我手里有一个银圆，那是我劳动得来的，是拿命换来的！我不像一些人，整天无所事事，游手好闲，就知道坐在牌桌上赌钱，要么坐在脏兮兮的家门口说长道短，拉八卦，庄稼不种，让地都荒着，孩子经常饿肚子。"

叔父气得血直往头上涌，蜡黄的脸立刻变得铁青。他朝侄儿猛扑过去，抽打着他的脸。

"听着，"他大声吼叫着，"哪有这样对父辈说话的！你没家教，没德行，你忤逆不孝，嗯？经文上怎么说的，知道吗？不能顶撞长辈。"

王龙阴沉着脸，一动不动地站着，知道自己做错了，但从心底里痛恨眼前这个叔父。

"我要把你说的这些话给村上人学一学。"叔父扯着嗓子喊道，"昨天你就羞辱我们，在大庭广众面前胡言乱语，说我的女儿不是黄花闺女，今天你又来教训我，告诉你，如果你爹不在了，我就是你亲爹！就说我家女儿不是黄花闺女，也不许你放个屁。"他一遍遍地重复着，"我非要给村上的人说不可，一定给他们说……"

这时王龙不情愿地说："你想让我怎么样？"

这事如果传遍整个村子，肯定会伤他的自尊心，他们毕竟都是骨肉至亲。

他叔父的态度立马缓和了许多。气也消了不少，脸上也露出了笑容。他抓住王龙的胳膊。

"哎，我知道你——孩子，你是个好孩子——"他柔声柔气地说道，"你的老叔知道你——你就是我的儿子。儿子，给这个可怜的老人一点儿银圆吧，给十块吧，九块也行，拿这些银圆我就可以找个媒婆，给我那丫头说个亲。唉，你说得很对，她早该找个婆家了，早该出嫁了！"他叹了口气，摇了摇头，坦诚地望着天空。

王龙拿起锄头，然后又放下了。

"回家吧，"他随后说道，"我又不是个有钱的主，银圆都带在身上。"他快步流星，走在前头，心里憋着气，嘴里说不出话来。他本来打算再用一些银圆多买些地，可是这白花花的银圆，有些就要落到他叔父的手里了，他知道，不等天黑，这些银圆就会从他的手里跑到赌桌上。

他匆匆走进家门，把正在门口光着屁股晒太阳、玩耍的两个儿子一把推开。他的叔父倒显得非常和善，把孩子叫到身边，从皱巴巴的衣服里掏出两个铜板，每个孩子给了一个，他还把两个胖乎乎、皮肤发亮的孩子搂在怀里。用鼻子拱着他们柔软的脖颈，亲昵地闻着被太阳晒黑的皮肤。

"啊，两个小伙子。"他说，一只胳膊搂一个。

可是王龙一会儿都没有闲着。他先是走进他跟老婆和小儿子睡觉的屋子里。从阳光底下刚进屋子，里面显得很暗，除了从窗孔里射进来的一束光亮，他什么也看不清楚。但是，他所熟悉的那股热血味，直冲他的鼻孔，于是他突然喊道："喂，啥情况？生了吗？"

这时从床上传来了妻子微弱的声音，他从来没有听到过如此微弱的声音。

"已经生了。这次生了个丫头片子——别说了。"

王龙木雕泥塑一般地站着，一种不祥之感袭上心头。一个女孩子！女孩子给他叔父家里带来了多大的麻烦。这一回，他家里也生女孩子了！

他没工夫理会这些事情，只管走到墙壁前，在黑暗里，他用手摸索着那个藏钱墙洞的记号，把那个泥坯拿开。在墙洞里的一堆银圆里摸索了好一阵子，数出了九块大洋。

"你干吗把银圆都拿出来？"妻子突然在黑暗中问道。

"没办法，我把钱借给叔父些。"他立刻答道。

起初妻子什么也没有说，然后用她那朴实、率直的方式说："最好不要说借吧。对这家人来说，这不叫借，叫白送。"

"唉，这我知道，"王龙痛苦地答道，"我这是从身上割肉给他呀。有啥办法，谁让我们是一家子人呢？"

他走到门口，把钱塞给叔父，然后，急忙回到地里，又开始锄地，仿佛要把土和地分离一样。此时此刻，他只想他的银圆，他似乎看见那些银圆被满不在乎地放在赌桌上，看见这些银圆被一个懒汉的手揽回去——那是他的银圆啊！那是他受苦受累一年年从庄稼收成上攒下的钱，那是他准备用来多买些田地的钱啊！

直到傍晚他的余怒才消，他直起腰，想起了他的家，记起了他该吃饭了，然后又想起了今天家里又多了一张吃饭的嘴，这对于他是一个莫大的打击。他们家也开始生女孩子了，女孩子，在他看来，不属于她们的父母，是替别人寄养的。取钱那会儿只是生叔父的气，都没有停下来看看这个小生命长什么模样。

他挂着锄头站着，心里非常悲伤。看来要等到来年的收获季节，他才能买紧挨着他原来买的那块地的地，现在家里还新添了一口人。夕阳西斜，灰暗的天空飞过一群乌黑发亮的乌鸦，"呱呱"地叫着从他头顶上飞过。他望着这群乌鸦，眼看着它们像一团云一样消失在他家周围的树林里，他便追着乌鸦跑过去，一边喊叫一边挥着锄头。它们又慢慢飞起，在他的头顶上不断盘旋，发出阵阵叫声，好像在嘲笑他。最后，它们朝着苍茫暮色的天边飞去。

"这是不祥之兆啊！"他仰天长叹。

第八章 旱情肆虐

人的命，天注定。一旦老天爷和一个人过不去，他就不会再眷顾这个人了。初夏时节，应该是雨水丰沛的，可是老天爷就是滴雨不下。晴空万里，烈日暴晒，干裂饥渴的大地被晒得直冒烟，可是老天爷连眼睛都不眨一下。白昼，天空没有一丝云彩，夜间，繁星闪烁，美丽的夜景背后隐藏着残酷和无情。

尽管王龙使出浑身解数，在田地里精耕细作，地块还是干裂了。随着春天的到来，麦苗苗壮地生长着，只等吐穗灌浆了，但是现在天气干旱，下雨无期，麦苗停止了生长，在灼热的阳光下蔫蔫地伫立在田间，最后萎缩枯死，颗粒无收。王龙育的稻秧苗圃，是这块褐色土地上仅有的一片绿色。看到小麦收获无望后，他天天用竹扁担挑着两个沉重的木桶，给稻秧苗圃浇水。然而，尽管他的肩膀上磨出了两道血印，还有碗大的老茧，他也没有感动老天爷。雨依然遥遥无期。

后来，池塘里的水因缺雨水也变成了泥饼，井里的水位线也降低了许多。阿兰对他说："看来，如果孩子们需要喝水，老人也要喝水，这水都要从池塘里取，如果那样，稻秧苗就得干死。"

王龙嗔怪道："哼，庄稼死了，他们全得饿死。"随后便呜咽起来。此话不无道理，他们这一辈子靠的就是这片土地。

只有河边那块地还有点收成。整个夏天过去了，老天爷也没有降下一滴雨，王龙就放弃了其他土地的耕作，把全部精力都投入这块地里，从河道里提水浇灌着这饥渴的土地。今年，刚把庄稼收割了，他便立刻把粮食枭掉，这是他第一次这么做。拿到银圆的那一刻，他把钱紧紧地攥在手里，傲视着周围的一切。"只要是我想做的事情，谁也拦不住。"他告诫着自己，不管是老天爷，还是严重的旱灾。为了这点银圆，他累垮了身体，流尽了

血汗，他打算用这点钱做他想做的大事情。他急急忙忙赶到黄府，见了管家。一进门便直吐心声，他开门见山地说："我把钱带来了，我要买河边紧靠我家地的那块地。"

王龙听了许多闲言碎语，到处流传说，黄家这一年日子很难过，到了穷困潦倒的地步。老太太好多天都没有美美地抽一口鸦片了，她像一只饥饿难忍的母老虎，每天都打发人去找管家要烟抽。她骂他，用扇子打他的脸，冲着他怒吼："难道就没有剩下可卖的地了吗？"老太太把管家骂得狗血喷头，直到他抓狂。

管家也没有办法，他甚至把平时从家庭开支中克扣下来留作己用的钱都拿了出来，他是真发狂了！然而，家里的事情好像还不止这些。老爷又新纳了一个妾，是个丫鬟，这丫头是老爷过去玩过的一个年轻丫鬟的女儿。那个丫鬟早已嫁给了家里的一个男仆。在纳她为妾之前，老爷对她早已失去了兴趣。但这个丫鬟的女儿，还不到 16 岁，使老爷焕发了新的欲望。年龄不饶人啊！他现在已年老体衰，身体发胖，可是，他好像越来越喜欢女人了，尤其是那些小巧玲珑、年轻漂亮的姑娘，他甚至对幼女都感兴趣，以保持他旺盛的性欲。在这个家里，老太太抽着她的鸦片，老爷满足着他的肉欲，他根本不知道，他们已经到了山穷水尽的地步，已经没钱为他的宠妾买玉耳坠，也没钱给她们娇嫩的手指戴上金戒指。他不理解，也体会不到"没钱"是什么滋味。他这一辈子，只要伸手要钱，不管什么时候，随要随给，要多少给多少。

少爷们见父母都是这个德行，他们也非常无奈，兄弟们合计着说，家里的钱肯定够他们这辈子用。他们只在一件事情上达成共识，即责骂管家，说他财产管理不善，因此这个曾经是巧舌如簧、油腔滑调、生活富裕、无忧无虑的管家，现在也变得忧心忡忡，焦躁不安。他的身体迅速地消瘦，皮肤松弛，就好像身上披着一件旧衣服。

老天同样也没有给黄府的土地上淋几滴雨，他们的庄稼也同样颗粒无收。王龙见了管家，就直截了当地说："我有银圆。"这句话简直就像对一个饥肠辘辘的人说"我有吃的"一样。

管家一把抓过银圆。以前他们还谈个条件，一起喝个茶，现在两个人急切地小声说着话，语速也快，有些话可能都没有说清楚，银圆转手交接后，他们立马在土地买卖契约上签了字，盖了章。就这样，那块地就归王龙所有了。

　　和上次一样，王龙把银圆递给管家时，数都不数。这银圆可是他的血汗钱啊！很难挣的一笔钱。他用这笔钱买到了心中所想。这次如愿以偿地买到了一大片肥沃的土地。这块地是原来那块地的两倍。这块地对他来说，不仅仅因为土壤肥沃，更重要的是，这块地原来是属于一个当地大户人家的财产。对于这一次买地的事情，他守口如瓶，不足为外人道，连阿兰都被蒙在鼓里。

　　日子就这么一天天地挨着过，老天爷依然滴雨不下。秋天来了，几朵云彩很不情愿地在天空飘浮着，那是一些又小又薄的云团。村上街道两边站着心急如焚、无所事事的人群。他们举头望着天空，一起谈论着、判断着哪块云朵会下雨，哪块云朵不会下雨。云朵还没有完全聚集起来，这时从西北方向刮过来一股冷风。这股来自遥远沙漠的寒风，如我们用扫帚扫尘土一般，把不多的几块云朵吹得不见踪影。天空如洗，万里无云。灿烂的太阳每天早上照常升起，每天晚上又孤独地隐去，周而复始，从不停歇。一轮月亮升起来了，像一颗小太阳，明亮地挂在天际。

　　王龙从地里收获了几升豆子。从玉米地里也只收获了为数不多的玉米棒子，而且颗粒干瘪稀疏。就这一点收成也不赖，苗圃的秧苗被移栽到水田之前已经变黄枯死，看到这种情况之后，无奈之下，王龙抢种了一些玉米。打豆子时，他小心翼翼地，生怕丢掉一颗豆粒。他和媳妇用连枷把豆秧一遍遍敲打，让两个男孩用筛子把打谷场上的尘土都筛了一遍，唯恐漏掉一粒豆子。他们在堂屋里剥着玉米棒子，保证不会丢失一个玉米粒。他刚要把玉米芯收拾起来当柴火烧，这时媳妇说道："不要当柴火烧吧，那是一种浪费。记得小时候在山东老家，就像现在一样，也是个饥荒年，我们把玉米芯都磨成面吃了。比吃草好多了。"

　　她说完话，大家都沉默着，连孩子都不说话了。庄稼歉收，颗粒无收，对先前那种奇异辉煌的日子来说，这无疑是一个不祥之兆。只有吃奶的囡囡不知道害怕，因为母亲的两个大乳房还能让她吃饱。阿兰给小孩喂奶的时候，低声说道："吃吧，可怜的傻孩子——趁着还有奶水，吃吧。"

又是天灾，又是人祸。阿兰又怀孕了。这时候，她的奶水也断了，阴森恐怖的屋里充斥着孩子不断要奶吃的哭声。

如果有人问王龙："整个秋天你们怎么度过的？"他就会回答："不知道，东抠一点，西凑一点，就这么拖着过吧。"

还好，没有人这么问王龙。整个乡下人见面时，都不问这样的问题："你们家日子过得怎么样？"只有自己问自己："今天这顿饭吃什么呢？"做父母的也在问："我们一家人，大人还有孩子，今天吃什么呢？"

王龙饲养了一头牛，在日常生活里，他尽可能地照看着这头牛。有时他会给牛喂一些干草，有时喂一把豆秧，只要这些饲料来得容易。入冬之前，他有时候到村外从树上折些树枝或弄些树叶回来喂牛，因为冬天树都是光秃秃的，再无树叶可采。冬天无须耕地，冬播早已结束，他们把剩余的籽种也吃光了，这时候他就把牛放出去，让其自己觅食。他会让老大整天坐在牛背上，手牵着穿透牛鼻环的缰绳，怕牛被别人偷去。但最近他不敢让孩子在野外放牛了，他怕村里人，甚至他的邻居欺负殴打他的孩子，然后把牛抢去杀掉。于是，他就把牛拴在大门口，那头牛现在瘦得皮包骨头。

突然有一天，家里断粮了，既无剩米也无余粮，只剩几粒豆子和一点少得可怜的玉米，牛也饿得"哞哞"地直叫，这时老人说："看来我们要杀牛了。"

王龙一听，急忙喊了起来。他觉得老人这话咋听起来就好像有人对你说"我们可能要吃人了"一样。这头牛可是他在田里的老伙计啊，耕地时，他走在它后面，有时夸它几句，有时骂它几句，这要看他的心情了。这牛买回来时还是个小牛犊，从那时候起，他就和这头牛相守为伴，感情笃深。因此，他说道："我们怎么能吃咱们的牛呢？如果杀了牛，靠什么耕地呀？"

但是老人十分平静地回答说："唉，不是你死，就是这牲口死，你是要保你儿子的命，还是要保牲口的命。牲口可以再买，人命不可复得呀。"

王龙不愿意当天就把牛杀了。日子就这么一天天地过着。两天过去了，孩子们"哇哇"地哭着要吃的，但没有什么东西可以填饱他们的肚子。这时，阿兰看了看王龙，求他为孩子想点办法。王龙终于感到，这还真是个事，看来不办不行了。他气呼呼地说："那就把牛宰了吧。可是，我真是于心不忍，下不了手啊。"

他走进里屋，躺在床上，用被子把头蒙得严严实实，免得听见那牲口临死时发出的哀嚎声。

这时，阿兰轻轻地走出去，从厨房里拿出一把平时用的大铁刀，在牛脖子上割了一个很大的口子，她拿了一个盆赶紧把牛血接住，准备为他们做血豆腐吃。就此，她很快结束了那头牛的生命。接着她剥掉了牛皮，把尸体砍成小块。等到一切都收拾好了，肉也煮熟端到桌子上后，王龙才从屋里走出来。当他准备吃口牛肉时，他突然感到一阵反胃。这毕竟是自己养了多年的牛，他吃不下去了，只喝了一点牛肉汤。这时，阿兰对他说："牛就是牛，再说这头牛也老了。吃吧，总有一天我们还会买一头的，买一头比这头更好的牛。"

王龙感觉心里宽慰了许多，他先尝了一小口，然后就大口咀嚼起来了。接着他们全家都吃开了。肉没几天就被吃个精光，为了吃骨髓，他们甚至把骨头都敲碎了，现在就剩下了一张牛皮。阿兰把又干又硬的牛皮摊在她做的竹架上晒着。

一开始，村里人对王龙很有成见，大家认为，你王龙有的是钱，可是，你把钱都藏了起来，你王龙有的是粮食，可是你把粮食都囤积了起来。他的叔父是最早挨饿的那批人中的一个。有一天，他来到王龙家，缠着要点粮食。他叔父、婶娘和七个孩子确实都饿着肚子，家里一粒粮食都没有了。王龙非常不情愿地往他叔父张开的衣襟里放了一把豆子和一捧宝贵的玉米，然后语气坚决地说道："我只能给你这么多了，即使我没有孩子，我还有个老爹要养活。"

当他叔父再次来借粮食时，王龙喊道："孝顺有什么用，孝顺也不能当饭吃！"就这样，他让叔父空着手走了。

从那天起，他叔父就像一条被踢伤了的狗，同他翻了脸，他走门串户地在村子里造他的谣，说他的坏话："我侄子那人，你们都不知道，有花的有吃的，可是吝啬地都不帮我们一点儿，连我都不认了，就说我的孩子吧，也算是他的同宗骨肉啊。我们只能等着饿死了。"

就在这个小村庄家家户户吃完了家中存粮，在物品匮乏的集市上花完最后一个铜板时，冬天的寒风从荒漠方向吹了过来，凛冽如刀，从干燥、

贫瘠的荒野刮过。由于饥饿难忍，加之面无血色的妻子们的抱怨，以及嗷嗷待哺的孩子们的啼哭声，无奈的村民们个个忧心如焚，烦躁不安。王龙的叔父，像条皮包骨头的野狗，在寒风中瑟瑟发抖，走在大街上，他逢人便用他那饥饿的嘴嘟囔着说："有一个人家里有粮食吃——这个人的孩子还都胖乎乎的。"于是，一天夜晚，村民们便拿起棍棒，冲到王龙家，使劲敲打着房门。当王龙听到邻居们的喊叫声时，就开了门。这时候，人们向他猛扑过去，把他推搡到一边，然后，又把受惊的孩子们轰到门外。他们搜寻着家里的每一个角落，用手摸摸这儿，扒扒那儿，就想知道他把粮食藏在了哪里。当他们找到贮存可怜的一点干豆子和一碗干玉米时，他们发出了失望和愤怒的吼叫声，气急败坏中，他们便抢着拿他家的家具：桌子、凳子以及老人睡觉的那张床。老人一惊，吓得"呜呜"地哭泣着。

这时阿兰走过来说话了，她那平时缓慢的声音淹没了男人们的吵闹声。

"别这样——千万不能这样，"阿兰大声喊道，"现在还没有到把我们家的桌、椅、板凳和床拿走的时候。你们把我们的粮食全都拿去了。你们也没有把你们家的桌、椅、板凳和床卖掉吧。把我们的家什留下吧。咱们都是一样的。我们并不比你们多一颗豆子，也不比你们多一粒玉米，真的，一点都不多。现在你们的粮食比我们还多，因为你们把我们全部的粮食都拿去了。如果你们再要拿我们家别的家什，你们会遭电击雷劈的。现在，咱们一起出去，到野外找找野草，剥些树皮，为了你们的孩子，也为我们的三个孩子，可偏就在这个时候，我就要生第四个孩子了。"她一边说一边用手压了压她的肚子。那些男人们在她面前感到羞愧难当，一个个灰溜溜地离开了王龙家。他们也不是什么孬种，只是饿急罢了。

有一个人稍作迟疑，止步未走。他就是那个姓秦的人。他身材瘦小，沉默寡言，胆小如鼠，光景好的时候，他就是个尖嘴猴腮的人，长着一副猿人脸，而现在他双颊深陷，面容憔悴。他本想说些道歉之类的话，他也是个老实人，只是孩子"嗷嗷"的哭叫声才使他起了邪念。当大家找到了粮食囤时，他抢了一把豆子，现在就揣在怀里。他心里很害怕，要是给王龙道了歉，就必须把豆子还回去，所以他只是用憔悴的眼睛看了王龙一眼，一句话未说，就走了出去。

王龙站在家门口的场院里，丰收年景，那里是他碾场打谷的地方，多年如此。这几个月来，一直闲置着，派不上任何用场。现在家里连一粒米都没有了，父亲和孩子们只能挨饿。自己的女人也只能喝西北风了。除了要给她提供营养，让她保养身子之外，还要养育她肚子里的孩子，以便让他发育成长，这个即将诞生的小生命一开始就残酷地吮吸着母亲身上的养分。

突然间，他有一种恐惧的感觉。这种感觉立刻变成了自我安抚，像温暖的烧酒流遍全身。他在心中默默地祈祷着："他们不能把我的土地抢走。多年来，我把我的辛苦，我的血汗，我的收获，都变成了田地，田地是谁也拿不走的东西。要是我把银圆都留着，他们早就抢走了。如果我把银圆购置成物品存起来，他们也早已拿走了。可是我现在置的全都是地，这些地是我的，他们是拿不走的啊。"

第九章　背井离乡

王龙独自坐在门槛上，自个儿寻思着：必须得想个法子，不能就这么待在这所空荡荡的房子里坐以待毙。他的身体日益消瘦，每天都把宽松的裤腰勒得紧紧的，但骨子里依然有一种不屈不挠、要活下去的勇气。作为一个男人，在即将迈入壮年期时，他决不能屈服于命运，决不能让这悲惨的命运剥夺他想得到的一切。现在，他心里积埋着一股怨气，就是那种无以名状的怒火。有时，这种狂躁的情绪使他像个疯子，跑到光秃秃的打谷场上，向着无情的天空挥舞着双臂。天空依然熠熠明亮，依然蔚蓝、晴朗、冷酷、无云。

"哦，老天爷啊，你太惨无人道了！"他不顾一切地狂喊。要是他感到有一丝害怕，他就会伤心地哭喊道："不会有比这更糟的事情发生在我的身上吧！"

由于饥饿，王龙整日无精打采。一天，他迈着虚弱的步伐向土地庙走去。进了庙，他看见土地爷和土地婆并排而坐，他故意朝冷酷无情的土地爷脸上吐了口唾沫。现在，这两尊佛像面前的香炉里既无香，也无灰，其实这几个月都没有人来庙里烧香了。他们的纸衣服破烂残缺，裂缝处裸露着他们泥塑的躯体。然而，他们静静地坐在那里，对任何事情都无动于衷。王龙恨得咬牙切齿，愤怒地盯着他们。他在土地庙转了一圈，然后一路上哼哼唧唧回到家里，到家后，便一头倒在床上。

现在一家人很少起床。也没有必要起来，因为至少在睡觉的这段时间里，不规律的睡眠可以代替食物的缺乏。他们把玉米芯晒干磨成粉吃了，他们也扒光了树皮，在整个乡村，人们都吃光了冬天山坡上的各种野菜和野草。家畜踪迹难觅，你连续走上几天路也看不见一头牛或一头驴，甚至也见不到野兽或飞鸟的踪影。

孩子们的肚皮鼓鼓的，没有食物的填充，倒是充满了空气。这些天来，看不到孩子们在村口玩耍。王龙家的两个孩子至多悄悄地走到门口，坐在残酷的太阳底下。太阳一如既往，无休止地把灼灼的阳光洒向大地。他们原来圆嘟嘟、胖乎乎的身体现在变得瘦削，几近皮包骨头，显而易见的肋骨就像鸟的胸骨似的，个个挺着大肚子。小女孩还不会自己坐，按时间推算，她早就该会坐了。可是，她只能一声不吭地躺在一条破被子里。一开始，这小妞不停地哭泣，表达着她的愤怒，这哭声充斥着整个屋子，但现在她虚弱地吮吸着放到嘴里的任何东西，不哭不闹，变得听话和安静了。她那小而塌陷的脸从被窝里望着家人，凹陷的嘴唇青紫，像个无牙老太太的瘪嘴，深陷的黑眼睛盯着他们看。

小生命的这种顽强赢得了父亲的喜爱。在这个年龄，假如她能像别的孩子一样，在家里快乐地跑来跑去，作为父亲，他就不会为这个女儿操什么心了。有时候，王龙看着这个小女孩，温柔地说："小傻瓜——我可怜的小傻瓜——"有一次，当她张开没牙的嘴，勉强地露出一丝微笑时，王龙突然落泪了。他把孩子的小手放进他那干瘦冰凉的一双大手里，小孩的手紧紧地抓着他的食指。在此后的日子里，小孩光腚躺着时，他会把孩子高高举起，然后放进他那不太暖和的衣襟里，紧贴着他的胸脯。这时，他会抱着小孩坐在家门口，朝着干旱、平坦的旷野极目望去。

在家里，老人的待遇是最好的，只要有东西吃，哪怕孩子们不吃，都要让老人先吃。王龙骄傲地自言自语道："我不能让旁人戳我的脊梁骨，说我在老爹临死的时候虐待老人。只要老人愿意，我可以把自己的肉割下来给他吃。"老人整日整夜地躺在床上睡觉，给他啥，他就吃啥。中午太阳暖和的时候，他仍然有气力走到门前的庭院。他比家中任何人都快乐。有一天，他颤抖着嗓子说："从前，我经历过比这还糟糕的年景，比这还坏的光景。我曾经亲眼看见过人吃小孩的场景。"这颤抖的声音犹如一阵微风刮过竹林的婆娑声。

"这样的事情永远都不会发生在我们家。"王龙极不高兴地说。

一天，那个邻居老秦来到王龙家里，他已经瘦得皮包骨头，没有了人形，嘴皮干裂，嘴巴干瘪，唇如黑土。他小声对王龙说："在镇里，人们把狗都吃了，到处都一样，家禽和家畜都快被吃光了。在我们村，把耕地的牲口都吃了，野菜、草根、树皮也吃光了。现在能吃的东西还有吗？"

王龙绝望地摇摇头。他怀里抱着轻轻的、瘦得皮包骨头的女儿。他低头望了望女儿那瘦削的、没有肌肉的脸，又看了看她那锐利但悲伤的眼神，一双眼睛不停地从他的怀里看着他。当他瞥见这种眼神时，孩子的脸上隐约露出一丝微笑，这笑容使他一下子心碎了。

老秦把脸贴近王龙耳朵。"村子里有人在吃人肉了，"他小声地说，"听说你叔父和他老婆就在吃人肉。要不然他们怎么能活到今天呢？他们哪有力气到处闲逛？谁不知道他们穷得叮当响，家里什么都没有了。"

王龙向后退了退，不愿看老秦凑过来的那张死人脸。老秦眯着狡黠的眼睛，他看起来很可怕。王龙突然感到有一种难以名状的恐惧。他急忙站起身，仿佛要摆脱某种不祥的危险。

"必须离开这个鬼地方，"他大声说，"我们到南方去！我们这儿，现在天天饿死人。老天爷就是再可憎可恨，总不会把我们汉人的子孙一下子全部灭掉吧！"

邻居老秦饶有耐心地看着他。"唉，你还年轻，"他悲伤地叹道，"我比你年纪大，我老婆也老了，我们只有一个女儿。我们就这样死了算了。"

"你比我命好，"王龙说，"我有个老爹要养活，三个孩子，还有一个就要出生的。我们必须离开此地，除非我们丧失人性，像野狗一样互相残杀，吃掉对方。"

这时，他忽然觉得他说的话蛮有道理。阿兰一天到晚就躺在床上，一句话也不说。现在家里的境况是，锅里没有米，灶膛没有柴。

"哎，屋里的，咱们到南方去！"他对阿兰说。

说这话时，王龙显得有些高兴，这可是他好几个月来都没有的表现。孩子们抬起头看着他，老人也从他的屋里蹒跚着走了出来。阿兰有气无力地下了床，走到房子门口，扶着门框说："到南方去，这是个好主意。我们不能在家里等死，死，也要死在路上。"

她怀孕的肚子特别显怀，凸起的腹部好似垂悬在腰间，像个有疤瘤的果子，清癯的脸上几乎没有肌肉，颧骨高高耸起，像崎岖不平的石头把皮肤顶起来。

"咱们等到明天吧，"她说，"说不定我明天就生了。小东西在我肚里乱蹬乱踹的。"

"那就明天吧。"王龙答道。无意间他看见了老婆的脸，一股同情之心油然而生。这种同情是他以前从未有过的。这个可怜的女人又要给他生孩子了！

"你这个样子，怎么走路？"他咕哝着。然后，他无奈地对仍然靠在门口的邻居老秦说，"如果你家里还有什么能吃的，发发善心，给我弄一点儿，救救我孩子他娘的命吧。你曾经抢过我家东西，这事儿就算了，我不会再记恨你了。"

老秦羞愧地看看他，谦卑地答道："那件事后，我都无脸见你，心里不安，感觉对不住你。都是你那狗叔父哄我干的，他说你家有好多存粮。我指天发誓，我要骗你，天打五雷轰。我家仅有的几把红小豆，就埋藏在我家的过门石下面。这是我和老婆为我们，也为了孩子，万不得已时准备的，这样，我们死的时候肚里起码还有点东西。我可以给你匀一点，要是能走，你们明天就动身到南方去吧。我，还有我的家人都留在这里。我比你岁数大，也没有儿子，死活对我都没有什么关系。"

拉完家常，老秦就走了，不大一会儿，他又返了回来，用布手绢包着两捧因潮湿而发霉的红小豆。一看见有吃的东西，孩子们立刻围拢过来，老人的眼睛也突然一亮，露出了喜悦之色，但王龙把孩子们推开了，他把豆子拿给躺在床上的媳妇，她一颗一颗地咀嚼着。要不是生孩子，她是舍不得吃的，但她知道，如果她不吃点东西，她会在分娩过程中因阵痛痉挛而死去的。

王龙手里攥了一点点豆子，他把豆子放进嘴里，嚼成糊状，然后嘴对着嘴把食物送进女儿的嘴里。看着她的小嘴唇蠕动着，他感觉好像自己也吃饱了。

那天晚上，王龙待在堂屋里。两个男孩子睡在老人的屋里，阿兰独自在另一间屋里分娩。像第一个儿子出生时那样，他坐在那里，静静地听着。她不愿意在生孩子的过程里，让他守在身边。她愿意自个儿生，不让人帮忙。她蹲在早早准备好的旧浴盆上，然后在屋里小心翼翼的把生孩子流的血渍擦洗干净，就像一个动物下崽后，在隐蔽处把污秽物舔舐干净一样。

他热切地听着那他早已熟悉的啼哭声，听到婴儿的啼哭声，他绝望了。无论男孩女孩，都对他已经无所谓了——只是家里又添了一口人而已，一张要吃饭的嘴罢了。

"只要没有大喘气声，生产就是顺利的，"他咕咕哝哝地说，紧接着听到了一声微弱的啼哭声，这啼哭是那么微弱！只在瞬间打破了屋子的沉寂。"在这样的日子里，能有什么值得同情的呢？"他说得很痛苦，坐着继续在听。

王龙再没有听到第二声啼哭，整个屋子一片寂静，静得空气都凝固了。这么多天来，到处都是一片死寂，没有任何生机的死寂，只有人人在家坐以待毙的死寂。此时此刻，王龙家里就充满了这样的死寂。突然，他感到再也无法忍受了，他觉得好可怕。他站起身，走向阿兰房间的门口，从门缝朝里面喊着，听到自己的回声，他增添了些许信心。

"你没事吧？"他朝屋内的女人喊道。然后支着耳朵静静听着。说不定在他坐着的时候她已经死了。但他听到了轻微的窸窣声。她正在屋里走动着。她终于叹了一口气，回答道："进来吧！"

于是，他走进了屋子，他看到她躺在床上，捂着被子，不知道的人，还以为被子底下没有躺着一个人。她一个人静静地躺在那里。

"孩子呢？"王龙问。

在床上，她用手微微地指了指床边，他看见了地上放着孩子的尸体。

"死了！"他惊叹道。

"死了。"她小声回答道。

他弯下腰，看着半尺长孩子的尸体。——一撮骨头，一张皮——是个女孩。他正要说："我听见了孩子的哭啼声——应该是活着的——"然后，他看了看媳妇的脸。她闭着眼睛，身上的肉是铅灰色的，骨头几乎能戳破肉皮——面无血色，可怜巴巴地躺在那里。看来她经历了极大的痛苦。他一句话也说不出来。再说了，这几个月来，他连自己都顾不上了，而这个女人所遭受的饥饿就可想而知了。这个孩子为了活命，未出生之前就在肚子里折磨着她！

他没有说话，只是把死婴拿到另一个屋里，放在地上，然后找了一块破席片，把她卷起来。死婴的那个圆脑袋耷拉着，一会儿转到这边，一会儿转到那边，他发现她脖子上有两块黑色的淤伤，该做的他都做了。然后，他抱着那个席筒，拼着力气，尽量往前走，离家越远越好。他把孩子的尸体放在一座旧坟墓边上凹陷的墓穴里。这是一个位于岗上的乱葬坟，距离王龙村西的田地不远。这座墓主不详的坟茔已经荒芜多年，坟头的土都快被削平了。他还没来得及把尸体放好，一条饥饿的、似狼的野狗突然出现了，在他的身后不断地徘徊着。显然这条狗已经饿急了，尽管王龙捡起一块石头向它砸去，正好打在它显露的肋骨上，就这样，它还是不肯跑开，离他就那么一丈远。这时，王龙感觉他的两腿乏力，不断下沉，便双手捂着脸，快速地走开了。

"听其自然吧，这就是命。"王龙自言自语道。人生第一次他感到彻底绝望了。

第二天早上，太阳照常升起，蔚蓝的天空，万里无云。王龙觉得这一切就像做了一场梦，他竟然想要带着这些无助的孩子，这个虚弱的女人，还有这个垂垂老人，离开这片热土。即使他们出去后能找到足够的食物，他们怎么能够拖着疲倦的身体走100多里路奔向富饶之地呢？谁知道南方是否有足够的食物呢？听人说，天下都遭灾了。说不定他们耗尽了最后的一丝气力，结果发现那里有更多的挨饥受饿的人，还有那些素不相识的陌生人。最好还是待在原地不动，要死，就死在自己的床上。他失望地坐在门槛上，悲哀地望着干硬的田地。正是从这片田地里，他刨出了那些叫作粮食的或柴火的东西。

王龙现在身无分文，他身上仅有的一个铜板早已花完了，就是现在有钱，顶什么用，什么东西也买不来。他早就听说了，镇上的富人为他们自己储存了不少粮食，准备把这些粮食卖给更富裕的人，对此他一点儿都不感到愤怒。此刻，他觉得自己今天都赶不到镇里，即使不要钱白吃一顿饭，他也走不到镇里了。实际上，他现在已经感觉不到饥饿了。

他最初的那种极度的饥饿感已经过去了。他给孩子们喂了一点从田地挖出的泥土，而他自己却没有一点食欲。几天来，这种用水和着泥土的东西他们一直在吃。这种土在当地叫作"观音土"，虽然不能维持生命，但它至少含有少量的营养成分。观音土做成泥汤喂给孩子们，可以暂缓他们的饥饿感，这样，他们肿胀的空肚子也算填充了点滴东西。对阿兰手里的几粒豆子，王龙死活都不敢碰一下。当听到阿兰一颗一颗地咀嚼那些豆子时，他隐约地感到一丝欣慰。

就在他坐在门口，放弃一切希望的时候，他突然想到：躺在床上，带着梦幻般的快乐，然后静静地死去……就在这时，打田野里走过来几个人，朝着他走来。他依然坐着一动不动。这些人走近他时，他才看清楚，其中一个是他的叔父，身后还跟了两个人，这两个人他一个都不认识。

"哈哈，多日不见啊！"他叔父大声叫道，假装很幽默的样子。他慢慢走近王龙，依然大声说，"最近过得不错吧！你爹，我那哥哥一切安好吗？"

王龙看着叔父。人确实很瘦，但没有显露出一点饿相，在往常，像他这种人早就饿死了。王龙感觉到自己虚弱的躯体对生命的渴求所剩无几，而这残存的生命力此刻骤变成了一股对叔父巨大的愤怒。

"你吃饭了吧！日子过得还行吧！"他瓮声瓮气地问道。王龙眼里根本就没有那几个陌生人，他连一句客套话都没有说。他看见叔父身上还有点肉，不像想象中那皮包骨头的样子。他叔父睁大眼睛，把双手伸向空中。

"吃过了！"他叫道，"看看我家情况就知道了！连麻雀都难在我家找到一粒食物渣滓。我媳妇——都记得吧，多胖的？她的皮肤多么滋润、光滑，多么好看？现在她倒像挂在一根棍儿上的衣服——肉皮下只剩下了可怜的、"咯咯"作响的骨头。我们那么多孩子——现在只剩下四个了——三个小的没了——全都没了——我嘛，你看看现在的我！"他抓起衣袖小心地擦掉眼角的眼泪。

"哦，你吃过了。"王龙冷冷地重复了一句。

"我谁都不想，就挂念你，你爹，你爹是我哥呀。"王龙的叔父立刻回应道，"现在我要向你证明，看我说的话是不是实话。凭着你叔父我的本事，我从镇里这几个好心人那里借了一些粮食。我答应人家，吃了借粮，等我有了劲儿，我帮他们在我们村子附近买些地。我就先想到了你的那些好地，你，我哥的好儿子，也是我的侄子嘛。他们这次来就是想买你的地，给你送钱来了——钱能买食物——食物能保命！"他叔父说完，向后退了几步，用手擦了擦他那脏兮兮的破长袍，然后双臂交叉于胸前。

王龙无动于衷，他都没有站起来，也没有向客人打个招呼问个好。他只是抬起头，看了看他们。的确，他们是镇上的人，穿着脏乎乎的绸布长衫，柔嫩的双手，指甲很长。他们像似刚吃过饭，血液还在他们血管里快速流淌。突然，他对这些人充满了无限的愤懑和仇恨。就是这些镇上人，有吃有喝的，现在站在他的身边，而他的孩子快要饿死了，吃的是"观音土"。这些人趁他危难时刻来到这里，想要抢夺他的土地！他绷着脸，木然地抬头望着他们，他的眼睛深深地凹进了骷髅般的面颊里。

"我不会卖地的。"他说，语气很坚决。

他的叔父向前走了一步。就在这时，王龙那个小儿子靠着双手和双膝爬到了门口。这些天来，小孩饿得连点力气都没有，就像婴儿那样，只能爬着走路。

"是你的孩子吧？"叔父问道，"夏天我还给这胖小子一个铜板呢，是吧？"

他们把目光齐刷刷投向这个孩子。这段时间，王龙很坚强，不曾流过一滴眼泪。这时，他却突然双手掩面，无声地抽泣起来，痛苦的泪水像断线的珍珠顺着他的脸颊"唰唰"地流下。

"给个价吧？"他终于轻轻地说了一句话。唉，也是的，不但要养活三个孩子，还要养他那年迈的父亲。他和妻子可以在地里挖个墓坑，躺进去就可以长眠九泉。可是，其他人怎么办呢？

这时，镇上人当中的一个开了口，此人是个独眼龙，一只眼睛深深地凹陷下去。他毫不掩饰地说："可怜的伙计，为了这个快要饿死的孩子，我们给你出个好价钱，这个时候，无论在哪儿，都不会有人出这个价的。我们愿意……"他停顿了一下，然后苛刻地说，"我们愿意给你一亩地出一吊的钱。"

王龙苦笑着说："呵呵，这样啊，那不等于我把地白送给你们了！我买地的时候，掏的钱是你们现在出的价钱的20倍！"

"嗯，那你可要知道，你的地不是从即将饿死的人手里买的吧？"另一个镇上来的人说。此人瘦小，矮个子，鹰钩鼻，但他的声音出人意外地洪亮、粗犷和生硬。

王龙看着他们三个人。他们看透了他，这伙王八蛋！为了饥饿的孩子和老人，还有什么东西舍不得的呢！由于他的懦弱，他屈从了，这懦弱立刻化作了一团怒火，一种他这辈子不曾有过的愤怒。他"噌"的一下跳起来，像野狗一般扑向冤家对头。

"地，我不卖，永远都不卖！"他冲他们咆哮着，"我要把地一点一点地翻起来，把泥土喂给孩子们吃，要是他们死了，我就把他们埋在地里，还有我、我老婆和我老爹，即使死，我们也要死在生养我们的这片土地上！"

他放声号啕大哭起来。他突然愤怒了，就像突如其来的一阵风，他站在那儿，颤抖着，哭泣着。那一伙人站在一旁看着笑话。他叔父也无动于衷地跟那些人站在一起。这都是些气话，是疯话，这三个人一直等到王龙消了气。

就在这时，阿兰忽然来到门口，对他们说了几句话。她声音平淡无奇，不惊不乍，好像这种事情天天都发生一样。

"地，我们肯定不会卖的，"她说，"要不然，我们从南方回来时，我们连养家糊口的地都没有了。不过我们可以卖掉我们的桌子，两张床和床上的被褥，还有四把椅子，灶上的大铁锅也可以卖掉。但是，铁耙、锄头和犁，我们是不卖的，更不要说我们的地了。"

她说起话来挺镇静的，她的话比王龙的愤怒更有力量些。王龙的叔父不确定地问道："你们真的要去南方？"

这时，独眼龙跟其他俩人耳语着，他们几个人凑在一起嘀咕了好一阵。然后，独眼龙转过身说："这都是些不值钱的东西，只能当柴火烧。这些破玩意儿总共值两块银圆。要卖就卖，不卖拉倒！"

他不屑地说着，然后转身离去，但阿兰却平静地回答说："这点钱连一张床都买不来，不过你们要是带现钱的话，一手交钱，一手交货。"

独眼龙在腰带里摸了摸，把银圆放到阿兰伸出的手里。然后，三个人走进屋里，先把王龙屋里的桌子、凳子、床和被褥搬出去，接着又把灶台上的铁锅抬走。当他们走进老人的屋里时，王龙的叔父没有进去，他只是站在门外边。他不想让哥哥看见他，也不想看见哥哥的床从老人身子底下抽出后，把他放在光秃秃的地板上。该卖的，该搬的搬完之后，整个房子空空如也，就剩下两把耙子、两把锄头和一个放在堂屋角落的犁，这时，阿兰对丈夫说："趁着还有这两块银圆，咱们走吧，不然我们就得把房屋的椽子和檩条卖掉，那时候，等我们回来了，连个窝都没有了。"

王龙毅然决然地回答道："走！"

随后，他望着田野里远去的这伙人的身影，直到消失在他的视野之外。

他一遍遍地重复着："至少我还有地，我有土地！"

第十章　流落街头

现在，王龙一家只能把那扇木门关好，把铁门环扣紧，除此之外，再也没有什么事情要准备的了。他们把所有的衣服都穿在身上。阿兰给每个孩子手里塞了一个碗和一双筷子，两个小男孩急切地抓住碗和筷子，紧紧握在手里，好像这样就能弄到吃的。他们这样草草准备了一下就出发了，这是一个毫无生气的小分队，在空旷的原野上移动着，他们走得很慢，以这种速度行走，恐怕永远都进不了城门。

王龙一直把小女儿抱在怀里，后来看见老人举步维艰，快要摔倒的样子，他便把孩子递给阿兰，自己弯下身，把父亲放到后背上，背着老人那干瘦如柴的身子，跌跌撞撞地朝前挪动着。他们就这样慢慢地前行，一路沉默无语，现在好不容易走到了那座土地庙。庙里两尊佛像庄严地坐着，对外面发生的任何事情都无动于衷。尽管寒风刺骨，但王龙因身体虚弱而大汗淋漓。冷风飕飕地不停地刮着，吹得他们浑身冰冷，两个男孩子冻得直哭喊，但王龙哄着他们说："你们是大小伙子了，你们正往南方走。那里天气暖和，有吃有喝，我们天天都能吃到白米饭，你们就要有好吃的啦，好吃的在等你们哪。"

他们一路走走停停，不管怎么样，还是赶到了城门。王龙曾感受过城门洞里的凉爽，可现在他却要咬紧牙，抵御城门洞里刮过的寒风，这寒冷犹如悬崖峭壁缝隙间流出的冰水，令人战栗。他们的脚下是泥泞的道路，上面布满了冰碴子。两个小男孩再也走不动了，阿兰背着小女孩，在自己身体的重压下，她有些撑不住了。王龙踉跄着把老人背过去，放在地上，然后又返回来把孩子一个个抱过去。等王龙帮着家人都走过了这段泥泞的路后，他已经汗流浃背，气喘吁吁了。有好大一会儿，他靠着潮湿的墙，闭着眼睛，急促地喘息着；家人围在他身边，寒风中瑟瑟颤抖，他们在耐心地等待着。

他们来到了黄家的大门口，发现门关得严严实实。大铁门高高地矗立着，门两侧灰色的石狮子任凭风吹雨打。门口的台阶上横七竖八地躺着几个衣衫褴褛的男女，他们畏缩在那里，用饥渴的眼神望着那紧闭的、禁止出入的大门。当王龙领着他那可怜的一队人马经过时，其中一个人沙哑地喊道："这些富人的心肠咋就和老天爷的心肠一样硬。他们有米吃，吃不了的米他们用来酿酒，可我们快要饿死了！"

另一个人也抱怨说："唉，要是我这只手还有点力气，我就放把火烧了这门和里面的整个院子，哪怕把我烧死在火里。"

但王龙对这些话没有做出任何反应，他们继续默默地向南方走去。

由于行动迟缓，他们走进一个镇子时，天色已晚。他们穿过大街，从镇南边走出了这个镇子。他们发现，有一大群人也正在往南方赶路。王龙这时在想，在哪里能找个墙角，一家人可以挤在一起，暖暖和和地睡一觉，就在此时，他突然发现自己和家人走进了一群人当中，于是问一个在身后推搡他的人："这些人要到哪里去？"

那人说："我们都是逃荒的，快饿死了，准备赶火车到南方去。火车就从那座房子旁边开出，专门为我们这种人发的火车，票价还不到一块钱。"

火车！肯定听说过。以前在茶馆里喝茶时，王龙就听到人们谈论过这种神奇火车。车厢是一节一节地连接起来的，既不用人推，也不用牲口拉，而是用一种像龙一样的能喷水吐火的机器拉着。那时候，他就暗下决心，对自己说，不忙的时候，一定要出去看看。但是，农活儿就干不完，春耕，夏收，秋种，冬藏，根本抽不出时间，腾不开手，况且他还住在城镇的北面。再说了，对不知道或不了解的东西人们总是不大相信。一个人知道那么多身外事情有啥用，过好自己的日子才是正经事。

于是，他疑虑重重地转过身，看着媳妇说："咱们要不要也去搭坐这火车？"

两口子把老人和孩子从身边经过的人群中拉到一边，他们互相看着对方，心中充满了忧虑和胆怯。眨眼间，老人一下子坐到了地上，两个小男孩也躺倒在尘土之中，他们根本顾不上到处是践踏的脚步。阿兰仍然抱着最小的女孩，可是，孩子的脑袋耷拉在她的胳膊上，眼睛紧闭，面露死相，

这时，王龙不顾身边的一切，放声大哭起来："这丫头已经死了吗？"

阿兰摇摇头说："没有。心还在跳，还有一口气。我看她挨不到天亮，除非我们……"

阿兰好像说不出话了，她望着王龙，那张大方脸此刻显得非常疲倦和憔悴。王龙没有回答，但心里却在说，要是再这样走上一天，到了晚上，他们全家都会死的。于是，他强打精神，尽量用愉快的声音说："起来吧，孩子们，把爷爷扶起来搀着。我们要去乘火车了，坐上火车去南方。"

但是谁也不知道他们是否有力气能继续赶路，然而，就在这时，黑暗中传来雷鸣般的"隆隆"声，像天龙呼啸，两只巨大的眼睛喷射着火焰。于是，人们狂喊乱叫，一股人流开始奔跑。在混乱中，他们被推来推去，东倒西歪，但是他们一家人还是拼命地聚拢在一起。他们被推到一片黑暗中，接着又在嘈杂喊叫声里，被无奈地推进一扇开着的小门，走进一个像大箱子似的房间，然后，随着一声长鸣，他们所乘坐的这个东西，在苍茫夜色里，载着所有的人奔驰起来。

第十一章　流离颠沛

王龙用两块银圆买了一张行程100多公里路程的火车票，售票员还给他找了一把铜钱。火车刚一停，一个小贩把一个盘子从车厢的窗口伸了进来，他用这些铜钱买了四个小馒头，还为女儿买了一碗稀饭。几天来，他们还没有吃过这么多东西。虽然一路挨饿，肚子从未填饱过，但当把吃食放到嘴里时，他们全无食欲。无奈之下，大人哄着孩子，他们才肯把饭咽下去。可是，王龙他爹必须顽强地用没牙的嘴慢慢地咀嚼着馒头。

"人一定要吃饭，"火车"隆隆"奔驰着，老人兴奋地说，对周围的人显得挺友好，"这些天来，没有好好吃过一顿饭，不但嘴里没有味道，胃也不听使唤了，这些我都不在乎。我一定要好好吃饭。我可不愿意因为肚子罢工就去死吧"。人们被这个满脸微笑、干瘦小老头的幽默逗得哈哈大笑起来，老人的下巴上长满了稀疏的白胡子。

但王龙并没有把所有的钱都用来买吃的。他尽可能地多省点钱，想着到了南方后，买几领草席，搭个遮风避雨的栖身棚舍。火车上的男女乘客，有些前几年曾去过南方，他们每年都去南方那些富有的城市打零工，为了节省饭钱，还沿途乞讨。王龙慢慢习惯了火车上的种种惊奇，看见了车窗外田野飞速闪动的神奇后，他便认真地倾听着乘客们谈话的内容。他们高谈阔论，扬扬得意，谈论间，处处表现着他们的才智，对于这些，大部分乘客只能自惭形秽。

"首先，你要买六领草席，"其中一个人说，他那粗糙、下垂的嘴唇像个骆驼嘴似的，"你要学聪明点儿，草席两个铜板一领，注意你的言谈举止，千万别表现得像个乡巴佬，那样卖主就会要你三个铜板，这就划不来了。这种事情我懂，他们骗不了我。南方城里人再富，再精，我也不傻，绝对不会上当的。"他扭扭头，环视周围，想得到人们的赞赏。王龙饶有兴

趣地听着。

"然后呢?"王龙催促着那个人。他整个身子蹲在车厢的地板上。所谓车厢其实只不过是一个用木头造的空屋子,别说座位,里面连个放屁股的东西都没有,寒风和尘土透过地板上的缝隙钻进了车厢。

"然后,"那人故意提高了嗓门说,那声音甚至淹没了火车车轮的轰鸣声,"然后,你把这些草席缀在一起,搭个草棚,弄好后,你就出去乞讨。记住啊,用泥土和污秽物把你自己上下涂抹一下,尽可能看上去可怜巴巴的。"

王龙长这么大还从未向别人乞讨过,对在南方向陌生人乞讨的想法,他是不肯接受的。

"非要当叫花子讨饭吗?"他问道。

"啊,那当然,"大嘴巴男人说,"除非你已经吃过饭了。南方人的米多得很,每天早晨你走到街上的餐馆,花一文钱就能吃饱肚子,白米粥能吃多少吃多少。你就这样舒舒服服地乞讨,用钱来买豆腐、青菜和大蒜。"

王龙抽身离那群人远一点,转过身,面墙而立,他把手伸进腰里,偷偷地数着剩下的铜钱,看来剩下的钱足够买六领席子,给每人买一文钱的粥,口袋还剩三个铜钱。这时,他心里感到宽慰了许多,他们可以开始新的生活了。但是,伸手向路人乞讨的想法仍然折磨着他,一想到要手持一只破碗和一根打狗棍,就令他不快。让老人和孩子们乞讨,甚至让女人去乞讨都能说得过去,可是,他有一双手啊。

"有一双手的男人能找到活儿干吗?"他突然转过身问那个人。

"能,有活儿干!"那人往地上吐了口痰,鄙夷地说,"要是你愿意,你可以用黄包车拉富人,跑车的时候,你会热得汗流浃背,而站在路边等人叫车的时候,你的汗水就会冻成冰衣挂在你身上。这时,你会喊叫:'我宁愿乞讨!'"他言不由衷地骂了几句,王龙也不再问他什么了。

不过,王龙从那人说的一番话中也悟出了一些道理。火车把他们送到了一个遥远的地方,在那里他们下火车。这时,王龙已经做好了打算。他把老人和孩子们安顿在一座宅院长长的灰墙下,让媳妇先看管他们,自己便买草席去了。他边走边打听着市场在哪一条街。起初他根本听不懂别人在说什么,这些南方人说起话来,声音又尖又脆。好几次问路的时候,别人

沃
土

68

又听不懂他的话，这时候，人家也不耐烦了。于是，他学着察言观色，看看找什么样的人问路合适，他开始选那些慈眉善目的人，因为这些南方人性子急，动辄发脾气。

王龙终于在城边上找到了一家草席店，他像知道草席行情似的直接把钱放在柜台上，扛起一卷草席就走了。当他回到一家人临时歇脚的地方时，家人都站在那里等着他。孩子们一看见他，像盼望救星似的哭了起来。看得出来，在这陌生的地方，他们还是感到挺恐惧的，只有老人愉快而惊异地看着周围的一切。他小声对王龙说："你看这些南方人，个个长得膘肥体壮，皮肤那么白皙、细腻，他们肯定天天吃肉。"

但是过路的人们谁也不看王龙和他家人一眼。在通往市里的石子大路上，人们熙熙攘攘，你来我往，忙碌的身影，无暇顾及身外之事，对路边的乞丐也不瞟一眼。一队队毛驴时不时地从马路上经过，小蹄子踩在石砾铺的马路上发出清脆的"嗒嗒"声，驴背上驮着一筐筐盖房子用的砖块和一袋袋粮食。砖块和粮食被挂在驴背两侧，走起路来一颠一晃的。驭手骑在这个驴队伍的最后一头驴背上，手持一根长鞭，一边吆喝着，一边在驴背上甩出"啪啪"的鞭子声。赶驴人经过王龙时，都向他投去一种蔑视的、高傲的目光。王龙和家人在路边以奇异的目光注视着路人。这些赶驴人身穿粗布衣衫，经过这一小群人时，那高傲的架势和气派堪比王子。赶驴人看到王龙和他的家人时，觉得非常奇怪，就对着他们"啪啪"甩了几个响鞭，清脆的鞭声划破长空，把王龙一家子人吓得惊跳起来，这鞭声给了这帮人无穷的乐趣。赶驴人看见他们那窘迫的样子，便仰天大笑起来。这种情况就发生过好几次，王龙简直恼羞成怒，但也奈何不了他们。他转过身，看看哪里可以用草席搭建一个栖身的窝棚。

靠他们身后的高墙边，已经有人搭建了一些窝棚，但是谁也不知道墙里头是什么样子，而且也无从知道。这堵高大的灰墙伸延很长一段距离。这些紧靠墙根搭建的小窝棚星星点点，一点儿都不起眼。王龙仔细观察了那些已建好的窝棚后，才开始从不同角度摆弄着草席。草席是用苇篾做成的，所以席子又硬又不好固定，他有些绝望，一时感到一筹莫展了。这时，阿兰忽然对他说："这个我会做。小时候做过的，还记得。"

她把女儿放在地上，把席子拿起来，左拉右拽的，很快弄成了一个圆形的棚顶，下接地面，虽然棚顶不是很高，但也不碰头。在接地面的席子边上，她在附近捡了几块砖头压住席边，然后又让男孩子去多捡些砖头。窝棚草草搭建好之后，他们就钻了进去，她把特意留下未用的一条草席铺在地上。就这样，他们在窝棚里安顿了下来，总算有了个避风遮雨的住处。

他们坐在临时搭建的窝棚里，面面相觑，他们前天还在100多公里之外的老家，现在却来到了一个陌生的地方，把自己的家，把自己的田地远远地抛在身后，这简直让人难以置信。那么远的路至少要走几个星期，途中会死人的，起码有些人会死的。

这时，他们已经深深地感到了此地的富庶，在这里，最起码没有一个人因看上去吃不饱肚子，挨饥受饿。当王龙说"走，咱们到大街上找饭馆去"时，他们几乎是欢呼雀跃地站起来，走出了窝棚，准备沿街乞讨。这次，男孩子边走边用筷子敲打着饭碗，因为碗里很快就会盛上吃的了。他们很快就明白了，窝棚都靠着那堵长墙搭建的原因了。因为墙北头不远处有一条街，大街上行走着熙熙攘攘的人群，有的人手里拿着空碗，有的人手里拿着空盆、空罐之类的容器，这些人正朝着专门为穷人设的粥棚走去，粥棚就设在那条街的尽头，离他们搭建的窝棚不远。于是，王龙和家人混进这群人当中，他们一起来到了两个用席子搭建的大棚屋，大家一起向大棚敞开的那面拥挤过去。

每个大棚屋的后面都有用土坯垒的锅灶，王龙还从来没有见过那样大的锅灶。灶台上放着一口大铁锅，大得像一个小水池似的。当木锅盖掀开时，煮好的白米稀粥发出"咕嘟咕嘟"的响声，一股香喷喷的热气腾升着。当人们闻到这种米香的味道时，他们感觉到这是世界上最美的味道。人群全都向前推搡拥挤着，又喊又叫，母亲急切并气愤地喊叫着孩子，唯恐被人群踩踏受伤，婴儿的啼哭声不断。这时，揭开锅盖的人歇斯底里地喊道："不要拥挤，人人有份，请排好队！"

但是，这饥饿的人群，如洪水般向前涌去，他们像争抢食物的野兽，食物进肚才会罢休的。王龙被挤夹在人群当中，动弹不得，只能紧紧护着老父亲和两个儿子。当他被这股人流拥挤到大铁锅跟前时，他把碗递了过去，当碗里盛满了粥时，他才把铜钱投了过去。王龙用尽力气，站稳脚跟，怕手持着饭碗被人挤倒。

他们又来到了大街上，就站在马路边上吃他们刚买到的白米粥。吃饱后，碗里还剩着一点粥，王龙这时说："把这点剩粥拿回去晚上吃吧。"

王龙身旁站着一个人，像是这地方的一个保安，他穿着一件特殊的、蓝红相间的衣服。他严厉地对王龙说："这可不行，除了吃进肚子，什么都不能带走。"

王龙对这个人说的话感到挺差异，他问道："可是，我付了钱，吃不吃是我的事情，跟你有什么关系？"

那人回答说："这个是规矩。你知道吗？有些狠心的人，他们也来这里买这种周济穷人的米粥——一个铜钱能买多少东西，肯定不够一个人吃——可是，这些人把米粥带回家，当泔水喂猪。这粥是给人吃的，不是让你喂猪的。"

王龙听到这话感到非常吃惊，他疑惑地问道："竟然有这样铁石心肠的人！"接着他又问，"为什么这样对待穷人？这是谁的主意？"

那人又回答说："这是镇上富人和绅士的善举。有些人做好事是为了来世，他们认为，救人一命，就可积阴德，还有些人是为了声誉，好让人们为他们歌功颂德。"

"哦，不管怎么说，这都是件好事，"王龙说，"不管怎样，好事得有人去做。"他一看那人没有理他，便又自我安慰地说："至少还有一些这样的好人吧？"

但是，那个人不愿继续与王龙说话。他转过身，无聊地哼起一首小曲。孩子们用手拉了拉王龙的衣服，于是，王龙便领着家人回到他们搭建的那个席棚窝，刚到家，他们就躺了下来，一直睡到第二天早晨。整个夏天以来，他们第一次吃饱了肚子，也美美地睡了个好觉，毕竟他们太苦太累了。

第二天上午，他们必需想法子再弄点钱，因为昨天早晨他们用最后一个铜板买了粥吃，而现在他们身无分文。王龙用迟疑的眼神看了看阿兰，不知道该怎么办。离开家乡时，王龙无奈地看着那片光秃秃的田野，心灰意冷。那时的失望充满了痛苦与绝望，现在的失望有别于昔日的失望。这里的大街上到处都是吃饱喝足、熙熙攘攘的人群，市面上有出售的鲜肉和蔬菜，鱼市上的盆里盛着活蹦乱跳的鱼，在这样的地方，一个男人不可能让自己和他的孩子们饿死。这里不同于家乡，在老家，就是你有钱也买不

到吃的，因为根本就没有什么吃的东西可出售的。阿兰用坚定的语气回答了他迟疑的目光，她的回答似乎预示了她早已知道了他们要过的日子："我和孩子们可以去讨饭，老人也跟着我们去讨饭，老人的满头白发还会感动那些铁石心肠的人。"

于是，她把两个男孩子叫到跟前。孩子毕竟是孩子，年龄还小，他们就知道吃，其他什么事情都不闻不问，漠不关心了，甚至在这个人生地不熟的地方，他们依然跑到大街上，站在马路边，盯着那些来来往往的行人。这时，阿兰对他们说："喏，拿上你们的碗，这么拿着，这么喊叫……"

她手里也拿着自己的空碗，向前伸着，可怜地哀求道："老爷，行行好；太太，可怜可怜我吧！发发慈悲吧，做好事，积阴德啊！你扔掉的钱，哪怕是一个铜板儿，也能救活一个快饿死的孩子啊！"

两个男孩子都吃惊地望着她，王龙也感到很诧异，她这是从哪儿学来的？关于这个女人，还有多少他不知道的事情啊！看着他惊异的眼神，阿兰说道："我小时候就这样喊叫过，叫喊声使我得到了吃食，没有饿死。那年也是这样的一个饥荒年，我被卖给人家了，后来做了丫鬟。"

这时，一直睡觉的老人也醒了，他们给了他一个碗，这样，他们四个人一起出去沿街乞讨。阿兰开始大声喊叫着，她摇晃着碗，伸向每一个过路人。她把小女孩放进裸露的怀里，孩子已经睡着了，她沿街走动的时候，孩子的头一会儿歪向左边，一会儿倒向右边。她把碗朝前伸着，不停地晃动着。乞讨时，她指着孩子大声喊叫："好心的先生，好心的施主，打发打发我们一点儿吧——这孩子快死了——我们几天都没有吃饭了——几天都没有吃东西啦！"这小女孩确实看上去像死了一样，她的头就那么耷拉着，东倒西歪、晃晃悠悠的。于是，有些或者说个别好心人都不情不愿地给她的碗里丢几个麻钱。

可是，过了一会儿，男孩子们把乞讨当成了游戏。老大有些害羞，乞讨时只是腼腆地龇牙咧嘴地笑着。这一切母亲看得清清楚楚，立刻把他们拖进席棚，狠狠地扇了他们几记耳光，气愤地责骂道："你们不是说肚子很饿吗？讨饭时又嘻嘻哈哈的？都是些笨蛋，活该饿死你们！"她又打了他们几记耳光，手都打疼了。孩子们这时候也泪流满面，"呜呜"地哭泣着。然后，她又把他们支出去乞讨，对他们说道："去，出去讨饭吧！你们要是再嬉皮笑脸的，看我怎么收拾你们！"

家人出去乞讨后，王龙也走上大街，到处打听出租黄包车的地方在哪里，还好，他很快找到了一个。他走进店里，租了一辆按日计费的黄包车，价钱是半个银圆，当天晚上结账。于是，办完手续，他拉着黄包车向大街上走去。

王龙身后拉这么个摇摇晃晃的两轮木头车，他感觉到，大街上的人都把他当成了傻瓜。他驾着车辕，那笨拙劲儿就像第一次套上犁耕地的牛，几乎不会走路。然而，想要挣钱谋生，养家糊口，他不得不拉着黄包车快跑。他已经看到了，也明白了，这个城市的大街上，不论什么地方，都有车夫用黄包车拉着另外一些人在街上跑来跑去。他走进一条狭窄的胡同，那里没有店铺，只有一些私人院子，门紧关着。他拉着车子在胡同里窜来窜去，想摸摸拉车的窍门儿。他感到绝望，自言自语地说着，还不如去讨饭好，就在此时，一个戴着眼镜、穿得像教书先生模样的长者向他走来，并打着招呼。

王龙便告诉老先生说，他是个新手，还不会拉着客人跑动起来。谁知道那位老人是个聋子，根本听不见王龙说的话，他只是轻轻地扬了扬手，让他把车辕放低点，好让他上车。王龙照办了，但不知接下来该怎么办。王龙觉得，既然老人是个聋子，那就必须按照他的意思去做，再说了，老人穿戴讲究，看上去很有学问。老人端端正正地坐到黄包车上，然后对他说："把我拉到夫子庙吧。"老人就这样坐在车上，挺着身子，显得很平静，老人那平静的神态使人没有任何怀疑。于是，王龙模仿着别人的样子，开始往前拉着车子，但是，他根本不知道夫子庙在什么地方。

王龙一边走一边打听夫子庙在什么地方，他走的这条路和拥挤的街道平行而行，小贩们挎着篮子走来走去，女人们赶着路去市场，另外，还有赶路的马拉车和许多像他拉的那样的洋车。大街上熙熙攘攘，人群摩肩接踵，根本不可能拉着洋车跑。王龙拉着车尽可能地快走，但总觉得身后载人的黄包车"咯噔咯噔"地响。他习惯了背东西，但不习惯拉黄包车，遥远看见夫子庙的墙时，他的胳膊就疼痛难忍了，手也磨出了血泡，因为用手驾车辕和用手锄地磨的不是一个地方。

到了夫子庙门口，王龙把车辕放低，老先生就从黄包车上走了下来。

他在怀里摸了摸，掏出一个银圆给了王龙，说道："这段路我只付这么多钱，吃亏占便宜，抱怨都没有用。"说完，他转过身向庙里走去。

王龙根本没想到他要抱怨，多少天了他都没有见过银圆，他也不知道一个银圆能换回多少个铜钱。他走到附近的一家米店，那里可以兑换零钱，店家给他兑换了26个铜钱，王龙感到很惊奇，在南方挣钱就这么容易！王龙的身边站着另一个人，也是个车夫，他看着王龙在数钱，就凑过身对他说："才给26个铜钱，你把那个老头儿拉了多远？"王龙告诉了他，那人立马喊道："真是个抠门的老头儿！他只给了你一半的车钱。上车前，你跟他要了多少钱？"

"我没有要价，"王龙说，"他说'你过来'，我就过去拉他了。"

那个人同情地望着王龙。

"真是个乡巴佬，看你这身打扮，还留着辫子！"他向围观的人们喊道，"有人让他拉，他就去拉了，傻子，简直就是天生的傻子，你也应该问问：'我拉你，你给多少钱'啊！傻瓜，学着点，只有拉白肤色的洋人时，可以不讲价钱！他们都是直脾气，烈性子。如果他们说'过来'，你就赶紧过去，他们是可信的，这是一群笨蛋，不知道任何东西的价钱，让银圆像流水一样从他们的口袋里"哗哗"地流出来吧。"围观的人群听得哈哈大笑起来。

王龙什么话也没有说。确实，他觉得，在这群镇上人面前，他显得尤为无知和贫贱，于是，他一声不吭地拉着黄包车走开了。

"不管怎样，这些钱够我明天给孩子们买吃的了。"他信心十足地自言自语道。这时他突然想起，晚上还要支付车的租赁钱呢，如果用手里的这点钱给孩子买点吃的，剩下的钱就不够付租车的钱了。

那天上午他又拉了一个客人，这次他跟人讨价还价并讲好了价钱。下午又拉了两个人。到了晚上，他数了数手上今天所挣的钱，除了付黄包车的租费以外，就剩了一个铜钱。他非常痛苦地迈着沉重的脚步朝他的窝棚走去，心里在想，拉了一整天黄包车，只挣了一个铜钱，这比在田里收割庄稼还苦还累，这时，他对土地的思念像洪水般涌入心头。在这奇怪的一天里，他从未想过他的土地，可是现在，他猛然眷恋起他的土地了，他的土地就躺在那儿，真的，躺在一个遥远的地方，在等着他。此时此刻，土地使他渐渐平静下来。想着想着，他回到了自己的窝棚。

回到"家"里，他发现阿兰一天讨了40个麻钱，差一点就够五个铜钱了，大孩子讨了八个麻钱，小的讨到13个，把讨到的这些钱放在一起足够付第二天早晨的粥钱了。当让小男孩把他的钱拿出来的时候，他哭着不给，非要自己留着，他喜爱自己讨来的钱。那天晚上睡觉时，他手里都攥着钱，谁也无法从他手里拿走。第二天，他自个儿交了粥钱。

然而，老人什么都没有讨到，一整天，他都老老实实地坐在马路边，没有沿街乞讨。他坐在那里瞌睡了就睡觉，睡觉醒来就看看路上的行人和过往的车辆，看累了瞌睡了，就又睡觉了。他是长辈，谁也不能呵斥他。当他看到自己两手空空时，他是这么说的："我耕过地，播过种，收割过庄稼，我应该有碗饭吃。除此之外，我生了儿子，也有了孙子。"

看到自己儿孙绕膝，老人就像个孩子一样，相信他能吃饱穿暖，再也不会挨饿了。

第十二章　寄人篱下

饥饿感过后，王龙第一次吃饱了肚子，他看到孩子们天天都能吃到东西了，他也知道每天早晨都有米粥吃，他从每天的辛苦劳动中也得到了报酬，阿兰乞讨的钱足够付早晨的粥钱。陌生感逐渐消失后，他便慢慢地适应了这座城市的生活节奏，也知道了这是一座什么样的城市，他依然生活在这个城市的边缘上。他每天从早到晚奔跑在大街上，渐渐地摸透了这座城市的某一些风尚，他走街串巷，也了解了这座城市一些鲜为人知的秘密。他知道了早晨他拉的那些客人，如果是女的，都是去市场采购的；如果是男的，他们不是去学校就是去商行上班，但是，学校是什么样的呢？他却无从知道，他只知道它们被叫作"西洋大学"或"中国大学"，他只是从门前经过，但从未进入校门。他清楚，如果进了校门，立马就会有人来问他"干什么的？"。对于他拉的那些人去了什么商行，他更是一无所知，他只关心坐了他的车，就得付车钱。

到了晚上，他知道他拉的客人不是去了大茶馆，就是去那些寻欢作乐的地方。这种寻欢作乐的地方是公开的，里面播放着音乐，靡靡之音充斥着条条大街。里面也有赌博的，一张木桌上放着用象牙或竹片做的麻将牌，男欢女爱的勾当在墙后面秘而不宣地进行。可是王龙对这声色犬马一无所知，除了自己的窝棚，他的脚都没有跨进过任何一家的门槛，他拉着客人，总是把车停在他们的家门口。虽然生活在这个富裕的城市里，但他总感到，自己就像富人家里的老鼠，靠吃残羹剩饭苟活着，躲躲藏藏，整天提心吊胆，永远都不会成为那个大户人家生活中的一部分。

目前，王龙的生活处境就是这样的。虽然百里路程不及千里迢迢，陆路也不及水路那么遥远，但王龙和他的妻儿在这个南方城市里却像外国人似的。在大街上走来走去的人们也长着黑头发、黑眼睛，的确和王龙一家人并没有什么区别，和王龙老家那地方所有的人也没有什么不同。而且，听这些南方人说话，虽然有点困难，但也能听懂。这都是实实在在的事实。

然而，安徽毕竟不是江苏。王龙出生在安徽，人们说话时，语速慢而语调深沉，就像是从喉咙里发出来似的。但是在江苏，也就是他们现在生活的这个城市，人们说话时，音节是从嘴唇和舌尖上蹦出来的。王龙老家的生活是慢节奏，地里庄稼一年收获两季，一季麦子，一季稻子，另外，还有一些玉米、豆子和大蒜之类的庄稼，而这座城市周边的农民不断地用大粪浇灌田地，臭气熏人，路人掩鼻，无法呼吸。除了种水稻之外，他们还一茬儿接一茬儿地种着各种蔬菜。

在王龙老家，有白面烙饼卷大葱吃，那就是一种享受，再也不奢望别的什么了。但这里的人大快朵颐，吃着猪肉丸子、竹笋、栗子炖鸡和鸭肉，讲究点的，里面还要放一些时蔬。当一个老实巴交的人身上带着昨天的大蒜味走过时，他们就会仰起鼻子嗅嗅说："哎呀，这个北方佬，还留着长辫子，臭死了！"闻到大蒜味，布店的老板立马坐地起价，就像他们对待外国人那样肆意抬市价。

因此，沿墙而建的这些草席棚舍，永远都不会成为这个城市的一部分，也不会成为城外延绵数里乡村的一部分。有一次，王龙听见一个年轻人在夫子庙的墙角处——在这里，只要有勇气，任何人都可以发表演讲——对着一大群人慷慨陈词，激情澎湃地在演讲。他说，中国必须发生一次革命，必须起来反对可恨的外国人。王龙听后，感到非常害怕，就偷偷地溜走了。他觉得自己就是那个外国人，这年轻人正在义愤填膺地谴责着洋人。还有一次，他听到另一个青年人在演讲——这个城市里到处都有青年人演讲——那人在一处街角说，在这个时候，中国人必须团结起来，必须进行爱国主义教育。这回王龙并没有觉得此人是针对自己在做演讲。

直到有一天，在绸缎商行的街上寻找拉活儿的生意时，他才了解到了更多的情况，他得知在这个城市里还有更多的"外来户"，比他更显陌生。这天他正好经过一个绸缎店，这是女人们经常去购买绫罗绸缎的地方，有时候，在商店门口他偶尔能碰到一位富有的客户，出手比一般人阔绰得多。也就在这天，有个人急急忙忙地从店铺走出来，正好撞上了他。此人的打扮他以前还真没有见过。他说不出此人是男是女，这个人个头高大，穿着

粗糙料子做的黑色长袍，笔挺笔挺的，脖子上围着一条动物毛皮做的围脖。当他经过时，这个不男不女的人突然对他打了个手势，让他放低车辕。他立马把车辕放低，让他上了车。当他直起身子时，回头不知所措地望向坐车人。只听那人磕磕巴巴地说，他要去大桥街。他立刻拉着车子奔跑起来，恐慌地不知道自己在干些什么。他还边跑边问另一个拉车的同行："你看我拉的是个什么人？"

同行对他说："是个外国人——一个美国女人——你要发财啦！"

王龙拉着黄包车飞快地跑着，蛮害怕身后那个奇怪的家伙。到达大桥街时，他已经累得精疲力竭，汗流浃背了。

这个女人下了车，还是结结巴巴地对他说："你用不着拼命跑。"然后，在他手里放了两块银圆，比平常的价钱多出了一倍。

这时，王龙才明白过来，这人真是个外国人，在这座城市里，她比他这个外来户更显得人生地不熟。而且他也慢慢地知道了，黑头发、黑眼睛的人是一种人；黄头发、蓝眼睛的人是另外一种人。从那以后，他不再觉得在这个城市里自己是唯一的"外来户"了。

晚上，他带着赚来的那两块崭新的银圆回到了窝棚，他把所见所闻告诉了阿兰。可是阿兰却说："我见过这些外国人。我经常向他们乞讨，只有他们才肯往我碗里放银圆而不是铜钱。"

但是，王龙和他老婆都觉得，外国人给银圆不是出于什么善心，而是因为他们愚蠢无知，不知道给乞丐铜钱就可以了，没必要给银圆。

然而，从这次经验中，王龙学到了那些青年人不曾传授给他的东西，他就是他，长着黑头发和黑眼睛的人。

王龙一家就生活在这座巨大、广袤、富裕城市的郊区。居住于此，最起码不会缺吃少喝的。王龙一家来自遥远的乡下，在那里，靠老天赏饭吃。如果人们挨饿，那是因为没有吃的，是无情的天灾使地里长不出任何东西。在乡下，手里有银圆也没什么用，有钱也买不到东西，因为无东西可卖。

可是在城市，食物很充足，到处都有吃的东西。鱼市就位于石子街上，街道两边摆放着一排排鱼篓，里面装着肥硕的银鱼，那是夜里人们从丰盈的河里捕捞的；水盆里放着鳞光闪闪的小鱼虾，那是人们用渔网从池塘里捕捞的;一堆堆黄灿灿的螃蟹,在愤怒与惊恐中蠕动着,并互相用各自的钳子在打斗,还有翻滚蠕动的鳝鱼,那是美食家餐桌上的佳肴。在粮食市场上,粮食囤很大,大到一个人走进去,掉到囤里,都能被掩埋窒息掉,当然,也不会被人看见的。粮囤之大,没见过的人是无法想象的。这里的粮食应有尽有,样货齐全:色泽透亮的白米,棕红、深黄和浅金色的小麦,黄澄澄的大豆,鲜艳的红小豆,青绿的蚕豆,金黄的小米和黑色的芝麻。在肉市上,整头的猪被钩住脖子挂着,已经开膛破肚,新鲜的红肉,厚厚的猪膘,猪皮柔软、厚实、白净。鸭店的天花板和门厅悬挂着一排排棕色的烤鸭,那是刚刚在炭火上用铁扦插着鸭子慢慢地旋转着烤制出来的,店里还挂着白色的盐水鸭和一串串的鸭胗、鸭肝。其他的店铺里也同样出售着鹅、山鸡和各种家禽。

至于蔬菜嘛,那可是应有尽有。鲜艳的红萝卜,雪白的空心藕,白色的芋头,绿油油的卷心菜和芹菜,弯曲的豆芽,棕色的栗子,以及芳香的芫荽等。只要把菜种撒在地里,种什么,地里就能长出什么来。在这座城市的市场上,想吃什么就有什么,绝对让你一饱口福。小商贩们穿街走巷,吆喝着买卖。有糖果、水果和干果,有蜜汁红薯,有热气腾腾的小笼包子,也有香甜的糯米糕。城里的孩子从家里跑到大街上,手里抓着满把的铜钱,来到这些摊贩跟前买他们喜欢的吃食,吃得他们满手满脸都是糖和油,在阳光下熠熠发光,浑身发亮。

确实,人们会说,这个城市里的人绝不会因吃不饱而挨饿。

然而,每天早晨,天刚亮,王龙和他的家人就从他们的棚窝里钻出来,带着他们的碗筷,站在长长的领救济的队伍里,三五一堆,慢慢地等候着。凡是从席棚走出来的人,都穿着单薄的衣服,在河边潮湿的空气里瑟瑟发抖,弯着腰,顶着寒冷的晨风,向"慈善粥棚"走去。在那里,一文钱可以买到一碗稀饭。尽管王龙拼命拉车挣钱,尽管阿兰四处乞讨,但是,他们弄不到足够的钱来买些大米,在自己的窝棚里做饭吃。如果付了救济粥的饭钱还有剩余,他们就会买一点点卷心菜。卷心菜对他们来说也是奢侈的。因为要自己做菜,阿兰就用两块砖支起一口锅,两个男孩子就四处奔跑,寻找些柴火烧火做饭用,柴薪也不是那么容易得到的。他们不得不从给镇上送芦苇和干草的农民柴堆上一把一把地偷拿。一旦被抓,就要遭一顿毒打。老大比老二胆小，害怕干这种偷偷摸摸的事情。一天深夜，他回到家里，眼睛乌青，肿胀的眼睛都睁不开了，他是被一个农民狠狠地揍了一顿。可是小儿子却越来越老练，慢慢地干起了小偷小摸的行当，他行窃要比乞讨更在行。

阿兰倒觉得这并没有什么，如果男孩子不笑也不闹，那就让他们偷点东西填饱肚子吧。虽然王龙对阿兰的这种想法没有作答，但他打心底里厌恶儿子的这种偷窃行为，对老大偷东西表现的笨拙，他并没有责骂。生活在高大城墙的阴影里，绝对不是王龙想要的生活。家乡的土地依旧为他而守候。

一天夜里，王龙回来得有点晚，他发现锅里炖的菜里有一大块猪肉。自从他们杀了自己的牛，这是第一次吃肉，于是王龙睁大了眼睛。

"你今天一定是向外国人乞讨了。"他对阿兰说。但是，按阿兰的脾气，她什么都没有说。二儿子年幼无知，为自己的小聪明感到很骄傲，便插嘴说道："肉是我拿的，当然就是我的肉了。卖肉的从案子上的一大扇肉上割了一块肉，我趁他不注意的时候，从一个来买肉的老太太胳膊底下钻过去，抓起肉就跑进了一个胡同，藏在一户人家后门的干水缸里，一直等到哥哥过来。"

"这肉我不吃！"王龙生气地说，"买来的或者讨来的肉我吃，偷来的肉就不吃。我们可以是叫花子，但我们绝对不能是贼。"说完，他用两个指头把肉从锅里夹出来，扔到了地上，一点也不顾二儿子的哭闹。

这时，阿兰走过来，不温不火，捡起了被扔在地上的肉，用水冲洗后，又扔进了滚烫的锅里。

"肉就是肉呀。"她平静地说。

王龙没再说什么，但他心里又生气又害怕，因为儿子在这座城市里正沦为小偷。阿兰用筷子把煮熟的猪肉分开时，王龙一句话也没有说。阿兰先给老人夹了一大块肉，给儿子们夹了一些，甚至还往小女孩嘴里塞了一点儿，她自己也吃了些，但是，王龙始终不说一句话，他一口肉都不吃，他宁愿吃他自己买的蔬菜。吃过饭后，他把二儿子带到街上避人处，在他媳妇听不见的一个房子后面，他把孩子的头夹在胳膊下，狠狠地照着屁股左右打了起来。尽管孩子在哭，他也不停地抽打。

"叫你偷！叫你偷！"他怒斥着，"当小偷就得挨揍！"

他一边打一边自言自语地说："回老家，一定要回到自己的家乡去。"说完，他就让哭哭啼啼的儿子回家了。

第十三章　念兹在兹

　　王龙一家在这座富庶的城市里，处于社会的底层，他在贫困的生活中挣扎着，度日如年。市场上令人垂涎欲滴的食物琳琅满目，货源充足，吸引着商客的眼球，使之不断地流向四面八方。商业大街上的绸缎庄挂满了五彩缤纷的丝绸，透着江南的韵味，精致有序，典雅大方。门槛是红色的、橙色的、黑色的……色彩绮丽，灿若烟霞的各色彩旗在风中飘荡着，同忙碌的伙计一样热情地招揽着生意。养尊处优的有钱人身着绫罗绸缎，双手宛如柔荑，肤若凝脂，散发出沁人心脾的花香，悠闲富裕令他们心安理得。尽管这座城市装扮得富丽堂皇，繁花似锦，但在王龙他们所住的席棚区，穷人们却食不果腹，衣不遮体，过着饥寒交迫的生活。

　　男人们整日为富人的聚会与宴席焙烤着各种糕点，童工从黎明干到深夜，他们浑身沾满了油渍和污垢，打着地铺，睡在粗糙的草垫上，第二天，他们还要踉跄着去烤炉边干活儿，如此辛苦，得到的报酬却少得可怜，不够买一块为富人烤制的糕点。身处贫贱的手艺人忙忙碌碌地为有钱人裁剪着过冬的厚皮衣和春天要穿的轻裘，他们把提花绸缎做成豪华礼服，专供那些享受珍馐佳肴的阔佬、阔太穿戴，而他们自己却只能扯些蓝粗布，匆促缝制，遮体御寒。

　　王龙就是这个穷苦群体中的一员，辛苦地拼命干活儿，也不能得以温饱。最近，王龙听到一些奇怪的事情，他也不是特别在意，年龄稍大的男男女女对此事守口如瓶，只字不提。上了年纪的白胡子老人有的拉着黄包车，有的推着木轮车，木轮车源源不断地给面包房和官邸运送煤炭和木柴。他们弓腰驼背，吃力地在石子路上推拉着沉重的货物，累得浑身青筋突起，像棉绳一样裸露在外。他们起早贪黑，还是朝不保夕，食不果腹，生活的重担早已让他们心灵麻木，终日沉默寡言。那一张张脸和阿兰的脸一样，毫无表情，寡言少语。谁也不知道他们心里到底在想些什么。一旦他们开口说话，无非就是哀叹一日三餐的着落，什么地方能挣点铜钱，银圆不敢问津，因为他们的手几乎没有碰过银圆。

夜间睡觉时，他们愁眉苦脸，似乎有什么怨恨，但是，他们并没有什么闷气怨恨。因为多年以来身体以及心理的不堪负重，他们晚上睡觉时，都会龇牙咧嘴，鼾声如雷，此起彼伏。岁月和繁重的体力劳作使他们的脸上布满了皱纹，像历尽沧桑的沟壑，尤其是眼角和嘴角粗壮的皱纹，略显夸张。他们自己都不知道他们是个什么模样，苦难让他们面目全非，满脸的皱纹诉说着过往的沧桑。有一次，他们当中一个人从一辆满载家什的货车的镜子里看到了自己的形象，惊慌失措地叫道："天哪！这个人真丑！"他的举止让众人捧腹大笑，而他自己却不知所措，苦笑着看着众人，压根不明白人家在笑什么。他急忙环顾四周，像一个犯了错的孩子，尴尬地看看自己是否冒犯了谁。

王龙家的席棚周围搭着排排相连的小窝棚，户户相邻，简陋不堪。席棚里的女人把那些缝了又缝的破布片缀在一起，为她们接二连三生养的孩子做件衣物以便遮体。他们从农民的田地里偷一把青菜，或从粮市上摸几把稻米，常年从山坡上挖取野菜充饥。到了收割时节，他们像野禽一般跟在收割者的身后，眼疾手快地捡拾着落在地里的每一粒稻米或稻穗。青黄不接的时候，席棚里不断传出孩子夭折的噩耗。孩子死了，父母又生，生了又死，死了再生，生生死死，一而再，再而三，循环不辍，连做爹娘的都不知道他们一共生了几个，死了几个，只知道有几张嘴要吃饭。

这里的男人、女人和孩子们时常出入市场和布店里，想找点活儿做，他们也经常流浪徘徊在城乡边缘，男人们为了多挣几文钱，起早贪黑，无所不做，而女人和孩子们为了生计，迫不得已，能偷则偷，能抢就抢，到处乞讨糊口。王龙、阿兰和孩子们也出没在这些人群之中，无奈地日复一日地过着苦涩的日子。

年长的男人和女人早已麻木不仁，逆来顺受，直面他们现有的这种生活。但是，成长起来的年轻人，血气方刚，有自己的主见和思想，他们对现有生活状况极为不满，这群小男孩终于长大，有了自己的主见和思想，他们对现实生活状况极为不满，又不甘于像父辈们一样在水深火热、困苦

潦倒的现实生活中挣扎，不想长大成人后结婚生子，然后，一代又一代地延续着贫困，一生像牛马一样劳作，得到的却是饥寒交迫，衣不遮体的生活。聚集在他们心中的愤懑不平，一触即发，他们在沮丧、失望、绝望中寻觅着改变这一切的出路。他们常在席棚里探讨着，从牢骚满腹到自怨自艾，进而演变成一种无法用言语表达的强烈反叛。这天晚上，王龙听到一些骇人的言论，这些言论是他在一侧靠城墙边的席棚里听到的。

一个初春的傍晚，冰雪已经开始融化，道路泥泞不堪，雪水流进了棚内，因此，家家户户东找西寻地捡一些砖头，铺垫在屋内，睡在砖头上。潮湿冰冷的地面让王龙难以入眠。他也不习惯早睡，辗转反侧，起身出了门，偶尔听到了前所未闻的议论，他茫然地走上了大街，百无聊赖地站在街边。夜晚的空气温和湿润，带着春的气息。

这儿的人们习惯于靠墙蹲着。家里不仅孩子众多，而且又吵又闹，棚屋空间狭小，过分拥挤，王龙的老父亲就正靠墙蹲在那里，端着碗，扒拉着饭。老人的一只手里牵着一根绳子，绳子是阿兰用她的腰带做的，绳子的一端系在小女儿的腰上，这样她摇晃着走来走去就不会摔倒。他就这样天天照看着小孩，孩子正是学走路的时候，已经不愿意在母亲乞讨时把她抱在怀里了。阿兰又有了身孕，怀里抱一个，肚里怀一个，笨拙的身体，很不方便。

孩子蹒跚学步，老人拽着布条绳的一端。他静静地站着，让柔和的晚风吹拂着他的脸庞，心中涌起对土地的无限思念。

"像这样的日子，应该种麦了。"他大声对父亲说。

"嗯，"老人平静地说，"我知道你心里在想什么。我这辈子多次不得已背井离乡，就像我们今年这样，放着地不耕不种，荒在那里。"

"可你总得回老家呀，爹。"

"是呀，儿啊，那里有地啊。"老人发自肺腑地回答道。

是的，一定要回去的！今年不回去，明年一定回去。王龙心中默默地盘算着。只要有自己的土地，就有希望！想着土地就在家乡等着他，一定就会有风调雨顺的好年景，他心里顿时充满了希望。他挺了挺腰板，走进棚屋，理直气壮地对妻子说："要是有什么东西能卖的，现在就把它卖掉，然后，我们回老家去。唉，要不是为了老人，我们都可以走着回去，哪怕饿死哩！但老人和小孩怎么能走百十公里路呢？还有你，你肚子里还有孩子！"

家里没多少水，阿兰凑合着洗着碗。洗好后，她把碗摞在棚屋的一个角落，蹲着，抬起头看着王龙说："没有什么东西可卖，除非把小丫头卖了。"她语气平缓地回答道。

王龙倒吸一口凉气。

"不，孩子我不会卖的！"他大声说。

"我就是被爹娘卖掉的，"她非常缓慢地回答说，"我被卖给了一个大户人家，这样，我爹我娘有了盘缠才能回老家去。"

"这么说，你要卖掉这孩子了？"

"要是就我一个人，宁可让她死，我也不会卖的……我就是一个不幸之中的幸运儿！但是，一个死孩子什么也给你带不来。为了你，我可以卖掉这个孩子——好让你回到老家，守着你的田地。"

"坚决不卖！即使我在这个野地方待一辈子也不卖！"王龙坚定地说。

但是，当他又一次走出去的时候，卖孩子的想法——一个人的时候，他从未考虑过——便诱使他违背了自己的初衷。他看着小女孩，她正在祖父拽着的绳子那头不停地摇动着。她食量很好，能吃能喝，长得挺快，虽然她还不会说话，但长得胖乎乎的。她那张还没有长牙的小嘴，像一个老太婆似的嘴唇已经变红，笑嘻嘻的。她无忧无虑，总是那么快乐。他默默地看着她，开心地笑了，她这么小，还需要细心照顾。

"如果我不曾把她抱在怀里，看她甜甜地一笑，"他沉思着，"也许我会把她卖掉的。"

这时，他又想到了家乡的土地，这繁华之地，是羁旅之地。他激动地大声哭喊着："难道我永远见不到我的土地了吗？我这么辛辛苦苦，整日沿街乞讨，讨来的食物只够我们吃一天！何时才能回到我的故土啊！"

这时，从黑暗里传来一个低沉的声音："这样的人不止你一个。在这个城市里，有成千上万的人跟你一样。"

一个人说着话就走了过来，抽着一根短短的竹筒旱烟袋。这是王龙家第二个隔壁邻居的老爹。此人白天不出门，因为睡大觉，夜里才出去干活；拉着沉重的大货车，这种货车体积太大，白天大街上车水马龙，很难在大街上行走。有时，王龙在天蒙蒙亮时会看见他蹑手蹑脚地回家，累得气喘吁吁，困乏无力，他那宽厚粗壮的臂膀也低垂着。有时王龙黎明出去拉黄包车时也会碰见他，黄昏时分，他也出来和准备回席棚睡觉的人在外面聊会儿天。

"那么，就永远这样下去吗？"王龙凄苦地问道。

那人猛抽了几口烟，往地上吐了一口痰，说道："不，不会永远这样下去的。富人再富，有其富的道理，穷人再穷，也有其穷的原因。去年冬天，我们卖了两个女孩子，日子就这么挺过来了。今年冬天，如果我婆娘再生一个女孩，我们还要卖了她。我留了一个大丫头，头胎生的。其他的最好卖掉，总比让他们死了好，尽管有的人家愿意把他们刚生下来的孩子溺死。这是穷人穷得没办法时的一种办法。富人太富了的时候也有一种办法，要是我没有搞错的话，这个办法很快就会出现。"他点点头，用烟袋杆指指他们身后的高墙，"你看见过那堵墙里面的情况吗？"

王龙摇摇头，有所不解地愣着。那人继续说："我把我的一个丫头卖到里面去时，我看见过里面的情况。如果我告诉你这家人的钱财进出情况，你可能不会相信的。我跟你这么说吧——就是这家的佣人吃饭用的都是镶银的象牙筷子，使唤的丫头都戴玉石和珍珠耳坠，连她们的鞋上也缀着珠子，而且鞋子上稍微沾点泥巴，或者稍微有一道破口——你我根本不认为那是破口，她们就会扔掉，连上面的珠子也一起扔掉。"

那人又狠狠地吸了一口烟。王龙张着大嘴巴，认真地听着。在这堵墙那边，竟有这样的事情！

"这就是富人，否极泰来啊！"那人说。他沉默了一会，然后像什么都没说过似的，无关痛痒地说道，"好了，还是干活吧。"说完便消失在夜幕之中。

可是，王龙那夜却失眠了，他想象着一墙之隔那边的金银珠宝，而自己就靠着这堵墙睡觉，他身上穿着就是他一年四季，不分昼夜，天天都穿的那身衣服，晚上连床被子都没有，身下只有铺在砖上的一片草席。这时卖孩子的念头又浮现在脑海里，其诱惑力极大。他暗自思忖道："也许把她卖到一个富人家里会好些，如果她出落得如花似玉，讨得老爷欢心，她就会吃佳肴戴珠宝。"但他转念一想，又否定了自己的愿望。"可是，就算我把她卖了，也换不来金银珠宝啊。即使从她身上能得到够我们回家的盘缠，回到家里，我们又从哪里能弄到买牛、买桌椅板凳和床的钱呢？难道我卖孩子是为了在老家挨饿，而不是在这里挨饿？我们连种地的种子都没有啊。"

王龙久久回味着那个人的话，"富人那么富，肯定有其富的道理"。可是他百思不得其解。

第十四章　翘首盼归

春风毫不吝惜地吹进了满目疮痍的"席棚村"。大地回春,万物复苏,漫山遍野的绿色嫩芽给那些乞讨的人带来了生机,采摘的蒲公英、荠荠菜、苦苦菜等野菜充实了他们的一日三餐,再也不像以前那样,为了一把青菜偷偷摸摸,东躲西藏。每天,一群衣衫褴褛的女人和孩子们从棚屋里走出来,手里拿着铁铲、锋利的石头或者生锈的刀子,挎着用竹篾或苇子编织的篮子,走遍乡野、田间地头和马路两边,寻找不用花钱就能得到的食物。阿兰和两个儿子每天都随着这群苦难的人们出去挖野菜。野菜——这一大自然的馈赠,给了他们生活的希望。

春日和煦的阳光和阵阵春雨使每个人对生活充满了憧憬,但男人们还得继续找活儿干。王龙一如既往地拉着黄包车讨生活。风和日丽的春天并没有减轻他们的生活压力。积怨和无奈、心酸和愤懑不平使他们整日少言寡语。一个冬天,为了生计,他们起早贪黑,走街串巷,赤脚穿着草鞋,忍着脚下刺骨的冰雪,拼死拼活地干着活儿。夜晚,他们拖着疲惫不堪的身躯回到家,不声不响吃着用劳累和乞讨换来的充饥食物——少得可怜的食物。男人、女人和孩子们只能挤在一起,一天的饥饿和疲劳带来的痛苦使他们无奈地倒头就睡,只有睡觉才能忘记饥饿,减少体能的消耗。这不仅仅是王龙一家的状况,他清楚地知道整个"席棚村"里的家家户户都是如此。

随着春天的到来,天长夜短,气温渐升,人们像是冬眠过后的生物,有了生气,毫无顾忌地侃侃而谈,生怕别人听不见。每当夜幕降临,他们聚集在棚屋门口聊天,海阔天空,谈天说地。王龙看见了几个住在他周围的邻居,还有一些住在附近整个冬天都不曾谋面的人。要是阿兰能告诉他一些道听途说的家长里短的事就好了!例如,哪个人打了自己的老婆啦;

哪个人得了麻风病啦，脸上无肉，形如枯槁；谁谁谁是贼头啦；等等。但阿兰总是沉默不语，忙里忙外，从不理会这些八卦新闻，对那些闲言碎语不闻不问，既无反应，也不回答。因此，王龙只能默默地站在人堆旁，尴尬地倾听着他们的闲聊。

多数衣衫褴褛的人，家徒四壁，一无所有。不是白天累死累活地干活儿，就是马不停蹄地沿街乞讨。王龙心里明白，他总感觉到自己和这伙人不是同类，和他们相聚不大可能。他置有土地，他的这片田地还在等着他去耕种呢。其他人一心想的都是明天怎样能搞到一条鱼，或者怎样才能闲游浪荡，他们甚至还想小赌一把，试试手气，赢几个铜子。他们缺衣少食，手头拮据，整天过着寒酸可怜的日子。虽然他们颓丧绝望，但依然不忘寻找快活，慰藉一下空虚的心灵。

然而，王龙依然魂牵梦绕地思念着他的土地，千方百计地想着回归故里，每每想到这些，他心中久久难平。仅存的一线希望虽然支离破碎，心力交瘁的他感受到了背井离乡、寄人篱下的痛苦，但他还是坚守自己难以实现的愿望，算计着何时才能回归属于自己的家园！他不属于那些寄居在富人那高墙大院外面的低贱人群，他也不想成为富商大贾。他属于土地，只有当他把家乡的沃土踩在脚下，春天扶犁耕种，秋天挥镰收割，他才能感到生活的惬意和充实。他站在远离人群的地方，沉默地听着那伙人在闲聊胡侃，他心中敞亮踏实，此刻的他知道，拥有了土地，便拥有了一切。他有自己的良田在遥远的故乡，有父辈留下的麦田，还有从大户人家购买的那块令人羡慕的肥田沃土。

这些人，东家长西家短地闲谈，但总把钱挂在嘴上：扯了一尺布花了几个铜板啦，手指头长的一条鱼花了多少钱啦，一天在哪儿能挣多少钱啦，等等。话题的末了就是对富人的仰慕，如果他们像隔壁主人那样家资巨万，宽绰富余，他们也会要什么有什么的。"要是我手里有他那么多金子，天天腰缠万贯；如果我有他那些小妾们佩戴的金银珠宝，有他大老婆佩戴的珍珠玛瑙，我……"他们每日的闲聊就在这样虚幻飘渺的幻想中度过。

王龙所听到的全是一些漫无边际的胡说八道，这些人梦想着有钱，即日变成富翁，就会如何如何。但是，灌入王龙耳朵的无非是他们有钱后怎么吃好、喝好、睡好，去享受从未吃过的山珍海味，如何去茶馆赌博，花

钱买什么样的漂亮女人来满足自己的情欲等。一言以蔽之，他们谈论最多的是怎样才能不劳而获，他们甚至幻想着如何成为高墙大院里的富人，永不干活，好逸恶劳地坐享其成。

这时，在一旁憋闷已久的王龙突然大声说道："我要是有那些金银珠宝，我就置地——肥沃的良田，然后让这片土地结出果实，收获更多的粮食。"

听到王龙说出这番话，他们异口同声地攻击他，指责并嘲笑他。

"哈哈，来啊，大家都来看看这个留着辫子的乡巴佬，对城市生活一窍不通，像个傻子一样，也不懂金钱能干什么。他要继续像长工一样拽着牛尾巴干活儿，一辈子只能当牛做马！"他们都觉得，相比王龙，他们更应该拥有金钱，支配财富，因为他们比王龙更知道如何用金钱来享受生活。

蔑视与嘲讽并没有改变王龙的初衷，反而坚定了他的信念，他压低声音，不知道是对那伙人还是对他自己喃喃道："不管你们怎样说，我会拿这些金银珠宝去买田置地——要最好的良田沃土。"

想到这里，他想拥有土地——属于自己的土地——的渴望与日俱增。

土地令王龙魂牵梦萦，心里眼里充满了对土地的期盼。他身在这个城市，却漠视这个城市发生的一切。城市的变化和种种千奇百怪的事物历历在目，对他而言，则事不关己，熟视无睹。他只关心当天的生意能赚到几个钱，可事不由人——比如大街上到处散发的传单，尤其是塞到他手里的那些传单。

王龙是个睁眼瞎，这辈子从没有上过学，念过书，压根就不知道传单上写的是什么，更不清楚城门或城墙上贴的白纸黑字的告示上写了什么。这些传单有成捆出售的，也有免费散发的，有两次有人把张张传单硬塞进了他的手里。

王龙第一次拿到的传单是一个外国人给的。这个外国人就像他过去很不情愿地拉送的外国人一样。不同的是，这个外国人是个男人，个高，清瘦，有些弱不禁风，似乎一阵狂风就能把他刮倒。此人长着一双蓝眼睛，晶莹如冰，蓄着络腮胡。当他递给王龙传单时，王龙不仅瞥见了他那双毛茸茸的手和挂着络腮胡肉红色的脸，而且他还长着一个大鼻子，鼻子大得像船舷伸出的船头，高高地镶嵌在他脸颊上的胡须中。起初，王龙侧目而视，不敢从他手上接过传单，但看到那双怪异的眼睛和可怕的鼻子，他又不敢不接。他接过了硬塞进他手里的那张传单，等那个洋人走过之后，他才斗胆地瞄了瞄那张传单。只见传单纸上印着一个人被钉在一个木制的十字架上，此人裸身露体，一丝不挂，只是私密处被一小块布片遮掩着。显然，他已经死了头从肩膀上垂着，嘴唇长满胡须，双眼紧闭。看着这幅人像，王龙感到很恐惧，但同时对人像也逐渐产生了兴趣，人像的下面还有一行字，但他也读不懂那是什么意思。

晚上收工时，他把印着画像的那张传单带回了家，拿给父亲看了看，可是老父亲也看不懂，于是，父子二人，还有两个男孩便一起讨论着这幅画像的含义。两个男孩子既兴奋又害怕，突然大声喊道："哎呀，你们看，血从他身体的一侧往外流呢！"

随后，老人也喊道："这肯定是个坏人，吊死活该！"

但是，王龙对这幅画感到很恐惧，他暗自思忖着，为什么一个外国人要把这幅画送给他呢？是不是这个外国人的一个兄弟受到了虐杀而要对他进行的一种报复呢？后来他就有意回避不再走他遇见外国人的那条大街了。没过几天，他几乎把传单这事渐渐忘掉时，阿兰却把这印有人像的传单和她从其他地方捡来的一些纸片一起纳进鞋底，使鞋底更加结实一些。

第二次分发传单给王龙的是个青年人，他穿戴考究，看样子是这个镇上的人。他一边向好奇的人群散发着传单，一边大声演讲。人们对大街上出现的那些稀奇古怪的事物总是围观着看热闹。这张传单上也是一幅流血和死亡的画面，但是，画面里的这个死人不是洋人，皮肤上也没有那么多汗毛，而是一个像王龙那样的人，一个普通人，又黄又瘦，长着黑头发黑眼睛，穿着破旧的蓝布衣服。一个胖子踩着这个死者，手里拿着一把长刀，一次次砍向死者，这是一幅惨不忍睹的画面。王龙定睛凝视着，极力想从下面的文字里弄清楚这是什么意思，他转向旁边的人，问道："识字吗？要是你识字，能告诉我这幅可怕画面的意思吗？"

那个人回答说："先别说话，仔细听听那个年轻先生的演讲，他会告诉我们一切的。"

于是，王龙和众人继续听着演讲。他听到了以前闻所未闻的事情。

"死去的这个人其实指的就是你们自己，"年轻人说，"杀害了你们并再补一刀的凶手就是那些富人和资本家，他们不仅杀害你们，而且在你们死后，还要压迫和加害你们！你们真是不明就里。你们之所以贫穷，之所以遭受蹂躏，那是因为富人夺去并占有了本来属于你们的一切。"

现在，王龙似乎明白他生活清贫穷苦的原因了。但在此之前，他怨天尤人，自怨自艾，对自己的命运是听天由命。他怨恨老天爷连年地降灾，使得风不调，雨不顺，或者连绵不断地大雨倾盆，酿成自然灾害使农民颗粒无收，饿殍遍野，无奈背井离乡。只要老天赏饭，雨水适时，阳光充足，播撒在土壤里的种子就会破土而出，终会结出果实，这样他就不愁吃穿，不受贫困了。因此，他饶有兴趣地继续听着年轻人的演讲，他想听听对于老天爷不下雨这件事，年轻人会说些什么。那个青年口若悬河，滔滔不绝，但对王龙所感兴趣所关心的事情只字不提。这时，王龙觉得很无聊，便鼓起勇气，斗胆问道："先生，压迫我们的那些富人有没有什么办法叫老天爷下点雨呢？好让我们这些庄稼人在田里耕作。"

听到有人问话，青年人转过身，蔑视地看着他，说道："唉，你怎么这样愚昧无知啊！你竟然现在还留着长辫子！老天爷不下雨，谁也没有办法。这与我们有什么关系呢？想想看，如果富人能与我们分享他们的财富，天下不下雨，这对我们任何人都没有关系，因为我们大家都会有钱花，都有食物吃，不是吗？"

听众中响起了雷鸣般的掌声和欢呼声，但王龙却快快不乐，失望地转身离开了。说得好听，土地呢？没了，钱呢？完了，食物呢？光了，全都一扫而空了。如果没有风调雨顺的年景，饥馑之年还会再次出现的。无奈困惑的他还是很高兴地拿走了那位青年塞给他的那些传单，起码他知道这些传单对阿兰来说很有用，她就缺一些纳鞋底用的纸。回到家里，他就把传单纸都给了阿兰，然后说："这些纸你可以做鞋底用。"说完，就忙自己的活计去了。

住在席棚里的那些人，就是每晚相聚在一起闲聊的那些人，他们中有不少都热切地听过那个年轻人慷慨激昂的演讲，他们为此亢奋，寻思怎样才能得到应有的财富。他们知道高墙的里面住着富人，人家的财富与他们的贫穷只有一墙之隔——一堵神奇的墙，使他们有着天壤之别，只要用天天挑东西的那根粗壮结实的扁担捅几下，便可将这堵墙推倒。推倒了又如何呢？

　　村民们本来就对这饥寒交迫的生活充满了心酸和无奈，在这个青黄不接、不如人意的春天，他们更是心存不满，可如今心头又增添了新的怨恨，那是无以言表的痛苦和困惑。那位青年和其他有理想、胸怀大志的人们，愤然抨击着社会不公正的现象，唤起贫困的民众为命运抗争。他们的宣传鼓动道出了这个寄居在席棚里的人们的心声，使他们对社会不公正的财富分配不满。有些人不劳而获，有着享不尽的财富，而他们日复一日地辛苦劳作却是一穷二白，饥寒交迫。他们日夜都在想着自己应得的财富，每天傍晚聚在一起议论着事情，而现实生活却毫无改变。因此，血气方刚的年轻人难免心中涌起愤愤不平的怒潮，像青春泛滥的河水势不可当。

　　然而，王龙却与众不同。虽然他看到了眼前的一切，听到了人们的纷杂议论，不安地感觉到了人们的愤怒，他心生疑虑，却不知所措，未置可否地每天做着自己的事，但他依然坚定不移地坚守着他的初心，热爱着土地，他希望早日回归故里，双脚重新踏在属于自己的土地上。

　　在这座城市里，王龙感觉到，新奇的事儿层出不穷。一天，他又经历了一件令他恐惧而百思不得其解的事。这天，他拉着空荡荡的黄包车，沿街寻找着生意。突然间，他看见一个人站在马路上，被一帮武装士兵抓住，那个人竭力抗拒时，士兵们就挥起军刀在他脸上划了几刀。王龙瞠目地看着，惊诧不已。另一个人又被抓了起来，紧接着又抓了一个。在王龙看来，被抓的这些人都是靠双手做工吃饭的普通人，就在他看着呆想发愣时，又有一个人被抓了起来，这个人他认识，并且就住在他隔壁最近的一个棚屋里。

　　这时，王龙惊恐地意识到，那些被抓的人和他一样，都是再普通不过的普通人，却不知道自己为什么被抓了起来，平白无故地就被强行带走了，也不知道什么时候能回来。王龙慌忙把他的黄包车停放在附近的一个胡同里，急忙跑进开水铺子躲了起来，唯恐下一个被抓的人可能就是他自己了。他猫着腰，蹲在大铁锅后面，不敢露脸，直到士兵们离去后，他才问开水坊的老板，大街上抓人究竟是怎么一回事儿。店主是一个老头，大铜锅整天烧着开水，腾腾的热气蒸熏着他那布满皱纹的脸。他若无其事地回答道：

"听说某个地方又要打仗了。谁知道这打来打去的都是为了啥？从我小的时候起就打个没停。我敢说，等我死后，这仗还会继续打。这个我心里最清楚。"

"嗯，可是，他们为什么要抓我的邻居呢？他跟我一样无辜，我们也从来没有听说过要打什么仗了啊。"王龙惊愕地问道。

店主老头儿"丁零当啷"盖好锅盖后，回答道："这些士兵要上前线了，到任何地方去打仗，都需要一些人为他们搬运粮食、行李和弹药，所以就强迫像你这样的年轻人当苦力。小伙子，你是哪里人？在城里，这种事不新鲜，我们习惯了。"

"然后呢？"王龙急促地催问着，"给多少工钱——有什么报酬吗？"

老头儿上了年纪，对什么事情都不抱太大的奢望，除了他的开水锅，他对什么事情都提不起兴趣，他漫不经心地回答说："没有工钱，饿了，一天就吃两个干馒头，渴了，就喝几口池塘的水，到目的地以后，要是你的腿脚还都好，你可以走回家。"

"可是，一家人——"王龙吃惊地说。

"唉，什么家人不家人的？谁管你这些。"老头儿鄙夷地说道。他揭开离他最近的一个木锅盖，瞅瞅锅里的水是否开了。一团热气将他笼罩着，布满皱纹的脸也隐没在水汽之中。老人很善良，他从腾升的蒸气里探出头，朝门外看的一刹那，就瞥见了那群士兵们又回来了，可是，躲在铁锅后面的王龙什么也没有看见。这群士兵又在大街上到处搜寻着，但是，那些警觉的、年富力强的、能干活儿的壮汉都跑光了。

"别抬头，"他压低声音对王龙说，"他们又来了。"

王龙弯着腰，低着头，就蹲在大铁锅后面。士兵们踩在石子路上，"咔嗒咔嗒"地往西走去。当"嗒嗒"的皮靴声渐渐远去时，王龙很快从大铁锅后面窜了出来，拉起空荡荡的黄包车，朝家里飞奔而去。

这时，阿兰刚从路边回到家里，准备用她挖的野菜做饭，王龙上气不接下气，描述着刚才所发生的一切，他语无伦次地说，差一点儿就回不来了，一遍又一遍诉说着自己的生死经历，心里蒙生了一种新的恐惧。他害怕被抓住拉到战场上去。如果那样，不仅他的老父亲和妻儿被丢下无人照顾，还会饿死的，而且自己也会在战场上被杀死，要是那样的话，他将永远看不到自己的土地了。他惶恐不安地看着阿兰，最后心力交瘁地说："我现在真的想卖掉这个小女儿了，还是回北方老家吧。"

听了王龙的这番话，阿兰沉思良久，面无表情。然后用平淡、镇定的口吻说道："等几天吧，外面风声很紧。"

然而，王龙白天蜗居在家，不敢再出门了。他让大儿子把黄包车还回租车的地方。夜幕降临时，他就去商号里的仓库拉运货物。他整夜拉着装满大大小小箱子的大货车，每辆货车需要十几个壮汉才能拉得动，他用尽全身力气，使劲拉，"哼哧哼哧"地喘着粗气。可是到手的钱只是他以前拉黄包车挣到的一半，那些货箱里装满了绸缎、棉花和烟草，烟草的香味从木箱缝里飘了出来，有时货车上还拉着大桶的油和酒。

他整夜吃力地拉着货车的牵绳，行走在黑咕隆咚的街道上，光着上身，汗流浃背，赤裸的双脚在夜间潮湿黏滑的石板路上艰辛地走着。在前面给他们引路的是个小男孩，手里举着火把，在火光的映照下，他们的脸、赤裸的身子和潮湿的石板一样发亮。黎明时分，王龙拖着筋疲力尽的身子回到家，又饿又累，连饭都不想吃，只想睡觉。士兵们白天在街上到处搜捕抓人，王龙就躲在草堆后面，安逸地睡在席棚黑咕隆咚的角落里，那堆草是阿兰捡来掩藏他的。

王龙不知道到底发生了什么战争，也不知道谁和谁在打仗。随着春天步伐的加快，整个镇上充斥着恐惧不安的气氛。白天，马车载着富人以及他们的财产——绸缎衣服和被褥，漂亮的女人和珠宝，拉到河边，再用轮船转运到其他地方，还有一些拉到繁忙的火车站附近的货运室。王龙白天从不上街，可是，儿子们从大街上回来后，大儿子睁着流露喜悦的大眼睛对他说："爹，我们今天看见了一个这样……这样的人，肥头大耳，模样奇怪，就像庙里的佛爷，身上披着长长的黄绸子，大拇指上戴着一个金戒指，上面镶的绿宝石就像玻璃一样，晶莹剔透，他身上的皮肉像是涂抹了一层油，亮光光的，仿佛可以吃似的！"

大儿子接着说："我们看到好多好多箱子，我问里面装的是什么，一个人说：'里面装的全是金银财宝，但富人走时不可能把这些财宝都带走，总有一天，这些财宝会归我们所有的。'爹，你说，这个人说这话是什么意思？"

大儿子睁着好奇的眼睛，期待着回答。

王龙马上回答说：“我怎么知道镇上的一个懒汉说的话是什么意思？”大儿子大失所望地说：“啊，这些财富要是能平分就好了。如果是我们的，我现在都想得到它。我多么想吃一个烧饼，芝麻烧饼是什么滋味我都不知道了。”

老人连做梦都想一夜暴富。听到孙子的转述，他从恍惚中抬起头，似乎在自言自语：“年景好的话，中秋节我们就能吃到这种烧饼，等收割了芝麻，在出售之前，我们自己留一点，专门做芝麻烧饼给你吃。”

王龙这时想起来了，过年的时候，阿兰曾经做过这种烧饼，是用大米面、猪油和蔗糖做的。想到这里，他吞咽着涎水，心里隐隐作痛，这是因为对失去的东西的渴望和痛苦。

“要是我们现在能回到老家该有多好啊！”他轻声低语道。

突然，他顿时觉得，这种暗无天日的生活他一天也待不下去了。白天怕抓壮丁，躲在破棚屋的柴草堆里，腿脚都无法伸开，夜晚为了养家糊口，他不得不弓着腰、吃力地在石板路上拉着那辆沉重的大货车，牵绳勒进皮肉钻心地痛，就这样度过一个个痛苦的夜晚。现在，他熟悉街道上每块凸起的石头，令人憎恨的石头。为了躲避路石，他熟悉每一道车辙，这样他就可以节省些许力气。有时，在漆黑的夜晚，特别是下雨天，路比平日更湿滑、更难行。他把心中的全部积怨都发泄在脚下的石头上，仿佛这些石头就是他怒火中烧的根源，是它们毁了他的生活，让他无法看到光明，是它们无情地抓住了前行的车轮，让他在暗无天日的夜里艰难求生。

“啊，我的土地，多好的地呀！”他突然大声说道，随之悲痛地“呜呜”起来。孩子们被吓了一跳。老人惊愕地看着儿子，哭丧着脸，面部肌肉不停地抽搐着，连稀疏的胡须也在不停地抖动着，就像一个孩子看见母亲哭泣的表情。

这次，还是阿兰依旧用她那平谈无奇的声音说：“过不了多久，我们就会看到变化的。现在人们都在议论纷纷。”

王龙从他藏身的席棚里听到了连续不断的脚步声，那是士兵们奔赴战场急促的脚步声。他和大街上的士兵们只有一席之隔，他时不时地把席棚接口处扒开，从缝隙里用一只眼睛往外观望，他看见他们脚穿皮鞋，打着裹腿，匆匆并排行进，一个接一个，一列跟一列，差不多有成千上万的人。夜里，他拉大货车的时候，在前面火把的映照下，偶尔在黑暗中看见他们的脸猛然一闪。他很害怕，不敢问有关这些士兵们行军的情况，他只是埋头使劲拉车，匆匆吃个饭，然后，整个大白天睡在席棚里边草堆的后面，似睡似醒地躺一天。那个时候，因紧张的气氛人们之间不敢说话和交谈。城里动荡不安，人们匆匆做完非做不可的事情后，就赶快回家，把自己关在屋里不出门。

黄昏时分，人们不再聚集在席棚附近聊天。市场上摆放食品的货架子也腾空了。丝绸庄收起了他们悬挂在门槛上鲜艳的彩旗，用厚实的木板卯套卯地把前门堵上，准备打烊了。即使中午，大街也很难再见到一个人，萧条、寂静，好像所有的人都在睡午觉。

人们都在窃窃私语，说敌人快要来了，那些有钱财的人都在担惊受怕，惶惶不可终日。但王龙不害怕，那些住在席棚里的人也没有一个害怕的。一方面，他们不知道敌人是谁；另一方面，他们一无所有，也没有什么东西会失去的，就是他们的命都不值什么钱，哪还有什么可怕的呢？敌人要来就让他们来吧。他们目前的生活状况就这个样子，再坏也坏不到哪里去。每一个人依旧按部就班地生活着，他们之间不公开交谈，对自己的生活也都讳莫如深。

后来，商号的老板宣布：那些从河边来回运送货箱子的劳工，以后不用再来上班了，因为这些天来，顾客稀少，生意不景气。王龙和其他劳工也失业了，只好白天黑夜都待在席棚里，无所事事。起初他很高兴，因为他的身体总是困乏无力，从未有足够的休息和睡眠，所以刚上床，他便倒头酣睡，像个死人。然而，现在的问题是，不工作就挣不到钱，过不了几天，他那点微薄的积蓄就会被花光，他还得拼命地四处奔走，挖空心思地找些活儿干。就在这个节骨眼上，好像命运在戏弄着他们一样，厄运再一次降临，救济粥屋也关了门。这些曾经施舍穷人的好心人都回到自己家里，紧闭大门，足不出户。现在，人们没有饭吃，没有工可做，大街上，行人稀少，寥寥无几，想讨口饭都不易。

这时，王龙抱着小女儿坐在席棚里。他看着她，温柔地说道："小傻瓜，你愿意到一个大户人家去吗？那里有吃有喝，也许还能穿上一件漂亮的花衣裳呢。"

小女孩灿烂地笑了，根本听不懂他在说什么。她举起小手去摸父亲凝视她的眼睛。他再也忍受不住，对阿兰大声喊道："告诉我，在那个大户人家你挨过打吗？"

"他们天天打我。"阿兰毫不犹豫，伤感地回答道。

他又大声问道："用布腰带、竹棍还是用绳子打你？"

她还是用刚才的口吻回答说："他们用皮条抽打我，那皮条原是骡子的缰绳，平常就挂在厨房的墙上。"

王龙很清楚，阿兰肯定知道他想了解些什么，但是，他还是道出了他的最后的一点希望，他说："我们的这个小姑娘长得真漂亮。告诉我，漂亮的丫鬟也要挨打吗？"

"是的，照样挨打，或者被抱到男人的床上陪睡，完全由他摆布，而且不止一个男人，而是那天晚上任何一个想要她的男人，年轻的少爷们为了得到某个丫鬟相互争吵，有时还拿她做交换，说一些像'今晚是你的，明晚轮到我'这样的话。等他们都对某个丫鬟厌倦之后，男佣又会争着抢着交换少爷们不要的那个丫鬟。要是一个丫鬟长得漂亮，她还没有成人，就会被他们糟蹋的。"

她不以为然地说道，好像这样的事情对她来说是无所谓似的。

这时王龙叹了口气，把女儿紧紧搂抱在怀里，一遍又一遍亲昵地对她说："唉，我的傻可爱，可怜的小傻瓜。"嘴上说着，心里却在流泪哀号，就像一个掉进了汹涌洪水即将溺水的人，不可能停下来思考："怎么办——啊，完了，完了，怎么办呢……"

就在王龙坐在那里思考这个问题时，突然传来一声天崩地裂般的巨响，大家想都没想便趴在地上，掩住脸，仿佛这种可怕的巨响会把他们抓起来撕碎似的。王龙用手捂住小女儿的小脸，不知道这种可怕的声响会给他们带来什么样的惊恐。老人冲着王龙大声喊道："这种声响，我这一辈子还没有听见过。"两个男孩子也吓得号叫着。

宁静被突如其来的巨响打破，又很快得到了恢复。这时，阿兰抬起头说道："看来我听说的那些事情现在真的发生了。敌人已经攻破了城门。"

其他人还没有来得及回答她，城市上空就响起了一阵喊声，好似人声鼎沸。这喊声起初含糊不清，像是暴雨来临前的风声，随后变成了低沉的吼叫，声音越来越响，充斥着整个街道。

王龙僵直地坐在席棚的地上，心中充满了奇怪的恐惧，浑身战栗，全家人都感到毛骨悚然，直直地坐在那里，面面相觑，也不知道在等待着什么。他们所听见的只是人群会集的嘈杂声，人人都在哀号。

紧接着他们听到隔墙那边不远处一扇大门的开门声，"吱吱呀呀"地非常不情愿地响动着，那个曾经叼着短杆竹旱烟袋，黄昏时分同王龙说过话的男人，突然把头伸进席棚，大声喊道："你还呆坐在这里干吗呀？机会来了。那个富人家的大门向我们打开了！"阿兰像是中了魔法似的，说话间，她急忙从那个人的胳膊底下溜了出去，顷刻间跑得无影无踪。

王龙慢慢地、有些茫然地站起身，把小闺女放下，走了出去。在那个富人家的大铁门前聚集着一群喧哗吵闹的老百姓，他们摩肩接踵地向前移动着脚步，虎啸般的怒吼声震天作响。王龙听见了这种来自大街的狂喊声。人声沸腾，一声高过一声，他便知道所有富人家的门口都有这样一群号叫的男人女人。这些人一辈子饥寒交迫，现在他们获得了自由，血脉偾张，可以随心所欲了。富人家的大门半闭半掩着，人们挤得水泄不透，整个人群像一个人似的往前缓慢地移动。另外一些从后面赶来的人，把王龙硬是挤进人群，不管他愿不愿意，被簇拥着一起艰难地向前移动着。王龙并不知道自己想去做什么，他只是对发生的事情感到太震惊了。

王龙就这样被簇拥着挤进了大门，在拥挤的人流中，他的双脚几乎触不到地，站立不稳。四周嘈杂的人群爆发出连续不断的吼叫声，如同野兽怒吼一般。

过了一个庭院，又进入了另一个庭院，直至被拥进最里面的一个庭院，但居住在这个大院里的男人和女人，他一个也没有见过。这里倒像是一个废弃的宫殿，死气沉沉，毫无生机，只有园内假山石之间的百合花还在独自开放着，迎春花那光秃秃的枝条上缀满了金灿灿的花朵。可是，屋里的桌子上放着食物，厨房里的火也还燃烧着。这群人对这个富人家的房屋和庭院了如指掌，因为他们所经过的前院，就是奴仆丫鬟们居住的地方，这里还有厨房，再往前走，就是老爷太太居住的内院，那里安置着他们雅致

的床铺，堆积着漆成黑红描金的箱子，整箱整箱装着绸缎，还有雕饰精美的桌椅，墙上挂着带有卷轴的字画。这群人疯狂地扑向这些财物，互相抢夺从每一个刚打开的箱柜里找出的东西，一个手里刚拿到的衣服、被褥、布帘、碗碟，立刻就会被另一个人抢走，他们的双手不停地抓着，却又被另一双手抢夺着，结果没有一个人停下来看看，他们手里究竟抢到了些什么东西。

只有王龙在混乱中没拿任何东西。他一辈子都没拿过属于别人的东西，他不能做那种事。因此，起初他站在人群中间，被挤来挤去，然后他终于有些明白过来了，使劲往人群外面挤去，最后挤到了人群的边上。他站在那里，尽管也像池边的小旋涡那样受到潮流的骚动，但仍然能明白自己在什么地方。

他到了最后面的一个院子，这是那个富人家内眷居住的地方，有个后门已经打开，那种后门几百年来富人家都保留着，专供遇到意外情况时逃跑用的通道，因此称作"太平门"。毫无疑问，听到院子里的吼叫声，他们今天全都从这个门里逃走了，到街上去找藏身之处，但是有一个人，不知是因为身体太胖还是因为睡得太死，却没能够逃走，结果在一间空荡荡的内室里突然被王龙撞见。人们曾从这个人待的内室挤进挤出，但他因藏在隐蔽的地方而未被发现，所以他认为眼下只有他一个人了，准备偷偷溜出去逃走。由于王龙也一直躲着人群，最后只剩下他一个人，所以两人便碰在一起。

这人是个高大肥胖的家伙，不算老也不算年轻，肥猪般赤身裸体地躺在床上，无疑他的身边刚刚还躺过一个漂亮女人，因为他身上臃肿松弛的肉从他身穿的紫缎睡袍里裸露出来。他那胖滚滚的发黄肥肉，在胸脯和肚子上叠成层层褶子，在那肥胖脸的衬托下，眼睛变得又小又眍，像猪眼似的。他一见王龙便浑身颤抖，尽管王龙手无寸铁，他还是吓得大声哀叫着，就像有人拿刀子割他的肉。王龙对这情景觉得奇怪，本来想笑，但这个胖家伙跪在地上，一边磕头一边叫道："饶我一条命吧——饶我一条命吧！千万别杀死我。我给你钱，很多的钱！"

正是"钱"这个字才使王龙恍然大悟。钱！是啊，他需要钱！而且他还清楚地觉得一个声音正对他说："钱——可以救孩子——还可以买土地！"

他突然用从未有过的粗蛮嗓音喊道："那么，给我钱吧！"

于是，那个胖子跪直身子，一边嘟囔着、哭泣着，一边摸索衣服的口袋，他伸出发黄的双手，手里捧满了金子，王龙撩起自己外衣的前襟把金子兜了起来。接着他又用那种阴阳怪气的声音喊道："再给我一些！"这话似乎就不是王龙说出的。

那个胖子又一次伸出了捧满金子的双手，低声说："现在，我一点钱也没有了，除了我这条苦命，我什么东西都没有了。"他止不住哭泣，眼泪像油滴似的从他的胖脸上淌了下来。

看着他止不住地浑身战栗，哭哭啼啼，王龙突然恨起他来，他这辈子还没这样恨过谁，于是，他带着满腔的愤恨喊道："滚吧，别让我再看见你，不然我就像踩一条肥蛆一样把你踩死！"

虽然王龙心肠软得甚至连牛也不敢杀，但现在却喊出了这样的话。那人像狗一样从他身边跑过去，很快消失得无影无踪。

这时，屋里只剩下王龙和那些金子。他数都没数，匆匆把金子揣进怀里，走出太平门，穿过后面的小街，回到他的棚屋。他紧紧抱着那些还有别人身体余温的金子，一遍又一遍地对自己说："我们要回到自己的土地上去——明天，我们明天就回到属于自己的土地上去！"

第十五章　重返故里

其实，回到村里还没几天，王龙便感觉到好像他从未离开过这片故土。的确，从心里讲，他一直眷恋着这块热土。他用三两金子从南方买了些良种，有小麦、水稻和玉米，颗粒饱满，成色不错。他不惜自己的钱财，购买一些他以前从未种过的菜种，如芹菜和莲藕，他准备把莲藕种在池塘里，再种点胡萝卜，胡萝卜炖猪肉，这可是一道诱人的好菜，再种点红色豆角，那是多么美好的生活。

在动身回家之前，他花了五两金子从一个正在耕田的农夫手里买了头耕牛。看见那个农夫正在耕地，他便停了下来，归心似箭的老爹、孩子们和媳妇也都停下脚步，伫立在地头边，他们多么渴望回到自己的土地上。他们望着那头牛，王龙看到粗短而结实的牛脖子，身躯臀宽整齐，后躯健壮有力，精壮的双脊架着轭。于是，他对农夫说道："你的这头牛不怎么样，值不了几个钱！你想卖几个子呢？喏，我没有养过牲畜，我很难开口给你出个价，你就说个价吧，多少都行，我要了！"

"我宁肯把老婆卖了，也不卖这头牛，它才三岁口，正当年富力强。"农夫说完，就继续犁地，不理不睬王龙。王龙要想买他的牛，看来不是一件容易的事情。

这时，王龙感觉到，在这个世界上，这头牛就是牛中牛。要买牛，非此牛不可。他对阿兰和父亲说："你们觉得这头牛怎么样？"

老人偷眼看了看牛，继而说道："看来是头阉牛。"

"这牛比他说的要大一岁。"阿兰接着说道。

王龙没有搭理他们，他目不转睛地正注视着这头耕牛：它有着持久的耐力，黄色皮毛光亮整齐，短而服帖，富有弹性，黢黑发亮的眼睛大而有神。他遐想着：套上这头牛不但可以犁地，还可以碾米磨面。因此，他急不可耐地走近正在犁地的农夫，说道："我愿意给你足够的钱，多给你一些也行，你再买一头牛吧，你的这头牛我买定了。"

最后，经过反复讨价还价，终于说定了价钱。农夫以高出一倍半的市场价钱把牛卖给了王龙。王龙看着这头牛，突然觉得金子都算不了什么。他把金子递到农夫的手里，看着农夫把轭从牛脖子上卸了下来。他顺手握住穿着牛鼻子的缰绳把牛牵了过来。从此，这头牛便成了他的家产。此时此刻，他内心有着说不出的激动。

他们回到家后，发现院里一片狼藉，房门不翼而飞，屋顶也被掀掉了，原来挂在屋里墙上的锄头、铁耙也无影无踪，就剩下了几根光秃秃的橡檩和几堵土墙，就这几堵土墙也因他们的姗姗来迟，早已让冬雪和如期而至的雨水洗礼成了残垣断壁。家园的满目疮痍令王龙目瞪口呆，回过神来之后，这一切对王龙来说都算不了什么，他到镇上买了一把硬木做的新犁、两把铁耙和两把锄头，还买了几顶盖屋顶用的草席，想着就先这么凑合着，等到来年有了禾秆再把屋顶修葺一下吧。

夜间，王龙站在家门口，极目向自己的田地望去，那是他自己的田地啊！经过了整个冬天寒冷的冰雪覆盖，这块土地变得松软肥沃，生机勃勃，正是耕种的好时机。时值仲春，浅浅的池塘里，青蛙"呱呱"地叫着，很是惬意。屋角的竹子在柔和的晚风中轻轻地摇曳着，暮色苍茫中，他朦胧地看到附近田边婆娑的树影。那是一片桃树和柳树林，粉红色的花蕾含苞待放，吐绿的柳枝也悠悠地垂着。这时，静静等待耕种的田地上腾升起一片银白色的薄雾，宛若月光，在树木林间缭绕不散。

起初，有那么好长一段时间，王龙不想见任何人的面，只想一个人静静地在田地里干活。他不想在村子里走门串户拜见任何人，当那些熬过了漫长的冬天，经历了饥寒交迫而活下来的人来看他时，他没有给他们一个好脸，也没有对他们好声好气。

"你们谁拆走了我的房门？谁拿走了我的锄头和铁耙？还有你们谁把我的房顶拆走当柴烧了？"他就这样对他们吼叫着。

他们摇摇头，一脸的善意和真诚。这时，突然有一个人说道："都是你叔父干的。"另一个人插嘴说："话不能这么说。在这种哀鸿遍野、饥荒和战争肆虐的年代，到处都是土匪和盗贼，怎么能说某个人偷东西了呢？饥

饿把人都变成小偷了。"

就在此时，邻居老秦偷偷地走出家门，来到王龙家，想看看王龙是什么情况。他见王龙说道："有一帮土匪，整个冬天就住在你家里，他们把村里人和镇上人都给害死了，能抢的都抢了，能偷的也都偷了。听说，你叔父认识这帮强盗，村上那些老实人还不太了解这帮子盗贼。这年代，谁知道什么是真的，什么是假的？我可不敢随随便便说谁好谁不好啊。"

老秦这个人啊，虽然还不满 45 岁，但稀疏的头发已经花白，瘦得皮包骨头，形容枯槁。王龙盯着他看了一会儿，然后，用同情的口吻突然问道："看看你把日子过成啥了！比我们还惨。你都吃些什么呀？"

老秦长叹了一口气，低声说道："我什么都吃！像狗一样，在大街上乞讨。我吃过残汤剩饭，还吃过死狗烂猫。有一次，在我媳妇没死以前，她熬了一锅肉汤，我都不敢问那汤是什么肉做的。可我知道她没有胆子杀生，要是我们吃了肉喝了汤，那一定也是她从什么地方找来的肉。后来她死了，就因为她太虚弱了，身子骨还不如我，实在熬不住了，可我坚持着活了下来。她死后，我把女儿托付给了一个当兵的，我不能眼巴巴地看着她也饿死呀。"

他哽咽着，泣不成声。

过了一会儿，他又接着说："我要是有一把种子，我都会撒在地里，可我手里一粒种子都没有。"

"你过来一下！"王龙很干脆地说道，然后，抓着他的手把他拉进了家里。他让老秦撩起他那破旧外套的衣角，给他倒了一些他从南方带回来的种子，有麦种、稻种和菜种，然后，对他说道："明天，我套上我的牛给你耕地去。"

此时，老秦忍不住失声痛哭起来，王龙也擦了擦自己那湿润的眼睛，仿佛生气似的大声说道："以前你不是也给过我几把豆种，你以为我忘记了吗？"老秦什么话也说不出来，头都没回，一路哭着走了。

回到老家后，王龙发现村里不见叔父的踪影，他究竟去了哪里，谁也不知道。他顿时喜出望外，有人说他进城了，也有人说他和老婆孩子生活在一个很远的地方。但现在他们家中连个人影都没有了，听说家里的那些女孩子都被卖了，王龙非常气愤。大女儿，就是那个长得最好看的卖了个高价，就连最小的女儿，也就是满脸麻子的那个，也以几个铜板的价钱卖给了一个路过此地奔赴战场的士兵。

恰逢农忙时节，王龙开始辛勤地侍弄田地，他兢兢业业，废寝忘食，可以说，他把吃饭睡觉的时间都用在了耕作上。他把烙饼和大葱都带到了田间地头，就站在田间地头吃，一边吃一边想着、计划着："这里我种上几架豇豆，那里做成稻秧育苗床。"如果白天干活实在太累了，他就躺在犁沟里，用身体感受着泥土的芬芳，心中倍感温暖。

阿兰在家里也一刻不闲。她自己把席子牢牢地固定在屋顶的椽檩上，从田里取回一些土，用水和成泥，修补着屋内屋外的墙壁，她还把旧锅灶修葺一新，并且把雨水冲刷得凹凸不平的地方填实补平。

有一天，阿兰和王龙一起到镇上去，买了几张床，一张桌子和六个长凳，一口大铁锅，为了生活情趣，还买了一套茶具——一个刻着黑花的红色紫砂壶和六个茶碗。他们后来还去了香烛店，请了一张财神爷，准备贴在堂屋正墙上，还买了两个白蜡烛台、一个白蜡香炉和两根敬神用的红蜡烛，红蜡烛是用牛油做的，又粗又长，中间穿了一根细细的苇子做的烛芯。

购置了这些东西后，王龙突然想到了土地庙里的两尊小佛像，在回家的路上，他专门走进土地庙，看了看这两尊佛像，已经面目全非。雨水冲刷得五官已经看不清楚了，草泥做的佛体裸露在外，纸衣服破烂不堪，贴在上面，其情景令人不忍直视。在这兵荒马乱的年头，没有任何人会供奉他们。王龙冷峻而轻蔑地看着他们，然后像训斥一个被罚的孩子似的大声说："亵渎了神明，就会得到老天爷的惩罚，这是报应！"

无论如何，王龙的家现在收拾得一干二净，又恢复了往日的生机，白蜡烛台闪闪发亮，燃烧的蜡烛发出红光，茶壶和茶碗放在桌子上，床摆在了合适的位置，上面还铺了床单和被褥，卧室里的窗户窟窿已经用新的窗纸糊了，新的门板也安装到木门框上。然而，对这样的幸福，此时此刻，王龙却不免担心起来。阿兰又有了身孕，他的那些孩子像褐色的小狗似的在门口玩耍，老父亲靠南墙坐着打盹，睡着时还面带微笑，田里的秧苗郁郁葱葱，长势喜人，豆子也破土而出，弯钩似的豆茎也抬起了头。王龙的手里还剩余一些金银，如果俭省一些，足够他们吃到收获的季节。王龙抬起头，看着头顶的蓝天和飘浮的白云，感觉到他耕种的土地就是自己的身体，他期望着风调雨顺，来年丰收。于是，不甚情愿地低声说道："我一定要给小庙里的那两尊土地菩萨上几炷香，毕竟他们是这片土地的主宰。"

第十六章　重整家业

一天夜里，王龙和妻子在睡觉的时候，他突然感觉到她的胸前有一个拳头般大小的硬块。他就问她："你胸前咋有个硬块，是什么东西？"

他伸手摸了摸，发现是个布包，里面有硬邦邦的东西，用手触动，还会在里面轻轻滑动。起初，阿兰还竭力躲避着不让摸，而他一把抓住布包，想把它抢过来。这时，她执拗不过，彻底屈从了。她说道："好吧，你非要看，那就看吧。"她从脖子上把拴着布包的绳子取下来，把布包递给了王龙。

那是一块用碎布包着的东西，王龙急不可耐地撕开布包。突然，一堆珠宝散落了下来，他呆若木鸡地盯着珠宝。他做梦都没有想到，哪来这么多的珠宝。这些珠宝颗颗晶莹剔透，璀璨夺目，红的像鲜红的西瓜瓤，黄的像金灿灿的麦穗，绿的像春天里树枝上的嫩芽，有的还纯净透明，如清澈的山泉。王龙说不出这些珠宝的名字，因为他这半辈子从未听说过珠宝的名字，这半辈子也没见过成堆的珠宝。但是，他知道珠宝很珍贵，他把这些珠宝紧紧地攥在他那褐色粗糙的大手里，珠宝在灰暗的屋里熠熠发光，耀人眼目。此刻的他就知道他手里攥的是财富。他拿着这些珠宝，站在那里一动不动，陶醉在这色彩斑斓、形状各异的珠宝中，惊愕地一时说不出话来。他和媳妇就这么一起盯着手里的宝贝。最后，他凝声屏气，用低沉声音问道："哪里来的……哪里弄来的……？"

她柔声细语地回答说："从那个富人家里弄来的。这些肯定是某个主人宠妾的珠宝。那天，我看见墙上的一块砖松动了，我佯装若无其事，无人注意时，我悄无声息地走过去，我把砖轻轻地抽出来，刚挪开那块砖，我立刻发现了这些闪闪发光的东西，便把它们揣在我的袖子里，免得让别人看见，他们非要分一份怎么办！"

"你怎么知道这是珠宝?"王龙又低声问道,语气里充满了赞赏。阿兰双唇挂着她眼里不曾有过的微笑,得意地说道:"你以为我没有在富人家里待过?其实啊,富人们也有提心吊胆的时候。有一年,兵荒马乱的,我就看见一群盗贼冲进一个老财主家的大门。侍妾们和老夫人逃跑躲起来了,有点珠宝的人都会把珠宝塞藏到她们事先秘密安排的某个地方。所以我知道,一块松动的砖意味着什么。"

随后,他们又陷入了沉默,静静地望着那些宝石。过了好大一会儿,王龙深深地吸了一口气,语气坚定地说:"这些珠宝不能就这样放在我们手里。我们必须把这些珠宝卖掉,要安全保险——卖了买土地,只有土地才是最安全、最保险的。要是有人知道了这事,我们可就倒霉了,第二天,我们必死无疑。强盗会抢走所有的珠宝,这些珠宝必须马上变卖成土地,不然我睡觉都睡不安稳。"

说着,他又用那块布把珠宝包了起来,用绳子扎好扎结实,然后,他解开衣服,把布包塞进怀里。这时,他一抬头,瞥见了她的脸。只见她盘腿坐在床上,面无表情的脸显得很凝重,流露出了恋恋不舍和心有不甘的神情。她喜爱和留恋这些珠宝啊,她欲言又止,忍不住把脸凑过来。

"嗯,怎么啦?"他问道,对她的表情感到惊奇。

"你要把它们全都卖掉吗?"她用沙哑的声音低声问道。

"为什么不呢?"他吃惊地答道,"我们为什么要在一座土坯房子里保存这样的珠宝呢?"

"我希望给自己留两颗吧。"她说,语气中带着期待的悲伤,好像她再无其他奢望了。此时,王龙颇为感激,媳妇那渴望的表情,就像他的孩子想要一个玩具或想买一颗糖果时的样子。

"要这干什么!"他惊异地大声说。

"如果我能留下两颗,"她谦卑地继续说道,"只留两颗小的,甚至两颗小的白珍珠也行……"

"珍珠!"他重复说,惊诧不已。

"我会留着,我不会戴的,"她卑微地说,"只是留着。"她低垂着眼睛,盯着裤子上一块开线的地方微微转动着,像一个几乎不期望能得到任何答复的人那样,耐心地默默等待着。

这时，王龙百思不得其解，他慢慢地琢磨起这个愚笨但忠厚老实女人的心思，她辛苦了一辈子，却没有享受过一天清福。在富人大宅院里，她见过别人戴珠宝，可她的手连碰都没有碰过。

"我可以时不时地把它们拿在手上，看一看啊。"她补充说，几乎在自言自语。

王龙被无法理解的东西触动了，于是，他从怀里拿出布包，打开包着的珠宝，默默地递给了她。她在炫彩惹眼的珠宝中间寻找着，她那褐色粗糙的手小心翼翼、轻柔地，但又有些迟疑地把珠宝拨来拨去，直到找着了两颗光滑如脂的白色珍珠。她把两颗珍珠拿出来，然后又把其他的珠宝包好，递给王龙。她撕下一小块衣角，把那两颗珍珠包好后塞进了怀里。这时，她的心里得到了莫大的慰藉。

王龙瞧着她的举动，感到莫名地惊诧，他难以理解，又似懂非懂。打那天后，他时常停下脚步，注视着她，自言自语道："这么看来，我的女人肯定一直把那两颗珍珠藏在怀里。"但他从未见她把珍珠拿出来观赏过，此后，他们也一直没有再谈起这件事。

至于其他珠宝，王龙考虑再三，最后决定，到那个大户人家走一趟，看看是否能从他们那里购买更多的土地。

于是，王龙就又来到了那个姓黄的大户人家。那天，宅院的大门口不见看门人的踪迹。过去，看门人会时常站在门口，用手搓捻着他那黑痣上的三根长毛，蔑视着那些不经他的允许进不了黄家大门的人。可是，今天大门紧闭。王龙用双拳"砰砰砰"地敲门，但没有一个人应声出来开门。从大街上走过的人抬起头，看着他大声喊道："喂，不停地敲，使劲地敲。要是老爷醒来了，他也许会出来给你开门的，要是院门里有丫鬟，只要她们愿意，也会给你开门的。"

就在此时，他终于听到了朝大门口缓慢走来的脚步声，慢腾腾、懒散无力，走走停停。终于他听到了铁门闩被慢慢拉开的声响，接着大门"吱吱呀呀"地被拉开了，一个沙哑的声音低声问道："谁呀？"

王龙虽然感到吃惊，但却大声地答道："是我，王龙。"

一个声音愤然说道："王龙？混蛋，王龙是谁？"

从愤愤然的语气来判断，王龙便知道此人就是老爷了，因为那口气就

好像是骂惯了奴仆丫鬟似的。因此，王龙更谦卑地回答道："老爷，老爷。我有点小事要麻烦您。我不想打扰您老人家，见见您老爷的管家就行，谈一点点小小的生意。"

但是，老爷并没有把门开得再大些，而是隔着门缝噘着嘴答道："那个该死的狗东西！几个月前就离开我家了，他现在不在这儿了。"

听到这个回答，王龙不知如何是好。没有中间的牵线搭桥，他不可能直接和老爷说买地的事儿吧。然而，那些挂在他胸前的珠宝滚烫滚烫，热得像火球，他真想出手这些珠宝，可是，他多么热切地想得到土地。用它购买些种子，他还可以拥有比现在多一倍的土地，他想把黄家的好地都弄到手。

"我来这里……是想说点……钱的事儿。"他有些犹豫地说。

老爷立刻关上了大门。

"没钱！家里没钱了，"他提高了嗓门，声音比刚才大得多，"我的那个管家，简直就是个盗贼，强盗。把我所有的东西都拐骗走了。不管什么债……我是还不了了。"

"不，不，"王龙急忙解释道，"我是来花钱的，不是来讨债的。"

话音未落，传来一个王龙从未听到过的惊叫声，紧接着门缝里露出一个女人的脸。

"啊，这可是我好久没有听到过的事了！"她尖声尖气地说道。王龙一抬头，一张红润、漂亮、精明的脸看着他。"进来吧！"她兴奋地邀请道，然后把门开大，让他走进了院子。王龙吃惊地站在院子里，他背后的大门"哐当"一声又被闩上了。

老爷身穿一件又脏又旧的黑绸大褂，下摆处拖着磨损的脏兮兮的毛皮边，站在那里一边咳嗽，一边环顾着四周。明眼人一看便知，这件大褂曾经是件昂贵的衣服，尽管污渍斑斑，有点皱巴，但缎料大体还是平展顺滑，只不过看上去好似一件邋遢的旧睡衣。王龙回身看着老爷，既感到惊奇，又有些胆怯，他这一辈子都有些惧怕大户人家。他曾经听人们谈起过这位老爷，但是眼前的这个老朽不堪的是那个老爷吗？他看起来还不如他的老父亲令人敬畏。事实也确实如此，他的父亲是个衣着干净、笑容可掬的老人，而这位从前大腹便便的胖老爷现在变得非常清瘦，皮肤打着皱褶，脸没有洗，胡子也没有刮，一副不修边幅、肮脏、邋遢的模样。一只蜡黄干枯的手不停地颤抖着，下意识地摸索着他那松弛的嘴唇和下巴。

那女人倒穿得非常整洁。她的脸庞冷峻，黑亮的眼睛流露着精明，鹰钩鼻子，高高耸立在鼻梁上，白皙的皮肤紧紧地包裹着骨头，红红的脸颊和嘴唇显得有些冷酷。她那乌黑的头发又光又亮，好似一面镜子，但从她说话的口吻可以判断出，她不是老爷的什么家人，而是一个巧舌如簧、精明强悍的丫鬟。除了这个女人和老爷之外，院子里冷冷清清，再没有别的人了。从前的黄家可不是现在这个光景啊，那时候，宅大庭深，门庭若市，人来人往，熙熙攘攘，孩子们跑前跑后，男女仆人忙这忙那，各行其事，虽然忙碌，但忙而不乱，一切活动井然有序地在这个富庶的大院里进行着。

"是说钱的事吧。"那女人急忙说道。但王龙有些犹豫，他不好当着老爷的面说。那个女人极善察颜观色，反应也快，她立刻看出了王龙的心思，毫不客气地对老爷说道："你先回去吧！"

老爷二话不说，趿拉着鞋跟快要掉了的破旧棉鞋，默默地一步三晃，摇摇摆摆地走了，看起来颇费气力，一边走，还一边不住地咳嗽着。王龙单独和这女人待在一起，有些不知所措，说些什么呢？又能做些什么呢？庭院寂静无声，对此，他感到诧异。他朝另一个庭院里瞅了瞅，那里连一个人影都没有，他所看到的是一堆堆杂乱无章的旧东西和垃圾、杂草、残竹败松、枯枝落叶，原来翠竹花木早已枯萎干死，看来整个庭院很久没人打扫了。

"喂，发什么愣呢，木头桩子！"女人尖声呵斥道。王龙被她苛刻的说话声吓了一跳，他没有料到她说话如此难听刺耳。"来这里干吗？要是有钱，拿出来让我看看。"

"喏，"王龙谨慎地说，"我没有说我有钱，我说的是做生意。"

"生意！生意就意味着钱，"女人接过话茬说，"不是赚钱就是赔钱，但这个家现在连一分钱也拿不出来了。"

"你说得很好，但这个事我不能跟一个女人谈。"王龙温和地反驳道。他一时搞不清自己的处境，他环顾四周，心中有点忐忑。

"为什么不能呢？"女人有些恼怒地反问道。然后，她突然大声对他说："拎不清的傻瓜，难道你就没听说过这家没有人了吗？"

王龙疑惑地看看她。于是，女人又对他喊道："只有我和老爷了，再没有其他人了！"

"那么，人都到哪儿去了？"王龙问，他惊奇万分，竟不知该说什么好。

"嗯，老太太死了。"那女人回答道，"你在镇上没听说过吗？一帮土匪冲进宅院，把他们使唤的丫鬟和财物全都抢走了。他们拴住老爷的大拇指，把他吊起来毒打了一顿。他们堵住老太太的嘴，把她捆绑在椅子上。全家人都被吓跑了。但我留了下来。我藏在一个盛着半瓮水的瓮里，上面盖上木盖。等我出来的时候，人全都逃之夭夭了。老太太死在了椅子上，不是打死的，而是被吓死的。她抽鸦片，身子都被抽空了，经不住那种惊吓和折磨。"

"那么奴仆丫鬟们到哪儿去了呢？"王龙紧张地喘着气问，"还有那个看门人呢？"

"哼，这些人，一个都靠不住。"她不屑一顾地说，"他们早就走了，长脚的全都走了，那时是隆冬时节，既没有吃的，也不给工钱。"她压低声音诡秘地说道，"实话相告，土匪当中有许多都是在这家当过长工的。我亲眼看见了那个看门人，真不是个东西，简直就是猪猡——他领着头，带着路来抢劫。虽然他在老爷面前把脸转向了一边，但我还是看见了他那颗黑痣上的三根长毛。当然，还有其他一些人，如果不是熟悉这个家的人，他们怎么会知道这家有多少珠宝？他们怎么会知道这些珠宝藏在什么地方？他们又怎么会知道秘密收藏的那些珠宝没有被卖掉？这事我想和管家有一定的关系，他毕竟是这户人家的一个远房亲戚呀。他也意识到了自己那伤天害理的不轨行为，公开参与东家的那次打劫，他的良心也会受到谴责的，忘恩负义的东西。"

那女人沉默不语，院子里一片寂静，死一般的寂静。接着那女人又说："但这一切都不是一朝一夕就能发生的事情，其实，这个家早在老爷和他父亲那里就开始衰败了，两位老爷这一生好吃懒做，不务正业，从不管理田地，里里外外的事情都交给管家。每年的收支任凭管家说多少钱就算多少钱，全由他支配。到了儿孙这代人，更是大手大脚，花钱如流水，他们没有一个是好好侍弄田地的，土地荒废，逐渐变得贫瘠，土地就这样开始一点一点地被变卖出去了。"

"那些少爷们呢？"王龙问，他仍然四下张望着，他简直不能相信这个大户人家会发生这样的事情。

"各奔东西了，"女人冷冷地说，"好在两个姑娘在出事前都嫁出去了。大少爷听到父母的遭遇后，派人想把他爹接走，但我力劝老爷别走。我就对他说：'你走了，谁来管这个家啊？总不该是我吧，我可是一个妇道人家。'"

说这些话时，她不好意思地嘟着红润的小嘴，她那精明的双眸看着脚尖，少顷，她又说道："再说了，这些年来，我一直陪伴着老爷，是他忠实的奴婢，没有给别人家当过丫鬟，也没有去过什么地方。"

王龙仔细看了看她，又很快地回过头去。他开始慢慢明白了这是怎么一回事。这个女人精心尽力地照顾这年迈的、行将就木的老爷，就是想得到他最后仅存的一点财物。于是，他轻蔑地对她说："既然你只是个丫鬟，我怎么能同你谈生意呢？"

听到此话，她大声喊道："他听我的，我让他做什么他就做什么。"

王龙思忖着：只要有土地可买就行，如果他不买，别人也会通过这个女人买的。

王龙稍稍斟酌了一下，问道："这家还剩多少土地？"语气显得不是太情愿。她立刻明白了他的心思。

"要是你是来买地的，"她很快地答道，"这里有的是地。镇西他有 100 亩，镇南有 200 亩，这几百亩地他都准备卖掉。虽然不是一整块儿地，但每块地的面积都很大。老爷想把所有的土地都卖掉。"

听了她的一番解释，王龙立刻明白了，这个女人不但知道老爷最后剩下的所有财产，甚至连老爷的每一寸土地她都了如指掌。但他仍然不大相信这个女人，也不愿跟她做生意。

"不经过儿子们的同意，老爷不大可能把家里的地全都卖掉吧？"他心存疑虑地问道。

但那女人早已胸有成竹，毫不犹豫地说："至于这个嘛，你就不用担心了，他的儿子们早已告诉他，把能卖的全都变卖掉。没有一个儿子愿意住在这个鬼地方。这种饥荒年景，又是兵荒马乱的年头，乡下到处都是土匪和盗贼。儿子们说：'我们不想住在这样的地方，把地卖了，然后把卖地的钱分了。'"

"要是我要买地，钱交给谁呢？"王龙问，心里仍然不踏实。

"交给老爷啊，还能交给谁呢！"那女人不假思索地回答道。但王龙知道老爷手里的所有东西都会落到她的掌心里的。

因此，王龙不想再和这女人多废话。他转过身说道："改日再说——改日再说吧。"边说边朝着大门口走去。她跟着他，一直走到大街上，并尖声喊道："明天见——明天这个时候见！或者今天下午！——什么时间都行啊！"

王龙没有理这个女人，径直向大街走去，心里很是疑惑，觉得需要好好斟酌斟酌他方才听到的那些事情。他径直走进一家小茶馆，要了一壶普通茶。跑堂的沏好茶，利落地端到他面前，接过他付的铜钱，毫不客气地在手里不停地把玩着。此时已陷入了沉思的王龙，越想越不可思议，越想越后怕。那个黄姓的大户人家，在他记事以来，就知道他家祖祖辈辈在这个镇上是财大气粗的名门望族，而如今家道中落，后世子孙是败家子，怎么就到了倾家倒产的地步呢！

"崽卖爷田不心疼，这就是他们离开田地的结果。"他不无遗憾地思忖着。这时他想到了自己的两个儿子，他们正像春天的竹笋一样"噌噌"地往上蹿。他下定了决心，从这天起，不许他们再贪玩，逍遥在阳光下，要让他们下地干活儿，从小就要让他们在骨子里，在血液中对脚下的这片土地充满敬畏之情，更要让他们知道攥在手里的那把锄头的分量。

这时，揣在他身上的珠宝被他的体温焐得热乎乎的，似乎增添了分量，沉甸甸的，这使他不禁担惊受怕起来，仿佛这些珠宝的光泽会透过他的破旧衣服，从那个小小的破布包里闪烁出来，惹人艳羡，使他们惊呼："来啊，快看呐。这个穷汉子带了一大包珠宝！"

王龙感到心虚，只有把这些珠宝变成土地，他才能心神安定。因此，他忐忑不安地环顾四周，等待着时机。当他看到店主有点空闲时，便讨好地和他搭讪起来："店家，请过来一下。我请你喝杯茶。麻烦给我讲讲镇上的新鲜事儿，整个冬天我都不曾来过镇上。"

店主一向健谈，就喜欢和别人谈天说地，侃大山，特别是别人请他喝茶时。于是，他高兴地坐到王龙的桌子旁边。店家长得尖嘴猴腮，又酷似黄鼠狼，左眼鸡斗斜视，衣服硬邦邦、黑黢黢地发亮，衣襟和裤子沾满了油渍。这个茶社不仅卖茶而且还售饭，而饭是由他自己亲手做的。他常常喜欢说："俗话说：'好厨子，一身渍。'"因此，他就不觉得自己脏，就是脏也脏得有道理，脏得心安理得。刚坐下，他立马就和王龙谈了起来："嗯，近来除了许多人饿死以外，也没有什么新消息。最大的新闻要算黄家被洗劫一空的事了。"

这正是王龙迫切希望听到并欲证实的事儿。店主开始兴致勃勃地给他讲述着那些新鲜事。他绘声绘色讲述着黄家遭受的劫数：被抢劫的场面，狼狈不堪，哭喊声连成一片，留下的那几个侍妾在哭喊中又被推推搡搡地带走，那些来不及逃走的姨太太遭到强奸，有的被遗弃，有的还被强行带走，现在这个家几乎没有人住了。

"家破人亡啊！家里已经都没有人了，"店主最后说道，"黄家只剩风烛残年的老爷一个人了，还有一个叫作杜鹃的丫鬟。黄老爷现在完全听凭这一个叫作杜鹃侍女的摆布，这个侍女靠着自己的聪慧伶俐，伺候老爷好多年了，而其他仆人像走马灯似的，今天来，明天走，都待不了很久。"

"那么，这个女人管事吗？"王龙问道，身体前倾，支着耳朵仔细地听着。

"这阵子她什么都不管了，"那人回答道，"在这之前，不管什么东西，她能抓的就抓，能拿的就拿。当然，总有一天，少爷们在别的地方办完事还会回来的，到那个时候，光凭她自己说她忠心耿耿照顾老爷，看管庭院，是得不到他们的信任和赏赐的。如果是这样，她就得离开黄家。她是个聪明人，早已安排好了自己的出路和日后的生活。给你说实话吧，她从黄家捞到的钱财，即使她活到一百岁，吃喝穿戴都不成问题。"

"他们家的地？"王龙急切问，声音都有些颤抖。

"地？"店主有些不解地反问道。土地对这个茶馆的老板来说是毫无意义的。

"他们家的地卖不卖？"王龙急切地问。

"噢，地呀！"店主不以为意地回答道。这时店里来了一位顾客，他急忙站起身迎客，边走边说，"我听说他们家的地要卖，只有那块六代相传的祖坟地不卖。"说完，他就去招呼客人去了。

115

听完了店老板的一番话，王龙也站起身，匆匆走出店门，直奔黄家大院。那个女人给他开了门。他没有进门，就站在门外对她说："我先问问你，老爷是不是要在卖地契约上盖他的私章？"

那女人目不转睛地盯着王龙，急切地回答道："没问题，他会的，我用性命做担保！"

王龙直截了当地对她说："你们卖地，我买地，你们要金子、银圆还是要珠宝？"

女人立马眼睛闪闪发亮，喜形于色地说道："要珠宝！"

第十七章　东山再起

　　王龙现在的手里有了更多的土地，一个人，一头耕牛根本忙不过来，收获的稻谷，储存倒成了问题，于是，他在房子的旁边又盖了一间茅屋，还买了一头驴，来缓解农忙时节的压力。他对邻居老秦说："老秦啊，把你巴掌大的那块地卖给我吧，别再住在你那个冰锅冷灶的屋子里了，搬过来住到我家，帮我一起种地吧。"老秦非常乐意地同意了。

　　那年真是风调雨顺，稻秧长势良好，小麦也喜获丰收，成捆成垛地堆放着，他俩在水田里又插种了稻秧。王龙从来没有种过这么多的水稻，这可能是他种过的水稻数量最多的一年，因为雨水充沛，这使得以前的旱地也适宜种水稻了。到了收获的季节，他和老秦俩人都忙不过来了，要收割的稻田太多了，王龙又雇了两个村子里的老乡来帮忙收割。

　　他在从黄家买来的那块地里干活儿时，不禁又想起了那个衰败的大户人家好吃懒做的少爷们。因此，每天早晨他严厉地吩咐两个儿子与他一起下地干活儿，不让他们游手好闲，让他们用白嫩柔软的双手干些力所能及的农活儿，比如牵个驴啦，放个牛啦，割些草呀什么的。即使他们干不了什么重活儿，至少也得让他们知道灼热的太阳晒在身上是什么滋味，好好体会一下在田垄里劳作的艰辛。

　　但是，他不让阿兰下地干活儿，因为他不再是个穷人了，而是个随时可以雇得起帮手的人，再说了，他看到他获得了前所未有的好收成。他不得不再盖一间房子来储藏粮食，现在存储粮食的房子满满当当，已经没有立足之地了。另外，他还买了三头猪和一群鸡，用收获时散落在地里的粮食喂养它们。

　　阿兰就在家里操持着家务活儿，她从不闲着。她为每个人做了新衣和新鞋，给每张床上做了新被褥，里面塞着新棉花，外面是棉布，松软柔绵，

温暖舒适。这一家老小的铺盖、被褥和衣服焕然一新，比以往任何时候都充裕。一切完成后，阿兰惬意地躺在床上，这时，她感觉自己又要生孩子了，她依旧不要任何人陪在身边。尽管王龙可以花钱请人来照顾她，但是，她还是愿意自个儿生。

这次她分娩的时间很长。王龙晚上回到家里时，看见父亲站在门口，笑着对他说："这次是一对龙凤胎！"

王龙走进里屋，看见阿兰和两个新生儿躺在床上，一个男婴和一个女婴，长得一模一样。看到媳妇生了一对龙凤胎，王龙笑得合不拢嘴。他突然想起一件阿兰的乐事："怪不得你在怀里藏两颗珍珠啊！"

想起这句话，他不禁又笑了起来。阿兰看到他这样高兴，脸上的疲惫、痛苦也慢慢绽开了笑容。

此时的王龙再也没有什么犯愁的事了，唯一的遗憾就是大女儿迟迟不会讲话，也不会做这个年龄段该做的事情。每次看到父亲瞧她时，也不知道是什么原因，她只会像婴儿一般地傻笑。也许她出生的那一年太苦，太饥饿了吧，还是什么别的原因？不得而知。就这样，一天天，一月月地过去了，王龙期待着她能开启小嘴唇，咿呀学语，就像其他孩子们"大……大（爸爸的意思）"的那样叫他，可这女孩的嘴里连个泡泡都吐不出来，只会甜甜地、毫无意义地傻笑。王龙在看她时，总是喃喃地说："小傻瓜——我可怜的小傻瓜——"他在心里默默地告诫着自己："要是我把这小东西给卖了，被人家发现她是个傻子，他们肯定会把她弄死的！"

也许是良心的救赎，他待这个傻闺女特别好。他把她带到地里，她就默默地跟着她爹，也不在地里到处乱跑，当王龙说话或者看着她时，她便会甜甜地傻笑。

王龙这辈子和祖祖辈辈一样都以种地为生。他们生在这片土地，眷顾着这片土地，但是每隔五六年就会遇到一次饥馑之年，如果老天有眼，神明显灵，也许会隔七八年甚至十年出现一次饥荒。万一出现荒年，要么因为老天爷下雨太多，引发洪灾，要么滴雨不下，土地干涸，出现旱灾。旱涝总是颗粒无收，人们背井离乡。远处山里的冬雪融化，致使北面的河水泛滥，洪水肆虐，冲垮了几百年来人工建造的防洪堤坝，淹没了田地。

这个地方的人习惯突然离开故土，然后又悄然回到家乡。但王龙和他们不一样。他下定决心，永远不离故土，他要积累财富，把自己的家产做夯实，只要有了厚实的家底，再遇到饥馑之年，他就可以不必背井离乡，靠着好年景的收成轻轻松松地一直生活到下一个丰年。老天眷顾了这个意志坚定的人，连续七年都是丰年，每年的收成不但吃用不愁，而且还有盈余。他把盈余的粮食囤起来以备不时之需。每年春耕时节，他都要雇用短工，帮他耕作，农忙时，最多时他雇了六个人。他还在原来旧屋子的后面新建了一处房屋，正面加盖了一间大屋，大屋的两侧各有一间厢房。新建房屋的屋顶苫盖了青瓦，但墙壁仍然是由从田里拉回的土夯打而成的土坯砌成的，既白又干净。全家人搬进了新房，雇工和工头老秦则住在前面的旧房里。

王龙经过和老秦的长期相处，老秦已经通过王龙的考验。他发现老秦这个人诚实可靠，因此，也让他管理雇工和土地，当然啦，他的待遇要比其他雇员丰厚的多。除了管吃管住，王龙还每月给他另发两块银圆。尽管王龙劝他多吃、吃好，他就是不长肉，他的身子总是那么单薄瘦小，但工作起来严肃认真。他干起活儿来任劳任怨、井然有序，从早干到晚。他话很少，如果有什么事非说不可时，他的声音也是压得很低很低。令他最高兴的就是什么事都不用他操心，心无旁骛地干活，用不着指指拨拨。他会一刻不停地在地里忙活着，不是锄地，就是薅草。早晨或晚上，他会把水或粪便挑到地里，浇浇菜畦里的蔬菜。看来，只有干活儿令他快乐。

但王龙心里很清楚，老秦看着不哼不哈，但心明如镜，对雇工的品行了如指掌。谁每天在枣树底下偷懒睡觉，谁吃家常豆腐时吃得太多，谁在收获时偷摸地让他的老婆和孩子悄悄来打谷场里，偷了几把打下来的粮食。到了年底，主人和雇工们聚餐时，老秦就会悄悄地对王龙说："这个人和那个人明年不要再雇用了。"

在饥馑之年，老秦的两捧豆子接济了王龙一家，当老秦走投无路时，王龙给了他粮种渡过难关。彼此之间在最困苦时相互帮助，让他们成为患难之交的兄弟。虽然王龙比他年轻，但他已成了有田有地的雇主，又主动地收留了孤寡老秦，待他像家人，并让他负责打理家中的一些事务，但老秦从未忘记自己受雇人的身份，寄宿于他人屋檐之下。

转眼间到了第五年，年终的时候，王龙很少在田地里干活，但他的地

亩数在不断地扩大。因此，他需要花费全部精力和时间来销售他的农产品，还要亲力亲为指导雇工活计。王龙是个文盲，没有读过书，斗大的字不认识几个，不知道白纸黑字写的是啥意思，感到极大的不便，也觉得这是件很丢人的事。每当在粮店里做交易需要签合同时——签了多少小麦和稻米的合同——他就必须谦恭地对镇上那些高傲的文化人说："先生，还得麻烦您给我念念合同，好吗？我不识字。"

令他更尴尬的事是，他还必须在合同上签字。那么这时，旁边的先生或者是小伙计都会一脸蔑视，蹙着眉用毛笔蘸着墨汁，匆匆写下他的名字——王龙——这两个字。最使他窘迫的是，替他签名的人竟然嘲讽地开他的玩笑："是龙王的龙还是聋子的聋啊？还是别的什么字？"而王龙不得不谦卑地答道："你怎么写都行，我实在不知道怎么写我的名字。"

秋后的一天，几个粮店的小伙计中午闲得无聊，聊着粮店里发生的一些事情，他们比王龙儿子大不了多少。一看见王龙，便狂笑起来。他听到了这嘲笑声，非常气愤，愤愤然地走在回家的路上，穿过自家田地时，他喃喃自语道："哼，镇上这帮家伙连属于自己的一寸土地都没有，却像鹅一样'呱呱呱'地嘲笑我，就因为我不识字，是个睁眼瞎！"这时，他也渐渐地息怒了，心里说："我一不会读书，二不会写字，确实丢人。我不能让大儿子再下地干活儿了，我要把他送进镇上的学校去读书。以后我在粮市上做生意，他就会替我记账和算账，看你们谁还敢嘲笑我这个种地人！"

他觉得这个想法不错，于是，当天就把大儿子叫到他面前。大儿子现在已是翩翩少年，个子挺拔高大，长得像母亲，宽阔脸庞，大手大脚，但眼睛长得像父亲，透露着几分机灵。当孩子站到他面前时，他说道："从今天起，不要再下地干活儿了，咱家需要有个识字的人，能看懂合同，能替我签字，这样，我在镇上也就不会丢人了。"

孩子激动得满脸通红，眼睛发亮，掩饰不住一脸的兴奋。

"爹，"他说，"两年来我一直都想上学，可就是不敢在您面前提起。"

听到大哥上学的事儿，老二也走了进来，一边哭一边闹着也要去上学。这孩子就是这个样子，刚学说话那会就是个不吃亏的主，动不动就哭闹，说他拿的那份比别人的少。现在他啜泣着对他父亲说："爹，我也不想在地里干活儿了。哥哥舒舒服服地坐着念书，我和他一样，都是你的儿子，凭啥我要在地里陪着雇工干活儿，这不公平！"

王龙实在受不了这孩子的吵闹。平时，他想要什么时，就哭哭啼啼地闹着，王龙总会满足他。所以这次也不例外，王龙赶紧说："好，也好，你们哥俩都去上学吧。万一哪天老天爷带走了一个，我还有一个，用学到的知识帮我做生意。"

随后，他就让老婆到镇上买布给每个孩子做了一件长布衣衫，他也亲自到文具店里买了纸、笔和两个砚台。他对文具之类的东西一点不懂，但也不愿意说出自己的无知。虽然对店家推荐的文具他心存芥蒂，但也不挑不拣地全买了。一切都准备停当，他便把两个孩子送到城门附近的一所私塾去读书。私塾是一位老先生开办的，以前，他也曾多次参加科举考试，但是没有中榜。后来他就在堂屋里摆放了几张桌椅，教了几个学生，逢年过节收点碎银算是学费。他教孩子们读"四书""五经"，如果孩子们偷懒，不用功学习，或者背不出他们当天所学的内容，他就把大扇子折起来敲打他们。

只有在和煦的春天和炎热的夏天学生们才能放松一下，因为在这个季节，老先生吃过午饭后要打个盹，小憩一会儿。昏暗的小屋里会响起他熟睡的阵阵鼾声。这时候，孩子们就会交头接耳，嬉闹玩耍，画些恶作剧的图画互相传看，看着一只苍蝇在老先生张开的嘴巴和颤动的下巴周围"嗡嗡"飞舞，他们就偷偷地笑，乐不可支。他们甚至就苍蝇会不会飞进老头的嘴里还互相打赌。时常似睡非睡假寐的老先生，当他突然睁开眼睛时，学生们还懵懵懂懂的，丝毫没有察觉呢。这时候，老先生就会拿起他的那把折扇训斥起来，敲敲这个的脑壳，打打那个的脑袋。听到他那大折扇的敲打声和孩子们的喊叫声，邻居们就会说："这真是个很好的老先生啊。"这样的口碑就是王龙选择这个学校让儿子们来念书的原因。

开学的第一天，他带着两个儿子去学校。他走在前面，儿子们跟在后面，因为父子并排走是不合规矩的。王龙还用一块蓝手巾包了满满一兜新鲜鸡蛋，到了学校，他要把这些鸡蛋孝敬给那位年迈的先生。看到老先生颇大的铜眼镜，身着长而肥大的黑布大褂，以及他冬天也拿着的那把大折扇，王龙感受到了先生的敬畏。他先给老先生鞠了一躬，敬重之心油然而生，说道："先生，这是我两个不成器的犬子。想让他们的榆木疙瘩脑袋开窍，你就得不断地敲打，人常说'孩子不打不成器'嘛！所以，为了在学习上不让我操心，你要狠狠地捶他们，逼着他们学习。"王龙的两个孩子站在那里，直愣愣地看着坐在凳子上的其他孩子，而坐在凳子上的那些孩子也目不转睛地盯着他们看。

王龙把两个孩子送到学校后，就独自回家了。在回家的路上，王龙沾沾自喜，心花怒放，因为他觉得，在学堂上的那些孩子没有一个能和他的两个孩子媲美的，无论是高大和壮硕，还是光亮的肤色和黝黑健康的脸庞。经过城门时，他碰到一个同村的邻居，他回答了老乡的问询。"我刚从儿子的学堂回来。"他随意的回答让那个邻居非常吃惊。"我现在不需要他们在地里干活儿了，让他们去念书，将来满肚子都是学问。"

他一边走一边自言自语道："要是大儿子在学习上能出类拔萃，满腹经纶，我一点也不会觉得奇怪！"

从那时起，王龙的两个孩子也不再叫"大小子"和"二小子"了，而是由老先生给他们各自起了个学名。老先生了解了他们父亲的职业后，给两个孩子起了两个名字，老大叫农安，老二叫农文，每个名字的第一个字都是"农"，其意为财富来自土地。

沃土

第十八章　情随境变

现在的王龙已经积聚了大量的财富。到了第七年，由于西北的梅雨和过量的积雪，村北的一条河河水暴涨，泥沙俱下，湍急的河水冲毁了堤岸，淹没了整个地区的农田，但王龙并不担忧。虽然他的田地有五分之二都变成了湖泊，水深及肩，但他并不觉得担心和害怕。

整个春末夏初，水位不断高涨，终于泛滥成一片汪洋，波光潋滟荡漾，倒映着云雾山岳以及低矮的婆娑树影，树身和竹子没入水中。到处都是残垣断壁的房屋，一些被人们遗弃的土坯房在积水中摇摇欲坠……时不时地塌陷，陷入泥水中。所有的房屋都没有逃离被水淹没、坍塌陷落的厄运。王龙把房子建在高岗上，这些高岗犹如湖中小岛，人们划着小舟和竹排往返于镇上。这里如同往昔的荒年一样，横尸街头，饿殍遍野。

王龙的心里一点都不慌。粮市上还欠着他的钱，他的粮仓里装满了过去两年的收成，他的房子稳稳地矗立在高岗上，远离了那一片汪洋。他很坦然，没有一点后顾之忧。

灾荒使大量的土地不能耕种，他从来没这么悠闲过。整日无所事事，他吃饱了就睡，睡醒了再吃。这个季节该做的农活儿也都做完了，他渐渐地变得烦躁和无聊起来。此外，他还养着那些长工和短工，一般情况下，他每年就雇用帮工一次，一次雇一年。现在他们拿着工钱，白吃饭，却只干半天活儿，甚至一点活儿都不干，天天干瞪眼等着洪水退去。就这点农活儿，自己再去干，未必太傻了吧。王龙心想，不能让这些雇工都闲着。所以，他给这些闲散的帮工安排了诸多的活儿：修补破旧房子的屋顶；给新屋顶漏雨的地方苫上瓦；修理各种农具，如锄头、钉耙、耕犁等；安排他们饲养家畜，在水上放养鹅鸭；搓麻绳；等等——过去一个人种地时，所有这些活儿都是他自己亲力亲为——可是，现在他什么活儿都不用干，他都不知道自己是否还有能力做点什么。

看着自己的土地被洪水淹没，久久不能泄去，王龙整日坐立不安，他是一个闲不住的人，不可能一天天饱食终日，无所事事。他从来没有这样清闲过，他失眠了，想着美美睡一觉，可睡意全无，早早就醒来了。他焦躁不安地围着房子踱步，转悠了好几圈，院落沉浸在暗夜里，整栋房子一片寂静。对精力充沛的王龙来说，这简直是寂寞难忍啊！老父亲的身子骨越来越虚弱，眼睛已经半瞎，耳朵也差不多全聋了，王龙和老人交流无外乎是嘘寒问暖，问他是否吃饱了或者是否想喝点茶之外，根本没有办法和他说话拉家常。父亲的衰老使王龙更加焦躁且不耐烦，因为老人眼蒙耳背，时常指鹿为马，沉浸在自己的世界里，也感受不到儿子现在的富有生活。他总是嘟嘟囔囔地问碗里放没放茶叶，还说："一点水就够了，茶叶就是银圆啊。"不过，这也用不着给老人做什么解释，因为他刚说过的话立刻就忘记了。他只是独自生活在自己的世界里，大部分时间都在做着美梦，梦想着他又变成了一个年轻人，精力旺盛，但对现在身边所发生的事情他几乎不闻不问，感受不到什么。

对一个已经发迹的人来说，老人就不说什么了，而大女儿是王龙心中的痛楚。大女儿是个哑巴，根本不会说话，痴呆地整天坐在爷爷身边，有时手里拿着一块布，捻弄着，折完又折，然后，冲着那块布傻傻地发笑。王龙给老人倒了一碗茶水，又用手摸了摸女儿的脸蛋，看着女儿那甜美、呆滞的微笑，微笑过后，只有一双迟钝呆滞、暗淡无光的眼睛，真令人难受和悲戚。此时，王龙会转过头，把目光从女儿身上移去，独自沉默着。然后，他会转眼看看那对双胞胎——一个男孩，一个女孩。他们现在已经能在大门口高兴地跑来跑去玩耍了。

但是，和孩子们的天伦之乐也就止于此，王龙不会仅仅满足于和乳臭未干傻乎乎的小孩子们逗乐，他们嬉闹一阵后，孩子们就去玩他们自己的游戏了。这时，王龙独自一个人，暗自神伤，心存不甘，不安地看看妻子阿兰，一个和自己相依为命，陪伴着他半辈子的女人。一个相濡以沫，彼此最了解对方，同甘共苦至今的女人。从她身上，他得到一个做男人的满足。对她的一切，也了如指掌，没有秘密可言，这些他几乎都腻歪了，感觉从她身上不可能再获得一丝一毫的新鲜感了。

这时的王龙感觉到，好像这是他一生中第一次看到阿兰，这也是他第一次发现阿兰是如此相貌平平，普通平庸，不会有男人说她是个漂亮女人。她平日沉默寡言，不善言辞，只知道默默地干活儿，从不考虑自己在别人眼里是什么长相。他第一次发现她的头发是棕色的，蓬乱而没有油性；她的脸庞又大又平，皮肤粗糙；她的五官显得太大，有点不对称，没有一丝美丽和光彩，她的眉毛又稀又少，嘴唇宽厚，手脚大而无形。他突然觉得自己的老婆长得也太奇特了，然后，对她喊道："现在谁看见你都会说你是一个庄稼汉的老婆，而绝不会说你是个又有地产又有雇工人的妻子！"

这是他第一次说到他挺在乎她的长相，她用一种迟疑而痛苦的凝视回答了他。阿兰这时就坐在一条板凳上，正在纳鞋底，她停下手里的活儿，捏着针，吃惊地张着嘴，露出了她那发黑的牙齿。这时，她仿佛终于明白了，他在用一个男人的眼光在看一个女人。她那高颧骨上的双颊顿时变得绯红，她低声说道："自从生了那对双胞胎，我的身子一直不太好，心里好像有团火在燃烧。"

王龙立刻明白了，头脑简单的媳妇认为他对她的不满意是因为这七年多来她未再怀孕。因此，他粗鲁地回答道："我是说，你不能像其他女人那样买点发油擦擦头发，用黑布给自己做件新衣服？看看你穿的那双鞋，和地主妻子身份就不相般配，你现在就是地主的妻子呀。"

但阿兰什么都没说，只是恭顺地看着他，不知道自己做错了什么。她不经意地把一只脚放在另一只后面，缩藏在板凳底下。这时，王龙心存内疚，觉得不该指责这个女人，这个多年来一直像狗一样忠心耿耿跟着他和他过日子的这个女人。他也想起了在他穷困潦倒的时候，她一个人起早贪黑没日没夜地在地里干活儿；他也没有忘记，阿兰刚生完孩子就从床上爬起来到地里帮他收割庄稼并做家务活儿，但他仍然抑制不住胸中的愤懑，昧着自己的良心，继续无情地数落着她，"我辛辛苦苦一辈子，现在富有了，我不希望自己的老婆像个雇工一样：瞧瞧你的那两只大脚……"

他的说话声戛然而止。他突然觉得她奇丑无比，令人厌恶，尤其是她的那双大脚，在松松宽宽的布鞋里来回晃荡。他心情不悦地看着那双大脚，阿兰下意识地又把脚在凳子下往回缩了缩。她终于低声说道："小时候，我娘没给我裹脚，我很小就被卖了。不过，女儿的脚我会裹的——小女儿的脚我一定会缠裹的。"

王龙转身走开了。他生着媳妇的闷气，内心却很痛苦，他之所以生闷气，是因为她怎么也不会发一点脾气，从不犟嘴，只是流露出怯懦和惊恐的神情。于是，他穿上新大褂，焦躁地说："不要说了，我到茶馆去，看看能不能打听点新鲜事儿。家里就剩些傻子、老糊涂蛋，还有不懂事的孩子。"

他走在通往镇上的路上，心情越来越糟糕，气不打一处来。他突然想起，要不是阿兰从那个富人家里拿了那些珠宝，要是阿兰不把这些珠宝给他，他也不可能购置到现在的这些新田地，一辈子都不可能拥有这些土地。想起这些事，他就更加窝火。他自欺欺人地说道："嗨，那有啥，她根本就不知道她究竟起了多大的作用，更不知道那些珠宝的价值。她拿着那些珠宝，就是觉得好玩，就像一个小孩子拿一把红红绿绿的糖果一样。要不是被我发现了，她会把那些珠宝永远毫无价值地揣在怀里，藏在身上。"

这时，他在心里瞎猜，阿兰是否仍然把那两颗白珍珠藏在怀里——两个乳房之间。过去对王龙来说，这是一个新奇美好的地方，他会渴望着，想象着，并在心里描绘着。而现在他一想到此，却有一种轻蔑的心理。生过喂养过几个孩子后，她的乳房松弛而下垂，空荡荡地像个没装满的布兜，没有一点魅力。把珍珠放在这样的一个地方，简直就是愚蠢，一种极大的浪费。

世事难料，有谁能未卜先知呢？如果王龙仍然是个穷光蛋，假如他的田地也没有被水淹没，那么，所有的这一切变化可能对他来说并不算什么。但是，他现在有钱了、富足了。房屋的墙壁里藏着银钱，新房子的地砖下也埋着一罐子银钱，在他们两口子睡觉的屋子里，箱子里放着用包袱包着的银钱，床垫子里也缝着银钱，就连他的腰带里也缠着银钱。到处都藏着掖着钱，所以他现在一点都不缺钱。在过去要从他身上取出一个铜板，那就是奇迹再现，向他借点钱，那简直就是割他的肉，抽他的血！而现在放在他腰里的这些钱摸着都烫手，这么多钱，他想怎么花就怎么花。他开始不再在乎钱了，他要像一个男人，像一个男子汉一样，好好地享受一番人生。

有了这种感觉和想法，他看一切都不顺眼了，也觉得一切没有以前那么好了。以前，他只是一个普通的乡巴佬，去个茶馆都得小心翼翼，畏手畏脚，现在这个茶馆在他眼里不仅肮脏且简陋无比。以前茶馆里没有人认识他，连个跑堂的都对他颐指气使。可是现在他一走进茶馆，人们就会欠欠身子，交头接耳，对他议论纷纷。他听见了一个人对另一个人窃窃私语道："嗨，你看，那个人就是王家庄的王龙，闹饥荒那年，就是老爷子死的那个冬天，他买了黄家的地，现在富得流油。"

听了这番话，王龙坐了下来，佯装漫不经心，毫不在意。但心里却对自己现在的地位和状态颇感得意。而今天他刚指责了妻子，又把她埋汰了半天，就是此刻他受人尊敬高看一眼也不能使他高兴起来。他，闷闷不乐地坐在那里喝着闷茶，觉得生活中没有一件事情比他想象的要美好。这时，他突然自言自语道："我为什么要在这个茶馆里吃茶？你看看主人那个熊样，长个斗鸡眼，挣的钱还不如我雇用的长工挣得多，我有土地，儿子又有文化。"

于是，他迅速站起身，把茶钱放到桌子上，不等别人跟他搭讪，他抽身便走出了茶馆。他漫步在镇上的大街，也不知道自己要到哪儿去，更不知道要去干什么。走着走着，他路过一个说书摊，就在拥挤长凳的一端坐了下来，听着说书人在讲"三国"的故事。说书人说那时候的武士又勇敢又狡猾。然而，他仍然感到烦躁坐立不安，不像其他人听得那样津津有味，再说了，说书人敲击铜锣的声音平添了他心头几分心烦意乱，于是，他又站起来，漫无目的地继续往前走。

当时，镇上有一家新开的大茶馆，是个南方人开的，此人谙熟茶馆生意。王龙之前曾经路过过这个茶馆，每次路过此处时，他就想：把钱花在赌博和嫖妓上是很可怕的事情。但是，为了摆脱因无聊而引起的烦躁，为了忘掉他对妻子的不满，他径直朝那个气派的茶馆走去。他想看看，也想听听，最近镇上是否有什么新鲜事儿，受此愿望的驱使，他的两条腿不由自主地就把他带到了那个大茶馆的门口。屋里很亮堂，摆满了桌子。尽管房门对大街开着，他还是走了进去，昂首阔步，迈着坚定的步伐，姿态高傲，像个勇敢的武士。虽然心存胆怯，但看起来依然镇静自若。他只是这几年才成了当地的富人，对此，他心存忐忑。在过去，不论什么时候，他攥在手里的钱也就一两块银圆。他永远都忘不了，几年前，他还在南方的一座城市里拉着黄包车当苦力呢!

起初,他坐在大茶馆里一句话也不说,只是默默地叫了茶,边喝茶,边好奇地环顾四周。这茶馆有一个大厅,屋顶被漆成了金色,墙上挂着白色丝绸卷轴,上面画着女人肖像。王龙偷偷地欣赏着这些女人,觉得她们只能是梦里才能出现的女人,在这个世界上,他还从来没有见过如此漂亮的女人。出来闲逛的第一天,他就看见了这么漂亮的女人,真是大开眼界啊。他匆匆喝完茶,起身走出了茶馆。

洪水仍然未退,农田还浸泡在洪水里。王龙便天天上这家茶馆,除了喝茶,便是喝茶。他独自一人,一边喝茶,一边观赏着那些美女肖像。随着时间的推移,他频繁地往返于这家茶馆,而且喝茶的时间一次比一次长。田地被淹,家里无事可做,所以他的生活可以这么一直继续下去:喝茶、欣赏墙壁上挂的美女肖像。尽管他现在家资巨万,但他仍然是个乡巴佬。格格不入地坐在那个富丽堂皇的茶馆里,在这里,他是唯一一个穿着布衣而不穿绸缎的人,他还留着镇上人都不再留的长辫子。然而,有一天晚上,他坐在那里正喝着茶,从大厅后面的一张桌子向前观望时,他看见一个人从一条狭窄的楼梯走了下来。这楼梯紧靠远处的墙边,直通楼上。

当时,除了高矗在西门外的五层"西塔"之外,这家茶馆是该镇上唯一一栋二层楼的建筑。但是,"西塔"呈梯形,上窄下宽,而这座二层楼的茶馆上下两层一般大小。晚上,伴随着姑娘弹奏琵琶的美妙乐曲,轻佻女子的浪笑声从二楼的窗子里飘了出来,回荡在整条街上。甚至午夜之后,乐声、歌声、喧笑嬉闹声打破了静谧的夜空。在王龙喝茶的地方,许多客人边喝茶边侃侃而谈,有些时候,喧闹说笑、掷骰子、打麻将和推骨牌的碰撞声几乎淹没了周遭的一切。

这天晚上,在周围的嘈杂声中,王龙没有听见身后有一个女人从狭窄的楼梯上"噔噔噔"地走下来。当有人拍他肩膀时,他吓了一大跳,万万没有想到,这里会有什么人认识他。他抬起头,正好看到一张瘦削而漂亮的女人脸蛋。此人正是杜鹃,买地那天,就是这个女人收了他的珠宝,她还紧紧地抓住老爷颤抖的手,帮着他在卖地契约上摁了手印。看见王龙,杜鹃开心地呵呵一笑。那笑声清脆悦耳,然后,对他凌厉地耳语道。"噢,王——农——民!"她说,不无恶意地把"王农民"这三个字故意拖着长音说了出来。"没想到在这个地方会碰到你！"

王龙感觉到，无论如何，他要向这个女人证明他现在不仅仅是个乡下人了，他现在是个有钱的主。于是，他哈哈一笑，大声说道："难道我就不能和其他人一样在这里花钱享受吗？我现在不缺钱。我发财了，有的是钱。"

听了王龙的话，杜鹃再没有说什么。她那双狭小而明亮的凤眼，目光里透射出一丝狡黠，她的声音像从油壶里倒出的油一样丝滑。

"谁不知道啊，在这里花钱更畅快。这里是富人享受人生，阔少寻欢作乐的最好地方！我们的酒也是最好的——王龙，你尝过吗？"

"我只是喝喝茶而已。"王龙不好意思地回答道，"我没有喝过酒，也没有掷过骰子。"

"只喝茶？"听到王龙的回答，她有些吃惊，便尖声尖气地笑着说，"这里有虎骨酒、白酒、米酒——你为什么要单单喝茶呢？"王龙羞愧地低下了头。这时，杜鹃温柔地向他暗示道："我想你是没有见过世面吧，嗯？你可能还没有见过那些嫩白的纤纤玉手吧？也没有见过那些美人可爱甜美的脸蛋吧？"

王龙把头垂得更低。他浑身燥热，满脸通红。他觉得茶馆的人都在讥讽他，都在听着那女人如何嘲笑他。但他鼓起勇气抬起了眼皮，朝四周乜斜了一下，竟然发现没有一个人注意他，只有掷骰子的声音在他耳际"啪啪啪"地作响，于是。他困惑的像在说吃语："没——没有尝试过——只是喝茶。"

这时，杜鹃又笑了笑，指着挂着的那些画轴说："喏，看见了吧，都是美女。那些是她们各自的玉照。挑一个你喜欢的看看，交了银圆，我就把她给你引来。"

"真漂亮！"王龙说道，流露出十分惊诧的神情，"我还以为她们是想象中画出来的美女，是昆仑山上的仙女，就像说书人描绘的那样！"

"不过，她们还真是美若天仙，"杜鹃插嘴说道，带着一种嘲讽的幽默，"不过只要花一点点银钱，你梦里的这些美人就会变成有血有肉的真人。"说完，她就向顶楼走去，边走边对站在茶馆的堂倌点着头，眨巴着眼睛，指着王龙对其中一个人说："来人是个乡巴佬！"

王龙静静地坐在那里，对那些美女照片立刻产生了一种新奇感。他头顶的房间里蜗居了一群活生生、有血有肉的美女。男人们从这个狭窄的楼梯走上去就可以偷香窃玉。王龙与这些男人不同，他属于另一类男人，安守本分，不会寻花问柳，但是，他毕竟也是个男人！如果王龙不是现在的王龙，不是一个安分守己的农民，不是一个家有妻小的人，那么，假如说让他像孩子那样随心所欲地做一件事情，他会做什么呢？即他会选画轴上的哪个女人呢？他仔细察看着每一个画中人的脸，好像每张脸都栩栩如生，如真人一般。在他醉心于这些美女之前，她们各个看上去都是美艳动人，无可挑剔。仔细辨析之后，有些女人显然比另外一些女人更加漂亮迷人。于是，他在20多个美女当中选了三个最漂亮的，然后，又在这三个最漂亮美女中选了一位他认为最标致艳丽的一个。这是一位腰身纤巧苗条的姑娘，身轻如竹，鹅蛋脸庞，眉清目秀的小脸透着妩媚，手擎一枝含苞待放的荷花，双手如新葱芽一般白嫩细滑。

他凝视着她，一股热流像烈酒一样注入了他的血管。

"她像是一棵榅桲树上的鲜花。"他突然大声地说。他听到自己说了这样的话后，感觉脸上火辣辣的，又惊又羞，于是，急忙站起身，放下钱走了出去，当他在暮色苍茫里徘徊时，突然在黑夜中向家里走去。

广阔的田地和洪水冲刷形成的湖泊上空悬挂着一轮明月，月光像一层银色的雾霭笼罩着大地。此时此刻，王龙穿行在夜色中，一股热流也在他的体内流淌着。此时此刻，他只感觉到浑身燥热，心率加快。

第十九章　寻花问柳

如果洪水从王龙的田地里退去，潮湿的田地在夏日的阳光下蒸腾，炎炎的夏日里，用不了几天，农田就需要犁、耙、耱和播种，农事一忙，王龙兴许永远不会再有时间光顾那家大茶馆了。或者说，如果哪家孩子病了或是老人突然不行了，王龙也许会忙于处理这些突发事情，忘掉画轴上秀气女人的脸庞和她们竹条般苗条的身材。

傍晚时分，微风吹起，田野里的积水静静地躺在那里。老人困觉丢盹，两个孙子天刚亮就徒步上学去了，直到傍晚才能回来。在家里，王龙心烦意乱，坐立不安地在屋子里不停地踱着步，回避着阿兰看他时的那双悲伤的眼睛。他一屁股坐到椅子上，既不喝阿兰给他沏的茶，也不抽自己点的烟，他似乎又想起了什么事，猛然从椅子上站了起来。七月的这天，对王龙来说，似乎比任何一天都漫长。夕暮中的余晖散落在湖面上，微风荡起一片涟漪，他在家门口伫立良久。突然间，他一声不吭地转身走进屋里，穿上那件崭新的黑布新衣，那是阿兰特意给他做的，也只能在节日里穿穿。他也没有给家人打个招呼，就沿着水边的小道，穿过田野，直奔镇上，他穿过黑咕隆咚的城门，走过几条街巷，径直朝着大茶馆走去。

茶馆那边，灯火通明，盏盏明亮的油灯是从省外的海滨大城市购买来的。邻街的男人们坐在灯光下喝茶闲侃，他们敞开衣襟，享受着傍晚的丝丝凉意，乘凉的人手拿芭蕉扇不停地扇着，时而传来爽朗悦耳的笑声和孩子的嬉戏声。这种惬意和快乐对只知道在地里挥舞镢头和铁锨的王龙来说是无法体会的。但是，醉生梦死的那种享乐在这个茶馆里随处可见。男人们聚集在一起，无忧无虑地吃喝玩乐。

王龙在茶馆门口犹豫着，他站在从门缝透射出来的灯光里。原本想在门口站一会儿就走，这又何尝不可！虽然他内心冲动、热血沸腾，但心中

仍然胆怯害怕。然而，就在他忐忑不安的时候，一个女人从忽明忽暗的灯光边上踅了过来。她一直慵懒地倚靠在门廊上，每看见一个男人的身影，她便会凑过来，此女人正是杜鹃。给这家茶馆里的女人拉客便是她的工作，在看清了来客是王龙时，她便耸耸肩说道："啊，怎么又是你，乡巴佬！"

深受杜鹃这尖酸而轻蔑语气的刺激，王龙勃然大怒，但也给了他本不该有的胆识和勇气。于是，他反唇相讥道："哼，我一个农民咋啦？难道我就不能进这个茶馆了吗？难道我和别的男人不一样吗？"

杜鹃耸了耸肩，"哈哈哈"地笑着说："你要是有银钱，就可以像那些男人一样，想干啥就干啥。"

王龙很想向杜鹃显示一下他富有的气派，炫耀一下他的财富。他想让她知道，他有的是银钱，银钱多得可以做任何事情。于是，他把手伸进腰带里，抓出满满一把的银圆，对她说："这些银钱够不够？"

杜鹃吃惊地盯着那一大把的银钱，心花怒放，立刻说道："好的，跟我来，你想点哪个？"

王龙一脸茫然，不知道自己说了些什么，只听到他低声说道："嗯，可是，我也不知道我想要哪个。"紧接着，他的欲火征服了他，他小声肯定地说道："我要那个尖下巴、小脸蛋、脸又白又嫩、粉得像朵楹楟花的，她手里拿着一枝含苞待放的荷花。"

杜鹃习以为常地对他点点头，打了个手势，便熟练地在拥挤的茶桌间穿梭着，王龙局促地跟在她身后，保持着一定的距离。起初，他觉得好像所有的人都在注视着他，但当他鼓起勇气环顾四周时，才发现没有一个人在关注他，只听到个别人不以为然地大声说："这个时候就去找女人是否太早了？"另一个人应声说道："这家伙体健如牛，这事儿得早点开始！"

这时，他和杜鹃已经爬上了狭窄陡峭的楼梯。王龙爬得很费劲，这是他有生以来第一次爬室内的楼梯。爬到顶楼时，才看到楼上的房子和楼下的一模一样，只是他经过一个窗子往外观望时才觉得这地方很高。杜鹃领着他走进一个没有窗户，光线昏暗的走廊。然后，她边走边吆喝道："今晚的第一位客人到！"

走廊两边所有的房门瞬间打开，所有的姑娘们都把脑袋从门里探出来，如花似玉地展现在忽明忽暗的灯光下，她们个个搔首弄姿，笑逐颜开地迎接客人。可杜鹃冷酷无情地喊道:"去去去!没有点你!点的不是你!客人点的是来自苏州的小粉脸——荷花!"

走廊里传来阵阵嬉笑哄闹声,虽然含混不清,但分明是对来客的一种讽刺与嘲笑。这时,一个脸蛋绯红,红得像石榴似的姑娘大声喊道:"让荷花接客,来人一看就是个土包子,身上还散发着大蒜味!"

这话让王龙听见了,但他不屑理睬她,虽然她的话像尖刀一样刺痛了他,但他的心里还真是有点胆怯,害怕自己看上去像个农民。不过,当他揣着腰间别的银圆时,还是勇敢地向前走去。杜鹃走到一个门前,用手掌使劲拍了拍房门,没等人开门,她推开门便径直走了进去。屋里有一张床,铺有红花被子的床上坐着一个身段苗条的姑娘。

如果以前有人告诉他说,世上有这样纤细滑嫩的小手,他是不会相信的:纤纤小手,滑若凝脂,十指修长,细如葱白,指甲还染成了荷花的粉红色。如果以前有人告诉他说,世上还有这样的玲珑小脚,脚上穿着不及男人中指长的粉红缎鞋,坐在床边,悠荡摇摆着那三寸金莲——如果真有人这样告诉他的话,而不是他亲眼所见,他是死活不相信的。

他怯懦而不自然地坐在床边,身体僵硬地轻挨着这个女人,痴呆地看着她。他发现,她和画轴上的女人一模一样。因为他看过那幅画,心想要是有机会能见个面,他一定会认出她来的。但最令他难忘的就是她的那双栩栩如生的手:十指弯着的指节肤白如雪,纤巧细腻,画轴上她的双手交叉,叠放在穿着粉红色绸裤的膝盖上。他做梦都不敢想,这样的手让他可以去触碰。

他看着她,就像在欣赏那幅画作一样出神。只见这幅画,竹竿般苗条的身段套着一件紧身短坎肩;涂了脂粉、秀气漂亮的瓜子脸,嵌在高高的中式立领上;那双含情脉脉的杏眼顾盼生辉。他恍然明白了说书人口中那些古代美人的杏眼是什么意思了。对他来说,眼前这个美人堪称人间尤物,是一幅绝妙的无与伦比的美人画。

随后,荷花举起她那柔软的纤纤玉手搭在了他的肩上,慢慢地沿着他的胳膊上下抚摸。王龙从未感受过那么轻柔、那么温和的抚摸,如果不是他亲自感受到,他根本就不知道是美人的手在轻轻滑动,轻柔的小手顺着他的胳膊慢慢往下蠕动着，那小手撩拨得像带着一团火，不仅烧着袖筒里的胳膊，热流也直至肌肤。他望着她的小手，直到小手摸到袖口。那只小巧玲珑的手犹豫片刻，熟练地扼住了他那裸露的手腕，继而伸进了他那又黑又硬的手心。这时他开始浑身颤抖，手足无措，不知道如何是好。

在这窘迫中，接着便是一串轻快、银铃般的笑声，如塔顶上的风铃，撩人心弦，柔声笑语道："喏，你这个大男人怎么这样傻呀！难道我们俩就这么整夜坐在这里，傻乎乎地你看着我，我看着你吗？"

听到这番话，王龙慌忙且小心翼翼地用双手握住荷花的手，她的手就像一片脆弱易碎的干树叶，温暖又骨感。"我什么都不懂——教教我吧！"他哀求道，都不知道自己在说什么。于是，她就手把手地给他传授着技巧。

现在的王龙整天茶饭不思，精神萎靡，堂堂男儿从未经历过如此折磨。他经受了炎炎烈日下劳作的痛苦，也经受过从荒漠刮来的凛冽寒风，他还经历了饥馑之年的饿殍遍野，他更难忘在南方城市大街上卖苦力的困苦，妻儿沿街乞讨的情景和毫无期盼的绝望。可是，所有这些痛苦与磨难都不及姑娘这双纤弱的小手给他带来的折磨，这种煎熬的痛楚是他从未经历过的。

他依然每天光顾这个茶馆，天天晚上都等着她的接待与服务，每夜他都要去找这个姑娘。每次去这个地方，他还是那个不谙世事，老实巴交的乡巴佬，站在门口浑身颤抖，而后局促不安地坐在她身边，等着她肆无忌惮的浪笑声发出后，他会全身燥热，贪婪与饥渴在欲火中升腾，但还是顺从地等待着宽衣解带……他如饥似渴地等待着。可她就像一朵绽开的鲜花，等着采摘，期待着他把自己全部占有和吞噬。

然而，即使她满足他的欲望，他也从未能完全将她占有，令他神魂颠倒，正是这一点才使得他感到燥热和饥渴。阿兰嫁给他时，给他增添了无穷的力量，他精力旺盛，得到了肉体的满足，强烈的性欲被她激起，就像一个动物寻求配偶，对她充满欲望。他得到了她后，便也感到了性欲的满足，然后，便把她忘了，心满意足地去干农活儿。但是，他现在不再爱这个婆娘了，从她身上再也得不到一丁点儿满足感，而且她对他也不主动，毫无兴奋和激情。夜里她不再要他时，她会任性地突然用有力的小手紧紧地抓住他的双肩，把他推出门外。这时，他把银圆塞进她的怀里，而他却像来时一样饥渴地离开。这仿佛是一个渴得要死的人喝了又苦又咸的海水，虽然这也是水，但这海水会蒸发掉他的血液，使其越喝越渴，以致其发狂直到死亡。他反身回到屋子去找她，怀着极大的希望，但一次次使他失望，离开时也没有得到欲望的满足。

整个炎热的夏天，王龙都眷恋着荷花这个姑娘。他对她一无所知，既不知道她是哪里人氏，从何处而来，也不知她究竟是个什么人。他们在一起时，他连20句话都没有说过，而且他也几乎不听她那潺潺流水、活泼轻快的话语，时不时发出一串串孩子般的笑声。他看着她的脸、她的双手，欣赏着她的玉体并注视着她那含情脉脉的杏眼，耐心地等着她。他欲望极强，似乎永远要不够。天亮时，他才恋恋不舍地抽身回家，尽管头昏眼花，但意犹未尽。

这样的日子日复一日地过着，王龙过得浑浑噩噩。他常以屋内太热为借口，不愿再睡在床上，便在竹林下面铺了一领草席，时不时地睡在那里。夜里，他辗转反侧，孤枕难眠，睁着眼睛躺在那里，凝视着月影下影影绰绰的竹叶，心里充满一种让他说不清道不明的酸甜苦涩带来的痛楚。

无论是妻子还是孩子，甚至是老秦，只要过来催他："田里的水很快就要退干，不管种什么，咱们得准备种子了，是吧？"他一听到这些，就会不耐烦地呵斥道："滚！烦死了！为什么要麻烦我？你们不知道怎么做吗？"

那段日子，他的心都要爆炸了，却无从发泄，因为他从媳妇身上得不到任何满足。

时光荏苒。他魂不守舍地熬过白日，翘首期待着夜幕的降临。他不再愿意看见阿兰那副呆板严肃的面孔，也不愿意瞅见孩子们看见他时，流露出的忧郁怯懦的神情。只要他一走近他们，正在玩耍的孩子们就会局促不安，他更不愿意瞧见脸上布满皱纹、忧心忡忡的老父亲。年迈的父亲一看见他，就会担心地喊道："你得了什么病，看看你那皮肤，像黄土一样黄。脾气咋变得这么坏？"

熬过了白天，盼到了夜晚，荷花姑娘和王龙就做着他们该做的事儿。虽然他每天都花一定的时间梳理辫子，但她还是嘲笑他说："南方的男人都不留这猴尾巴玩意了！"于是，他二话不说，出门便把辫子剪了。在这之

前，不论嘲笑还是蔑视，谁都不能说服他把辫子剪掉。

阿兰看见他剪了辫子，惊恐地叫了起来："你剪掉的是你的命！"

但他对她喊道："难道让我永远做一个不识时务的傻瓜吗？镇上的年轻人都把头发剪短了。"

然而，他对自己所做的事儿依然心存胆怯，害怕得要死。不过话又说回来，如果是荷花姑娘想要的，他都会去做，甚至要他的命，他也会在所不辞，因为荷花就是他心中的女神，就是他心中所想，她美若天仙，能满足他在别的女人身上得不到的东西，使他食髓知味，欲罢不能。

以前他很少洗他那健壮、褐色的身体。他认为，平时干活儿出的汗水就已经把身子洗刷得干干净净了。现在不一样了，他开始注意自己的身子了，像看别人的身子一样，他仔细地端详着自己的身子。他天天洗澡，频繁地使妻子大惑不解："你这么洗澡，会洗死你的！"

他还特意从商店里买了外地产的香皂，洗澡时擦搓在皮肤上。尽管他喜欢吃大蒜，可是现在，他无论如何再也不吃大蒜了，为了讨喜荷花，唯恐她闻到他身上的臭蒜味。

这出乎意料的变化，家人谁也不知道是怎么一回事，也搞不清楚他这么做意味着什么。

他还买了新的衣料。虽然阿兰一直给他做衣服穿，那些布衫又肥又大，针脚缝得又密又结实，非常合身，但他现在却看不上媳妇的针线活了。他把新买的布料拿给镇上的裁缝，如镇上人那样，开始定制衣服了。他做了件浅灰色的绸子大褂，这大褂裁剪得合身得体，不肥不瘦；他还做了件黑缎子坎肩，可以套在大褂上。他甚至买了有生以来第一双不是由媳妇做的鞋，一双丝绒面做的鞋，如同黄家老太爷穿的那种鞋一模一样，走起路来，鞋跟"吧嗒"作响。

但他羞于在阿兰和孩子们面前突然穿上这些质地较好的衣服。他把这些崭新的衣服叠起来，用棕色油光纸包好，放在茶馆里他逐渐熟悉的一个账房先生那里。他给账房先生付点费用，人家让他在上楼之前可以偷偷地到里屋换上这件新衣裳。此外，他还买了一个镀金的银戒指戴在手上。头顶上剃过的地方长出新头发时，他还抹上了香喷喷的西洋发油，头发瞬间变得锃光瓦亮。那一小瓶头油是他花了整整一块银圆买来的。

阿兰吃惊地看着他，不知道丈夫这些突如其来的变化究竟意味着什么。可是，有一天，他们在吃午饭时，阿兰端详了他好大一会儿，然后心情沉重地说道："你这身打扮使我想起了黄家大院里一个少爷。"

王龙突然哈哈大笑起来，说道："我们现在有了钱，有了积蓄，难道让我永远看起来像个乡巴佬不成？"

但他的心里却感到了极大的满足和愉快。那天，他对阿兰相当的好，这种客气是他长久以来都不曾对她表示过的。

现在的王龙花钱如流水，毫不心疼。为了和那个姑娘春宵一刻，缠绵缱绻，他不仅要花银圆买时间，还要满足她的各种欲望。她千娇百媚，常常娇嗔低语叹息，仿佛没有满足她的欲望会令她心碎似的，哀叹且欲言又止："唉，我呀——唉，我呀！……"

王龙终于有胆当着荷花的面说情话了，当他对着她低声耳语说："怎么啦，我的小心肝？"她就回答道，"我今天心情不好，对你没有兴致，因为墨玉，就是我对面住的那位姑娘，她有个小情人，人家给了她一个金簪子，而我只有这么个银质的旧玩意儿，还这么一天到晚地戴着。"

此时此刻，为了使他的可人儿高兴，他只能把她那黑亮光滑的鬓发捋到身后，看着她那玲珑圆润的耳垂，饶有兴致地耳语道："那我也要为我宝贝的头发买一个金发簪子。"

荷花像教小孩学说话一样，不厌其烦地教他说一些表示爱意的话语，而他总是羞羞答答，难以启齿，甚至当他嗫嗫道来时，也是结结巴巴，言不由衷。他生就是一个面朝黄土背朝天的农民，摆脱不了生存在黄土地上的烙印，总是与耕种、收割、太阳、雨水打交道。

他把银钱就这样从墙壁里和布袋里不断地拿了出去挥霍。搁在以前，阿兰也许会果断问他："你怎么老从墙壁里拿钱？"而现在她却不闻不问，什么话都不说，只是伤心落泪地望着他，因为她心里很清楚，他在过一种将要抛弃她，甚至撇开田地的生活，但那究竟是一种什么样的生活？她却不得而知。自从那天他看见她头发凌乱，模样也不俊，硕大的一双脚后，她就一直怕他，什么都不敢问，因为现在的他脾气很大，随时随地都会冲她发火。

有一天，王龙穿过田间，直奔家院。阿兰正在池塘边洗他的脏衣服。他走近她，默默地站在那里。大概因为他觉得问心有愧，心里又不肯承认，就粗声粗气地对她说："你把那两颗珍珠藏在什么地方？"

她正在池塘边上的一块青石板上杵衣服。听到王龙质疑的声音，她慢慢地抬起头，怯生生地答道："珍珠？我留着哪。"

他都不正眼看她一下，只望着她那湿漉漉、皱巴巴的双手说："有珍珠不用，白留着干什么？"

这时，她慢慢地说道："我是想着，有一天我也许用它们做成耳环。"害怕他嘲笑她，紧接着又说道："小女儿出嫁时，我可以给她戴上。"

他狠了狠心，硬着心肠大声地对她嚷道："她戴什么珍珠，皮肤黑得像泥土一样！珍珠是给漂亮女人戴的！"沉默之后，他又突然喊道："把珍珠给我——我有用！"

于是，阿兰慢慢地把皱巴巴、湿漉漉的手伸进怀里，从里面掏出了那个小布包，随手递给王龙。她看着他打开那个小布包，他手心里的那两颗珍珠在阳光的映照下，五彩斑斓、熠熠闪光。王龙得意地笑了。

阿兰低下头来，继续杵着他的衣服。悲伤的泪水如断线的珍珠慢慢地、重重地滴了下来。她没有擦拭眼泪，任它滴落，只是用棒槌更使劲地杵着摊在青石板上的衣服。

第二十章　牵线搭桥

要不是王龙叔父突然返乡回家，这种情况也许还会继续下去，直到全部银钱被王龙挥霍殆尽。他叔父也没有说明这些年他到底去了哪里，也没有交代他一直在做什么营生。他愣愣地站在门口，好像是从天而降。他敞着怀露着胸，褴褛的衣衫同往日一样邋遢地披在身上，那张脸还是依然如故，只是由于风吹日晒，和岁月的煎熬，平添了些许皱纹。王龙一家人正围着桌子吃早饭，他咧着嘴朝他们笑了笑。王龙瞅见叔父，目瞪口呆，因为他已经忘记了，自己在这个世上还有一个叔父。现在他像一个幽灵，又踅回来见他。王龙的老爹先是眨巴了几下眼睛，然后，又瞪大了眼睛，但还是没有认出这位不速之客。这时，王龙的叔父突然叫喊了起来。

"哎呀，大哥，侄子，侄孙，还有侄媳妇，可见到你们了！"

王龙闻声而起，又惊又怕，但他装着不动声色，很有礼貌地说："噢，爹，是叔父。叔父，你吃过早饭没有？"

"没有，"叔父平静地回答道，"我想跟你们一起吃。"

他坐下来，伸手拉过碗筷，毫不客气地吃了起来。餐桌上有米饭、咸鱼干、咸萝卜和干蚕豆。他饿极了，狼吞虎咽地吃着。大家都默不作声，在悄无声息之中，他一口气喝了三碗大米稀粥，鱼骨和蚕豆在两排牙齿中间被咀嚼得"咯咯"作响。吃完后，他扔下一句话："我困了，想睡一会儿，我已经三天三夜没合眼了。"他这样说，好像他是这家的主人，享受着某种权利似的。

王龙惘然若失，不知如何是好，只得把他领到父亲的床上。叔父掀开被子，摸了摸柔软的被面和干净崭新的棉套。他看了看木床架、精致的八仙桌，还有王龙为父亲卧室添置的大木椅，然后说道："嗯，我听说你有钱了，可我不知道你这么富有。"说完便一头倒在床上，拉过被子盖在身上，

肩膀露在外面，时值夏天，一切都暖洋洋的。他随意使用着屋里的一切家什，仿佛这里的一切都是他自己的。他没有再唠叨什么，眨眼间就睡着了。

王龙惊慌失措地回到堂屋。他心里很清楚，看样子叔父是赖着不想走了，因为叔父知道王龙有能力养活他。虽然早已料到了这一点，但王龙心中还是惴惴不安，同时也想到了他的婶娘，一旦他们找上门，谁也阻止不了他们。

他怕什么，偏偏就来什么。中午刚过，王龙的叔父终于睡醒了。他先在床上伸了个懒腰，接着连续打了三个带响声的哈欠，然后披上衣服，走出了房间。他对王龙说："我现在就去把你婶娘和孩子接来。我们一共三口人，就三张嘴。像你这样一个大户人家，也不会在乎我们要吃的那点东西和要穿的几件破衣服。"

王龙一点法儿也没有，他能说什么呢。他满脸愁容，不情愿地点头应诺。因为现在的他还很富裕，有足够的食物养活别人，他能眼巴巴把自己的亲叔父一家子从家里赶走吗？这不是让人耻笑嘛！王龙明白，要是把他们拒之门外，乡亲们铁定会在背后戳他的脊梁骨。他现在发了财，富有了，很受村里人的尊敬，所以他一个"不"字都不敢说。他让雇工们都搬到那座老房子里，腾出了大门口的几间屋子。就在当天晚上，他的叔父带着老婆孩子就搬了进来，王龙其实极为恼火，而令他更为憋气的是他必需将怨气怒气埋藏在心底，然后还要对叔父一家人强颜欢笑。他一看见婶娘那又圆又光滑的脸面时，他觉得自己的怒气好像立刻就要迸发出来，而当他看见叔父儿子那不知羞耻、无礼的面孔时，他真想抽他几记耳光。连续三天，他气得都没有进城。

当他们对这一切都习惯后，有一天，阿兰对王龙说："别生气了，凡事都需忍耐。"王龙也看得出，叔父、婶娘和孩子因为在他家吃住，都变得客客气气的。这时，他刚平静下来的心境又强烈地思念起了荷花姑娘。他自言自语道："一个家里尽是野狗，人总要到外面找个地方清静清静。"

于是，往日的满腔热情和几分痛楚又在他心中燃烧沸腾起来了。他依然不满足自己的情欲。

王龙的秘事大家都没有看出来。阿兰没有察觉是因为她的质朴，老人没有观察那是因为他的年迈，老秦没有看破是因为他的友善，但是只有王龙的婶娘看了个清清楚楚。"王龙正盼着去哪里采野花哩!"她大着嗓门笑呵呵地说道,笑得眼睛都开了花。阿兰傻乎乎地看着她不明就里。她又笑了笑说道:"西瓜只有切开才能看见里面的瓜子,是不是?嗯,跟你直说吧,你男人在外面有野女人了!"

王龙将婶娘说的话听得清清楚楚,他是在院子里的窗户底下听到的。那是一个清晨,房事之后,王龙躺在床上,疲倦地丢着盹儿。他很快就醒了,继续听着。他对这个女人敏锐的观察力感到惊奇。她那浑厚的嗓音铿锵有力,好像有一股油在她喉咙里流淌着。"嗻,我见的男人多了。当一个男人突然把头发梳得油亮顺滑,又添新衣又买新鞋的时候,我向你保证,他肯定在外面另有新欢了。"

阿兰嘴里词不达意地说了一句什么,他的婶娘没有听清楚,因而她继续说道:"可怜的傻瓜,你不要以为男人会满足于一个女人的。如果那个女人辛苦劳累,为他损耗了自己的肉体,那么,他对这个女人就更不满意了,这时,他的魂早被另一个女人勾了去。你呀,就是一个可怜的大傻瓜。你就是头牛,光知道为他干活,你从来就没有中他的意。如果他有钱,再买一个女人,把她带到家里,你也犯不着生气,因为男人都是这个德行。我家那个老混蛋也会这么干的,只不过他是个穷光蛋,手里的钱连他自己都养活不了。"

其实他婶娘还说了很多,但王龙在床上只听见了这些,他对听到的这些话反反复复地在心里掂量着。他突然想出了一个办法:既能满足自己如饥似渴的欲望,又能与他所钟爱的荷花姑娘长相厮守,那就是将她买下带回家里,让她专门伺候他一个人,别的男人谁都别想靠近她。这样一来,在这个家里既有人伺候他吃喝,又有心仪的美人陪伴他尽情享乐。于是,他一骨碌从床上爬起来,走出了门,跟婶娘神秘地打了个手势,她便跟着他走出了大门,来到了一棵枣树下,那里不会有人听见他们的说话声。他对婶娘说:"婶子,你在院子里说的那些话我都听到了,你说得很对。除了这个女人,我还需要一个。既然我有土地,又有能力养活这一大家子人,为什么我不可以纳妾呢?"

她热切地滔滔不绝回应道:"就是,有什么不可以的?那些有钱的男人都这样。只有穷光蛋没办法才喝独杯酒哪。"她这样说着,心里明白王龙接

下来还会说些什么。果然不出所料，他继续说道："可是，谁来替我做牵线搭桥的人呢？一个男人总不能对一个女人说，'到我家来吧'！"

听到这话，她立即回答道："这事就交给我吧，只要告诉我你喜欢哪个女人就行，其他的事包在我身上，我会把这事情办得妥妥的。"

王龙在任何人面前都没有大声提到过这个女人的名字，于是，他不情愿地、怯怯地说道："这个女人叫荷花。"

在他看来，人人都知道或者听说过荷花姑娘，但他忘记了，是在整个夏天短暂的两个月后他才结识她的。婶娘继续问道："那么，她的家在什么地方呢？"这时，他有点儿不耐烦了。

"家在哪里？"他粗暴地答道，"除了镇上大街上的那个茶馆，她还会在什么地方？"

"是那个叫'花屋'的茶馆吗？"

"还能是别的吗？"他反问道。

她把手放在噘起的下嘴唇上，沉思片刻，终于说道："那里没有我认识的人，但我会想办法的。谁管着这些姑娘？"

当他告诉婶娘，那主管姑娘叫杜鹃，曾在大户人家当过丫头时，她呵呵大笑起来，说道："啊，是她？她就是干这个的！有个老爷夜晚就死在了她床上。没错，她会干这种事儿的。"

接着，她又哈哈地大笑起来，然后又随意地说道："是她呀！好说，这事情就简单了。这女人呀，从一开始就什么事儿都干得出来，如果你给她塞足够的银钱，连山也会给你造出来。"

听到此话，王龙突然感到嘴唇发干，嗓眼冒火，说话的声调都变了，他低声下气说道："银钱！不就是银钱和金子嘛！我的土地值那么多的钱！"

出于痴迷和一反常态的爱，在事情没处理妥当之前，王龙决意不再光顾那家茶馆了。他自我告诫说："她要是不到我家来，不属于我个人所有，就是砍了我的头，我也不再去了。"

但是，当他想到"如果她不来"这句话时，他还真有点害怕，甚至害怕得心脏都要停止跳动了。因此，他不断地往他婶娘那里跑，对她说："婶子，不拿钱会不会吃闭门羹啊！"他反复叮嘱婶娘："你要告诉杜鹃，我有足够的金子、银钱，事情一定要办得合我心意，"他还补充说："告诉她，荷花姑娘在家里什么活儿都不用干，只要她愿意，她可以天天穿绫罗绸缎，吃山珍海味。"这时，那位胖女人不耐烦起来，眼睛滴溜溜地转动着，朝他喊道："行啦！行啦！我又不是傻瓜，也不是第一次为男女牵线搭桥。别管我怎么说，我会把事情做得很完满。话都说清楚了，也不知道给你说过多少遍了。"

王龙整日坐立不安，无心做事，要么咬着手指瞎转，要么突然绕着自己的院房走一圈，想象着荷花来到时，自己的房子在她眼里会是个什么样子。他催促着阿兰既干这又干那，扫地、洗衣、挪挪桌椅什么的。这位可怜的女人越来越感到不安和惊恐，尽管王龙嘴上没有说过什么，但是她已经清楚地知道，在她的生命里即将会有什么样的厄运在等着她。

现在，王龙已经讨厌和阿兰睡在一起了。他对自己说，家里要安置两个女人，必须再有几间屋子，再建一个庭院，还要有一个他可以和那个女人寻欢作乐的房间，这个房间要和其他房间分开。因此，就在等着婶娘为他斡旋那件好事的时候，他叫来雇工，吩咐他们在正房堂屋的后面，另外再造一个院子。新庭院里有三间屋子，中间是一大间，两边各有一个小间。雇工们不解地瞪着眼睛看他，可是谁都不敢问，王龙是不会跟他们讲实话的。他亲自监工，这样他不必告诉老秦他为什么要盖几间新房子。于是，雇工们从地里挖回些土，夯实成墙。然后，王龙派人进城，拉回来一些瓦，为苫屋顶用。

房子建成后，几个房间地面的泥土也抹平夯实了，这时他派人购买了砖，让匠人在地面上把砖头一块挨着一块紧密地铺好，然后再灌上灰浆。他专门为荷花姑娘盖的那三间房子都是用崭新漂亮的砖铺地。王龙扯了块红布，做成门帘挂在门楣上。他买了一张新方桌和两把雕花的椅子，椅子摆在桌子的两边，桌子后面的墙上则挂起了两幅山水画。他还买了一个带盖的圆形红漆糖果盒，里面装满了芝麻点心和软糖，他把这个糖果盒摆放在方桌上。后来，他又买来一张宽大的雕花木床，这张床很大，几乎占满了整间屋子，他又买来带花的帷布，准备挂在床的四周。在购置这一切的时候，他都羞于请教一下阿兰。等到晚上婶娘进来才替他将床帷挂好，还帮他做了一些男人们笨手笨脚做不了的事情。

一切安置就绪，王龙便闲来无事，静候佳音。个把月过去了，还未传来好消息。王龙心绪不宁，在专门为荷花所建的那个崭新而又小巧的庭院中独自踱着步。他突发奇想，要在庭院中间修建一个小水池。他叫来一个雇工，让他挖了一个三尺见方的水池，并把四边用砖砌好。王龙又到镇上买了五条漂亮的小金鱼放到里面。在这之后，他再也想不出还有别的什么事情可做了，只好心急如焚地继续等待着。

这段时间，焦躁不安的王龙懒得和任何人打招呼。但是，如果孩子们鼻涕哈喇的，他便会厉声呵斥他们，要不就对着阿兰脾气暴躁地吼叫，说她好几天头不梳脸不洗。后来，一天清早，阿兰突然哭了起来，泪流满面，放声抽泣着。王龙从来没有见她哭过，第一次见她哭成了泪人。即便他们食不果腹时，或在任何其他生活困境的时候，她都没有这样如此伤心地哭过。王龙厉声训斥道："咋啦，你这个臭婆娘，不就让你梳梳头吗？难道我都不能说你一句？让你梳个头就惹出这么多事？有什么好哭的！"

阿兰没有理他，只是一边呜咽着，一边不断地重复说道："我给你生了儿子，我给你生了儿子。"

他不再做声，有点坐立不安，理亏似的喃喃自语。在阿兰面前他感到很惭愧，因此他走开了，留下她一个人。没错，在族谱家规和人情道义面前，他没有什么可以抱怨阿兰的，她为他生了三个健康活泼的儿子，任劳任怨，从不索取，勤俭持家。除了他的情欲之外，他找不出任何埋怨阿兰的借口。

日子就这么一天天地挨着过。终于有一天，他婶娘过来对他说："事情办妥啦。替茶馆老板当管家的那个女人愿意办这件事，但一次性要交100块银圆。那姑娘也愿意来，但要一对玉耳环、一枚玉戒指、一枚金戒指、两身缎子衣服、两身绸子衣服和十几双鞋，还要两床丝棉被子。"

婶娘说的这些话里，王龙只听见了"事情办妥啦"这一句。他喜出望外，连忙大声喊道："太好了！太好了！"说完就立马跑进里屋，拿出银圆，悄悄地塞到婶娘的手里，他之所以这么偷摸鬼祟的，那是因为他不愿意让人看见他把多年辛劳攒下的积蓄就此花掉。他对婶娘说："你也拿十块银圆吧！"

她佯装拒绝，收了收肉乎乎的大肚子，左右摇晃着头，像个拨浪鼓。

她大声耳语道："不行，我不能要。咱都是一家人。你是我的儿，我是你的娘。我是为了你好，绝不是为了银圆。"王龙看见她一边拒绝，一边将手伸了过来。他硬把那些银圆倒在她手里。他感觉到，这些银圆花得值。

王龙买回来了猪肉、牛肉、鲑鱼、竹笋和核桃。他甚至还从南方买了包干燕窝，用来做汤用，他也买了鱼翅。凡他所知道的珍馐佳肴，样样准备齐全。接下来就是等待了，如果这种心急如焚、躁动不安的情绪也可以称作等待的话，这一定是一种焦灼和难以言表的等待。

夏末，八月的一个艳阳高照、烈日炎炎的一天，荷花来到了王龙的家。那天，王龙远远地就瞧见她坐着由几个男人抬着的竹轿子款款而来。他望着轿子沿着田边的小道拐来拐去，轿子的后面则闪现着杜鹃的身影。这时，他忽然感到有些惆怅和担心，不由自主地自言自语道："我这是往家里接什么人啊！"

王龙几乎不知道自己究竟做了些什么，他急忙转身，走进他和老婆这些年来同床共枕的房间。他顺手关上屋门，屋内黑咕隆咚，他神情恍惚地在黑暗里等候着。这时，只听见婶娘大声召唤着他出来，说人已来到家门口了。

他感到局促、窘迫，好像从来没有见过这个姑娘似的。他慢慢地走了过去，低垂着头，眼睛左瞧右瞅，就是不敢往前直视，但杜鹃却高兴地对他大声喊道："喂，我真没想到我们会做这样的生意！"

轿夫刚把轿子落地，杜鹃立刻走上前去，掀起轿帘，啧啧着舌头，欢快地说："快下轿吧，荷花姑娘。这就是你的家了，这位就是你的老爷！"

王龙感到一阵心痛，他看见那帮轿夫龇牙咧嘴，对着他哈哈大笑，一种无名的愤怒油然而生。他自言自语道："有什么可笑的？城里大街上的痞子，都是些无用无能的窝囊废。"他很生气，感到自己的脸红得发烫，根本就不愿大声说话。

随后轿帘被掀开了，他情不自禁地向轿子里面瞅了一眼。荷花姑娘，浓妆艳抹、娇艳如花，她就坐在轿子里的暗处。他高兴得忘乎所以，刚刚的怒气和他人的嘲笑也烟消云散了。此时此刻，他心里只有荷花——他朝思暮想，为私欲而买来的这个女人，在他的家里将陪伴着他度过余生。他

站在那里，激动得身子僵直，有些颤颤巍巍，瞧着荷花姑娘慢慢地站起身，腼腆而恬静，恰似微风轻抚一朵鲜花。王龙目不转睛地看着荷花姑娘，这时，她扶着杜鹃的手下了轿。她低着头，眼睑下垂，迈着娇小玲珑的小脚，在杜鹃的搀扶下，摇摆着苗条的身段向前走着。经过王龙身边时，她没有同他搭讪，却用极小的声音窃窃地对杜鹃说："我的新房在哪里？"

就在这时，他的婶娘走了过来，走到荷花的另一边，这样，她和杜鹃一边一个，把荷花领进王龙专为她建造的那个庭院的新房。王龙的家人没有一个人看见荷花穿过庭院，因为王龙早早将雇工和老秦打发到村外较远的田野里干活儿去了。阿兰带着两个小孩也不知去向，而两个男孩则去了学堂。年迈的父亲倚着墙睡着了，家里所发生的事情，他没有听见，也没有看见。对那个可怜的傻子女儿来说，她也不会在意谁进进出出、出出进进的，除了父母，她谁都不认识。当荷花进屋之后，杜鹃立马将门帘拉了个严严实实。

不一会儿，王龙的婶娘走出屋来，不怀好意地大笑着。她拍打着双手，似乎要把粘手上的什么脏东西拍掉。

"她浑身散发着香水味，胭脂粉味也很浓！"她笑着说道，"闻上去，还以为她是一个坏女人。"接着，她心怀叵测，带着几分恶意说道："侄子，她可不像看上去的那么年轻。我敢说，到了她这个年龄，没有哪个男人愿意多瞅她一眼，要不然怎么会嫁给一个庄稼汉呢？她嫁给一个富足的庄稼汉，还不是为了得到耳朵上的玉坠，手指上的金戒指，还有她身上穿的那些绫罗绸缎。"这话她说得难听又太直白，难免令王龙生气，看到王龙脸上的愠怒，她赶紧又打着圆场说："她的确长得漂亮，我从未见过如此漂亮的姑娘。四年了，看看你和黄家这个笨拙的女佣过的啥日子，以后你甜蜜的日子要比宴席上的八宝饭还要香甜呢。"

但是王龙一声不吭，只是在屋里走来走去。他静静地听着，可是心中难以平静。最后，他竟大着胆子掀开红色的门帘，走到他为荷花建造的庭院里，然后，走进了她待的那个光线暗淡的房间。他一整天都守护在她身边，直到夜幕降临。

整个这段时间，阿兰都没有进过家门。她一大早就取下墙上挂的锄头，叫上孩子，用白菜叶包了点剩饭，到地里忙活儿去了。直到天色漆黑时，

沃
土

她才进了家门。她不哼不哈，浑身粘满尘土，疲倦不堪。孩子跟在身后，也一声不吭。她不理任何人，径直走进厨房，像往常一样，开始做饭。饭菜做好后，摆放在桌子上，招呼老人过来吃饭。她将筷子放到老人手里，又侍候着可怜的傻子女儿。吃过饭后，她才和其他孩子们一起吃了一点东西，然后，就去睡觉了。王龙则坐在桌旁胡思乱想着。睡前，阿兰洗了洗身子，就走进那个她已习惯了的房间，一个人倒头便睡。

从此以后，王龙日夜陪着娇妾，吃喝玩乐，沐浴在爱的长河里。他每日都到荷花的房间去。荷花懒洋洋地躺在床上，他陪伴在她的身边，观察着她的一举一动。在早秋灼热的天气，荷花从未出过门。这会儿，她躺在那儿，杜鹃用温开水擦着她那苗条的身子，给她皮肤上涂抹着精油，给她头发上喷着香水和发油。荷花曾任性地对王龙说，一定要把杜鹃留下来，以便服侍她。他出了高价，杜鹃才乐意留下来，专门伺候荷花而不去茶馆为那一帮男人服务。这样，杜鹃和她的女主人荷花就单独住在王龙为荷花建造的那个庭院里。

荷花整天躺在那间凉爽、光线昏暗的房子里，嚼着蜜饯，吃着时令水果，身上只穿一件夏日绿色丝织旗袍，上面套一件小巧精致的紧身齐腰小褂，下面穿了一条肥大的裤子。王龙一进门看到她的这身打扮，便无法自拔，立刻和她尽鱼水之欢。

日落时分，她娇嗔地把他送走。然后，杜鹃又给她洗澡，喷香水，还替她换上一套新衣裳，贴身穿一件柔软的白绸子内衣，外加一件桃红色的丝绸外套，那是王龙为她购买的。杜鹃又给她脚上穿了一双小巧玲珑的绣花鞋。荷花便一摇一摆地走到庭院里，欣赏着水池里的五条小金鱼。王龙伫立在水池旁，睁圆双眼瞧着自己所创造的奇迹。荷花迈着一双小脚，婀娜地在庭院里走着。在王龙看来，她那尖尖的小脚，还有她那弯曲的、毫无缚鸡之力的双手，就是世界上最美妙的东西了。

王龙和荷花极尽衾枕之乐，沉浸在云雨之欢中。他称心遂意了。

第二十一章　宠妾薄妻

　　不要以为荷花和丫鬟杜鹃来到了王龙家之后，这个家就平安无事、诸事大吉了，反而麻烦棘手的事情接二连三地发生，因为同一个屋檐下现在居住着两个女人，家庭矛盾接踵而来，日趋严重，这一点使王龙始料未及，做梦都不曾料到。看着阿兰那铁青的脸和杜鹃那尖酸刻薄的言语，不和谐的氛围使他隐隐约约感到哪里出了问题，尽管如此，他也毫不在意。只要他那倚红偎翠的温柔之乡常在，只要他的欲火依然燃烧，他什么都不顾了。

　　然而，日出日落，月圆月缺，昼伏夜行，时光匆匆，无论是旭日东升，还是皓月当空，荷花总是陪伴在王龙左右。只要他愿意，随时可以拥有这个女人，以夜继昼，凤鸾颠倒。然而，时之久矣，他旺盛的精力和欲火随之不及，不再像往日那么饥渴，此时，他察觉到了以前他从未注意过的事情。

　　首先，王龙察觉到阿兰和杜鹃之间不久便产生了矛盾，时常争吵不休。这完全出乎他的意料。他原本想着阿兰会憎恨荷花，妻妾之间不和的这种事他可听说多了，当自己的丈夫将另一个女人领回家时，有的女人因情生妒，就会上吊自杀，还有的女人不是把自己的男人骂得狗血淋头，就是想法子让男人的日子不得安生，还要让他为自己的所作所为付出代价。令他高兴的是，阿兰总是沉默寡言，至少她想不出用什么恶言冷语来辱骂他。令他万万没有想到的是，阿兰对荷花没有丁点儿埋怨和憎恨，反而，她把满腔怒火都发泄到了杜鹃的头上。

　　现在的王龙心里只有荷花。有一天，荷花向王龙恳求道："让杜鹃来服侍我吧！我在这世上孤苦伶仃的，寂寞无奈。父母去世得早，那时我还小，话还不会说就被寄养在叔父家，等我出落得亭亭玉立，长成漂亮的大姑娘时，叔父就把我给卖了。在这个世上，我没有什么亲人了。"

荷花眼泪汪汪地说着。泪珠顺着她那漂亮的眼角落下。她仰着可人的泪脸看着王龙，向他提出了自己的诉求，王龙岂能拒绝。这也是实情，荷花的确没有人伺候，一个人待在家里难免会感到孤单。显而易见，阿兰是不会照顾他新纳的这个妾，也不会同荷花搭讪的，甚至根本无视她的存在。荷花的老家只剩她的叔父了，如果把他接到家里来住，这岂能有好事！他不但会给荷花出主意，还会和侄女一起议论王龙，无事生非，这会使王龙感到十分厌恶。他才不愿意后院起火给自己添堵呢。这么一想，杜鹃就是最合适的人选了。他心如明镜，不会让其他任何人来伺候荷花的。

然而，让王龙意料不到的是，阿兰对杜鹃恨得咬牙切齿，阿兰身上的这种仇视王龙还从未见过。杜鹃倒是很愿意和阿兰交好，因为她挣的工钱是王龙给发的。尽管她没有忘记，在黄家大院的时候，她在寝室伺候老爷，而阿兰只是一个做饭的，一个再平常不过的厨娘。然而，当她第一次看见阿兰时，就亲热地对阿兰打着招呼。

"喂，你瞧，我们姐妹俩又生活在一个家里了。您是太太——主人，我的衣食父母——这变化有多大啊！"

但是，阿兰只是瞧了她一眼，没有理她。当她明白过来来者是谁，来这里干什么的时候，她把提着的水罐放下，就走进了堂屋。王龙正在那里坐着，那是他寻欢作乐之后的憩息。她直率地质问他："这个丫鬟到我们家来想干什么？"

王龙左顾右盼，本想以一家之主的口吻严厉地说："怎么啦？这是我的家。我想让谁来，谁就来，你有什么权利过问？"但他无法说出口。在阿兰面前，自知理亏，他对自己的行为感到无地自容，羞愧难当，在感到羞愧的瞬间，他又恼羞成怒。他把自己所做的这些事情前后左右想了想，觉得自己没有必要感到羞愧。"我哪点做得过分了？纳妾不很正常吗？有钱的男人不都是这样吗？"

但这番话他还是没能说出口，只是环顾了一下四周，佯装把烟斗放错了地方，在身着的长袍里翻来翻去，又在腰间摸来摸去，来掩饰自己的尴尬和茫然。但是，阿兰的一双大脚像被钉在原地，一动不动，等着他回答。王龙一声不吭，她很执拗，便再次单刀直入地问道："这个丫鬟到我们家来想干什么？"

这时，王龙感觉到不回答不行，不然，她会不依不饶的，因此，他便毫无底气地说道："这跟你有什么关系？"

阿兰说道："年轻时，我在黄家大院的那段时间，一直遭她的白眼。她每天都要往厨房跑，一天能跑几十次，不是大声嚷着说'快给老爷备茶'，就是'快给老爷备饭'，要不就说'这个太热了'，'那个太凉了'，或者说'这个做得不好吃'，还说我'长得太难看，手脚太慢。太这个，太那个的……没少欺负我！'

王龙仍然没有回答，因为他不知道该说什么好。

阿兰等待着王龙的回答，看到他缄口不言时，她眼圈一红，热泪在她的眼眶里打着转转。她眨了眨眼睛，尽量不让眼泪流下来。最后，她禁不住撩起她那蓝布衫的一个衣角，擦了擦眼睛，无奈地说："在我自己的家里，让人如此伤心难过。我是一个没有娘家可回的人。"

王龙仍然沉默不语，什么也没有回答。他坐下来，装上烟斗，点着后，还是闷头不语。她悲戚地看着他，目光呆滞，傻头愣脑的，就像一头不会说话的牲畜。然后，她潸然泪下，缓慢地移动着脚步，伤心地向门口走去，涟涟泪水已经遮住了她的视线。

王龙看着她离去，心里挺高兴，他终于可以独自待会儿了。但是他依然感到十分愧疚，对自己的羞愧，他又感到生气。因此，他不但自我安慰，而且烦躁地大声说道："哼！别的男人不都是这个样子吗？我对她够好的了。有些男人做的比我做的还过分。"好似就像跟别人吵架一样。最后，他冲着阿兰身后说："受也得受，不受也要受。"

可是，阿兰并没有就此善罢甘休。她有自己的主意，而且默默地实施着。早晨一起来，她就把水烧开，然后把茶水端给老人，无论王龙在不在院里，她都像往常一样孝敬着老人。但当杜鹃来给她的女主人端水时，铁锅里已经滴水未存了。不管杜鹃怎么大声质问她，阿兰就是默不作声，视而不见，杜鹃毫无办法，女主人要是喝水，她必须亲自去烧。但是，早上要用锅煮粥，家里就没有其他锅烧水了。

阿兰不慌不忙继续做她的饭，并不理会杜鹃的狂吠乱叫。

"难道就让我那娇贵的二奶奶躺在床上，就这么忍着渴？一大早连一口水都喝不上吗？"

阿兰对她不理不睬，只是往灶膛里使劲添柴草，像往日一样，她小心而节俭地把柴草摊匀。在她眼里，一片树叶也是宝贵的，因为树叶可以引火做饭。于是，杜鹃大声地抱怨着去找王龙。王龙非常生气，生怕他的爱妾生气，坏了他的好事。他立即去找阿兰，厉声呵斥道："早晨你就不能往锅里多添一瓢水吗？"

但她面带比以往更加难看的愠怒色，没好气地回答道："在这个家里，我至少不是丫鬟的丫鬟。"

这句话使王龙怒不可遏，他抓住阿兰的肩膀，狠狠地推搡着她，说道："别犯傻！水不是给丫鬟的，是给二太太的。"

她忍受着他的暴力，死死地盯着王龙，直截了当地说道："你把我的两颗珍珠都给了她！"

此言使他羞愧地松开了双手，泄了气地无言以对，他悻悻地走开了。然后对杜鹃说："我们另起一个炉灶吧，我要再盖一间厨房。大老婆对精美食物一窍不通，而另一个娇美如仙，吃不了粗茶淡饭，她的身体需要精细的食物。再说了，你不是也挺喜欢这样的食物吗？这样你就可以做你们喜欢吃的东西了。"

因此，他吩咐雇工又建了一间小房子，里面砌了一个土灶，又买了一口新铁锅。杜鹃很得意，因为王龙说过"你可以做你们喜欢吃的东西"。

至于王龙，他心中的石头终于落地了，女人们能和平相处，他又能享受他与爱妾耳鬓厮磨的生活了。在他看来，荷花是那么的美好可人，让他每每心旌荡漾，激情满满，似乎永远都不会腻烦，他喜爱她向他噘嘴时的神情，大大的眼睛，眼睑低垂，就像水仙花瓣，他更喜欢当她看他时眼睛里荡漾着笑意的模样。

岂料，新的厨房倒成了他的肘腋之患，烦恼接踵而来，因为杜鹃天天要进城，只买那些从南方城市进货而来的昂贵食材。有些食材，他连听都没有听过，什么荔枝、蜜枣，用米粉、核桃和红糖制成的什锦糕点，还有什么带角的海鱼等。买这些昂贵的东西就要花去大把的银钱，而这笔开销要比他预料的多得多，他还真有点心疼。不过，他心里很清楚，他是有能力承担这笔开支的，杜鹃也曾经告诉他说，花不了太多的钱。他只能哑巴吃黄连，有苦说不出。其实，他真想说"你们这是在吃我的肉，吮我的

血"！但他害怕这话一说出口得罪了杜鹃，让她生气，也会让荷花不开心。此时此刻，他能做什么呢？只好把手伸进腰带里掏钱。日复一日，这倒成了他的一块心病。心中的苦闷无人诉说，这块心病如肉中刺，看不见摸不着，却刺得他隐隐作痛，久久无法自拔。因此，他对荷花的欲火也稍稍冷却了一些。

有了第一个心病，接踵而来的就是另一个烦恼，就是那个好吃懒做的婶娘。在吃饭的时候，经常走进内院，在那里随心所欲，颐指气使。对此，王龙很不高兴。在家里，荷花偏偏选这个女人做朋友，对这件事，他的心里特别的不畅快。家里的三个女人在内院里吃香喝辣好开心。她们悠闲游哉地谈天说地，一会儿窃窃私语，一会儿哈哈大笑。婶娘身上的某种东西荷花倒很喜欢。这三个女人待在一起，各个甚是怡颜悦色，沆瀣一气。这一现象却令王龙感到不安，使他心情沉重。

可是，王龙又束手无策，无计可施。有一天，他温柔地哄着荷花说："荷花，我的心肝，你是一朵香气四溢的鲜花，不要把你的香气糟蹋在一个又老又胖的巫婆身上。我只要你把那甜蜜的香气喷射在我的心坎上。那个老东西，简直就是一个骗子，一个不值信赖的老妖婆。我真不喜欢她一天到晚和你黏在一起。"

荷花感到很烦闷，噘着嘴，把头一歪，气呼呼地回答道："在家里，我身边只有你一个人，没有任何朋友。我习惯了热热闹闹的大家庭生活，而在你家里，除了恨我的正房和你那一群像瘟疫一样的孩子，我连一个亲人也没有。"

这时，荷花对他故技重施，展现了一个女人的特殊本领。那天晚上，她不让他进自己的房门。她还抱怨说："你就是不爱我。要是爱我的话，你不会看着我心情不畅，满脸的不高兴。"

王龙变得局促不安，有点低声下气，不停地说着歉意的话："我全依你，依着你，一定让你心满意足，称心如意。"

后来，荷花不再和他较真，便原谅了他。其实，王龙也不想因为她那任性的一点诉求而惹她生气。可是打那以后，每当王龙来见她的心肝宝贝——荷花时，只要她正和他的婶娘聊天，喝茶，或吃点心时，她就让他在那里干等，不予理睬，于是，他只好悻悻地走掉。只要那个碍事的女人坐在那里，她就对王龙不冷不热，也不愿意他来见她，对此，王龙十分恼火。他自己都没有感觉到，他对荷花的兴趣在慢慢地消减，那爱的欲火也在逐渐地冷去。

使王龙更气恼的是，他婶娘来这里吃的喝的那些好东西都是他专为荷花购买的。婶娘越来越胖，比过去更加油嘴滑舌和左右逢源。但他什么话都说不出口，真是苦不堪言，因为他婶娘很精明，对他彬彬有礼，还甜言蜜语地恭维他，而且只要他一进门，她便起身，笑脸相迎。

因此，王龙对荷花的爱，不再像以前那样倾其心血，寻求完美，他对她绝无二心，但是这种爱因为一些生活中的琐事，对方的任性和有恃无恐，相互的不理解而产生了龃龉，而令他生气。他们的这种爱情在荷花对一些事情的为所欲为中受到了莫大的伤害。王龙有气，但又憋在心里，久而久之，他们之间的矛盾变得有加无已。现在，他已经不能再随便去找阿兰诉说苦衷了，实际上他们已经分居好长时间了。

王龙遭受的麻烦越来越多，就如同一根根繁茂的荆棘，藤蔓相连，纵横成片。

人们通常会认为，像王龙父亲这把年纪的人，会一天到晚昏昏欲睡，对家里所发生的事情不闻不问。岂料，有一天，在和煦的阳光下打盹时，他突然醒了。他拄着王龙在他70大寿时为他买的龙头拐杖，一路蹒跚着来到了屋门口，一条布帘悬挂在门上，将堂屋和里院隔开，而内院是荷花散步的地方。老人之前根本就没有注意到这个门，当后院建成之后，他似乎也不知道家里是否又添了人口。王龙从来没有告诉过父亲，说他又娶了一个老婆。老人耳背，你就是告诉他一些新鲜事，在没有思想准备的情况下，他连说话人的声音都辨别不出来。

但是，这天他鬼使神差地碰巧看见了这个后院的门。他走过去，用手把门帘掀开。说来也巧，这个时辰是傍晚时分，王龙陪着荷花正在院子里散步，他们双双伫立在水池边，荷花饶有兴致地观赏着池中鱼，王龙却目不转睛地瞅着荷花。当老人看见儿子站在一位身段苗条、涂脂抹粉的姑娘身旁时，他含混不清地尖声喊道："家里来妓女啦！"

老人就这么大声地嚷嚷着。王龙害怕荷花生气——如果惹了这个小冤家，她就会撒泼，张牙舞爪地高声尖叫。他走到老人跟前，将他带到外面的院子里，劝着父亲说："爹，安静一点，不要发火。那个女人不是妓女，是家里的二房太太。"

但老人并未息怒。他是否听见了王龙的解释，只有老人自己心中清楚，他还是一个劲地连声喊着："家里来妓女啦！"看看身边的王龙，他突然说，"我只有一个老婆，我父亲也只有一个老婆，我们都是种地的农民。"过了一会，他又喊了起来，"我看她就是妓女！"

老人从昏昏沉沉之中如梦方醒，他对荷花有一种怨毒的憎恨。他走到她内院的门口，对着天空，突然放声喊叫起来："妓女！"

有时他还将通向后院的门帘拉开，狠狠地朝砖地吐几口唾沫。他还会捡些小石子，用他那软弱无力的胳膊，将石子扔进小水池里，吓唬吓唬池里的鱼。他仿佛像一个恶作剧的孩子以此来发泄自己心中的愤懑。

这件事在王龙家里不仅麻烦，而且棘手难办。一方面，他不能指责他的父亲；另一方面，他又不忍心让荷花生气，因为他发现她脾气暴戾，动辄耍小孩子脾气。王龙真不愿意看见父亲惹荷花生气，他的这种焦虑心情使他身心俱疲，对他和荷花的情感也是一种负担和考验。

突然有一天，王龙听见内院里传出一阵刺耳的尖叫声，就急忙跑进去探个究竟，因为他听出那是荷花的声音。他发现年纪小的那对孪生姐弟被他的傻子女儿带领着走进了内院。现在，四个小孩对住在内院的这个女人时常抱有一种强烈的好奇心。两个大一点的男孩既懂事又腼腆，清楚地知道她为什么住在那里，她和父亲又是一种什么关系。但是，除了这哥俩私下里谈论过这件事外，他们一直对外人都守口如瓶，而那两个年纪小的孩子，好奇心驱使着他们总爱来这里偷看，发出一声声尖叫，闻闻荷花姑娘喷的香水，或者用手指拈一拈杜鹃从荷花姑娘屋里端出来的剩菜剩饭。

荷花已好多次对王龙抱怨说，她讨厌他的那些孩子，她希望能想个办法把他们都锁起来，不再使她心烦意乱。但王龙却不愿那么做。他开玩笑地说："哦，孩子们和他们爹一样，都喜欢看漂亮的脸蛋儿。"

他除了阻止孩子们进她的后院外，别无其他办法。他能看见的时候，他们是不来的，等到他看不见的时候，他们就偷偷地进进出出。但是，他的傻子女儿却什么也不知道，只是倚着前院的后墙，坐在那里晒太阳，傻笑着，搓着布条。

这天，两个大儿子去了学堂，两个年纪小的孩子突然意识到，他们的傻姐姐也应该见一见后院那个女人。

因此，他俩拉着她的手，把她带进了后院，走到荷花眼前。荷花姑娘从未见过她，便坐在那里瞧她。傻大姐看见荷花姑娘身上穿着鲜艳的绸缎衣服，戴着闪光发亮的耳环时，一种好奇而兴奋的情绪触动了她。她伸出手来抓住那鲜艳的衣服，大声傻笑了起来。

那纯粹是毫无意义的傻笑，但荷花姑娘却害怕起来了，便发出了尖叫声。于是，王龙跑了进来。她气得发抖，一双小脚蹦来蹦去，同时用手指点画着正在哈哈大笑的傻大姐，大声喊了起来："如果她再靠近我，我就不在这个家里待下去了。从来没有人告诉我，家里还有这么一个讨厌的白痴。要是早知道，说什么我也不会来的——你这群肮脏的孩子！"荷花把离她最近的那个吓得目瞪口呆的小男孩推开，小男孩紧紧地攥住那个傻子姐姐的手。

这下可惹怒了王龙，因为他疼爱自己的孩子。他粗暴地说："听着，我不愿意别人骂我的孩子，任何人都不准骂，甚至连我的傻孩子也不能骂。你更没资格数落他们，因为你没有为男人生过一个孩子。"

他把孩子召集到一起，对他们说："出去吧！孩子们，再也别来这个女人的后院，她不喜欢你们。如果她不喜欢你们，也就是不喜欢你们的爹。"

然后，他又对他的大女儿十分温柔地说："你啊，我可怜的孩子，回到你晒太阳的那个地方去吧！"她笑了，他挽着她的手把她领走。

这次可是触到了王龙的逆鳞，使他感到非常气愤，荷花竟敢咒骂他的孩子，而且喊大女儿白痴。他心里为这个女儿感到阵阵隐痛。因此，有一两天的时间，他不愿意去亲近荷花，他跟孩子们一起玩。他还进了一次城，为他可怜的傻子女儿买来了糖果。他用又甜又黏的东西给傻子女儿带来了欢乐，这些许能减轻他自己的痛苦。

当王龙又去见荷花的时候，双方都没有提他为什么两天没来的事。但是，荷花挖空心思想让他高兴，因为他进屋的时候，他的婶娘正在那里喝茶，荷花仿佛表示歉意似的说："老爷来了，我得听他的吩咐，因为我高兴这样做。"

她起身站在那里，目送着那个女人离开。

　　然后，她走到王龙面前，把他的手拿起来放到她的脸上，挑逗他。而他呢，尽管还爱她，但不像以前那样欣喜若狂了，他永远不会像从前那样如痴如醉地爱她了。

　　夏季结束的一天来到了，清晨，碧空如洗，万里无云，宛如无边无际的大海。一阵清新的秋风从田野吹过，王龙好像从睡梦中清醒过来。他走到家门口，眺望着自己家的土地。他看到积水已经退去，在干燥凉爽的秋风里，他的土地在烈日的照射下闪耀着光芒。

　　这时，一个声音在他的心里呼唤着，一个比爱情更深沉更有魅力的声音在他心中呼唤着，那是他的土地在召唤着他，他觉得这声音比他生活中的一切声音都亲切响亮。他脱下穿着的长袍，脱去丝绒鞋和白色的长袜，将裤管挽到膝盖，精神焕发，神采奕奕，然后，迈着铿锵有力的双腿走了出去，他大声喊道："锄头在哪里？犁呢？麦种在哪里？喂，老秦，我的朋友——来呀——把人都叫来，我要到地里去。"

第二十二章　重兴旗鼓

当初，王龙从南方的城市一回到老家，便去掉了一块心病。由于在南方经历了那一番苦痛和磨难，现在回到了自己的家里，心中颇感安慰。

而现在，当他看到田野里黑油油的肥田时，爱情上的失意也微不足道了。他感触到了脚下那湿润的泥土，嗅到了小麦垄沟里散发出的芳香。那些雇工按照王龙的旨意，把所有的地都犁了一遍，他们干了整整一天。王龙赶着耕牛，并在牛背上空把皮鞭甩得"啪啪"响，他眼看着铁犁钻进泥土里，泥土便翻滚起层层浪花。

然后，他把老秦叫来，将耕牛的缰绳交给他，他又拿起锄头，把翻起的土坷垃砸成细末，那细末柔软得像绵糖，但由于土层湿润肥沃仍然是黑油油的。他这样干活儿，纯粹是为了享受久违的乐趣，因为这并不是他非干不可的事。他累了，就躺到自己的土地上睡一觉，土壤的养分渗透到他的肌肤里，使他的内心创伤得到了愈合。

当夜幕降临，夕阳像一团火球似的燃烧着徐徐落下山，天上无一丝云彩。王龙拖着疲惫的身子跨进家门，感到筋骨像散了架一般，浑身酸痛，但他心里却快乐无比。他撩开通向后院的门帘，荷花穿着丝绸旗袍正在院里散步。她看见他身上沾满了泥土，惊诧地叫了起来。他走近她时，吓得她直往后退缩。

而他却哈哈大笑起来，他把她那细嫩的小手抓到自己沾满泥土的手里，大声笑着说："你瞧瞧，这才是你真正的老爷，老爷就是个农民，你现在是农民的老婆了。"

她大声抗议道："我不是农民的老婆，去你的。"

他又大笑起来，但很快离开了她。

他带着满身的泥土吃了晚饭。上床睡觉时，他都不愿洗漱一番，而当他洗澡的时候，又大笑起来，因为他现在已不是为哪个女人在洗澡，他酣畅地大笑着，因为不再有束缚，他自由了。

王龙觉得他离开家似乎已经很久了，怎么一下子有那么一大摊子事情需要他来做。土地呼唤着开犁、播种，因此，他天天在田地上劳作。

整个夏天的纵欲使他的皮肤变得苍白，如今阳光又把它涂成了深褐色。因为贪恋情欲，好吃懒做，他手上的老茧都已剥落。而现在，锄把儿和犁耙在他手上成就的印记又开始坚硬起来。

在中午或傍晚回家的时候，他吃着阿兰为他做的饭菜，觉得又香又甜，有米饭、白菜、豆腐，还有馒头就大蒜，味美无比。

他走近荷花时，她用手捏住鼻子，冲着臭味叫喊起来。他大笑着，一点儿也不在乎，放肆地朝她呼出粗气，而她不得不忍受，大蒜，这可是他最喜欢吃的东西。既然他又精神焕发了，摆脱了因纵欲而造成的疲乏，他又可以再去找她，在她那里尽情享乐一番，然后再去干其他事情。

现在，这两个女人在这个家庭里各就各位，各司其职，荷花姑娘是他的玩偶和快乐，满足了他对漂亮、性欲的需求。阿兰则操持家务，生孩子，养家，伺候他、公爹和孩子们。在村里，一旦男人们带着嫉妒的心情提起后院的那个女人，王龙便感到骄傲。人们谈论她就像是在谈论一件奇珍异宝，或者在观赏一件毫无用途的贵重玩物，在人们眼里，她唯一的用途就是能作为那些不再为吃穿发愁，只要愿意便可以花钱享受的一种象征和标志。

村子里，最能炫耀王龙气大财粗的人，要算他的叔父了。在那些寄人篱下的日子里，他叔父像一条摇尾乞怜的狗，总想赢得主人的好感。

他说："我家的侄子是一个大能人，养了一个供他寻欢作乐的女人，像我们这种普通人连见都没见过。"然后，他又说，"我侄子会二太太时，太太穿着丝绸旗袍，像一位大家闺秀，我没见过，是我老婆说的。"他还说，"我侄子，就是我大哥的儿子，财大气粗，要建立一个大家庭，他的儿子们就是富人的儿子，他们再也不必干活儿了。"

于是，村上的人对王龙越来越尊敬，他们跟他讲起话来，不再像跟普通人讲话那样，而像是跟大户人家的家主讲话似的。

他们向他借钱要付利息，遇上闺女出嫁儿子娶媳妇，村民们也要来听取他的高教。如果他们为地界发生纠纷，便请王龙出面来调解，不论他如何裁决，他们都会无条件地接受。

过去，王龙为了女人而忙忙碌碌，现在，他对女人已经餍足，又开始为许多其他的事情操心奔波。雨下得正是时候，地里的小麦长势良好。

转眼间冬季又来临了。王龙将粮食挑到集市上去卖，他总是将粮食囤积起来，等到价格高涨的时候才肯出售。这次去市场，他便带上了大儿子。

当别人看见自己的大儿子能够出声朗读字据，拿起毛笔蘸上墨汁就能在纸上写字给别人看时，王龙会有一种自豪感。他现在的内心就是充满了这种自豪感。他骄傲地站在那里，目睹着眼前发生的一切。曾经嘲笑过他的那个店小二看见儿子写了一手漂亮的字时，情不自禁地惊叹道："这小子的字写得不错啊！真是个聪明的小伙子！"对此，王龙正襟危坐，不苟言笑。

王龙不露声色，给人的感觉是，好像有这么一个聪慧的儿子也没有什么了不起的，这是他的儿子。儿子念着念着，突然惊呼道："这个字应该是水字旁，却写成了木字旁。"王龙喜不自胜，激动得心都要跳出来了，禁不住咳嗽了几声。他急忙转过身，朝地上吐了一口痰，才竭力控制着自己的情绪。那群人对儿子的聪明发出啧啧赞叹时，他也只是大声说道："错了，就把错误改过来吧！我们可不能在任何写错了字的字据上签字啊！"他得意地站在那里，看着儿子拿起毛笔，把写错的字改正了过来。

之后，王龙的儿子分别在卖粮食的字据和钱款的收据上签上了王龙的名子。这一切办完后，父子俩便动身回家，一路上，王龙看着儿子暗自思忖道，儿子已经长大成人了，这是老大，一定要让儿子走正道，有出息，他还要亲自过问儿子的婚姻大事，给儿子找个好媳妇，再也不能让儿子像他那样，穷困潦倒，沿街乞讨，捡食人家不要的残渣剩饭，因为他的儿子不是一般人了，他是拥有地产富翁的儿子。

因此，王龙便开始亲自帮着儿子相亲，看看哪个姑娘能成为他的儿媳妇。找对象相亲可不是件轻而易举的事儿，因为普通平凡的那种女子他是看不上的。一天晚上，他和老秦两人在堂屋里合计着春播该买些什么种子，手头还剩有哪些种子时，聊着聊着就扯到了儿子的婚事上了。他这样做，并不是希望有人帮他什么忙，因为他明白老秦是一个头脑十分简单的人，但是，他知道，忠厚老实的老秦就像一条忠实的狗，对他十分忠诚，和他这样的人拉拉家常，心里舒坦，毫无顾忌。

王龙坐在桌前讲着话，老秦却谦卑地站着。王龙让他坐下，可他就是不肯。在他心目中，王龙已经是富人了，在他面前，王龙坐着他站着是理所当然的事，他们不能平起平坐。王龙谈论着自己的儿子以及想为儿子物色对象的事，老秦聚精会神地听着。王龙把该说的说完后，老秦便长吁短叹，犹犹豫豫地小声说道："如果我那可怜的女儿还健康地活着，你们就可以娶她，我一个子儿都不要，那是我的福分，感谢不尽啊，但我不知道她现在在哪里，也许她已经死了，我也无从知道啊。"

对此，王龙谢了谢老秦，但他没有把心里话说出来，他儿子要找的姑娘一定要门当户对，其家庭地位一定要比老秦家的女儿高得多。老秦虽然是个大好人，但毕竟只是个给别人扛长工打短工的普通农民。

王龙对自己的想法从不为外人道。在茶馆里，他四处打听，特别留意人们谈论的那些待在闺房等候出嫁的姑娘，尤其是镇上那些有钱人家要出嫁的姑娘。即使对他的婶娘，王龙对自己的心思也是守口如瓶，他不想把心中的真实想法告诉她。他从茶馆里将荷花赎回家，他的婶娘正好帮了大忙，她就适合干那种说媒的事儿。可是，在给儿子物色对象这个事情上，他不想恳求婶娘那样的人帮忙了，他觉得婶娘所认识的那些姑娘里没人适合做他的儿媳妇。

寒冬腊月，雪花纷飞，寒风凛冽。转眼间春节就到了。人们沉浸在一年一度节日的氛围里，走亲访友，宴请宾客，每个人都吃得嘴角流油，不少人都来给王龙拜年，有来自乡下的，也有来自镇上的。他们恭喜他四季发财，并说："你现在真是大富大贵啊！说一千道一万，也数不尽你的福分。祝福你儿孙满堂，妻妾成群，财源茂盛，土地连片。"

王龙穿着丝绸长袍马褂，儿子们穿着他们崭新的长袍，分坐在他的左右两边。桌子上摆满了点心、瓜子和核桃。家里的每扇门上都贴着恭贺新春、吉祥如意的红纸帖。他清楚地知道他的福气不错，如今红运当头，财运亨通。

转瞬间，春回大地，万物复苏，柳树苏醒了，细长的枝条上泛出一层新绿，桃树绽放出粉红色的花朵，可王龙至今还没有为儿子物色到一个合适的对象。

春天里，天长日暖，到处都飘着李子树和樱桃树的花香。柳树吐出的绿叶儿一天天地舒展垂吊着。花草树木一片葱茏，肥沃湿润土壤的上空腾升着水蒸气，笼罩着整个田野，孕育着又一个丰收年。王龙的大儿子突然间有了很大的变化，他不再是一个孩子了。他变得喜怒无常，经常使性子，耍脾气，吃饭时挑三拣四，对读书也失去了兴趣。王龙感到害怕，但不知道如何是好，于是，他便去为儿子求医治病。

这孩子身心交病，疾不可为。王龙跟他说话时，如果不是连哄带骗地对他说好话，就像"多香的肉，多好的米饭，好好吃吧"这一类的话，这孩子就会变得执拗和郁闷不乐，甚至会焦虑不安；如果王龙看着不顺眼，真生起气来，儿子就会号啕大哭，立刻跑出房间。

儿子的表现令王龙十分害怕，吓坏了，但也无可奈何。他追上儿子，边走边说——尽可能温和地说："儿子，我是你爹，你有什么心事，告诉爹吧！"但这孩子就是不停地抽泣，还拼命地摇头，就是不说话。

此外，他还讨厌学校里的那位老学究。早晨，他躺在床上，赖在被窝，就是不愿意起床去上学。这时，王龙就会破口大骂，甚至抽打他，于是，他才快快不乐地起床去上学。有时候，他会一整天都在镇上的大街上游来荡去。只有到了晚上，王龙才知道事情的真相，因为年龄尚小的儿子愤愤然地对他说："爹，大哥今天又没有去上学。"

一听这话，王龙很生气，冲着大儿子就吼道："我花钱送你去读书，你学到了什么？难道我白花花的银圆就这么被你浪费掉了吗？"

一气之下，王龙拿起一根竹藤，照着儿子劈头盖脸地抽打起来。阿兰听到抽打声，急匆匆从厨房里跑进堂屋，站到儿子和丈夫之间护着儿子。尽管王龙手拿竹藤左打右抽，教训着儿子，可是无情的竹藤雨点般地落到了阿兰的身上。

可是，奇怪的是，按照常理，偶然训斥这孩子时，他都会痛哭流涕，但在这次的竹藤伺候之下，他不仅忍受着皮肉之苦，还一声不吭。他面容憔悴，脸色苍白，活像一座雕刻的人像。尽管王龙日夜苦思冥想，却百思不得其解。

因大儿子逃学，王龙美美地把他收拾了一顿。到了晚上，吃过晚饭之

后，他又思量着这桩事。当他正在那里思考的时候，阿兰悄悄地走进了房间，站在王龙的面前。她似乎有话要对丈夫说，于是王龙便说道："说吧，孩子他娘，有什么话就直说吧！"

阿兰便开口说道："像你这样打孩子，一点用处也没有。在那些大户人家的府上，我见过类似的事情就发生在那些小少爷们的身上。他们整天郁郁寡欢，忧心忡忡。一旦出现这种情况，老爷便替他们找几个丫鬟，如果他们自己无法找到的话。这样，他们的病就很快治好了。"

"恐怕不是一回事吧，"王龙疑惑不解地说道，"这都是什么病？我年轻的时候就不是这样，我从不哭不闹，不发脾气，身边也没有什么丫鬟伺候。"

等王龙说完了话，阿兰才不紧不慢地说："除了富贵人家那些年龄尚小的少爷们，我也确实没见过，也没有听说过这种事情。过去你都是在地里干活儿。可咱们的儿子现在就像一位阔少爷，整天赖在家里，游手好闲，无所事事。"

王龙沉思良久，恍然大悟，感觉阿兰的话颇有几分道理。可不是吗？他小时候哪有工夫快快不乐。天刚蒙蒙亮，他就必须起床，赶着牛，扛着犁，拿着锄头就下地干活儿了。收割时节，更是起早贪黑，拼命干活，累得腰酸背痛，筋疲力尽。如果哭，哭死他也没有人理会。那时候上学，他不能像儿子这样逃学，如果逃学了，回来就别想吃饭。因此，他不得不下地去干活儿。对这一切，他至今记忆犹新。他自言自语道："我的儿子和我的过去是不一样的，他没有必要像我那样拼命干活儿，以便讨个生活。他比我小时候娇贵。他爹现在是有钱人，一方富翁，而我爹是穷苦的庄稼汉。他不必干活儿，地里的庄稼活儿有我呢。再说了，像我儿子这样的读书人总不能天天让他扶犁耕地，打牛后半截子吧。"

想到这里，他又暗自得意起来：他有一个光宗耀祖的儿子。然后，他对阿兰说："喂，如果儿子像个小少爷，那是另外一回事了。但我不能为他买一个丫鬟。我得给他订门亲事，必须明媒正娶，让他早点成家立业。这个事情必须这么办。而且要快办。"

然后，他站起身，径直朝后院走去。

第二十三章　家有不幸

荷花看得出来，王龙现在面对她时态度冷漠，心有旁骛，不再宠溺她，也不再欣赏她的美貌了。她撒着娇，心有怨气地说："我刚来那会儿，你天天黏着我，把我视为宝贝。可是，还不到一年，你就不理睬我了，不再把我放在心上了。早知道这样，我就不会离开那家茶馆！"她说着说着，就把头扭到一边，用眼角的余光斜视着王龙。她嗔怪的模样倒把他逗乐了。王龙抓住她那香气四溢的手，放在自己的脸上抚慰着，说道："哎，一个人不能总想着已经缝到衣服上的宝石，当然啦，如果这颗宝石丢失了，那就太可惜了，他会遗憾终身的。这些天我一直在考虑大儿子的事情，他年纪不小了，正值血气方刚，心猿意马，欲求不满的年纪，有使不完的劲儿，该娶媳妇收收心了。但我都不知道怎样才能给他找一个门当户对的媳妇，我真不愿让他娶个乡民的女儿，他们都没有读过书，我也更不愿意和王姓的同宗人结亲，连面都不想见。可是，在镇上我没有一个熟人，人不熟，你总不能一见面就跟人家说：'这是我儿子，你女儿能嫁给他吗？让他们成亲吧。'我又讨厌去找媒婆说媒，我怕她和对方串通一气，搞些什么猫腻出来骗我，弄不好，把什么人有残疾的或傻瓜女儿介绍给我儿子。"

王龙的大儿子长得高大而英俊，很有男子汉的气魄，荷花对他也颇有几分喜欢。王龙说的这番话自然也引起了她的兴趣。她若有所思地回答道："我在茶馆那会儿，有一个男人经常来茶馆找我，他还经常提到他的女儿。他说他女儿长得像我，小巧玲珑，漂亮标致，但只是个孩子。他还说：'我喜欢你，喜欢和你在一起，心里总是有种异常的不安，似乎你就是我的女儿，你太像她了，这使我内心有种负罪感，这有点不合法，有悖于伦理。'虽然他非常喜欢我，正因为这个原因，他就去找了一个名叫石榴花的当红姑娘。"

"他是个咋样的人？"王龙问道。

"他是个好人，乐于花钱，出手阔绰，从不吝啬，我们都祝他好运。有时候，碰巧哪个姐妹疲倦了，他不像有的人，大喊大叫，寻衅闹事，说是上当受骗了。他就像一个绅士，或者像一个出身于书香门第的人，他会彬彬有礼地说：'喏，给你银钱。好好休息吧，姑娘，我期待着爱情之花再度绽放。'他的话很暖人心。"荷花姑娘竭力地回忆着，直到王龙急促而不耐烦地的话声将她打断，她才如梦方醒。他不喜欢她沉浸在往日的回忆之中。

"他那么有钱，是做什么大生意？"

"不知道，"她回答道，"但我想，他可能是一个做粮食生意的商人。我问问杜鹃姑娘吧，她把去茶馆的有钱男人的底细摸得一清二楚。"

荷花马上拍了拍手掌，杜鹃便从厨房里跑了过来，面颊和鼻子被火烤得红通通的。荷花问杜鹃道："那个长得高大英俊的男人是谁？就是常来找我，后来，因为他觉得我长得像他的小女儿，他感到尴尬不自在，就不怎么光顾我了。他确实喜欢我，无奈之下，他就去找石榴花了。"

杜鹃立即回答道："哦，他呀！那是刘先生，收购粮食的商人。啊，他是个好人，每次看见我，他都往我手里塞银钱。"

"他的粮行在什么地方？"王龙随便问道，一副心不在焉的样子。这些妇道人家说的话往往是不足以相信的。

"在石桥街。"杜鹃说道。

不等杜鹃说完话，王龙高兴地双手一拍，说道："嗯，他呀！石桥街是我卖粮食的地方。这真是天赐良缘啊！这样看来，这门亲事肯定不错。"突然间，他如梦方醒，兴致勃发，他觉得，既然这个人经常购买他的粮食，让自己的儿子和他的女儿结亲，岂不是好事一桩。再没有这么合适的姻缘了。

每当有事要办时，杜鹃就像耗子闻到油一样，她立马就嗅到了其中的钱味。

她在围裙上擦了擦手，迫不及待地说道："我愿意为老爷去办这个事。"

王龙有些怀疑，他看了看杜鹃那张诡诈的脸。但荷花却高兴地说："对啦，让杜鹃去问问那个姓刘的人。她和他很熟，关系不错。这事是可以办的，杜鹃又是一个聪明能干的人。如果事情办妥了，她应该得到那份说媒钱。"

"就交给我去办吧！"杜鹃诚心诚意地说。想着即将到手的那些白花花的银圆，她笑了起来。她取下腰间的围裙，急不可耐地说，"我这就去，马上去。这事不就是水开了，就等锅里下米嘛！"

对于这件事，王龙思想上还没有充分地考虑好。再说了，这种事情不能草率，得多了解了解，所以他想把此事搁搁再说。他想了想说道："不着急，我还没有做好决定。这婚姻大事，我得好好考虑考虑，考虑周全了，我会告诉你们俩的。"

两个女人都心急：杜鹃是为银圆着急，而荷花则觉得这事新鲜好玩，期待着进一步的发展。她就喜欢听那些新鲜的事儿，以此来取乐自己。可是，王龙却走了出去，一边走一边说："不急，不急。这是儿子的婚姻大事，我要再等等看。"

王龙需要更多时日反复思量，仔细琢磨这个事情的方方面面。可是，一天早上，还不止一个早晨，他的大儿子黎明时分回来了，因喝了点酒，脸颊通红滚烫，酒气熏天，脚下不稳，一走三晃。王龙听到有人在院子里跌跌撞撞的走路声，便跑出去看看是谁。只见这个大儿子脸色苍白，呕吐不止，显得很难受。他习惯喝自己家里酿造的低度酒，而不习惯喝高度烈性酒。他摔倒了，像一滩烂泥一样躺在污秽的呕吐物里。

这可把王龙吓死了，他赶紧把阿兰叫来，两口子联手把儿子搀扶起来，阿兰给他洗了洗，然后，把他扶到自己房间里的床上。她还没有帮儿子脱去肮脏的衣服拾掇干净，他就像死人一样睡着了，无论父亲怎么问他喊他，他都死猪一般不能回答。

王龙摇着头，无可奈何地走进了两个儿子睡觉的房间，小儿子正打着哈欠，伸着懒腰，用一块方布将课本包好准备上学。王龙问道："昨天晚上你哥哥没有和你在一个床上睡觉吗？"小儿子支支吾吾，很不情愿地回答说："没有！"

小儿子的眼睛里流露出一种恐惧的神情。这一点王龙看得清清楚楚，他便冲着小儿子大声吼起来："他到哪儿去了？"孩子不想回答，他便愤怒地抓住孩子的脖子使劲地摇晃，一边摇一边喊道："说实话，你这崽娃子。"

听到父亲的吼叫，孩子害怕了。他突然抽泣着，接着便放声大哭起来，

边哭边说："哥哥不让我把这事告诉给你。如果我把这事说出去，他说他就掐我，打我，还要用烧红的针刺我。如果我不讲出去，他就给我钱。"

听到这话，王龙发疯似的吼叫起来："快说，不说，看我打不死你。"

这孩子看了看四周，心想，如果他不说实话，父亲会把他掐死的。因此，他不顾一切地说："哥哥已经连续三夜没在家里睡觉了。他去干啥了，我真不知道，只知道他和叔爷的儿子，也就是和堂叔一起出去的。"

王龙松开了掐着孩子脖子的手，一把把他推到一边，然后急匆匆快步走进了他叔父的房间。在那里，他看到了叔父的儿子。因为这孩子和他辈分一样大，小伙子也喝了酒，他的脸又红又烫，和他儿子一个熊样，只不过脚步要稳一些，还没到醉倒不清醒的地步，这孩子年龄稍大，他已到弱冠之年，习惯了成人的生活方式。一见面，王龙便勃然大怒，朝着他喊道："你把我儿子领到哪儿去了？"

这个年轻人看着王龙，不无嘲讽地说："哦，好我的哥哥哩，你那好儿子用不着别人领路，他自己就晓得路。"

气愤的王龙又一次声色俱厉地吼道："我儿子晚上到哪里去了？"

王龙心想着，他非要把叔父的这个儿子给杀了不可，这简直就是一个不务正业的小流氓。

年轻人被他的吼叫声和一副要吃人的脸吓着了，他垂着头，紧绷着一张苍白而恐慌的脸，低声无奈地回答道："他去了那个妓女家里，她曾经是那个大户人家的丫鬟。"

听到这样回答，王龙发出了痛苦的哀叹声。许多男人都非常熟悉这个妓女，也只有那些穷光蛋，一般苦力和底层的市井无赖才会光顾这个妓女，再没人会找她的。她已青春不再，人老珠黄，只要给点钱，她也愿意接活儿。王龙连饭都没吃一口便愤然走出了大门。穿过田野时，他第一次对他田地里种着什么庄稼都视而不见，更无暇顾及看庄稼的长势如何，这全是因为不争气的儿子带给他的这些烦恼。他内心充满了痛苦，怒目看着前方，疾步如飞。他穿过城墙的大门，径直来到了过去的大户人家的庭院。

两扇沉重的大木门敞开着。其实，长久以来，带铁户枢的大门从来都没有关上过。这些年来，敞开的大门任由人们出出进进。庭院和房子里人满为患，拥挤不堪，这些贫民百姓就是这里的房客。以家庭为单位，各自租赁一间屋子居住着。这地方肮脏不堪，令人瞠目咋舌，数棵古老的松树已被砍伐殆尽，留下来的也在渐渐枯萎，庭院的水池中也积满了垃圾，见证着大户人家的没落。

他目不斜视地走进了大院子，但是，对大院里的一切都熟视无睹。他站在第一栋房子的院子里，大声喊道："那个姓杨的妓女，住在哪里？"

大院里有一个女人，她坐在一个三条腿的圆凳上纳着鞋底。她抬起头，朝院子里一个开着的侧门努了努嘴，又继续纳着鞋底，她似乎对男人们问这样的问题早已习以为常了。

王龙朝门口走去，用力敲了敲门，一个焦躁不安的声音回应道："走开！今儿个晚上的生意做完啦，我累了一宿，也该睡觉了。"

王龙继续敲着门，屋内的声音不耐烦地喊道："谁呀？"

王龙就是不回答，他继续用力敲着门。无论如何，他决意非要进门不可。终于，他听到了窸窸窣窣的声音，拖脚走路的声音由远而近。一个女人开了门。这个女人一点儿也不年轻，满面倦容，松弛的面颊，肥厚的嘴唇，前额上残留着粗劣的脂粉、胭脂口红，这些劣质化妆品未曾从脸上抹去，依稀可辨。她看着王龙，毫不客气地说："天黑之前我不接客了。如果你愿意，那就晚上早点儿来吧！但现在我必须睡觉了，困死了。"

可是王龙粗暴地打断了她的话，因为一看见这个女人，他就感到恶心。一想到他儿子曾在这里过夜，他简直无法忍受。他说道："我不是为我而来的。我才不稀罕你这样的女人。我是为了我儿子的事来的。"

一想到儿子，他心疼无比，突然感到如鲠在喉。那女人问道："你儿子？你儿子怎么了？"

王龙声音颤抖着回答道："昨天晚上他来你这里了。"

"昨天晚上来我这里的儿子太多了，"女人回答道，"我不知道哪一个是你儿子。"

接着，王龙用恳求的口吻对她说："你好好想想，记不记得有一个小年轻，身材纤细，高挑个子，还未到成年，个子和他的实际年龄不相符，我真不敢想象，他竟然斗胆来找女人。"

这个女人稍微一愣，似乎想起了什么，便回答说："啊，是有这么两个人，其中一个年轻人临走时鼻子都翘到天上了，一脸的不屑，眼睛里流露

出傲慢的神情，歪戴着帽子。另一个，像你说的那样，高挑个，渴望自己是个成年人。"

王龙说："对……对……就是他……我儿子。"

"你儿子怎么啦？"女人问道。

王龙诚恳地哀求道："托你一件事：我儿子再来了，不要接待他，把他撵走——就说你只接待成年人——怎么说都可以。他一来，就把他撵走。我会给你双倍的银钱。"

女人漫不经心地笑了，但笑得很爽快。这时，她突然又自嘲又无颜又无耻地说道："这事不会有人拒绝的。不劳而获的事情有谁不愿意干呢！我应承你就是啦。说真的，我喜欢的是男人，不是孩子，小青年给不了我太多的快乐。"她一边说着话，一边对王龙搔首弄姿，还时不时地对王龙挤眉弄眼。对她那张厌嫌粗糙的厚脸皮王龙早已恶心透了，他急忙说道："那么，好了，就这样定了！"

王龙急忙转身朝家里走去。一想到那个令人生厌的女人，他边走边吐，想把他对那个女人的恶心吐个干干净净。就在这天，一回到家，他便对杜鹃说："就照你说的办吧。去找找那个姓刘的粮商，把这桩婚事定下来，安排妥当。如果你觉得姑娘合适，亲事又能办成，嫁妆弄好些也行，但是不必太多。"

吩咐完了杜鹃，他便回到了屋里。他坐在熟睡的儿子身边。此时，他心潮澎湃，思绪万千。他看到儿子静静地躺在那里，那么年轻、那么英俊！在睡梦中的儿子那张平静白皙的脸，五官清秀中带着一抹俊俏，帅气中又带着一抹温柔，他浑身上下散发着青春的气息。一想到那个倦容满面、皮肤松弛，和她那两片肥硕颤动的嘴唇，多少脂粉也掩盖不住她那又老又丑的面孔。一想起来就令人作呕。他独自坐在那里，气愤的心情难以平静，他在自言自语。

正在此时，阿兰进来了。她站在床边，看着儿子。只见孩子的皮肤渗出了一层虚汗。她急忙端来一碗掺了醋的温水喂给孩子，轻轻地将那些汗珠擦洗干净。这种做法她很熟练，当年在那个大户人家当丫鬟时，她就给那些喝醉酒的少爷们擦拭过身子。王龙望着儿子那稚嫩未退去的脸，看到孩子身子被擦洗过后依然昏昏欲睡的状态，他再也按捺不住地站起身，满腔怒火地向叔父的房间走去。尽管叔父是父亲的弟弟，他也不顾情面了。此时此刻，他只知道叔父是那个游手好闲、厚颜无耻的堂弟的父亲，是他把自己好端端的儿子带坏了。走进屋子，他大声吼叫道："我养了一窝忘恩负义的毒蛇，吃我的，喝我的，还要坑害我，我被这些毒蛇咬了！"

他的叔父正俯身餐桌前吃早饭。一般情况下，没有什么事情可做时，不到中午他是不起床的。听到了王龙的喊叫声，他慢慢抬起头，懒洋洋地问道："怎么回事？"

王龙几乎哽咽着把所发生事情的来龙去脉告诉了他。但叔父只是笑了笑，不无讽刺地说道："孩子终究要长大成人的，你管得了吗？你能不让一只公狗接近一只流浪的母狗吗？"

听到叔父的笑声，王龙便回忆起了过去的往事：有那么一段时间，因为叔父他所遭受的一切：叔父如何强迫他变卖了自己的土地；他们一家三口如何住在他家里，整日吃喝玩乐，游手好闲；他婶娘如何吃了杜鹃为荷花买的那些昂贵的食品，以及叔父的儿子如何带坏了他的宝贝儿子。他咬牙切齿地说道："你，你们全家，都给我滚吧！从现在起，你们别想吃我一粒米，一口饭。我宁可将房子烧掉也不会让你们住在这里，你们这些游手好闲、忘恩负义的畜生。"

但是，叔父却坐在那里纹丝不动，继续吃着碗里盘子里的饭菜。王龙站在那里，怒火冲天。看到叔父不把他放在眼里，他便举起胳膊，朝他走去。就在这时，叔父猛然回过头，大声说道："有种，就把我扫地出门吧！"

这时，满腔怒火的王龙却结结巴巴，狂喊乱叫，但不知道自己的无名火来自哪里，"哦……你……啊……这个……"叔父解开上衣，让王龙看了看上衣衬里粘的东西。

王龙僵尸般站着一动不动，他一下子傻眼了。他看见了衬里上粘着一撮用红毛做成的假胡子和一块红布条。看见这些东西，王龙目瞪口呆。他浑身颤抖着，像泄了气的皮球，仅存的一点气力也消失殆尽了。

所谓的红胡子和红布条。那是土匪的标记和象征。这些土匪在西北地区非常猖獗，他们抢劫掠夺，无恶不为。他们不仅烧毁了许多房子，而且还抢走了许多女人，把一些无辜可怜的农民用绳子捆绑在他们自己家的门槛上。第二天被发现时，活着的疯狂地喊叫着，死了的已经被烧焦了，活

像炙烤的肉。王龙瞠目结舌，吃惊地看着，眼珠子都快要从眼窝里掉出来了。一句话也没说就灰溜溜地走了。临走时，他听见叔父又坐下了，伏在餐桌上继续吃饭，还不时发出沉闷的笑声。

王龙从未想到，他竟然会陷入这样尴尬窘迫的境地。叔父一如既往地进进出出，同过去毫无二致。他留一小撮稀疏的山羊胡子，胡子下面的那张嘴总是龇着黄牙发笑，衣服也像往常一样，邋遢地披在身上。一瞧见他，王龙身上便直冒冷汗，起一层鸡皮疙瘩。平时见了面，除了寒暄几句，说些恭维的话外，他再也不敢说什么，他害怕叔父会对他心存恶意，给他点颜色看。的确，在这几年生活富足的日子里，特别是在年景收成不好甚至颗粒无收的情况下，当许多村民一家老小食不果腹、挨饿受煎熬的时候，土匪从来没有骚扰过他的家，也没有抢过他家的粮食，但他总是提心吊胆，惶惶不安，到了夜晚，他还将大门牢牢地闩上，并用杠子把门顶好。夏天来临之前，王龙还没有那段风流韵事的时候，他衣衫褴褛，破旧不堪，佯装生活寒酸，手头拮据，以免村民看出他是个有钱人。跟乡亲们闲聊时，他听到了有关土匪抢劫的事情。回到家里，他半醒半睡，夜不成寐。夜深人静时，他都警觉地听着窗外是否有什么动静。

可是土匪从未对他家实施过抢劫，于是，他的胆子也渐渐壮了起来，有点掉以轻心了。他认为老天爷在保佑着他，他更相信他命里注定要发财。他若无其事，变得不以为然，甚至都不愿烧香拜佛了。他感觉到，即使不烧香磕头，众神灵也是眷顾他的。他只想着他的逍遥自在，风流倜傥，抱着他的"金饭碗"——土地——过日子。突然间，他领悟到了他这么多年为什么能安然无恙，其原因无外乎是这些年来他一直照顾着叔父一家三口。他暗自思忖道，只要他继续照顾好叔父一家人，他还会继续安逸下去的。想到这些，他浑身渗出一股子冷汗。他不敢跟任何人讲叔父的特殊身份及他怀揣"红胡子"的身份证明。

于是，他不再对叔父提把他们撵走的事了。对婶娘他也是极尽巴结之能事，拣一些恭维好听的话说："婶婶，在后院，你想吃什么就吃什么。这一点零钱，你拿去花吧！"

对他的堂弟，虽然他的行为令人生厌，但王龙仍然说着好听话："喏，这点银钱拿去花吧，年轻人嘛，哪个不贪玩"。

但是，对自己的儿子，王龙却看管很严。天黑之后，他绝不允许儿子迈出门槛一步。他的这个儿子脾气越来越暴躁，整日惹是生非，打架斗殴，情绪恶劣时，还扇弟弟的耳光。眼下，王龙就被这一大堆麻烦和琐碎的事情困扰。

起先，一想到那些缠身的琐事，王龙便无心干农活儿。他思前想后，心乱如麻。他在心里这么想着："我完全可以将叔父赶走，然后搬到镇上去住。为了防备土匪，镇上城墙大门每天晚上都是上锁的。"可是，转念一想，他还得每天下地干活儿，说不定哪天在自己的地里干活儿，毫无防备的情况下大祸就临头了。再说了，一个人怎么能整日待在镇上，把自己锁在城镇的家里呢？要是离开了自己的土地，那他就活不成了。再说了，饥馑之年还会出现的，即使在城镇也免不了遭土匪的抢劫。当年那个大户人家破落时，不就遭到土匪抢劫了吗？

他也许可以进城，走进当地的法院，跟法官直接说："我叔父是个红胡子。"

如果他去告发，谁会相信呢？又有谁信一个侄子告发叔父的人呢？更大的可能性是，他叔父不会受到什么责罚，反而，他却会因为他的不孝而受到鞭笞。想来想去，因为怕死，他最终决定还是不去告发为上策。想想看，这事要是招来土匪，为了报复，他们还不把他给杀了！

对王龙更大的打击是杜鹃从那个粮商家里回来开始的，虽然说婚约这桩事办得称心如意，但是粮商刘先生不愿意现在就让女儿出嫁，他只同意先把这门婚事定下来再说。他认为女儿年龄尚小，才 14 岁，要结婚，还要再等上三年。听到此话，王龙感到十分沮丧和失望。照这样下去，他还要看着儿子浪荡三年，忍受他的恣意妄为，容忍他的好吃懒做，还要看着他随心所欲地干蠢事。说起上学，这孩子十天就有两天逃学。一天晚上，正吃着饭，王龙突然对阿兰大喊大叫着："哎！咱们得尽早给另外两个孩子订婚，越快越好。只要他们愿意，就给他们把婚事办了。三个儿子结三次婚，我可受不了。"

整个夜晚，他几乎没有合过眼，第二天早晨，他早早就起床了。他脱下长袍，踢掉鞋子，扛起锄头就下地干活儿去了。这是他多年的习惯，一旦家庭琐碎的事情令他头痛烦恼时，他就下地干活儿。经过前院时，他看见痴呆的女儿坐在那里傻笑，不停地用手指捻弄着一块布，一会儿缠上，一会儿又抚平。他自言自语道："唉，相比其他孩子，我的这个可怜的傻子女儿从不给我找麻烦，给我带来了莫大的慰藉。"

打那以后，他天天到地里去干活儿，连续许多天他的身影都在田地里忙碌着。

良田沃土使他精神振作，地里的农活儿令他精神焕发，和煦的阳光照射在他的身上，令他神清气爽。夏日的微风温柔地吹拂着他，抚慰着他，驱散了他心头的烦恼，他惬意极了。有一天，南边天上出现了一块小小的云朵。起初，这朵云挂在天边，小小的、柔柔的，倒像一团雾，不像被风吹动着的云朵那样到处飘移，而是安静地挂在天空，随后又扇形般在空中飘散开来，时缓时快地游荡着。

村里的男人们都抬头注视着，他们对这云朵突如其来的变化议论纷纷。霎时间，恐惧笼罩着他们。他们害怕那是一群从南方飞过来的蝗虫，一旦蝗虫落地，农民将颗粒无收，它们就会糟蹋良田，吞噬田地里生长的各类农作物，甚至连树叶杂草都不放过，所到之处，寸草不剩。王龙也站在那里，急切地关注着。他们凝视着云朵飘移的线路。终于，风把某个东西吹到了他们脚下。这时，一个人急忙弯下腰，将那个东西捡起来。定眼一看，原来那是一只死蝗虫。没错，是蝗虫，已经死了，轻飘飘的，预示着数以万计的蝗虫会接踵而来。

此刻，王龙把令他烦恼的那些事情全部抛在脑后，什么女人、孩子、叔父，都被他忘得一干二净。他急匆匆跑进惊慌失措的人群中间，朝他们大声喊道："为了保全我们的土地和庄稼，我们必须跟这些从天而降的敌人拼命了！"

然而，听了王龙的呐喊，有些人却无奈地摇摇头，他们从一开始就感到了绝望。他们说："不行。没有用。老天爷判定我们今年要挨饿，那我们就听天由命吧。明知最终的结果是饥饿，何必和老天爷作对呢？"

女人们哭着叫着进城买了香，到小庙的土地爷面前烧香求佛，还有人去了镇上的大庙祈求佛祖的保佑。这样，他们拜天敬神，一一都拜过了。

然而，蝗虫还是铺天盖地在空中飞舞蔓延，慢慢地一直朝前推进着。

蝗虫密密麻麻，遮天蔽日，笼罩了整片整片的土地。

这时，王龙把自己的雇工召集起来，老秦默默地站在他身边做好了各种准备，他的身边还聚集了一些其他的青年农民。这些人在田地周围点起了篝火来阻挠蝗虫的侵害，柴草烧光了，他们把即将成熟的小麦焚烧掉，还挖了一条挺宽的沟渠，并把井水引到沟渠里。他们昼夜忙碌，觉都顾不上睡。他们就这样不分白昼，没黑没亮地干着活儿。阿兰和其他女人给男人们把饭做好送到地里，他们就站在地头，野兽一般，狼吞虎咽地吃着饭。

天色渐渐地暗起来。空气中充斥着蝗虫飞行时发出低沉的"嗡嗡"声。蝗虫拍打着翅膀扑向地面，它们刚落到王龙他们保护的那块地，王龙非常愤怒，他一边扑打着蝗虫，一边用脚狠狠地踩它们。他的雇工也用连枷扑打着蝗虫。有些蝗虫掉进了燃烧的火堆，化为灰烬，有些蝗虫落入灌着水的沟渠里，尸体漂浮在水面上。成千上万只蝗虫死于非命，但对于那些依然活着的蝗虫来说，可谓相形见绌。但那块地没有受到任何损失，庄稼毫发未损，一草一木未动，可是，后面的地却没有那么幸运了，整片的庄稼被蝗虫吃得一干二净，就像冬天的荒野，萧瑟凋敝。人们唉声叹气道："真是天意啊！"

王龙奋力拼搏，效果明显，收到了巨大的回报。他最好的那块田躲过一劫，庄稼得以保住。当黑云压顶的蝗虫继续朝前推进时，村民们有了喘息的机会。无论如何，王龙今年还有要收割的麦子，还好，部分秧苗也完好无损，王龙已经心满意足了。蝗虫过后，很多人都把蝗虫烧焦了吃，但是王龙不吃。在他看来，蝗虫是邪恶的东西，因为它们糟蹋了他的庄稼。当阿兰把蝗虫放到油锅里炸的时候，他却什么话也没说。那些雇工把炸好的蝗虫放入嘴里嚼得"咯嘣咯嘣"响，孩子们也把油炸蝗虫撕成小块，津津有味地咀嚼着。可是蝗虫那大大的眼睛也使人望而生畏。王龙一点胃口都没有，他连尝都不尝一下。

然而，蝗灾倒帮了他一个忙，一个大忙。七天时间里，除了自己的田地，他什么都不想了。他的担心和忧虑消失殆尽了，他想开了，他心平气和地自言自语道："唉，人人都有难处，我必须竭尽全力，面对困难，忍受各种遇到的麻烦。叔父比我年纪大，他迟早会死的。就儿子的事而言，三

年的时间也就是眨眼的工夫。我总不能因此去寻短见吧。"

　　收割完了小麦，天也下了一场及时雨，王龙在雨水浸漫的田地里插上了稻秧。他在期待着下一个收获的季节。

第二十四章　祸起萧墙

王龙觉得这个家现在总算平安无事了，不料中午时分，他刚从地里回到家，大儿子就走了过来，对父亲说："爹，如果我要成为一个有学问的人，我看，跟着镇上的那个糟老头子学不了什么，他教不了我啦。"

王龙从灶房的锅里舀了一盆热水，把毛巾在盆里摆了摆，拧了拧，趁着腾腾热气捂在了脸上。他问儿子："那么，你说，该怎么办？"

儿子犹豫了一下，然后继续说道："如果我要成为一个有学问的人，我就要到南方去，到大城市里去，进一所好学校，大学校。在那里，我才能学到真正的知识。"

王龙用毛巾擦拭着眼睛、耳朵和脖子，满脸冒着热腾腾的水蒸气。地里的庄稼活儿累得他腰酸背痛，他便没好声好气地训斥道："喏，净胡说八道！我告诉你，你不能去。我不能让人家取笑我。我已经说过了，你不能去。在这个地方你已经学了不少的东西。"

他又把毛巾在水里浸了浸，然后拧干。

小伙子站在那里，心怀不满地瞪着父亲看，嘴里咕哝了几句，但王龙没有听清楚他说了些什么，不由得心中不悦，于是，生气地对儿子吼道："把你想说的话都说出来。"

听到父亲的吼叫声，儿子也火了起来。他反唇相讥道："说就说！我说了，我要去南方。我不想待在这个无聊乏味的家里，像小孩子一样，天天受到你们的监督，连个自由都没有！我也不愿意待在这个跟乡村差不多的小镇！我要到外边去闯荡闯荡，长长见识，开阔一下眼界！"

王龙瞪了儿子一眼，又低头看看自己。儿子高大帅气，立在他面前，身穿一件用银灰色棉布缝制的浅色长衫，在酷热的夏天里，穿这种长衫又清爽又凉快。儿子的嘴唇上面已经显露出一层黑乎乎的柔软胡子，那是成人的象征。他的皮肤光滑而细腻，非常好看，长袖里的双手柔软、细嫩，像女人的手。王龙又看了看自己，又粗又壮，浑身还沾满了泥土。他只穿了一条蓝布裤子，挽着裤腿，腰上系了一条带子，上身赤裸，一个实实在在的庄稼汉。不知内情的人一定会说，他是儿子的仆人而不是他的父亲。这种看法使他对儿子高大英俊的外貌平添了几分轻蔑，于是，他不留情面地大声喊道："哼，你听着！到田地里去吧，晒晒太阳，再往你身上涂抹一些泥土，要不然，人家都把你错当女人了。要想吃饱饭，就得把活儿干！干活儿去吧！"

王龙可能忘记了，他曾对儿子写的一手好字感到十分得意，也曾为儿子学习上的聪明而感到骄傲。可是现在，儿子的英俊与潇洒却激怒了他。他光着脚，一边走一边把地板踩得"噔噔"响，急匆匆地走出房子，还不忘狠狠地朝地上吐了一口唾沫。儿子站在那里，看着他，眼睛里充满了敌意。王龙头也不回，他根本不想看儿子有什么反应。

然而，当天晚上，王龙走进后院，坐在荷花身边，而荷花懒洋洋地侧躺在床上的席子上，一动不动，任凭杜鹃给她扇着扇子，荷花同王龙说着闲话，都是一些无关紧要的家长里短的事情，只是为了拉拉家常而已。荷花心不在焉地问道："你那个大儿子在家闲得无聊，想离家出走，是吗？"

说话间，王龙对儿子的一肚子怨气油然而生，他不耐烦地对荷花说："嗯，怎么啦，关你什么事？到了这个年龄，孩子已经长大成人，我是不会把他留在我身边的。"

荷花赶忙回答道："不，不，不是我说的，是杜鹃说的。"杜鹃急忙接住荷花的话茬说："这事谁都能看得出来！你那大儿子是一个招人喜爱的小伙子，老大不小了，他已不再是孩子了，不能再让他游手好闲，由着性子异想天开了。"

一提到这个儿子，王龙的气就不打一处来，他愤愤地说道："啫，不行，他不能走。我不能就这么傻傻地白花银钱。"随后，他再也不愿提起这件事。荷花见他一副气冲冲的样子，便把杜鹃打发走了，让王龙独自一人坐在那里，生着闷气。

此后的好多天里，谁也不再提起这件事，而儿子突然变得乖巧平静，似乎对生活心满意足的样子。可是，说什么他就是不愿上学了。不上也罢，

176

王龙也同意了。再说了，儿子都快 18 岁了，长得像他妈，身材魁梧。王龙回到家里，看见儿子正在自己的屋子里读书。王龙很满意，暗自思忖道："年轻人嘛，好高骛远，都爱胡思乱想。他压根就不知道自己究竟想要什么。三年，再等三年吧——也许多花一点银钱，还用不了三年呢，一两年就成。等收割完夏粮，种了冬麦，把豆田侍弄好，抽个时间，我就把儿子的婚姻大事安排妥当。"

此后，王龙就把给儿子的事情置于脑后，不再放到心上。至于今年的收成，除了蝗虫毁掉的那些庄稼之外，其他庄稼的长势还相当不错。他把花在荷花身上的赎金又捞了回来。金钱对他来说又成了他的命根子，在他眼里，银钱是弥足珍贵的。他常常暗自窃喜自己怎么会有如此大的能耐：竟然在一个女人身上花了那么多银钱。

时至今日，荷花依然能激发王龙的情欲，她的挑逗时常使他不能自已。但是这种欲望已不及当初那么强烈，但王龙对占有荷花颇为得意和骄傲。婶娘说过的那些话，他当然明白，那都是些实打实的话：虽然荷花身段苗条，小巧玲珑，但她已为半老徐娘，永远也不能为他生子续香火。对此，王龙从不介意，也毫不在乎荷花能否生养，因为他儿女双全，白养着她就是图个快活，这已经让他心满意足了。

随着年龄的增长，荷花有些发福，她比以前更招人喜爱了。如果说她过去有什么美中不足的话，那就是她像一只小鸟一样瘦弱，瘦削的脸庞，颇高的颧骨，太阳穴处有点下陷。而现在，荷花养尊处优，有杜鹃专门服侍着她，给她好吃好喝，她生活得悠闲自得，无忧无虑，只服侍一个男人，所以她变得姿态丰腴，曲眉丰颊，鬓角处显得又光又滑。她既能吃又能睡，身宽体胖，珠圆玉润，除了生就一双水汪汪的大眼睛和一张小嘴，怎么看她都像一只肥硕的小猫，再也不像荷花的花蕊，甚至一点也不像一朵盛开的荷花了。她虽然年纪不小了，但看上去并不显老，可以说，她既不年轻，但也不太显老，有着一个少妇温婉丰腴的美。

王龙的生活又恢复了平静，儿子也安稳了许多，不吵不闹像似安于现状了。按照常理，王龙应该感到日子已经顺遂如愿了。然而，一天深夜，当他独自一人坐在那里，掰着手指盘算着今年可以卖出多少玉米和稻米时，阿兰轻手轻脚地来到了屋里。随着岁月的流逝，阿兰日渐消瘦，颧骨突出，两眼深陷，显得面容是那么憔悴。如果有谁问她"你怎么成了这个样子"，她只是淡淡地说："我身子里好像有团火在烧着。"

三年来，阿兰的肚子胀得滚圆，像怀了孕似的，但却没有生过孩子。尽管疾病缠身，她依然每天黎明起床，照常干着家务活儿。王龙看到她时，就像他看见了一张桌子或一把椅子，甚至是院子里的一棵树。他对她从不在意，也漠不关心，甚至对她都不如对一头无精打采、耷拉着脑袋的牛或不肯进食的一头猪那么关心。她只知道一个人默默地干活儿，毫无怨言，也不多说一句话，就是偶尔碰见王龙的婶娘，她也是回避，躲着走，也从来没有跟杜鹃说过一句话。她一次也没有进过后院。当荷花偶尔离开后院在另一个地方散步时，阿兰便躲进自己的房间，呆呆地坐着，直到有人对她说"她已经走啦"她才出来。她一天到晚沉默寡言，日复一日地做饭、洗衣，忙个不停。即使在寒冬腊月，她也去池塘边洗衣服，即便水已结冰，她也要破冰取水。但王龙从未想过对阿兰关切地说一句："喂，你为什么不用我的银钱给自己雇一个佣人或买一个丫鬟呢？"

王龙压根就没想到过这个可怜的、为他付出太多太多的女人，有没有这个必要，尽管他雇了人替他在地里干活儿，帮他养牛喂牛、养猪和喂驴，到了夏天，当河水上涨漫过堤岸的时候，他还雇人替他在河里放养一群鸭和鹅。

当天晚上，他守着一盏点燃的红烛，孤灯寡影地一个人坐着，阿兰就站在他的面前。她环顾四周，局促不安地开口说道："我有话跟你说。"

王龙吃惊地盯着她，然后说："什么事，说吧。"

他看着她那粗糙憔悴，双颊深陷的脸，又一次感觉到她身上没有一处吸引人的地方，王龙对阿兰早已失去了兴趣，他与她已经有好几年没有夫妻之事了。

这时，只听见她用粗哑的嗓子低声说道："大儿子经常到后院去，走得太勤了，都是你不在的时候他就去了。"

王龙一下子还没有明白过来她小声说的是什么。他张着嘴，身体前倾，急切地问道："你说什么，老婆子？"

阿兰悄悄地指了指大儿子的屋子，然后噘起又厚又干的嘴唇，朝后院的房子努了努嘴。但王龙瞪着眼睛看着她，简直不敢相信自己的耳朵。

178

"你在做梦吧！"他终于回应道。

听到王龙的话，阿兰摇了摇头。虽然她不善言辞，但她还是说出了心里话："唉，我的老爷，不妨你哪天趁他们不注意时，突然回家看看吧。"她稍作沉默，继续说道，"最好让儿子离开这个地方，让他去南方吧。"她走到桌子跟前，端起王龙的茶碗，试了试水温，把冰凉的茶水泼在砖地上，然后，又从茶壶里倒了一大碗热茶。她走过来递给王龙，又默默地走了，留下王龙一个人坐在那里发愣。

唉，这个女人！看来这个女人吃醋了。他自言自语道：呵，只要儿子天天安分地待在家里，或者儿子在他自己的房间里读书识字，他才不会为此事操心烦恼呢。他站起身，禁不住哈哈一笑，不觉得这是一件什么事儿。对女人多此一举的小心眼，他感到十分的滑稽可笑。

但是那天晚上，当王龙走到后院荷花的房间，他躺到荷花的身边，在床上翻身时，荷花又是抱怨，又是使性子，她不耐烦地一把推开他，说道："天这么热，你浑身发着臭味。你去好好洗个澡，洗完澡再上床吧。"

随后，她坐了起来，烦躁不安地将盖在脸上的头发拢到了脑后。王龙想把她搂进怀里，但她耸了耸肩，不愿屈从于他，哄劝的伎俩也无济于事。然后，他一动不动地躺在床上，回想着，有好多夜晚，她都是勉勉强强，敷衍着自己。他一直认为，这是她一时兴起，在耍小孩脾气，也许是夏末燥热烦闷在作怪。但是……这时，阿兰说的那些话突然在他耳边响起，并刺激着他，他气呼呼地站起来，说："好吧，你一个人睡吧！我不介意。我要是介意，就让我去死！"

他冲出房间，大步流星地走进自己家里的堂屋。他把两把椅子并在一起，躺了上去。但他辗转反侧，无法入睡，于是，他又站起来，走出大门，进了房子墙边的竹林。在这里，清爽凉快的晚风吹拂着他那滚烫的肌肤，带来了丝丝秋天的凉意。

这时，他突然想起了一件事。荷花一定知道了他儿子要离家远走的愿望。她是怎么知道这个消息的呢？他又想起，儿子最近不再嚷嚷着要离家远走的事了，而且还显得那么心满意足，兴奋异常。这不是很反常吗？王龙恶狠狠地发誓说："我一定要亲自查个水落石出！"

黎明时，王龙看着薄雾笼罩着那块沃土，土地在薄雾中慢慢地亮了

起来。

　　天亮了，一轮旭日喷薄而出，金色的光芒照耀着田野，洒满大地。他回到家里，吃完早饭，又到地里监督着那些雇工，在收获和播种的季节，这已成了他的习惯。他在地里走来走去，然后，他用尽家里所有的人都能听到的声音喊道："我要到城墙附近的那块地里去看看，要晚一些回来。"然后，他便头都不回地朝镇上走去。

　　走了一半的路程，他来到了那座小庙前，在路边一个长满杂草的小土堆上坐了下来。其实，那个小土堆是一座早已被人们忘却的坟茔。他拔起一棵小草，用手指捻来捻去，陷入了沉思，他面对着庙里那些小小的佛像。他不经意间注意到，那些佛像正注视着他。在过去，他对神灵是何等的惧怕，而现在，他却一点儿也不在乎了。如今他富了，不再需要神灵的庇护了。因此，他几乎对这小庙里的佛像熟视无睹，不屑一顾，都没有正眼瞧瞧它们。他只是在心里翻来覆去地想："我要不要回家？"

　　这时，他突然想起前天晚上荷花一把把他推开的情景。他很生气，为了她，他付出了多大的代价啊。他自言自语道："我哪点对不住她，她没有在那个茶馆里待多久。自从来到我家里，她不愁吃又不愁穿，要什么给什么，俨然一位阔太太。"

　　憋着一肚子的气，他站了起来，沿着另一条路，朝家里走去。他悄悄地走进家门，站在通往后院那道门的门帘外。他听见一个男人低沉的声音，那正是他儿子的声音！

　　王龙气得肺都要炸了，他这一辈子都没有生过这么大的气。虽然他百事如意，万事顺心，被大家冠以大富翁的光环，但他已失去了乡下人特有的羞怯感，而且还会突然发发小脾气，在这个镇上，他也是有脸面的人，就是走在这个小镇的大街上，他也是盛气凌人、目空一切的。

　　但是，这次的脾气是不同寻常的，那是一个男人对另一个偷走他心爱女人的男人发作的。王龙明白，这另一个男人就是他的儿子——他的亲生骨肉。想到这里，他血气上涌，恶心至极。

　　他愤愤然咬着牙走了出去，从一片竹林里挑了一根又细又柔软的竹子。他砍去竹子上的枝杈，留下了竹条上端的小枝丫，再捋掉竹叶，于是，一根细长但坚韧的竹鞭便做成了。随后，他轻手轻脚地回到屋子里，突然把帘子掀开。他儿子就站在院子当中，此时此刻，荷花就坐在水池边的一个凳子上，儿子俯身看着她。荷花穿着一件桃红色的丝绸旗袍，而这件旗袍王龙从未见她在早晨穿过。

这两个人正在热火朝天地说着话。女人开心地笑着，乜斜着眼睛向小年轻送着秋波。她侧斜着头，两个人都没有发现王龙的存在。他立在那里，瞪着眼睛看他们。他的脸色气得苍白，嘴唇翕动着，牙齿咬得"咯咯"作响，像一头即将咆哮的狮子，他的手里紧紧地攥着那根竹鞭。他们俩眉来眼去，仍然没有察觉到王龙已经走到他们跟前。杜鹃刚一侧身，便看见了王龙，吓得她惊慌失措地尖叫起来。他们俩这才发现王龙已是近在咫尺。

只见王龙像猛虎扑食般扑向儿子，用竹鞭对儿子猛抽猛打。虽然儿子体型高大，但王龙正当壮年，常年的田间劳动使他体壮如牛，他比儿子力气大多了。竹鞭雨点般抽打在儿子的躯体上，打得他头破血流。荷花一边狂喊，一边拽拉着他的胳膊，但被王龙狠狠地甩开了。荷花哭着叫着再次扑上前去拉架的时候，王龙连她也抽打起来，直打得她抱头逃窜，儿子被抽打得跪在地上瑟瑟发抖，双手捂住被破相的脸颊。

他停住了手，不再疯狂地抽打儿子和荷花。他"呼哧呼哧"地喘着粗气，浑身大汗淋漓，似落汤鸡一般。他觉得自己很虚弱，像得了一场大病似的。他把竹鞭扔在地上，气喘吁吁地对儿子说："滚回你自己的屋里去，不要出来，不要再让我看见你。你要敢出来，看我打不死你。"儿子一声不吭地爬起来，赶紧离开了。

王龙坐在刚才荷花坐过的板凳上，双手捧着脑袋，紧闭双眼，喘着粗气。没有人敢靠近他，他独自一人坐着，直等到他平静下来，怒火平息。

然后，他拖着疲惫无力的身躯，慢慢地站起来，走进房子里。荷花躺在床上，正"呜呜咽咽"地哭泣着。他走到床前，把她的身子翻过来。她躺着，眼睛泪汪汪地看着他，泣不成声，脸上留着一道肿得发紫的伤痕。

他十分伤心地对她说："你非要做个毫无底线的坏女人，竟敢勾引我的亲生儿子，和他胡来！"

听到王龙的话，荷花哭得更伤心了。她申辩着说："没有，我没有跟他胡来。你儿子感到孤独无聊，他才进屋的。不信，你可以去问问杜鹃，他是否走近过我的床边。就是你在院子里看到的那个情景！"

　　荷花惊恐万分，但却哀怜地看着他。她伸手抓住了王龙的手，放到她脸上的那条伤痕上，泣不成声地说："你瞧你瞧，你是怎样对你的荷花的？——在这个世界上，你是我唯一的男人。他是你的儿子，你的亲生儿子。对于我，他却什么也不是！"

　　她抬头望着他，晶莹的泪花在她漂亮的眼睛里打着转儿。王龙痛苦难忍，因为这个女人比他希冀的还要漂亮，他情不自禁地爱着她，不想爱都由不得自己。他突然意识到，如果他知道了她和儿子之间有点什么，他是受不了的。他希望自己永远不要知道这个事情的真相，如果他不知道的话，他会更好受一些。带着心中的痛楚，他含着悲愤走了出去。走过儿子的屋子时，他没有进去，而在门外面喊道："把你的东西收拾好，放到箱子里，明天就去南方吧，这下子你就如愿以偿了，愿去哪里就去哪里，没有我的允许，不许回来。"

　　他往前走着，抬头看见了阿兰，她坐在那儿正缝补他的一件衣服。当他经过时，她一句话也没有说。要是她当时听见了鞭子的抽打声和哭喊声，她也不会做出任何反应的。然后，他走出去，继续往前走，大脑一片空白。走着走着，他来到了他的田地里。此刻，日到中天，骄阳似火。他感到身心俱疲，全身乏力，好像干了一整天的农活儿。

第二十五章　病入膏肓

大儿子走后，王龙觉得家里少了一个不安定的因素，这使他如释重负。他暗自思忖着：大儿子走了何尝不是一件好事，这是个祸根苗子。现在，他可以寄希望于其他几个孩子，看看他们能不能成器。王龙心中的烦恼，不管家中和其他地方发生什么事，都不能影响地里的农活儿，都必须根据季节的变化，无论耕种和收割，他都会亲力亲为，除此之外，他不关心任何事。他不知道大儿子走后，他能为其他孩子做些什么。但是，发生在大儿子身上的事情，他突然意识到，其他孩子他得管一管了。因此，他决定尽快让二儿子辍学，让他去学着做生意，经商对他来说是一条出路，不能像他哥哥那样，到了成熟叛逆的年龄，野性，放荡不好管，倒成了家里的祸害。

王龙的老二点滴都不像老大，这两个儿子好像就不是一母同胞。大儿子像母亲，长得人高马大，体格粗壮，宽大的脸庞，极像北方人。二儿子则长得小巧玲珑，孱弱瘦削，脸色苍白蜡黄。他身上的某种气质使王龙想起了自己的父亲。父亲有一双机智、锐利、富于幽默感的眼睛，但发起脾气来，这双眼睛就会流露出凶光。王龙说："我看这孩子会成为一个精明的商人。我不想让他上学了，让他回来吧，到粮食市场先学点生意经，看看以后能不能做粮食生意。要是有一个儿子待在粮市上，掌握、了解市场的动向，那事情就会方便多了，最起码咱们在价格和秤上不会吃亏。"

有一天，王龙对杜鹃说："你现在就去告诉我未来的亲家，我有话要跟他说。不管生意有多忙，抽点时间我们一起喝个小酒总可以吧，就要结亲了，结了亲，那我们就是一家人了。"

杜鹃去了。回来后她对王龙说："只要你愿意，他随时都能和你见面。如果你今天中午有时间，他邀请你到他那里去喝酒，他期待着与你见面呢！

如果你想他来你这里喝酒，他也十分乐意来。"

王龙是真不希望镇上的这位粮商来自己家里做客，因为他怕麻烦，不愿意准备这准备那的。于是，他洗了一把脸，穿上他的丝绸长衫，穿过田野就往镇上走去。他按照杜鹃说的，先走到大桥街，在一家标着"刘氏"字样的大门前停了下来，倒不是说王龙本人能识文断字，他只是猜想着，桥右边有两个大门，他不知道哪个门是刘家大院。这时，他问了一个过路人，这个人就告诉他说，门上的那个字就是"刘"字，呈现在王龙面前的是一个用实木做成的厚重大门，他用手掌拍了拍门。

门立刻开了，一个女仆站在那里。她一边问着他的尊姓大名，一边用围裙擦着她那双湿漉漉的手。当他报上大名之后，她盯着他看了一会儿，显得有点吃惊，然后，把他领到招待男宾客的院落，继而带他走进一间屋里，她请王龙先坐一会儿。她又瞅了他一眼，知道他就是这家小姐未来的公爹，然后，她便出去叫她的主人。

王龙仔细地环顾了一下四周，起身摸了摸门窗上的布料，又看了看八仙桌的木质，对这家的生活情况他很满意。这些家什说明了这户人家生活优渥，但又不是豪富之家。他不想娶一个家庭出身很富有的儿媳妇，免得她桀骜不驯，娇生惯养，讲究吃，讲究穿，还怂恿儿子疏远父母。王龙坐了下来，等着和刘府主人见面。

这时，外边传来一阵沉重的脚步声，一个身材高大的男人走了进来。王龙站起身，两人躬身施礼，抬头时，他们用眼睛不经意地瞅了对方一下，彼此都很满意，都很看重对方的身份——都是殷实之家，衣食丰厚的男家主人。他们落座后，享用着女仆为他们斟的热酒。他们一边喝着酒，一边攀谈着——谈庄稼、谈收成，还谈到了如果今年收成好，稻米的价格将会是多少。最后，王龙说："我这次来就是专门和你谈谈儿女的婚姻大事，咱们商量商量把这个事情具体定一下。我这次来还有个事同你商量一下，如果不合你意，咱们就不谈了，谈点别的吧。你的粮行挺大的，如果需要一个帮手的话，我的二儿子可以过来给你帮忙，这孩子挺精明的，手脚也利索。如果你不需要的话，这事情就当我没说，忘记了就好。"

这时，粮商很幽默地说道："我还真需要这么一个精明能干的年轻人，只要他能写会算就行。"

王龙自豪地答道："我的儿子就能写会算，哪个字写错了，他不仅能立马认出来，而且知道错在哪里，他能分清这个字是水字旁，还是木字旁。"

"好极了，"刘老板说，"那就让他来吧，什么时候愿意过来，就什么时候来吧。学徒期间，我这里不付工钱，只免费提供吃喝，这要一直等他学会做生意。一年后，如果他干得不错，每月月底就可得一块现洋。三年后，学徒期满了，每月可得三块现洋。那个时候，他就出师了，不再是学徒了。如果他干这行得心应手，表现出超群的能力，还可以得到提拔。除了工钱，他还可以从买主或卖主那里收点赏钱，只要他有本事把钱弄到手，我是什么都不会管的。我们两家就要结亲了，只要他愿意来，保证金我就不收了。"

王龙高兴极了，站起身笑着说："现在我们是朋友啦，我有个二女儿，看看你有没有一个儿子和她相配。"

听了这话，刘老板挪动着肥胖的身材，满脸堆笑，站起来说："我有个10岁的二小子，还没有给他定亲。你姑娘多大了？"

王龙喜形于色，笑着答道："快过10岁生日了，漂亮得像朵花。"

于是，两人不约而同地哈哈大笑起来。然后，刘老板说："是不是得用两条红绳子把我们俩拴起来？"

这时，王龙也不再说什么了，因为这事情只能点到为止，继续谈下去就没有必要了。他拱手向刘老板道别，高高兴兴地离开了刘府，心想："这事有可能办成，真是好事成双。"回到家的时候，他顺便看了看二女儿，这个女儿还真的长得漂亮，她妈妈还给她缠了小脚，这样，她走起路来就能迈着优雅的碎步。

但王龙走近细看女儿时，却发现她双颊有道泪痕，脸色苍白，不苟言笑，就她的年龄来说过于严谨了。他抓住她的小手把她拉到跟前，说道："哦，乖孩子，怎么哭了？"

她低垂着头，用手抠着外衣上的一个扣子，羞怯地低声说道："我娘给我用布裹脚，一天比一天裹得紧，我夜里疼得都睡不着觉。"

"我怎么没有听到你的哭声呢？"他不解地问道。

"我不敢哭，"她不假思索地说，"我娘让我不要哭出声，因为你善良，见不得别人难过。要是我的哭声被你听到了，你就会不管我了，那样，我的丈夫就不会喜欢我了，就像你不喜欢我娘那样。"

她说这些话简直像一个孩子在背故事，王龙听了，心口上像被划了一刀。阿兰已经告诉过这孩子，虽然她是这孩子的母亲，但他不爱她的母亲。他故作镇静地说："好啦，今天我给你物色了一个合适的丈夫，看看杜鹃是否能去把这件事张罗一下。"

这时，姑娘微笑着低下头，突然间，她倒像一个妙龄少女，而不是一个小女孩子。当天晚上，王龙走进后院，对杜鹃说："你去看看这件事能不能办成。"

那天夜里，王龙躺在荷花身边，辗转反侧，不能入眠。醒来后，他便开始回忆这辈子生活的点点滴滴：想起阿兰怎么成了他所认识的第一个女人，她又是怎样成为他忠实的奴仆，他还想起了女儿说的那些话。他感到很悲伤，尽管阿兰愚笨，但她却能看得透王龙的心。

此后不久，王龙便把老二送到镇上，签订了二女儿的婚约，而且还把成亲时的婚礼服、首饰等嫁妆也谈妥了。等这一切都安排停当了，他才如释重负。他在心里想："唉，孩子们的事都安排好了，该喘口气了，只有我那可怜的傻女儿什么事也弄不成，只能坐在太阳底下傻乎乎地捻弄着布条。最小的儿子，我不能让他继续上学了，得把他留在身边，就待在家里务农，家里有两个孩子读书就不错了。"

他很得意，也很自豪，因为他有三个儿子，一个读书，一个经商，一个务农，他很知足。孩子们的事情安排得井井有条，他不再为他们操心了。这时，他情不自禁地想起了给他生儿育女的阿兰。

自从娶了阿兰，王龙这些年来还是头一遭想起了阿兰。即使在他们新婚燕尔的那些日子里，他也没有把她放在心上。在此后的日子里，他更没有把她放在眼里，记在心上。他觉得她不过是娶回家的女人罢了，他第一次接触的女人。他忙里忙外，哪有闲暇时间去想她的事情？孩子们安排好了，农事也忙完了。在冬季来临之际，土地也平整好了，他和荷花的关系也缓和了，自从上次他把荷花抽打了一顿之后，现在的荷花对他百依百顺，言听计从。现在他有足够的时间去考虑一些事情，这不，他不由得想到了阿兰。

他望着她，不是因为她是女人，也不是因为她长得奇丑无比、瘦骨嶙峋、皮肤黝黑蜡黄。他望着她，一种无法抑制的内疚感油然而生。他看到她越来越消瘦，皮肤黝黑干枯，面容憔悴。由于长年累月在地里干活儿，她的皮肤被晒成了古铜色。可是现在，除了农忙季节，她已多年不下地干活儿了。尤其是最近这两年，可以说，他不再让她到地里去了，唯恐别人嘲讽地问他："你都这么富了，还让老婆下地干活儿呢！"

然而，他却没有好好想一想，勤劳质朴永远闲不住的阿兰，为什么终于愿意待在家里了，她为什么现在手脚不麻利，行动越来越迟缓。他突然回想起来了，他隐约记得，每当她从床上爬起来或弯着腰，往灶膛里添柴烧水做饭的时候，就会听到她痛苦的呻吟声。只有当他问她"哎，你怎么啦？"时，她才会突然一怔，停下手中活儿。王龙望着她，她那奇怪浮肿的身子，远不如以前健康，他的内心充满了愧疚，他不知道这是什么原因造成的。他在心里为自己对阿兰的疏离和漠不关心辩解道："如果我爱小老婆而不爱她，那不能怪我，因为男人都是不爱大老婆的。"他又自欺欺人地安慰着自己："我从没有打过她，只要她张口要银钱，我都会给她的。"

然而，他至今忘不掉小女儿说过的那些话，这使他有点不安，但他不知道原因何在。他思前想后，总觉得，对阿兰来说，他是一个很好的丈夫，最起码比多数做丈夫的男人好得多。

他无法摆脱心中对阿兰的愧疚感。当阿兰给他端饭倒茶或在屋子走动时，他总是用眼睛打量着她。一天，他们吃完饭，她弯腰在清扫砖地时，他看见她的脸因某种痛苦变得煞白。她张着嘴，吃力地喘着气。她把手按在小腹上，依然弯着腰，似乎还想扫地。他急忙又不解地问道："咋啦？"

她把脸转过去，恭顺地说道："没啥，身上的老毛病又犯了。"

王龙盯着阿兰，对小女儿说："去拿笤帚把地扫扫，你娘病了。"然后，温柔地对阿兰说，"进屋吧，躺在床上歇歇吧。我叫女儿给你倒杯开水，躺着，别起来。"这是多年来他第一次用和善的口吻对阿兰说话。

她没有回答，顺从地听了他的话，走进了自己的房间。王龙听见了阿兰拖着沉重的脚步在屋里慢慢移动着。她终于躺在了床上，微弱地呻吟着。他坐在那里，一动不动地听着她那微弱的呻吟声，直到他听得实在无法忍受了。于是，他站起身，朝镇上走去，想打听打听哪里有看病的先生。

他的二儿子在镇上一家粮行做事，粮行的一个小伙计给他介绍了一家诊所。他立刻就到诊所去找医生了。到了诊所，他发现大夫闲坐在那里，喝着工夫茶。大夫是个老头儿，留着长长的花白胡须，鼻梁上架着一副猫头鹰眼睛大小的金丝边眼镜，身上穿一件脏兮兮的灰布长衫，长长的衣袖遮掩着他的双手。王龙将妻子的症状告诉他时，他噘起了嘴。随后，他拉开身边边桌子的抽屉，从里面拿出一个用黑布包裹着的东西，然后说道："走，我现在就去瞧瞧。"

他们来到了阿兰的床边，发现她已经迷迷糊糊地睡着了。她的上唇和前额沁出了像露珠一样的汗水。老医生看到这情况，无奈地摇了摇头。他伸出一只手，那手简直就像猴爪子似的，又干又黄。他开始给她诊脉，过了好长一会儿，他严肃又沉重地摇了摇头，说道："脾肿大，肝脏也有病。子宫里有人头那么大的硬块。肠胃功能紊乱。心脏跳动很弱。她的肚子里肯定有蠕虫。"

听到此话，王龙的心脏几乎停止了跳动，他很害怕，气愤地喊道："不能给她开些药吗？"

王龙说话的时候，阿兰睁开眼睛看看丈夫和大夫，根本不知道这到底是怎么回事。由于疼痛，她仍然昏昏欲睡。老医生又说："这是个疑难杂症。如果你不要求包医治好，我只收十块银圆。我给你开一剂药，是中草药，干虎心和狗牙齿做药引，药煎好了，让她把药汤喝下去。就她的病，如果你要我包治好，那你就要付 500 块银圆。"

阿兰一听到"500 块银圆"这话时，立刻从昏睡中醒来，虚弱地说："不，我的命都不值那么多钱，拿这钱都能买一大块地了！"

王龙听见了阿兰说的这些话，心里又泛起了对她由来已久的内疚感，他狠狠地说道："不，我不能让家里死人！我可以付那么多的银钱。"

老医生听见了王龙说"我可以付那么多的银钱"，他的眼睛里闪烁着两道贪婪的光芒。然而，他也明白，如果他不能信守诺言，而让这个女人死了的话，他是要吃官司的。话一出口，他有些后悔，但他还是说："唉，看了她眼白的颜色后，我发现自己错了，我不能完全保证能治好她的病。如果要我保证百分之百治好她的病，我得要 5000 块银圆。"

王龙看着医生，沉默良久。他痛苦地明白了大夫的意思，他压根就没有那么多银钱，除非把地卖掉。他也知道，即使把地卖掉也无济于事，因为大夫的弦外之音很清楚："这女人活不了太久了。"

于是，他把大夫叫到门外，给他付了十块银圆的药费。大夫走后，王龙便走进昏暗的厨房。在这里，阿兰度过了她的一生。她把一个女人对孩子、对丈夫、对老人，还有对这个家的爱以自己质朴的方式默默地奉献着，直到生命的最后一刻，无怨无悔。而现在她却不在这里，此后，不会还有人在这里再看到她了。王龙悲愤交加地转过脸，对着灶台黑黢黢的墙壁，"呜呜"地哭了起来。

第二十六章　新生如梦

阿兰的命还不至于这么脆弱，她还要顽强地活下去。她还不到中年，还有很多事没有做完，不会就这么轻易地撒手人寰。她躺在床上，奄奄一息，已经好几个月了。整个漫长的冬天她都这样半死不活地躺着，什么也做不了。这段日子里，在这个重要的时刻，王龙和孩子们才意识到阿兰在这个家里的地位是多么的重要，是她给全家人带来了生活的舒适与惬意，使他们在安逸的生活中，饭来张口，衣来伸手，而他们对此却毫无感觉，全然不知。

现在看，没有了阿兰，家里的生活一团糟，甚至十分狼狈。他们没有一个人知道如何引火烧饭，不知道如何让柴草在灶膛里燃烧得更充分，也没有人知道煎鱼时，如何不让鱼粘锅，煎鱼时，他们经常把整条鱼弄得稀碎，更没有人知道烧鱼时，鱼的一面已经烧煳，而另一面几乎还未烧透。至于炒菜时用什么油，是豆油还是香油，谁都不知道。方桌底下常常堆积着残羹剩饭，却无人打扫。王龙实在忍受不了那股恶臭味，才从院子里唤来一条狗把残羹剩饭舔光，要不然就把小女儿叫来，让她把那些残菜剩汤收拾干净，然后倒掉。

最小的儿子尽着母亲的职责，做着各种家务活儿，替母亲伺候老人，可是，老人像小孩一样，非常无奈和无助。王龙无法给老人解释清楚为什么阿兰不再给他泡茶端水，伺候他的日常起居了，也无法说明白为什么阿兰不扶着他躺下或坐起。当他需要帮忙，呼唤阿兰时，她居然不来，他便发起了牛脾气。一气之下，他把茶碗摔到地上，活像一个任性的孩子。后来，王龙把他搀扶着，走进阿兰的房间，来到阿兰躺的那张床跟前，他用那双蒙蒙眬眬、半瞎的眼睛看着阿兰，嘴里咕咕哝哝，嘟嘟囔囔地说着什么，还呜咽着抽泣起来，他隐约感到，家里出事了。

　　只有可怜的傻子女儿还不明白家里所发生的一切，只知道傻笑，一边笑，一边还用手指捻弄着那块布头。不管如何，总得有人关照着家里的这个傻子，给她喂饭，晚上把她带进屋里睡觉，白天让她坐在太阳底下晒太阳。如果下雨，还要及时把她送进屋里。所有这一切都必须有人惦记着去做。可是，这一切就连王龙自己有时也会忘记。有一次，家里人就完全把她忘记了，她被遗忘在外边整整一夜。第二天早晨，这个不幸的孩子浑身战栗，声嘶力竭地哭泣。王龙得知此事后，勃然大怒，他责骂他的儿女们，骂他们没有照顾好这个可怜的傻子，毕竟她也是他们的同胞姊妹啊。不过他也知道，他们毕竟还只是孩子，也努力尝试着去做母亲常做的那些事情，以此来接替母亲在家的位置。可是，事与愿违，他们不可能把事情做得那么令人满意，王龙便宽恕了孩子们的过失。打那以后，他便从早到晚亲自照顾这个可怜的孩子。如果遇到下雨天、下雪天或刮大风的天气，他就把她护送到屋里，或者让她坐在灶膛旁边，让灶膛里的炉火为她取暖。

　　在隆冬的几个月里，阿兰病入膏肓，躺在床上，已回天乏术。王龙此时也不再关心田里那些农事。他将冬天的农活和雇工的安排都托付给了老秦，而老秦则是忠心耿耿，不折不扣地尽着另一份责任，那就是每天一早一晚，老秦都要来到阿兰住的房间的门口，用他那哮喘似的声音问候阿兰感觉怎样。后来，王龙实在忍受不了老秦的做法，因为每天早晚，老秦给他的汇报无非就是"今天，她喝了一点汤"，或者"今天，她喝了点大米稀饭"。

　　王龙烦透了老秦，吩咐他不必再探问阿兰的身体情况了，把农活儿管理好就行了。

　　整个寒冬腊月，王龙常常坐在阿兰的床边。要是阿兰感觉冷了，他就弄一盆木炭火，放在她的床边，让她取暖驱寒，而每一次阿兰都有气无力地说："哦，这有点太浪费了吧。"

　　终于有一天，当阿兰又说这种话的时候，王龙感到实在无法忍受了，便脱口而出，说道："不要说了，我受不了啦！只要能把你的病治好，我宁可把地全部卖掉。"

　　听了王龙暖心窝的话，阿兰微微地笑了，喘着气小声说："不……不能……我不能让你卖地。不论怎样……我活不长了……随时可能都要死的。

但是，地……我死后……那地还会在的。”

王龙不愿意谈起她要死的话题。当再次听到她说自己要死了的话时，他便起身，朝门外走去。

王龙很清楚，她肯定活不了太久。他也明白，他要尽丈夫最后的职责。于是，有一天，他就到镇上走了一趟，到镇上的一家棺材铺转了转，看了看。他把铺里那些寿材逐个看个遍，终于挑了一口用上好木板做的棺材，又重又结实。这时，陪他选寿材的木匠精明地对他说："如果你买两口棺材，价格可以便宜三分之一。为什么不为自己准备一口寿木呢？事先就给自己准备好一副寿材，既吉利，又了却了一桩心事。"

"不需要了，我的后事儿子会替我操办的。"王龙回答道。然后他想到了自己的老父亲。他还没有给老人准备任何棺材呢。这时，他的心有些动摇了。于是，他补充说道："不过，我还有一个老父亲！说不定哪一天也不行了，他的腿脚不灵活，走起路来很吃力，耳朵很聋，眼也半瞎不明的。那我就买两口棺材吧。"

店主答应在两口棺材上再好好地涂上一层黑漆，然后许诺说，把两口棺材免费送到王龙的家里。王龙把买棺材的事告诉了阿兰，她非常高兴，感谢丈夫给她准备好了棺材，并为她的身后事安排得如此周到。

从此，王龙每天都在她身边坐好长时间。他们的交谈不多，因为她太虚弱了，时常昏昏欲睡。再说，他们之间本来交流就少。王龙默默地坐在那里，一句话也不说。阿兰在昏睡中常常忘了她在什么地方，有时在梦境中咕咕哝哝说些她童年的事儿。王龙第一次看透了她的心思，虽然只是通过她的只言片语猜出来的。"我只能把肉送到门口……我很清楚，我长得难看，不能在大老爷面前露脸。"她还喘着大气说，"不要打我……我再也不吃盘子里的东西了……"而且她还呼唤着爹娘，一遍又一遍，"爹啊……娘啊……爹啊……娘啊。"她还说："我知道我长得丑，不会有人喜欢的……"

当她说这些前言不搭后语的话的时候，王龙就受不了了。他拉起她的手，抚摸着。那是一只粗大而僵硬的手，僵硬得好像是死人的手一样。他感到惊奇不解，伤心不已，因为她说的全是大实话。他抓着她的手，真心希望她能感受到他的丝丝温情。他感到羞愧难当，因为他身上的那丝温情早已荡然无存，无处可觅，他的铁石心肠，在阿兰眼里，犹如一尊石像。

192

阿兰不像荷花，荷花那一颦一蹙就能使王龙神魂颠倒，心醉神迷。当他抓着这只僵硬且苍白的手时，他不仅不喜欢，反而有一种厌恶。他的怜悯之情被这厌恶感驱散了。

正因为如此，王龙对荷花更是心疼有加。他给她买来珍馐佳肴，做好鲫鱼和白菜芯熬制的白生生的鱼汤。但他现在已不能从荷花身上得到乐趣了，因为当他接近荷花时，也不能把阿兰彻底忘掉。他想摆脱因目睹阿兰长时期在这求生不能、求死无门的痛苦挣扎而产生的绝望心情时，眼前尽是阿兰被病魔折磨得痛不欲生的模样，即使荷花在怀，他也会无奈地把她推开，因为阿兰的身影不断地在他的眼前浮现，挥之不去。

阿兰也有清醒的时候，她明白自己的身体状况，也清楚身边所发生的那些事情。有一次，她竟然要把杜鹃叫过来，这使王龙大为惊讶。他就把杜鹃叫了过来。看见杜鹃，阿兰颤颤巍巍地用胳膊支起身子，清晰干脆地说："哦，在那个大老爷家里的时候，大家都认为你是个大美人。可是现在呢，我已为人妻，给他生了几个儿子，可你依然没有名分，还是个丫鬟。"

杜鹃听后十分生气，本想回嘴顶撞她，却被王龙制止了。他急忙把杜鹃带出屋子，对她说："她都不知道她在说些什么，别计较。"

当他返回屋里时，阿兰仍然将头支撑在她的胳膊上。她对王龙说："我死了以后，不论杜鹃还是那个少奶奶，都不能到我屋里来，也不能动我的东西。要是她们来屋里动我的东西，我变成鬼也不让她们安生。"说到这儿，她的头倒在枕头上，又一次陷入了间歇性的昏迷中。

可是，就在新年前的有一天，阿兰的病竟然一下子好了起来，就像蜡烛在行将熄灭时突然亮了起来一样。她恢复了往日的清醒，这是久日不常见的现象。她从床上坐起来，用手梳着发辫，挽起发髻，然后嚷着要喝茶水，见王龙走了进来，她急忙说道："快过年了，糕点、肉和其他年货还没有备齐。我突然想起了一件事。我不要那个丫鬟下我的厨房，把给大儿子定了亲的那个姑娘接过来吧，我还没有见过她呢。如果她来了，我会告诉她该做些什么。"

阿兰突然恢复了体力，不仅能说话，而且神志也清醒了许多，对此王龙感到十分欣慰。尽管对采购年货毫无兴趣，也无心思操办过年，但看到

阿兰病情逐渐好转，王龙感到很高兴。因此，他吩咐杜鹃去请粮商刘老板——他未来的亲家——到家里来一趟，看看这令人心碎的场面。盛邀之下，没过太久，刘老板就到了王家。当听说阿兰可能活不过这个冬天的时候，他也愿意给女儿把婚事办了，毕竟姑娘也 16 岁了，一般情况下，这个年龄的姑娘早就出嫁了。

由于阿兰的缘故，王家没有大摆筵席。姑娘坐着花轿悄悄地来婿家，由母亲和一个老妈子陪着她。把女儿交给阿兰之后，母亲就回去了，留着老妈子来伺候姑娘。

现在，孩子们腾出了原来他们住的房间，给了刚过门的儿媳妇居住。一切都被安排得有条不紊、妥妥当当。王龙这个公爹还没有和儿媳妇说过话。在当地，公爹和儿媳说话被认为是不合适的。但当儿媳向他鞠躬行礼时，他严肃地点了点头。他对她非常满意，因为新过门的儿媳知道她在家里该做的事情，该尽的职责。她很勤快，马上就进入了角色，在家里忙前忙后的。她低垂着头，十分文静地在屋里来回走动着。此外，她贤良淑德，不失一个大家闺秀的风范，还是一个人见人爱的好姑娘，面容姣好，但谈不上漂亮，却落落大方而不虚荣。在家里，她谨言慎行，举止得体。她走进阿兰的房间，悉心地服侍着她，这使王龙对妻子内心的痛苦减轻了许多，心灵稍许得到慰藉。现在，阿兰的床前有一个孝顺懂事的儿媳服侍着她，对此，阿兰非常满意，病情似乎也好了很多。

三四天以来，阿兰一直处于兴奋之中。这时，她又想到了另外一件事情。于是，当王龙清晨进来问她夜里感觉如何时，她就对他说："在我死之前，还有件事要做。"

听到这话，王龙生气地说："你不能老说死，说点让我高兴的事吧！"

她竭力想从眼角挤出一个微笑，但就这样的一个微笑还没有从眼睛里挤出来就消失殆尽了。她回答道："我肯定要死了，我有这种预感，我在等待我生命中的最后时刻，但是在大儿子没有回来和这个好姑娘成亲之前，我是不会死的。我的儿媳妇真好，把我照顾得很周到，给我端洗脸的热水，她把脸盆端得稳稳当当，滴水不洒。当我浑身疼得冒汗时，她也知道随时用热水给我擦脸。我想儿子，想让他回来，我撑不住了，我要死了。我要让他和这个姑娘成亲，这样，我就是死了也安心了，因为我知道你将会有孙子，而老爹就会有一个重孙子了。"

多年来，她还没有说过这么多的话，即使在身体健康的时候，她也没有说这么多的话。几个月来，她都没有像现在这样说话的，清晰有力。王龙对她声音里蕴含着的力量，感到非常高兴。她在期望这一切的到来时，是那么的精神焕发。本来给大儿子操办婚事需要很长时间的准备，但王龙不想使阿兰失望，因此，他亲切地对她说："好吧，就照你的意思办。我今天就派人去南方找儿子，把他带回家里来成亲。但你一定得答应我，要打起精神，不要再胡思乱想，把身体保养好。这个家如果没有你简直就像个狗窝。"

他这样说话就是想取悦阿兰，让她高兴。尽管她再也没有说什么话，看得出来，她确实感到高兴。她慢慢地躺下去，闭上了眼睛，嘴角挂着微笑。

于是，王龙找了个人，让他到南方去找儿子，他对这个人说："跟少爷讲，他母亲病重了。他母亲若是看不到他回来成亲，她的灵魂就永远不能得到安息。如果他眼里还有我这个父亲，还有他母亲，他心里还有这个家，就必须立刻回来，一分钟都不能耽搁。三天以后，我就要备酒席，宴请亲朋好友了。告诉他，这是给他娶媳妇呢。"

王龙倒是干脆麻利，说到办到。他叮嘱杜鹃尽力准备好丰富的婚宴，并让她邀请镇上餐馆里的大厨来帮忙。他把银钱放到她手里，说道："酒席要办得体面一些，在这种时刻，要办得和那些大户人家办的宴席一样。不要怕花钱，把事办体面就行。"

吩咐好杜鹃后，他便到村子里去请客人，男的，女的都请，凡是他认识的人都请。然后，他又到镇上去请他在茶馆和粮市上认识的那些人，凡是他熟悉的每一个人，他都请到。他对叔父说道："我儿子结婚，把你的朋友，你儿子的朋友都请来。你想请谁就请谁吧！"

王龙之所以说了这么多的客气话，就是因为他一直记得叔父是个什么样的人，他对叔父毕恭毕敬，把他当尊贵的客人看待。自从知道他叔父特殊身份的那一刻起，他就一直对叔父敬畏有加。

结婚的前一天晚上，王龙的大儿子回来了。他大步流星地跨进了房间。虽然大儿子不是一盏省油的灯，在家时给他惹了不少麻烦。而此时此刻，

王龙早把这一切忘记得一干二净，他已经两年多没见到这个儿子了。现在他回来了，就在眼前，已经不再是一个孩子了，而是脱去了稚气高大英俊的男子汉，他身材魁伟，高颧骨，红脸膛，一头短发油光闪亮，身穿一件在南方铺子里常见的那种紫红色的丝绸长衫，套着一件黑色的马褂，潇洒自如。王龙看着儿子，喜形于色，骄傲之感油然而生。除了眼前这个英俊的儿子，他兴奋得忘记了一切。他把儿子带着去见他母亲。

儿子坐到母亲的床边，看到母亲病恹恹、人命危浅的样子，他的眼睛里噙满了泪水。虽然心里难受，但他尽量说些令人高兴的话，比如"你看上去挺好的，比他们所说的要好得多；没事的，你还会活好多年的"。但阿兰却简单直接地回应道："我要亲眼看你成了亲，死了才能闭上眼睛。"

现在，那个未来的新娘还不能和未来的新郎见面。荷花先把她带到后院，准备好结婚前的一切事情。要做好这样的事情最合适的人选莫过于荷花、杜鹃和王龙的婶娘了。于是，这三个女人便陪伴着准新娘，在举行婚礼的那天早上，她们从头到脚给她清洗了个干干净净，用一块崭新的白布给她裹了足，外面又穿了一双崭新的袜子，然后，荷花给姑娘身上擦了些自己常用的、香气扑鼻的杏仁油。随后，又给她穿上她从娘家带来的嫁衣，一件白色皮夹袄的绸缎内衣紧贴着她那温馨的少女皮肤，外面套了一件精致的羊毛衫，最外面的才是那件大红的绸缎嫁衣。继而，她们在她的前额上抹了一层白粉，用一根线绳子巧妙地给她净了脸，把她的眉毛和刘海也收拾得漂漂亮亮，使她的前额显得既高又光滑，以便在这个新家能光彩夺目。然后，又给她脸上搽了胭脂香粉，用眉笔在她的眉毛上画了两道弯弯的细眉。她们还给她戴了一顶凤冠和镶有珠宝的盖头，给她小巧玲珑的脚穿上了一双绣花鞋，染了指甲，手掌搽了香水。婚礼前的准备就这样就绪了。对这一切，姑娘都是任人摆布，默默服从。在这样的场合，她要显得有点不情愿，并要表现得有点害羞，一个结婚前夕的姑娘表现出这种矜持是合情合理的。

这时，王龙、父亲和叔父以及亲朋好友都在堂屋里等着。准新娘在老妈子和王龙婶娘的搀扶下走进了屋子。她低着头进了门，显得谦恭和端庄。走路的样子让人们感觉到她很不情愿出嫁，让人搀扶着才能前行。这说明了这姑娘非常稳重。因此，王龙感到很高兴。他心里想，她确实是一个贤良淑德的好姑娘。

此时，王龙的大儿子走了进来，像先前一样，他依然穿着红袍子黑马褂，头发油光锃亮，脸也刚刚净过，身后站着两个弟弟。看到自己的儿子排列整齐地站在那里，王龙心里十分自豪，因为儿子们将会延续王家香火，为他传宗接代。老人一直不明白家里到底发生了什么事情，当人们用近乎呼喊的声音对他说话时，他才能听个只言片语。此时，他突然明白了过来。他用沙哑的声音呵呵地笑着，又用他那低弱的老嗓子一遍又一遍地说着："哦，要成亲了！成亲了就会有自己的孩子，有了自己的孩子就会有孙子啊！"

老人笑得开心极了，在场的所有客人，被老人的兴奋感染，看到他那股子高兴劲儿也都"咯咯"地笑出了声。王龙心里想着，要是阿兰能从床上起来该多好啊！那样的话，这才是一个真真完美的大喜日子。

整个婚礼仪式中，王龙偷偷地，不动声色地观察着儿子，看看他是否中意那个新娘。他发现儿子的确偷偷地用余光瞄了她一眼，就这一眼就足以让王龙心中大喜。儿子的脸上洋溢着满意的神情，说明他已欣然接受了这桩婚事。于是，王龙窃喜："看来我替儿子挑选了个他喜欢的人儿。"

新郎和新娘双双向老人和王龙行叩首礼，然后，他们又去阿兰躺着的房间。阿兰费了很大的劲穿上了她那件漂亮的黑上衣，他们进来时，她在床上坐了起来，脸颊显现出红润，王龙把这错当成是健康的征兆，于是他高兴地说："你娘的病就要好了。"

当两个年轻人走上前去给阿兰行了叩拜礼后，阿兰用手拍了拍床沿，说道："坐在这儿吧，你们喝个交杯酒，吃个合欢饭吧。我要亲眼看着你们把礼数走完，要不了多久，我就要离开人世，被人抬走的，这张床就是你们的婚床了。"

在这个时候，阿兰竟然说出这种令人难受的话，谁也没有接她的话茬。一对新人默默地并排坐在了床沿，王龙的婶娘走了进来，她那肥胖敦实的身体在这种场合表现得非常庄重。她手里端着两盅温酒。两位新人分别呷了一口，然后将两盅酒掺和起来，喝了一个交杯酒。这就意味着两个人结合在了一起。接着他们吃饭，然后又把剩下的饭掺和起来一起再吃掉，这也意味着他们生命的融合。这样，就算他们成了亲。随后，一对新人向阿

兰和王龙再行礼，一起走出房屋，到外面向聚集的客人们致礼道谢。

接着，宴席开始。屋里和庭院摆满了桌子，空气里到处飘溢着酒菜的香味，庭院充满着宾客的欢声笑语。宾客如云，高朋满座，有远道而来的亲戚，也有附近村庄的朋友，还有不少人王龙以前从来没有见过。王龙的富有遐迩闻名，遇上这么大的喜事，远近的客人无论如何也不会错过酒宴的，王龙也不是小气人，决不会斤斤计较几桌饭菜的。为了准备婚宴，王龙让杜鹃专门从镇上请来了厨师，因为许多精细的佳肴在农家的厨房里是做不出来的，因此，厨师来的时候，就带了几大篮子已经做好的下酒菜，到时候，只需加热一下就行了。厨师们兴致极高，他们铆足了劲，各显神通，跑进跑出，忙忙碌碌，油腻的围裙在空气中被掀起。参加婚礼的宾客大吃大喝，开怀痛饮，他们酒足饭饱，个个兴高采烈。

阿兰要求打开所有的房门，拉开所有门帘，这样她就能听到屋外的喧闹声和爽朗的笑声，并且能够闻到饭菜的香味。王龙不时进来看看她的状况，她则一遍又一遍地对王龙说："客人们都有酒吗？宴席中间上的八宝饭加热了吗？甜饭里是否放了足够的大油和蜜糖？八宝八宝，放了八种什锦吗？"

当王龙安慰阿兰说，一切都是按照她的心愿办理的时，她感到十分满意，躺在床上静静地听着。

婚宴终于结束了。夜幕降临时，客人们都陆续散尽。此时，屋内一片寂静。喜庆、欢闹的婚礼场面结束后，阿兰精疲力竭，感到困乏头晕。她把刚成亲的两个新人叫到身边，对他们说道："我很满意，我的命可能到此就要结束了。儿啊，照顾好你爹和爷爷，还有屋里的那个傻妹妹。她就是那个样子。你没有责任去照顾其他人。"

她这里所说的"其他人"，其实就是暗指荷花。她从来没有同荷花说过话，形同路人。交代完这些事情后，她好像进入了昏迷状态，又像是睡着了，大家还等着她继续讲下去。过了一会，她又再次强打起精神，想说些什么，但是，当她说话的时候，她表现得旁若无人，似乎不知道亲人就在她眼前，实际上她也不知道自己在什么地方，因为说话时，她把头转来转去，紧闭着眼睛说："哼，就算我丑，可我生了个儿子。尽管我是个丫鬟，可我家里有儿子。"她突然又说道："那个人能像我一样，给他做吃喝，伺候他吗？漂亮？漂亮顶什么用？能给男人生出个儿子吗？"

阿兰躺在那里喃喃自语，完全没有了意识，忘记了身边的人们，王龙示意他们离开，他坐到她的身边，注视着她，痛恨着自己。她时睡时醒，躺在那里，奄奄一息，她那发紫的嘴唇向后缩拢着，显露出了牙齿，一副很痛苦的样子。王龙就这样一直看着她，她睁开了眼睛，仿佛眼睛上蒙上了一层迷雾。她吃力地盯着王龙看，眼睛一动不动地望着他，满脸的疑惑，竭力地在判断眼前这个人是谁。突然，她的头一歪，从她枕着的那个圆形枕头上滚落到一旁。她浑身战栗着，接着便咽了气。

阿兰去世了，尸体就停放在床上，王龙似乎不再忍心去看她的尸体。他把婶娘叫来，在入殓之前给阿兰净了身。就在阿兰净身之后，他也不愿再迈进屋内一步，便叫婶娘、大儿子和儿媳妇将尸体从床上移到他买好的那口大棺材里。为了摆脱痛苦、慰藉自己的心灵，他也忙前忙后的。他还进城专门请了入殓师，按当地风俗将棺材封好，后又请来了风水先生，让他选个黄道吉日举行葬礼。风水先生选了个好日子，那是三个月以后的一天，这是风水先生能够找到的第一个吉日。王龙给风水先生付了钱，然后，就到镇上的庙里去了一趟。在和寺庙的主持商议之后，他为阿兰的棺材租赁了一席之地，可以把棺材在那里停放三个月，直到举行葬礼的那一天。棺材要是停放在家里，王龙是不忍心看着这口棺材天天就这么放在他眼皮子底下的。

为了逝者，王龙按照风俗习惯，认真地为葬礼做着准备，欲把丧事操办好。他和孩子们身穿丧葬服，脚穿用白色粗麻布做的鞋子，脚踝也用白布裹缠着，甚至家中女人的头发上也扎着白色的布条。家人所做的这一切都是为了表示对死者的哀悼。

丧葬的准备工作做完之后，王龙再也不敢在阿兰病逝的房间里睡觉了。他收拾好自己的东西，就立马搬到后院荷花的屋里住了。他对大儿子说："你和媳妇搬到你母亲住过的房间去吧！她在那里十月怀胎生了你，你也在那里生你的儿子吧。"于是，一对新人顺从地搬了进去，他们对这样的安排感到很满意。

死神似乎眷恋着这家人，硬是不肯轻易离去。家里的那位老人——王龙的父亲——从看见阿兰僵硬的尸体放进棺材那刻起，他便一直有些精神错乱。一天晚上，一如平常，老人上床去睡觉了。可是，第二天早上，王龙的二女儿起来给爷爷送茶时，发现他躺在床上，仰面朝上，稀疏的胡子直直地向上翘着，爷爷已经气绝身亡了。

姑娘被眼前这一情景吓坏了，她哭喊着跑去找父亲。王龙走进屋里一看，发现老人果真咽了气。他那僵硬的身躯，干瘪、瘦削和冰冷，简直就像一棵枯松。他已死了好几个小时了，很可能刚一躺到床上就咽气了。王龙亲自给老人净了身，然后，轻轻地把老人的尸体放进给他早已准备好的那口棺材里。把棺材盖盖好后，他说："咱们要在同一天给家里的两位死者下葬，我想在岗上选一块好坟地，把他们两个都葬在那里。我死后，把我也葬在那里吧。"

王龙是这么说的，也是这么做的。他将老人的棺材封好后，将它平放在堂屋里的两条凳子上。棺材要一直放到出殡的那天，因为那天是风水先生看好的吉日。在王龙看来，其实死亡对于老人来说是一种解脱。即使人死了，但他反而感觉到离躺在棺材里的父亲更近了。王龙在家里守着父亲的灵堂，心中充满了伤感，而这伤感并不是因为父亲死的缘故。而是父亲年事已高，多年来一直苟延残喘，半死不活，受尽了罪孽。

风水先生挑好了黄道吉日，时值一年的阳春三月。王龙从道观里请来了道士，道士们穿着标志性的黄袍，长长的头发在头顶上挽成发髻。他还从寺院请了几位比丘，比丘们穿着一袭灰色长袍，剃了光头，头顶上有九个圣点。这些比丘为这两个死者彻夜敲木鱼诵佛经，修佛事，他们念佛经的声音一旦停下来，王龙便往他们手里塞银钱，喘口气后，他们又继续诵佛经，直至天亮。

王龙在岗上一棵枣树下的地里挑了一块风水宝地作为墓地。老秦找来人把墓打好，然后，又在墓地四周修建了一道土围墙。围墙里面有足够的空间留作坟地，完全可以容纳王龙、他的儿子和儿媳们，以及他的孙子辈的一代人。尽管这是岗上的一块好地，非常适合种小麦，但王龙毫不吝惜这块地，因为这标志着他的家庭已经牢牢地在这块土地上扎了根。不论是生是死，他们都根植于这片沃土上。

比丘修完佛事的第二天便是出殡的黄道吉日。王龙穿了一身麻布做的白色孝服，他还给叔父、侄子、儿子、儿媳以及两个女儿每人都穿上了同样的孝服。他从镇上叫来了轿子，要抬着孝子们去坟地，因为步行到墓地已不符合王龙的身份，那是穷人或普通人应该做的。于是，他有生以来第一次坐上了有人抬的轿子里，阿兰的棺材紧随其后。走在他父亲棺材后面的是他叔父的轿子。在阿兰生前，荷花从未在她面前露过面，现在，阿兰死了，她也乘了一顶小轿。这样，她或许可以在众人的心目中留下一个她对丈夫的大老婆十分尊重的印象。王龙还给婶娘和她的儿子也雇了轿子，也给了孝服。他甚至不但给傻子姑娘做了一套孝服，而且也租了轿子，尽管她对发生的这一切感到困惑，在应该哭的时候，她反而尖声大笑起来。

孝子们一路上哀号着，悲戚地来到墓地，帮忙的人们和老秦走在送葬队伍的后边，全都穿着白色的孝鞋。王龙站在两座坟墓的旁边，吩咐帮忙的人把阿兰的棺材从那个寺庙运到墓地，先搁在一边，不急下葬。得先把老人的棺材下葬后再说。王龙站在那里看着，并不十分悲伤，反而表现出了一种肃穆的冷漠。他没有像其他人那样悲痛欲绝地哭泣着。他的眼睛里没有丁点儿眼泪，在他看来，该发生的已经发生了。他只能尽心尽力，把两位死者的葬礼办得尽善尽美，不留任何遗憾。

墓穴被填上了土，坟丘也被圆好，他默默地转过脸。送走轿子和轿夫后，他一个人步行回到了家。在他沉重心中，突然，他有一个奇怪、然而却十分清晰的念头，这使他感到非常痛苦。他回忆着，那天阿兰在池塘边给他洗衣服的时候，他要是没有拿走她身边的那两颗珍珠该多好！也不至于荷花将那两颗珍珠挂在她的耳垂上。这一幕他是不忍去想，也不忍去看的。

他就这样悲哀地想着，独自一人继续往家里走去。他喃喃自语："就在那块地里，我的地里，我的前半生就这样被掩埋在那里了。我的半个身子似乎被埋在那里了。如今，家里的日子要变样了。"

忽然间，他悲伤地哭泣起来，哭了一会儿，他像个孩子一样用手擦干了眼泪。

第二十七章　凌汛之灾

在整个这段时间里，王龙忙得不可开交，又是操办儿子的婚礼，又是准备阿兰和老父亲的葬礼，几乎没有闲暇去考虑今年庄稼的长势情况。但是，有一天，老秦过来对他说："现在，喜事和丧事都过去了，我得跟你说说地里的事。"

"说吧，"王龙回答道，"这段时间忙着办理丧事，我几乎忘了我还有土地。"

王龙说这话的时候，老秦恭顺地一声不吭，等他把话说完，才小心翼翼地说："但求老天爷保佑吧！看来今年好像要发大水了，从未有过的大水。虽然还没到夏天，可是河水已经涨了不少，地里也积了不少水，这似乎不是什么好兆头啊。"

王龙果断地说："老天爷从来没有眷顾过我。不管我烧香也好，不烧香也罢，它总是做缺德的事。走，咱们去地里看看吧！"说着，他就站起了身。

老秦是个胆小怕事的人，不论年景如何，他从不像王龙那样胆敢埋怨苍天。他只是说"苍天的意愿，我们只能听天由命"，然后，他就会逆来顺受地面对着洪水和旱灾及其他的自然灾害。王龙可不是一个胆怯、懦弱的人。他走到地边，这块地看看，那块地瞅瞅，他所看到的情况和老秦说的完全一样。沿护城河和其他沟渠边的土地——尤其是王龙从黄家大老爷手中买下的那块地，现在都积满了水。水是从河床底下慢慢渗出来的，又脏又臭。这块地里原本长势良好的小麦如今出现了病态，叶子也开始发黄了。

护城河简直变成了湖泊，沟渠变成了河流。水流湍急，打着旋儿，泛起层层浪花。即使傻子也看得出来，随着夏天雨季的到来，必有洪灾，到了那个时候，大人小孩非要挨饿不可。对过去的饥馑之年，百姓饥寒交迫，饿殍遍野，人们对此依然记忆犹新。王龙在他的田地里匆忙地来回奔波，老秦就像王龙的影子一样，一声不吭地跟在身后。他们在一起估量着哪些地可以种稻子，哪些地在插秧前就会被大水淹没。他要尽最大努力，把损失减到最小程度，但是，看着沟渠里的水已经涨到了渠岸，王龙咒骂道："这下老天爷高兴了，他在天上朝下看，看见老百姓被活活淹死，活活饿死。老天爷在幸灾乐祸呢！"

他气愤地大声说着这些话，生性胆小的老秦颤抖着说："就算是这样，老天爷也比我们任何人都强大啊，不敢这么说了，东家。"

但是，富有的王龙对这一切都满不在乎。他想怎样发火就怎样发火，谁也挡不住。眼看着洪水就要淹没了他的田地，还有长势良好的庄稼也要受到损失。在回家的路上，他一边走一边叽叽咕咕地埋怨着、诅咒着。

随后，一切都像王龙预测的那样发生了。北边的河流被冲破了堤岸，最远处的堤岸首先遭到了破坏。当看到眼前所发生的这一切时，人们都立即行动起来，四处奔波，筹钱加固修补堤岸。每个人都尽其所能，慷慨解囊，出资出力，防止河水泛滥损害大家的利益。人们把募捐筹集到的款项都交给了刚上任不久的县官，这个县官也是贫苦出身，一辈子都没见过这么多钱，通过父亲的斡旋他才弄到这个官职，县官父亲为了替他谋得这个官衔，花掉了所有的积蓄，并且还背了债务。他却不顾百姓的利益，贪污了这笔捐款。他这样做的目的就是让全家人能够发大财。当河水再次冲破堤岸淹没农田时，人们带着不满的情绪，吼叫着，吵吵闹闹地涌入这位县太爷的家里。县官因为没能履行修复堤岸的诺言，躲了起来。他把百姓筹来修堤的3000块大洋，全部挥霍了。老百姓冲进他家，狂喊乱叫，要求用他的性命赔偿他的失职和过失。当他看到愤怒的人群会把他打死时，他放开双腿往外就跑，到了河边，就跳河自尽了。人们的怒气以他的死才得以平息。

县官私吞了老百姓筹集修河堤的钱，加固修复堤岸的事情也就搁浅了。河水肆无忌惮地先后冲毁了一段堤岸，面对残破的河堤，人们都无法判断，也不知道原来的河堤在什么地方。河水暴涨，一片汪洋，淹没了周围的良田、小麦和稻秧，还有一些植被都已没入水底。

一座座村庄变成了四周环水的孤岛，人们眼睁睁地看着洪水暴虐横行，近在咫尺，却无能为力。人们把桌子和床绑在一起，然后把门板卸下来放在上面当筏子。他们尽量将衣服和被褥、女人和孩子们放在这些筏子上。洪水漫进了村里的土坯房屋，土墙被泡软后，整个房屋坍塌了下来，眨眼间就没入了洪水之中，好像这些土坯房屋根本不曾存在过似的。洪水好像还不够凶猛，又引来了天上的雨水一泻千里，大雨如注，不分昼夜地，天天在下着……

王龙坐在家门口，望着远处的涛涛洪水。他的房子建在一座小山岗上，所以洪水离他家还有很远的距离。他目睹着洪水泛滥，农田被淹没，庄稼被毁坏。他望着这一切，心急如焚，不免心中担忧起来，怕洪水会吞噬那两座新墓，但是，两座新起的坟茔却安然无恙，洪水夹杂着黄色泥浆只是贪婪地舔了舔新坟而已。

洪水肆虐，颗粒无收，又遇上了一个饥馑之年，饿殍满地，哀鸿遍野，百姓苦不堪言，无奈之下有些人逃荒去了南方，还有些胆大妄为的人，蜂拥而起加入了乡下的强盗团伙。这些人甚至打算围攻城镇，镇上的人只得关闭所有的城门，只留下一个叫"西水门"的小城门，供人们进进出出。这个小城门有哨兵把守，当然，到了夜间，这个门同样要关闭。有些人逃荒去了南方，在那里打工或者乞讨为生，就像过去的王龙一样，当年受灾后迫于无奈，他也带着父亲、妻子和孩子们过着乞讨的生活，逃荒去了南方，也有一些像老秦那种年老体弱、胆小怕事，且膝下无儿无女的人留了下来，饱受饥饿的煎熬，吃一些能找到的野草和各种树叶而活命，但有更多的人不是饿死，就是跳河自尽，寻了短见。

眼下的情况是，王龙已经看出了在这个地方会有一场更大的灾荒来临，因为已经到了种冬小麦的时候，可是地里还是汪洋一片，积水迟迟不退，没有耕种，哪有收获？这就意味着来年也不会有什么收成，其实更严重的饥荒还在后面。因此，他把家里管理得井井有条，并对金钱和粮食的开销也做到了精打细算，十分谨慎。他时常和杜鹃吵架，一旦吵起来，他就非常生气，因为长久以来，她总是要天天进城去割肉。现在，他暗自窃喜，因为村庄惨遭洪水淹没，他家和城镇之间一片汪洋，进城的道路被洪水阻断了，荷花自然再也不能随意进城逛市场了。不得到他的同意，船只也不准放行。老秦是听王龙的话的，不愿听杜鹃的，虽然她的嘴巴不饶人，再厉害他也不听。

冬天来了，王龙丢下话，不经他的同意，任何东西都不准买，家里的任何东西也不准卖。他精打细算计划着每一天的生活，并把一天里所需要的粮食称给儿媳妇。

雇工们所需要的东西，他都让老秦去掌管。然而，当冬天来临，水面结冰的时候，他对养着那些无事可干的雇工伤透了脑筋，于是，他让那些雇工们到南方去乞讨或打短工，等到来年春天再回来。但是，王龙偷偷地给荷花送糖、送油，因为她过不惯这种艰苦的日子。在过年的时候，他们全家也只吃到了一条从湖里捕来的鱼，宰了一头自己养的猪，算是打了牙祭。

其实，王龙并不像他所装出来的那么穷酸。他还有一些银钱藏在儿子和儿媳妇睡觉的那间屋子的墙缝里，但小两口却浑然不知。他把不少银钱和金子埋在靠近他那块田地的湖底里，他还把银钱藏在竹林里。他的家里也有不少存粮，那还是去年的收成，是一些还没有及时卖掉的粮食。不管以后是什么情况，总的来看，他的家人会顺利度过这饥荒之年的。

然而，他的周围到处都是受饥挨饿的人们，对于过去的情景，他依然记忆犹新。有一次，他经过一大户人家时，聚集在大门口的那些快要饿死的人哭天抢地，悲痛欲绝。他心明如镜，知道有不少的人怨恨他，因为他家不仅没有断粮，而且还有不少余粮，孩子们有吃有喝，什么东西都不缺。因此，他总是把大门紧紧地闩上，不认识的人绝对不能踏入院内一步。他也十分清楚，要不是他叔父，在这盗贼肆虐、强盗出没、无法无天的年代，即使关紧大门也无济于事。他更知道，要不是凭借叔父的那点本事，他家的粮食、钱财和女人都会遭到抢劫和掠夺。因此，王龙对叔父、婶娘以及他们的儿子彬彬有礼，视为宾客，逢迎有佳，喝茶先给他们端，吃饭先让他们动筷子。

王龙对叔父一家的畏惧，叔父一家十分清楚他心理上惧怕他们的缘故，所以叔父一家人得寸进尺，越来越不像话。他们伸手要这要那，还挑三拣四，抱怨饭菜不可口。特别是他婶娘，总是牢骚满腹，因为她不再能够享受后院的那些美味佳肴了，她对丈夫诉苦，然后，他们一家三口则对王龙诉苦抱怨。

王龙也心知肚明，叔父年纪越来越大，人越来越懒，对什么都满不在乎，要是只有他一个人的话，恐怕也不会无端生事，但是叔父的儿子，还有婶娘却在当中挑唆事端，制造不和。一天，王龙在大门口站着，无意间便听到他们两人正怂恿那老头子："喂，他有钱有粮食，咱们向他要些银钱吧。"一个女声说道："我们现在掌握着最佳时机。他很清楚，你要不是他的叔父，他父亲的弟弟，他就会遭遇抢劫，他就会被绑架，他的家就会被洗劫一空，房屋也会变成一堆废墟。你现在是'红胡子'还乡团的老二啊。"

王龙站在那里，偷偷地听着，肺都气炸了，他们竟然能说出这样不讲情面的话，但他竭力控制着自己的情绪，使自己冷静、冷静再冷静。他在心里盘算着对付这一家三口的办法。但是，他想不出任何有效的计策。因此，第二天，当叔父对他说："哎，孝顺的侄子，给我些银钱吧，我要买个烟斗和一些烟丝。你婶娘的衣服又旧又破，都快穿不成了，她需要添一件新衣服。"王龙心里很不是滋味，但又能说什么呢？只好从腰包里掏出五块大洋给了叔父，但他气得咬牙切齿。对王龙来说，即使在过去那些艰辛的日子里，虽然银钱短缺，但支付开销时也没有像这一次这么勉强，这么不情愿。

没过两天，叔父又找上门来，还是要钱。王龙终于忍无可忍，大声喊叫道："哎呀，揭不开锅啦，我们都快饿死了啊！"

他的叔父哈哈大笑着，满不在乎地说："你受着上苍的庇护，比你还穷的人多着呢，有多少人在烧焦的橡檩上都上吊自尽了。"

听到这番话，王龙浑身直冒冷汗。他又一声不吭地掏出了银钱，给了叔父。就这样，尽管家里无肉可吃，可是叔父一家三口却必须有肉吃，虽然王龙本人几乎不抽烟，可是叔父的烟斗里却总是青烟袅袅。

王龙的大儿子沉湎于新婚燕尔之中，对于眼前所发生的一切却置若罔闻。他对媳妇呵护有加，小心翼翼地看护着她，不愿看到堂叔对他新婚妻子投来觊觎的眼神，现在他们俩已不再是朋友，而变成了仇敌。王龙的大儿子几乎不让他媳妇离开房间，要离开房间，也只有到了晚上，等叔爷和他儿子走了以后，而大白天必须待在屋里。当他看见叔爷一家三口对父亲为所欲为的时候，他大为生气，他本来就是个火暴脾气。他说："爹，如果你再对待那三只老虎比对待你亲生儿子、儿媳——也就是你孙子的妈妈——还要好的话，咱家就成了别人口中的奇闻逸事了。依我看，我们还是另择住所，远走高飞吧。"

王龙毫不犹豫地对儿子讲出了积压在胸中已久的、从未给外人道的大实话："我这一辈子恨透了这三个人。要是有办法的话，我真想把他们收拾掉。但是，你叔父是一群没有人性的强盗、土匪的头目。如果我养活着他，惯着他，我们就平安无事，对于这种人，你再憋屈，气再大都得忍着。"

听到这话，大儿子的眼珠子都快要瞪出来了。他想了一会，越想火气越大，便信口说道："你看这么办行不行？找个晚上，把他们全都推到水里淹死算了。让老秦推那个又肥胖、又软弱无力的女人，我来推那个堂叔，这王八蛋坏透了，总是贪婪地瞅着我媳妇，我恨死了这个家伙。你推那个土匪头子。"

王龙胆小怕事，不敢杀人。虽然他很生气，气得他宁肯除掉叔父也不愿宰掉他的那条牛，但让他真要动手时，他却又不敢。因此，他说道："不行。我也不能那么做，我怎么能狠心把我父亲的亲兄弟推到水里淹死呢？如果让盗匪听说了这件事，我们还怎么活？让他活着，我们就安全，他死了，我们就无异于其他人。在这兵荒马乱的时候，我们保命要紧。"

于是，两人都默不作声了，都在绞尽脑汁想着各自的办法。儿子也想通了，感觉到父亲说得很有道理，他们这么可恶，让他们就这样去死，太便宜他们了，必须找到另外的办法。王龙终于若有所思地说道："如果有什么办法既能稳住他们，又不伤害他们，两全其美，那该多好啊！可是，这到哪儿去找这样的锦囊妙计呢！"

这时，王龙的儿子拍了一下手掌，叫道："有啦！爹，你还真提醒了我，咱给他们买鸦片抽，让他们抽个够，让他们像富人一样，随心所欲地抽，抽死他们。我表面上要和堂叔搞好关系，然后，引诱他到镇上的茶馆里去抽大烟，给叔爷和叔婆买足够的烟，让他们抽。"

王龙怎么也没有想到有这么一步棋可走，他犹豫了一下，然后，慢腾腾地说道："那要花好多钱啊！鸦片和玉石一样，都很值钱。"

"但是，我们不能就这么受他们的气。"儿子争辩说，"他们不近人情，蛮横无理，提出了那么多的过分要求不说，我还得忍受那小子对我媳妇的

贪欲，这个代价要比玉石高得多。"

王龙没有马上表示同意，心想，这个事情没有那么容易，这可是一大笔开销啊。

要是一切都顺顺当当，也没有节外生枝，等待洪水开始消退的时候，王龙还是下不了决心。

事情的经过是这样的：王龙叔父的儿子总是盯着王龙的二女儿看，这姑娘从血缘上和辈分上来说就是他的堂侄女儿。王龙的二女儿长得美丽大方，楚楚动人，长得像王龙做学徒的二儿子，只是更加娇小玲珑，举止轻灵，但皮肤不像她哥哥的那样发黄，她的皮肤洁白细腻，像盛开的杏花，小小的鼻子，薄薄的红唇，还裹了小脚。

一天晚上，当她从厨房走出来，独自穿过庭院的时候，她的堂叔把她拦住了。他上去就把她搂住，并粗暴地用手去摸她的胸部，她惊叫着，吓得魂不附体。王龙从屋里急忙跑了出来，二话不说，劈头盖脸就把堂弟暴打一顿。小伙子就像一条嘴里衔着肉的狗，他死死抱住姑娘，就是不肯松手。王龙不得不把女儿拽开。这家伙恬不知耻，淫笑着说道："闹着玩呢，她是我堂侄女儿呀，我怎么能对侄女儿胡来呢?"他说话的时候，眼睛里掩饰不住猥琐贪婪的目光。王龙气得说不出话来，嘴里不知叽咕了几句什么，马上把女儿拽走了，把她送到自己的闺房里。

当天晚上，王龙便把所发生的事情跟儿子讲了。儿子听后一脸严肃，说道："我们必须把这妮送到镇上未来的婆婆家去。即使商人刘先生说年景不好，不能结婚，也要把她送过去。家里养着这么一条发情的色狼，等她失去了贞操怎么嫁人? 我们的人，我们的脸就丢大了。"

王龙就照着儿子说的去做。第二天，他便进城来到了粮商刘老板的家里，对他说道："我女儿 13 岁了，不再是个孩子了，可以成亲了。"

可是刘老板犹犹豫豫，吞吞吐吐地说："今年生意不好，赚钱不多，还不能给儿子娶妻成家。"

王龙羞愧地说："叔父有个儿子，和我们同住一个屋檐下。那家伙简直就是一条色狼。"然后，他又继续直截了当地说道，"这妮不小了，她妈死了，我一个人也不好照看她，她长得很漂亮，这个年龄可以出嫁了，我们是个大家庭，人杂事多，我不能时时刻刻都看护着她。她终归要成为你家的人，如果你同意，就让她先住过来，只要你愿意，什么时候让他们成亲，要看你的意思。"

刘老板也是个宽厚善良的人，于是，他回答道："好吧，如果是这种情况，那就让这妮过来吧，我会告诉孩子他妈，这妮过来之后，就和她婆婆住在一起，不会出什么事情的。来年秋收之后，我们就张罗给孩子们把婚事办了，你看可以吗？"

事情就这么敲定了，王龙十分满意。他离开刘家，如释重负地朝自己家的方向走去。

老秦此时撑着船在城门口等他。未到城门口之前，他路过一家卖烟草和鸦片的店铺，他走进去，为自己买了点烟丝，为了晚上抽水烟用。店铺伙计称烟丝的时候，他漫不经心地问道："你有鸦片吗？怎么卖？"

店铺伙计回答说："现在禁鸦片，柜台上明卖鸦片是犯法的，我们不敢明着卖，如果你真的想买，而且手里有银钱，在后面的房子里可以给你称一点。半两一块大洋。"

王龙对他要做的事毫不犹豫，直截了当地说："给我称三两吧。"

第二十八章　远离奸佞

送走了二女儿，王龙去掉了一块心病。一天，他对叔父说："你是我父亲的亲兄弟，也是我的亲叔父，我买了些好烟丝孝敬你。"

他打开一个装着鸦片的小罐罐，里面的东西黏糊糊的，闻起来有股甜甜的味道。王龙的叔父接过那个罐子，放到鼻子边闻了闻，然后，哈哈哈地大笑起来。他高兴地说："好，这东西好，我以前抽过这玩意，但不是经常抽，太贵，抽不起，但我很喜欢这玩意。"

王龙装出一副漫不经心的样子回答道："不多，就这么一点。过去为父亲买的，父亲年纪大了，夜里睡不着觉，我就给他老人家买了一点。可是，我今天才发现，他一直未曾打开用过。我在心里就琢磨着：'我父亲的兄弟还健在，为什么不能让他先享用享用呢？我还年轻，根本用不上这东西。'叔父，你就拿去抽吧，想抽了或者身体哪儿疼痛难受了，就抽一口吧。"

王龙的叔父迫不及待地把装着鸦片的小罐接了过去，贪婪地嗅着，罐里的那东西的确香味诱人，只有富人才能享用得起。拿走罐子后，他又给自己买了一杆烟枪，便整天躺在床上抽起鸦片来。王龙让人买来一些烟斗，家里几个地方都放着，佯装自己也在抽鸦片。他只是把烟斗拿到房间里，并不抽。他不允许自己的两个儿子和杜鹃去碰那些鸦片，其借口就是那东西太贵，买不起，也抽不起。可是，他不遗余力地怂恿叔父、婶娘和堂弟抽这个神奇的东西。整个院子里弥漫着鸦片烟的气味。花在鸦片上的银钱，王龙一点儿也不吝惜，他懂得舍财免灾的道理。

寒冬终于过去，洪水也开始消退了，王龙便到田里随意走走看看，计划着来年的春耕播种。有一天，大儿子正好和父亲一前一后地走着，他得意地对父亲说："爹，家里又要多添一张嘴了，你要有孙子了。"

听了这个消息，王龙转过身开心地笑了，搓着两只手说："今天真是个好日子!"

　　他又喜悦又得意，然后找到老秦，让他到镇上去买几条鱼，割几斤肉，再买些好吃的东西，让人把这些东西拿回家，送给了儿媳妇，并说："多吃点吧，补补身子，你吃好了，我孙子的身体就强壮了。"

　　整个春天，王龙都在其乐无穷地想着他要有孙子了。要当爷爷的事，对他来说是一种极大的宽慰。当他干其他活儿的时候，就想到他要得孙子了；当他遇到不开心的事了，他立马就想到他要有孙子了。孙子成了他的命根子，是他生命的延续，是他的精神慰藉。

　　斗转星移，日月更迭。眨眼间进入了夏天，因水灾而逃离家乡的那些人又都陆陆续续地回到了村子，一个接着一个，一群挨着一群。经历了严冬，他们过得人困马乏，精疲力竭，但能安然无恙地返回家乡，他们已经非常高兴了。原来盖着房子的那些地方，除了洪水淹没过的地上遗留下厚厚的黄泥浆外，再无他物。但是，重建家园，修葺房屋，这种黄泥还是非常有用的，买几领草席，苫在屋顶，房子就算建成了。许多人跑来找王龙借钱。看到那么多人急需用钱，他便以高利息把钱借给他们。他总是说，有了土地便有安全感。借到了钱，人们纷纷在洪水过后肥沃的土地上播种。他们需要耕牛、需要种子、需要各种农具，而他们又借不到更多的钱时，有些人便把自己的部分土地卖掉，这样就有钱耕种剩下的为数不多的土地。王龙便从急需钱用的村民手里以最低价收购了大量的土地。

　　但也有一些人不愿意出售自己的土地。他们没钱买种子、耕牛和农具时，他们便卖掉了自己的女儿。有些人想卖掉自己的女儿，就找到了王龙，希望他能买下他们的女儿，因为他的财富，他的权势以及他的善良是远近皆知的。

　　王龙想着王家又要添丁加口了，别的儿子结婚后也会生孩子，香火不断，家丁兴旺。为了从长计议，他就买了五个丫头。有两个女孩 12 岁左右，没缠脚，身体壮实，另外两个年纪较轻，在家里干所有的杂务，伺候他们全家，还有一个要专门伺候荷花。杜鹃也年纪大了，二女儿又出嫁了，所以家里几乎没有操持家务的人了。

　　这五个丫头是王龙在同一天里买下的。他已经相当富有了，只要是他决定要办的事情，没有他办不好的，而且是立刻、马上就能办到。

又过了几天，一个人又领来了一个小巧玲珑的姑娘，六七岁的样子，想卖给王龙。王龙开始说不想买，因那姑娘身材娇小，身体羸弱。而荷花却看中了这个姑娘，她娇嗔地说："我就想要这一个嘛，她长得这么漂亮。另一个长得五大三粗，身上还有股膻气，我不喜欢她。"

王龙上下打量着那个女孩，女孩长着一双惊恐的美丽眼睛和一副瘦得可怜的身躯，一方面是为了迁就荷花，另一方面也想看看这姑娘能否胖起来。于是，他顺口说道："好吧，如果你喜欢，那就留下吧！"他花了20块大洋把那女孩买了下来。她住在后院，就睡在荷花的床脚下。

在王龙看来，现在他可以过一种平平稳稳的日子了。洪水减退了，夏天来了，又到了耕种的时候。于是，王龙便这块地里走走，那块地里转转，察看着每一亩，每一分的土地。他和老秦讨论着每一块土壤的土质，商量着，利用土壤的好坏复种轮作庄稼，提高土壤的生产力。不论到哪里，他都把三儿子带上，因为三儿子在他百年之后要子承父业，在广阔的田野大显身手，再说了，手把手地教他，带着他，还可以让他多学点本事，多长点见识。

但是，每次当王龙对儿子说话时，他根本就没有留意到儿子能听进去多少，或者注意到他是否在听他说话。这孩子老是阴沉着脸，一点都不高兴，只顾低头走路，谁也不知道他在想些什么。

王龙只知道儿子默默地跟在他身后，却不知道他想些什么，在干些什么。一切安排好后，王龙满意地走在回家的路上，心里想着："我已不再年轻了，我没有必要事必躬亲。地里，我有人干活儿，我还有几个儿子，家庭也和和睦睦，一片宁静与祥和。"

然而，回到家里，他却发现家里并不是他所想的那样祥和宁静。虽然他给儿子娶了媳妇，还买了好几个丫鬟伺候全家，虽然他给叔父和婶娘买了足够的鸦片，让他们尽情享受，可是，家里依旧是鸡飞狗跳，不得安宁。这一切都源自他的大儿子和叔父的儿子。

看来，王龙的大儿子对堂叔的所作所为依然耿耿于怀，他总是怀疑堂叔对他媳妇心术不正。源于小时候，他目睹了堂叔的种种恶劣行径。现在，王龙的大儿子和堂叔之间的关系已经发展到了水火不容的地步。只要堂叔不去茶馆，他绝对不会离开家到茶馆去的。只有看到堂叔走出了家门，他才肯离开家。他怀疑这个恶棍对家里的那些丫头们包藏祸心，甚至对后院的荷花也心怀叵测，但这种怀疑并没有什么根据。荷花已体态发福，日渐变老，除了美酒佳肴外，她对什么都不在意，也不感兴趣了。若有男人想亲近她，她都懒得抬眼皮。王龙也年事渐高，宠幸她的次数越来越少，对此，她在心中暗暗窃喜，这是她求之不得的事情。

当王龙和小儿子从地里回到家中时，大儿子把他拉到一边，对他说："爹，我再也忍受不了我堂叔那个家伙了。他整天在家里粗野无礼，敞胸露怀，眼睛老盯着家里的那几个丫鬟。"他本来还想说："他甚至都到后院打起了你的女人的主意。"但他欲言又止，心中不免泛起一丝内疚感，自己也曾对父亲的这个女人产生过好感。现在，看到她又老又胖的模样，他都不敢相信自己曾经被她迷得神魂颠倒。他感到十分羞愧。无论如何，他是不想让父亲回忆起那不光彩的事，所以他对父亲只提到了丫鬟们。

王龙兴致勃勃、精神抖擞地从地里回来，田野里的洪水已经全部消退了，空气干燥而温暖，还有儿子一直陪伴着他，对儿子的表现也很满意。可是现在家里新的矛盾和纠纷使他十分的恼火，他回答说："对这件事情你总是耿耿于怀，纠缠不清，是不是有点太愚蠢了。你爱你的老婆，疼你的老婆，本就无可非议，但是作为一个男子汉，天天只想着父母为他娶的老婆，而不关心其他事情，那就有点不像话了。一个人过分地宠溺他的老婆成何体统，不要眼里尽是女人的那些事情。"

儿子被父亲的责备伤了自尊，他最怕有人说他不明事理，就像一个平庸、无知的普通人。他立刻捧了父亲一句："不是为了我老婆，在我父亲的家里，发生这种不体面的事情会令人耻笑的。"

王龙没有听清他在说什么，他在生着闷气，脑子一直在想着家里的各种纠纷。他继续说道："我就问你，难道这个家里男女之间的麻烦就没有个尽头吗？我一把年纪了，老了，也没有了脾气。我只想过得清静一些。难道我得永远忍受你们的妒火和猜忌吗？"他沉默了一会又喊道："那么，你说，我该怎么办？"

儿子耐着性子等他父亲发完脾气。当王龙说完"我该怎么办"时，他瞬间明白了儿子的意思，儿子有话要对他说。这时，儿子从容不迫地回答

道："我想离开这个多事的家，搬到镇上。如果我们再继续像土包子一样地住在乡下，无论如何都是不识时务的。我们可以离开这个家，远离好吃懒做的你叔父一家，把你的叔父、婶娘和堂弟留在这里，这样，我们一家就可以安全地住在城镇了嘛。"

听了儿子这番话，王龙苦笑了一下，很快就否定了年轻人的主意，好像根本就不值得考虑。"这是我的家，"说着，他就在桌旁坐下，从桌子上拿过他的烟袋，"你可以住也可以不住，随你的便。这是我的房子，我的地。要不是有地，我们也会像别人那样饿死，你也不会像识字先生那样穿着好衣服走来走去，正是这些沃土才使你比其他农夫的孩子强些！"

王龙站起身来，激动地在堂屋里"咚咚"地走来走去。他动作粗俗地在地上唾了一口唾沫，举止俨然像一个农夫。王龙虽然一方面对儿子的帅气感到高兴，但另一方面又对他的帅气十分蔑视。尽管他这样想，他还是暗暗地为儿子引以为豪。因为，凡是见过这个儿子的人，谁都不会料想到，他是属于将要同土地脱离的一代人。

但他的儿子并不肯罢休，坚持地跟在父亲的后面说："镇上有黄家大院的老房子。虽然前院住满了普通的人，可是后院却锁着没有人住。我们可以把它租下来，安安静静地住在那里。你和小弟住进来，还可以经常到地里去，而我就不会让堂叔这条狗气我了。"他劝说着父亲，眼里充满了泪水，即使泪水淌到腮帮子上也不去擦掉。他又说，"我想做一个好儿子，不赌博，不抽鸦片，对你给我娶的媳妇也满意，我很少向你提什么要求。"是否仅仅是儿子的眼泪触动了王龙，他不清楚，但是当儿子说到黄家大院时，王龙确实对儿子的话动了心。

王龙从来没有忘记，他曾经是弯着身子走进那家大院，又曾经羞愧地站在住在那里的人面前，甚至连看门的人他也害怕，尤其是他站在那家老太太面前，感觉尤为强烈，这是他一辈子都不会忘记的耻辱。他活到现在一直觉得在人们眼里，他比住在镇上的人要低一头，对此，他愤愤不平。因此，当儿子说他们可以住进那家大院时，那情景就立刻跳进他的脑海，好像他真的看见那院子就在眼前。"我可以坐在老太太坐过的那个位子上，在那个地方，他们曾让我像奴隶一样站着。现在我可以趾高气扬坐在那里，我也可以把别人叫到我的面前。"他想着这种情景，心里暗暗地说："如果

214

我想做的话就可以做到。"

他琢磨着这个想法，默默地坐着，并不回答儿子。他往烟袋里装上烟丝，点着，抽着烟，心想如果他愿意，他能够做些什么呢？

所以，倒不是因为他儿子的提议或是他叔父、儿子的行为使他改变了想法，而是那地方对他来说永远是大户人家的象征。

因此，他最初没有表示说他愿意去，或是说，此次一去会使家庭发生重大的变化，但打那以后，他比任何时候更讨厌他叔父儿子的好逸恶劳。他密切地注视着这个人，而这个人总是在到处浪荡，他的确用色眯眯的眼睛盯着那些丫头看。王龙说道："我不能和这条贪得无厌的狗住在一起。"

他看了一下他的叔父，由于吸鸦片，他叔父已越来越瘦，皮肤越来越黄，腰也弯了，人显得很苍老，咳嗽时还吐血。他又看了一下婶娘，她也已变得像一棵黄芽菜。她对那杆烟枪爱不释手，整天昏昏沉沉的。他们不再找王龙的麻烦了，鸦片已经完成了王龙原先的计划。

剩下的就是他叔父的儿子。这个人依然光棍一条，像野兽那么贪婪。鸦片并没有像征服他的父母那样将他征服，他仍然是一个放荡不羁，卑鄙龌龊之徒。王龙不想让他在这个家里结婚，怕他传宗接代，像他那样的人，一个就够王龙一家应付的了，既没有必要又没有人催他，他一点活儿也不干，但他夜间却常常外出活动。现在，他外出活动的次数也越来越少了，因为人们都忙着重整家园，耕田种地，村上镇上也都恢复了以往的秩序。盗匪也撤到西北方向的深山里去了。这个人没有跟盗匪一块走，情愿叫王龙养着他。这样，他便成了这个家庭中的肉中刺。他游手好闲，整天无所事事的闲聊，发懒，打哈欠。他经常不修边幅，甚至在中午也袒胸露背，赤裸着身子。

有一天，王龙到镇上去看望在粮行的二儿子时，想听听他的意见。他说："哦，老二，你哥想让我们搬到镇上来，如果能租到黄家大院几间房子，我们就搬到那个大院里住，你说这事靠谱吗？"

二儿子现在俨然一副大人模样，跟店里的其他伙计一样眉眼棱角分明，衣服整洁干净。尽管他个头不高，皮肤微黄，但精明强干，他对父亲迎合道："这可是绝好的事情，我没有意见，挺适合我的。我可以在大院里结婚，婚后让我媳妇也住在那里，这样我们一家人同住一个屋檐下，那才像

一个大家庭。"

对于二儿子的婚事，王龙毫无思想准备，因为这孩子头脑冷静，遇事沉稳，他的身上还没有表现出任何青春的萌动，再说了，王龙有许多其他的麻烦事儿，王龙心里很清楚，作为父亲，在老二的婚事上他操心不够，没有尽到应尽的责任，他很内疚，所以他略带歉意地说："我早就在心里想过，你也应该成家了，可是，我被琐碎的事情纠缠着，抽不出时间来关心你的婚事。再加上这次闹灾荒，也不便安排宴席……不过现在可以摆宴席了，这事一定要办。"

王龙在心里谋划着，从哪儿给儿子物色个对象呢？这时，只听二儿子说道："嗯，成家我肯定会的，男人嘛，该结婚就得结婚，这是正事，男人就应该结婚生子，因为他要传宗接代呢。结婚总比把银钱花在不相干的女人身上强得多。但是，爹，别给我找一个镇上人家的闺女，就像我哥的媳妇，这种女人老是说她在娘家如何如何，怎样怎样，总是让你给她花钱，还会令人十分生气。"

听到这番话王龙大为震惊，他从来就不知道大儿媳妇会说出这样的话，他只是看到儿媳言谈举止得体，相貌端端正正。但是，在王龙看来，二儿子的话讲得颇有道理。看到儿子如此精明，还知道精打细算，他很高兴。对于这个儿子，他确实了解得很少，因为和大儿子强壮的体魄相比，他长得很瘦弱，除了他爱哭的性格外，不管是小的时候，还是现在长大成人了，几乎无人去注意他。因此，儿子到粮行之后，王龙便渐渐把他淡忘了。不过，若有人问起他有几个儿子时，他会骄傲地回答道："哦，我有三个儿子！"

王龙打量着二儿子，只见他头发抹着发油，平顺光滑，身材匀称，穿着小号灰绸长衫，看起来整洁干净，举止温文儒雅，透着干练，双眼睿智有神。于是，他诧异地自言自语道："这也是我儿子？"然而，他却高声说道："那么，你喜欢找一个什么样的姑娘呢？"

这时，年轻人好像早已胸有成竹地为自己做了精心的打算，他从容不迫地脱口而出："我要从村上找一个对象，找一个有大片土地的好人家的姑娘，没有穷亲戚，还有许多陪嫁的姑娘，不一定很漂亮，当然，也不能太难看，还有，她一定要会做一手好饭菜。即使厨房里有佣人，她也可以做监督指导她们。如果她要去市场买米，不多不少，够吃就可以，多买一斤米，就是浪费；如果她要买布做衣，布料要裁剪合适，剩下的布料不能有巴掌那么大。我就想娶这么一个会精打细算过日子的姑娘。"

王龙听到儿子有如此深思熟虑、周详的打算，他委实感到震惊了。尽管这个年轻人是他的亲生儿子，看来他对这个儿子的了解微乎其微！这个儿子的血管里流淌他老子的血液，但没有淫欲和邪念，和大儿子截然不同，有天壤之别。他对这个儿子刮目相看，佩服和欣赏他的聪慧与精明。于是，他笑哈哈地说道："好啊，我会给你找个称心如意的姑娘！让老秦到各个村里走走，给你物色一个。"

说完，王龙笑着离开了。他穿过大街，走到黄家大院。他站在大门两侧石狮子中间犹豫了片刻。然后，径直朝大院里面走去，连一个看门人都没有。走到院子里面，他发现，前院没有任何变化，和他当年来找那个妓女时的样子一模一样，他担心就是这个妓女将他的儿子勾引坏了。树上挂着洗晒的衣服，院子里到处都坐着女人，她们一边聊天，一边纳着鞋底。小孩们光着屁股在院子里跑来跑去，房屋的瓦上积满了灰尘。整个院子人满为患，充斥着不洁净的空气。大宅院的主人早已不知去向，后来普普通通的人群蜂拥而至，都住进了这个大户人家的院子。他朝前走了走，看了看那个妓女住过的房子，房门半掩着，但房子显然已经换了主人。王龙看见一个老人居住于此，为此，他感到挺高兴，便继续往前走。

从前，大户人家还在的时候，王龙和这些平民百姓一样，对大户人家心存不满，既恨又怕。但是，现在他有了自己的土地，安全地藏匿着花不完的金子和银钱，他瞧不起这些聚堆的、拥挤在一起的贫民了。他暗自思忖，这些人太肮脏了。走在这些人中间时，他都要用手捂住鼻子，屏住呼吸，怕闻到周围的臭气。他瞧不起他们，讨厌他们，仿佛他就是这个大户人家的主人。

他穿过几道院子，完全出于好奇心，漫无目地地继续往里走。他并没有什么具体的目标和事情，后院一个院子的大门上着锁，他发现，大门旁边坐着一个昏昏欲睡的老太婆。他走上前去，认出这个老太婆就是从前那个看门人的麻子老婆。这使他大吃一惊，他看了看她，记得她当时是个肥胖的、脸色红润的中年女人，可是，现在眼前的她，白发苍苍，面容憔悴，满脸皱纹，老态龙钟，嘴里的牙齿参差不齐，黄斑点点。看到她这副模样，他瞬间觉得，从他年轻时抱着第一个儿子来拜见老夫人到现在，真是时间恍如白驹过隙，有生以来第一次，王龙感到他也垂垂老矣。

王龙用相当伤感的口吻对老太太说："醒醒，开开门，让我进去吧。"

老太婆抬起头，眨巴着眼睛，舐着她那干裂的嘴唇，说道："我不能给你开门，除非你把整个后院都租下来。"

王龙突然说道："那好吧。如果这地方合我心意，我就全租下来。"

老太婆没有认出他来，但他也没有告诉她他是谁。老人开了门，他跟着她朝后院走去，对庭院的布局他了如指掌，对庭院的每个小道他依然记忆犹新。偌大的庭院幽静地闲置在那里，旁边就是他曾经放置过竹篮的小屋，然后，就是一道长廊。长廊由精美的大红漆柱支撑着通向深院。他跟着她走进了深院的正厅，他的思绪又回到了从前的岁月，往事历历在目。当年，他就站在那里等着娶黄家的一个丫鬟。在他的面前有一个雕工精美的太师椅，老夫人坐在上面，瘦小的身躯裹着绫罗绸缎。

这时，受某种莫名冲动的驱使，他走上前去，坐在了黄老夫人曾经坐过的那把太师椅上。他把手放在桌子上，以居高临下的姿态，俯视着老太婆那老态龙钟、堆满皱纹的脸。老太婆看着他，眨巴着眼睛默默地期待着，期待着来人的决定。不知道这个人想要干什么。此时此刻，王龙多年来内心的渴望，莫名追求虚荣的复杂心理油然而生，自我满足冲动的欲望使他拍案而起，他直接说道："这房我要了！"

第二十九章　莺迁乔木

　　随着年龄的增长，王龙做任何事情都力不从心，笨手笨脚的，反应也越来越迟钝，做事情也越发没有耐心，一天中的后半晌，他基本上是安安静静、闲来无事地坐着，要么就是看着落日，要么就去地里转悠转悠，回来后，再小睡一会儿。他会告诉大儿子他的打算与计划，然后，吩咐儿子去安排。他又让下人把老二叫来，让他帮忙搬家。一天，一切安排就绪后，他们就开始搬家了。首先搬家的是杜鹃、荷花、她们的丫鬟们以及她们的东西和家什，然后是大儿子、儿媳和他们的仆人和丫鬟。

　　但是，王龙并没有马上行动，他依然和小儿子住在老房子。当真的要离开生他养他的这片土地时，感情上还真是割舍不下，搬家也就不像他们想象的那么容易和迅速了，故土难离啊！当家人催促他时，他说道："好吧，给我专门收拾个住处，我单独住，哪天我想来了，就搬过去住，但必需在我孙子出生的前一天。如果我想回来了，就回来看看我的土地。"

　　当家人再次催促他时，他说道："我还得想着我的傻女儿，带不带她，我都没有个主意。看来我必需把她带上，除了我，还有谁会关心她的吃喝呢？"

　　王龙以责备的口吻对大儿媳妇说，因为她不是很情愿让傻子妹妹靠近她。儿媳不但过分挑剔，而且有些神经质。她说："像这样的一个傻子就不应该活着。我看她一眼就感到恶心，我已经看够了。"王龙的大儿子知道媳妇特别不喜欢这个傻妹妹，因此，他沉默不语，可是王龙对自己的责备感到懊悔，他马上委婉地转移话题："给老二把对象找好了，我就过来。待在这里比较方便，这里有老秦陪着我哩，等到这个事情一完，我就过来。"

　　于是，二儿子不再继续催促王龙了。

　　除了王龙、小儿子和傻子女儿之外，老家里还住着王龙的叔父、婶娘、

堂弟、老秦和那些雇工们。叔父一家搬进了后院荷花曾经住过的房子，他们竟然把这座房子当成了自己的。对此，王龙一点儿也不感到心疼。他心里明明白白，叔父活在世上的日子已屈指可数了。王龙暗自思忖，这老东西一死，他对父辈应尽的义务便也就结束了。要是他的堂弟不听使唤，王龙就把他赶出家门，没有人会指责王龙，会说他的不是。到那个时候，老秦和那些雇工就搬到前院住。王龙和小儿子、傻子女儿住在堂屋里，到时候，他再雇一个身体健壮的女佣人来伺候他们。

王龙困了就睡，他现在什么事情都不放在心上，因为家里已经和和睦睦，平平安安，不再有人给他添麻烦，打扰他，小儿子寡言少语，从不给他招惹任何麻烦。王龙对小儿子知之甚少，都不知道他竟然是一个如此沉默寡言的孩子。

王龙终于将二儿子的婚事提上议程，他打起精神，叫老秦去给他二儿子物色一个对象。

老秦现在也年事已高，身体孱弱，瘦得就像一根芦苇，但他身上仍然有着坚毅和对王龙特有的忠诚。王龙不再让他去锄地或者赶着牛跟在后面犁地了。然而，他还是老有所为的，他可以监管雇工们干活，称粮食的时候，他也站在旁边看管。当听到王龙的吩咐时，他洗了把脸，穿上了最好的那件蓝布大衫，便出发了。他走村串户，每到一处，他便给王龙的儿子物色对象。最后，他回到了家里，对王龙说："如果我再年轻点，我倒愿意为我自己找个对象，而不是给你儿子。几里地外有个村庄，那个村里有个好闺女——身材高大，结实健康，做事细心，几乎是十全十美，唯一不太理想的就是这个姑娘爱笑。她爹很愿意把闺女嫁给你儿子，和你家结亲，他家里还有土地，嫁妆会陪得很好，但是没有经过你的考量和同意，我不能承诺人家。"

王龙觉得这门亲事相当不错，他急于想把这件事早早办成，所以就答应了这门亲事，当婚帖送来时，他立即画了押。长长地出了一口气后，如释重负地说道："现在只剩这一个小儿子了，我要亲自办完儿子们的婚姻大事，很高兴，以后不再有什么事让我操那些闲心了，马上就能过上清静的日子，享享清福了。"

这桩婚事就这么被定了下来，并选好了成亲的黄道吉日，他便无忧无虑地晒着太阳，还时不时地也在太阳底下丢个盹儿，也算睡觉吧，就像他父亲以前的生活习惯一模一样。

王龙心想，老秦年事已高，且体弱多病，对一些事也力不从心，而王龙自己饱食终日，身子骨越来越懒，真是年龄不饶人，整日萎靡不振，昏昏欲睡。小儿子年龄尚小，涉世不深，还挑不起家里的重担。因此，他打算把离村庄最远的一些土地租给村上的人去种。王龙做这件事没含糊，说做就做了。附近村子里的许多人都租了王龙的土地，变成了他的佃户。他们说好了土地租赁的条件，收成的一半归王龙，因为他是土地的主人，另一半归佃户，因为他们付出了辛勤的劳动。另外，双方必须遵循一些其他的条件：王龙要提供肥料、豆饼和芝麻榨过油剩下的油渣，佃户们还要储存一些农作物以便供给王龙一家享用。

家里的农活儿不再像过去那样靠王龙亲力亲为的计划和安排了，因此，他便时常进城住在为他准备好的那个院子里。天色微亮，他就早早起了床，先在城里转转看看，等城门打开了，他便穿过城门，朝自家的田地走去。他呼吸着田野里芳香沁脾的新鲜空气，双脚站在自己的土地上，他感觉到神清气爽，无比亲切和充实。

好像众神总是眷顾王龙，对他格外开恩，似乎要让他安度晚年。堂叔院里除了一个胖子女佣之外——那是一个雇工的老婆，再无其他女人。堂弟感到无聊和乏味，整日坐卧不宁，心神不定。当听说北方有战事时，他便对王龙说："哥，听说我们的北边在打仗，我想去当兵，长长见识，也好找点事做。我真的想去，但你要给我些银钱，我好添几件衣服和被褥，还要买一个洋手电筒，斜挂在肩膀上！"

王龙求之不得，高兴得心都快跳出来了，但他却装得不动声色，把这种喜悦和兴奋深深地掩藏于心底。他佯装反对，担心地说："你可是我叔父的独生子，你下面没有接续他香火的人了。如果你要上前线去打仗，谁知道会发生什么事呢？要是我叔父有个三长两短，连个送葬的人都没有。"

王龙的堂弟哈哈大笑起来，急忙说道："放心吧，哥，我又不是傻子，我不会待在有生命危险的地方。真要打起仗来，我就偷偷地开溜，等打完了仗，我再回来。我只是图个新鲜，开开眼界，出去逛逛而已，不能老待在一个地方。等我老了，外面的地方再好也去不成了。"

王龙毫不犹豫地大方了一回。这一次，他痛痛快快地把银钱直接塞进堂弟的手心里。他暗自思忖着："如果他喜欢打仗，就让他去吧。这个孽障一走，就不会给家里再惹麻烦了。国内总会有打仗的地方。"他又自言自语道："嗨，如果他运气不好，说不定他会被打死的。想想看，哪有打仗不死人的？"

这时，王龙心里的那个兴奋就别提了，但是，他没有表现出来。婶娘听说儿子要走，便哭了起来，他急忙安慰着婶娘，又给了她一些烟土，还为她把烟枪点上，然后说："婶婶，别担心，他在军队里肯定能当上大官的，他会给我们全家带来荣耀的。"

家里总算恢复了往日的安宁。乡下的家里除了那两个昏昏欲睡的老东西，就是王龙自己了。镇上的家中，王龙在期待着小孙子的出生。

孙子出生的日子一天天逼近，王龙在镇上的家中住的时间越来越长。他常常在院子里走来逛去，默默地回忆着过去所发生的一切，他的心中从来没有像现在这样满足。从前的黄家——一个大户人家——的宅院却如今住着他的妻子和儿子以及儿媳妇们，而且他马上就要有孙子了，孙子属于第三代人了。

王龙喜眉笑目，满面春风。在他看来，世界上没有他买不起的贵重东西。他给家里买来成匹的绸缎，因为罩着粗布套子的那些雕花椅子和那些用楠木做的雕花桌子看着实在不雅观。他还为那些丫鬟们买来了成匹的深蓝棉布，这样，她们就不必再穿那些褴褛的外套了，他就是这么做的。当大儿子在镇上结交的那些朋友来到这个大院时，他们见证了这里的一切，为此，他很得意，很自豪。

从前，王龙吃烙饼卷大葱就知足了，可是现在今非昔比。他一心想吃那些美味佳肴。他可以睡到日上三竿，而且地再也不需要他动手侍弄了。他对饭菜越来越挑剔，也越来越讲究：他要品尝冬笋、虾仁、鸽子蛋，还有南方的鱼、北海里的蛤蜊等。所有这些美食都是富人用来增加食欲的珍品，他的儿子和荷花也要吃。看到家里满盘的珍馐美馔，杜鹃笑着说："这生活真的和我从前在黄家大院时的一模一样，不同的是我老了，皮肉干瘪了，老爷您也不喜欢我了。"

杜鹃说着，偷偷地瞟了王龙一眼，然后，开怀地大笑起来。王龙装作没有听见她那调情的挑逗话，但他心里蛮高兴的，因为她把他称作"老爷"了。

现在王龙过着养尊处优的日子，再也用不着起早贪黑地干活儿了。家人起床时他就起床，家人睡觉时他便睡觉，他在等候孙子的降生。一天早晨，他听到了女人的呻吟声。他走进大儿子的院子，大儿子迎了上来，对他说："爹，快生了，可是杜鹃说还要等些时间，我媳妇的骨盆狭小，可能会难产。"

于是，王龙回到自己的院子里，坐了下来，听着女人痛苦的呻吟声。多年来，他第一次感到害怕，他想求神灵来庇护她。他起身来到香烛店铺买了香烛，然后，朝镇上的小庙走去，镶着金边的神龛里供奉着一尊菩萨。他请来一个闲散的比丘，给了点钱，请他将香烛插在菩萨面前的香炉里，并说道："我，一个大男人来烧香拜佛，有点不妥。可是，我的第一个孙子就要出生了，孩子他妈正在经受着生产的苦难，她是城里人，身子骨娇小。我老婆已经去世了，家里再没有其他人能来敬神拜佛求得母子平安了。"

他亲眼看着比丘将香烛插在菩萨面前的香炉里，等着香火烧尽。此时，他突然惊恐地想到："如果生的不是孙子而是孙女，那可怎么办？"他急忙大声喊道："啊，菩萨啊，如果生个孙子，我要为你买件全新的红色长袍；若是生个孙女，我就什么都不给你买了。"

他惴惴不安地走出镇上的小庙，事前他压根没有想到会有这种可能：生的不是孙子而是孙女。他心中忐忑不安，又去买了一些香烛。尽管天气炎热，一路上尘土飞扬，但他顾不了这些，径直去了乡下的小庙宇。庙里有两尊神像，正襟危坐，守护着庄稼和土地，也是百姓祈福之地。他把香烛插进香炉里，并把香烛点着，然后，面对神像郑重其事地说："我们都把您奉为神明，我爹、我，还有我的儿子都十分虔诚地供奉您。现在，我儿媳妇要有孩子了。如果生的不是男孩，我就再也不供奉您二位了。"

在庙里行事完后，王龙拖着疲惫不堪的身躯回到了家里。他在桌子边坐下，很想让一个丫头给他端茶，让另一个丫头给他端热水洗脸。他拍了拍手，但没有一个人应答，只听到阵阵匆匆忙忙地跑来跑去的脚步声，他

不敢叫住下人问一下究竟生的是男孩还是女孩，甚至都不敢问一声是否真生了。他茫然失措地坐在那里，灰头土脸，疲惫不堪，没有一个人搭理他。

他就那样默默地一直耐心地等待着。就在夜幕降临的时候，荷花拖着沉重的身躯，杜鹃搀扶着她，摇摇晃晃地走了过来。她咯咯地笑着大声说道："好啊，你儿子又生了个儿子，母子平安无事。我已经看过孩子了，长得又健康又可爱。"

王龙也跟着哈哈地笑了起来。他站起身，拍打着双手，笑呵呵地说："平安就好，我一直就坐在这里，就像在等自己的第一个儿子出生时一样，心里七上八下的，不知道该做些什么，总放心不下，担心会发生什么意外。"

荷花回到自己的屋子后，王龙又坐了下来，回想起了过去生活的点点滴滴。"阿兰生我第一个儿子的时候，我都没有这么担心。"他静静地坐着，沉思着，回忆着。大儿子出生的情景历历在目。他想起了阿兰是怎样一个人走进黑黢黢的小屋里，她又是怎样独自一人生产接生，给他生了一个又一个儿子和女儿的。她悄无声息地把他们一个个生了下来。然后，在月子里，她又跟他一起下地，和他并肩干活儿。再看看这个女人——他的儿媳妇，生个孩子却疼得像猪叫，忙得仆人们团团转，忙得丫鬟跑前跑后，丈夫还守在房门口。

王龙对过去往事的回忆，犹如想起了一个遥远的梦。他又想起了阿兰在干活儿休息的空间如何给孩子喂奶的情景。阿兰的奶水如何丰富，充盈的奶水又是如何溢出来，滴落到泥土里。这一切如今看来都是那么的遥远。这时，儿子走了进来，面带笑容，扬扬得意地大声说道："爹，生了个男孩。我们得给他找个奶妈。我不想让孩子吃他妈的奶。这会毁了她的容貌、虚弱她的身子。镇上有身份的女人都不会自己奶孩子的。"

王龙不由自主地伤感起来，他说："好吧，如果她不想奶自己的孩子，非得找个奶妈的话，那就找吧！"可是，他不知道，他为什么如此的伤心。

孩子满月时，王龙的儿子——婴儿的父亲，举办了一场满月宴以表示庆贺。他不仅请了岳父岳母一家，还请了不少镇上的来客，可以说，凡是镇上有头有脸的人几乎都请到了。他准备了几百个红鸡蛋，送给每一位来宾,整个家里充满了喜庆欢乐的气氛。婴儿长得胖乎乎的,十分可爱,大家都很欢欣。

满月宴席散了之后,王龙的儿子来到他面前,对他说:"爹,现在我们家已经有三代人了。我们应该像大户人家那样要设立祠堂,祭祀祖宗,我们应该在逢年过节的日子里把祖宗的牌位供奉上,好供一家老小祭拜。爹,如今,我们是一个有身份的大家族了。"

这话使王龙尤为高兴,于是,他吩咐家人赶快行动起来,准备祖宗牌位。按照他的吩咐,牌位很快在中堂里供奉起来,王龙祖父的名字、父亲的名字都一一被写在不同的牌位上,还有两个空白牌位,没有写任何人的名字。一旦王龙和儿子百年之后,那就是留给他们的牌位。王龙的儿子买来了一只香炉,就摆放在供奉牌位的前面。

办完这一切事之后,王龙突然想起了他答应给庙里菩萨买红长袍的事,于是,他又到庙里捐了一笔钱。

但是,好像神明不愿一味给予恩赐,在给予恩赐的同时,它还要给人们带来某种痛苦。王龙从庙里出来,走在回家的路上。这时,一个正在地里收割庄稼的人突然跑了过来,他告诉王龙,说老秦突然倒在地上,奄奄一息,快要不行了,他问王龙能否在他死前去看看他。王龙听完报信人气喘吁吁的叙述,愤怒地喊道:"我想,一定是庙里的那两尊该死的菩萨嫉妒了,因为我给镇上庙里的那个菩萨买了红长袍。我想,他们也许不明白,他们是土地神,只有看管土地的权利,而没有权利管女人生孩子的事情。"

午饭已经做好,等着王龙去吃,但王龙连筷子都不愿动一动。荷花大声喊着,叫他等到太阳落山后再去看老秦,但他不肯再等,而是立刻起身就出发了。荷花见他不听劝告,便让一个丫鬟拿着一把油纸伞去追他。但王龙走得太快,肥胖而个子低矮的丫鬟很难将伞撑到他的头顶上。

王龙很快来到了老秦躺着的房间,他高声问在场的人:"这到底是怎么回事?"

屋里挤满了雇工,他们七嘴八舌地抢着给王龙解释道:"他要亲自来打谷场干活……他这把年纪,我们不让他干……""有一个新来的雇工……""他不会使用连枷,老秦就教他……""对一把年纪的人来说,甩连枷可不是轻活儿……"

这时，王龙气不打一处来，大声喊道："把新来的雇工给我叫来。"

他们把那个雇工推推搡搡地拽了过来。这个人哆哆嗦嗦地站在王龙面前，战战兢兢，两个裸露的双膝不听使唤地颤抖着。这是一个五大三粗的乡下小伙子，龇牙咧嘴，厚厚的嘴唇外翻，眼大如铃，目光呆滞。但王龙对他没有丝毫的同情感，他狠狠地抽了小伙子几记耳光，然后，又从丫鬟手里夺过一把雨伞，没头没脑地敲打着小伙子，没有一个人敢上去阻拦他。大家知道，上了年纪，怒火攻心，非要了老头的命不可。这个乡下孩子恭顺地站在那里，咬着牙，忍着痛，小声地哭泣着。

这时，老秦躺在床上，发出了低沉的呻吟声。王龙扔掉雨伞，大声说道："这个人都快要死了，我还在打一个笨蛋！"

他坐在老秦身旁，拉过老秦的手，紧紧地握着。老秦的这双手很轻，很干燥，就像一片枯萎的枥树树叶，简直使人无法相信，血液是如何在他那干瘪的手上流动的。真的是那么轻，那么干燥，还那么烫手。老秦原本就日渐枯黄的脸越发显得苍白灰暗，皮下还渗出了点点血斑。他那半闭的双眼浑浊不堪，已经模糊得看不清东西了。他呼吸急促而困难，王龙俯下身子，在老秦的耳边大声说道："别怕，我在这里呢。我会为你买一口差不多和我爹那样的棺材。"

可是，老秦的耳朵里充满了淤血，即使听到王龙对他说的话，他也不会有任何反应了。他躺在那里，奄奄一息地喘着气。他就这样直到咽下了最后一口气。

老秦死了，王龙趴在他的身上失声大哭起来。父亲死的时候，他都没有这么痛哭过。他给老秦订购了一口顶好的棺材，出殡时他请了比丘，穿着孝服走在灵柩后面。他甚至还让大儿子脚踝上扎了孝带，就像死了一个亲人似的。大儿子大为不满，抱怨说："他只不过是一个身份不一般的仆人，如此排场地给一个仆人办丧事没有必要，也不合适。"

王龙为老秦守了三天孝道，按照王龙自己的想法，他还要把老秦埋在四周有围墙的祖坟里，那里埋葬着他父亲和阿兰。但那几个儿子死活不同意这样做，他们对王龙抱怨说："爹，难道让俺娘和俺爷跟一个仆人葬在一起吗？难道我们死了之后，也要跟他葬在一起吗？"

王龙希望家庭和睦，不愿和儿子们争争吵吵。于是，他便把老秦埋在了祖坟围墙入口附近，他为自己的决定和做法感到宽慰。"这样做也挺合适，他一直都是我忠实的管家和守护者，使我免遭邪气和厄运。"然后，他嘱咐儿子们说，在他死了以后，把他埋在离老秦最近的地方。

王龙已不像从前那样经常到地里走走看看了，老秦的去世令王龙很伤心，也给他的生活留下了一段痛楚，对土地也是有心无力地去打理，他不再愿意一个人到地里去了。另外，他也厌倦农活儿了。一个人走过高低不平的田野时，他全身的骨头像散了架，浑身的肌肉酸痛。因此，他把能租的土地全部租了出去。当地的村民都想租赁他的土地，因为大家都知道他的那些地都是肥田沃土，但是王龙从来都没有出卖一寸土地的想法。他只愿意出租土地，而且必须是按照双方谈好的价钱，一年一期地出租。这样，他会感觉到那些土地依然是他的，永远都在他的掌控之中。

王龙让一个雇工和他的老婆孩子住在乡下的房子里，来照顾那两个大烟鬼。当看到小儿子眼里露出若有所思的样子，他便对儿子说："你可以和我一起进城住，我还得带上我的傻子女儿，她可以和我住在一个院子里。老秦死了，你在这里未免会感到寂寞。老秦不在了，他们会如何对待我的傻子女儿，我不得而知，我也放心不下。她受气挨打，忍饥挨饿，也不会有人给我通风报信的。老秦死了，再也没有人教你干农活儿了。"

因此，王龙把小儿子和傻子女儿全部都带到了镇上。从此以后，他极少再回到乡下的家中去居住。

227

第三十章　世事难料

在王龙看来，他现在的生活状况可以称得上十全十美了，他可以坐在藤椅里，陪伴自己的傻子女儿一起惬意地晒着太阳，他可以悠闲自得地抽着水烟袋，无忧无虑，心平气静。大片的土地有人种，大把的银钱有人交，他现在什么心都不操了。

如果不是因为大儿子，王龙全家的生活是美满的、称心如意的。但是，这个老大是一个永远不会满足现状的人，他是那样贪得无厌，追求时尚，总感觉到生活还是那么不尽如人意。一天，他来到父亲面前说道："我们这个家需要的东西太多啦，千万不能认为，我们把这个大户人家的后庭院都租了，并且已经住了进来，我们就是一个大户人家了。弟弟的婚事不到六个月就要办了，家里的椅子还不够供客人们坐，家里的碗、盘也不够用，桌子就更少了，举办婚礼，我们缺的东西还很多。说实话，爹，更让我们家不光彩的是让客人们走过那些前院的大门，穿过大杂院里那些普普通通、高声喧哗、浑身散发臭气的人群。我弟弟要结婚，婚后就要生孩子，我也有孩子的，您要有了一大群孙子，这个庭院是住不下这么多人的。"

王龙看着儿子，他穿着一身漂亮的衣服站在那里。王龙闭上眼睛，猛抽着他的水烟袋。突然，他抓狂地喊道："说吧，你要干什么？你想怎么办？"

虽然王龙的儿子能感觉到父亲对他很不耐烦，但他仍然固执地提高了嗓门说："我的意思是，爹，我们应该把前院也全租下来，像我们这么有钱，又有那么多的良田土地，大户人家应该有起码的排场和体面吧。"

王龙一边抽着烟，一边喃喃地说道："哦，地可是我的，地里的什么活儿你都没有做过。"

"是的，爹，"听到父亲说出这样的话，儿子突然"呜呜"地哭了起来。

"是你让我读书识字的，你想把我培养成识文断字的人。爹，我是一个孝顺、听话的儿子，当我要子承父业，想做一个真正的庄稼人时，你却瞧不起我，嫌弃我胸无大志，没干过农活儿。"儿子猛地转过身，朝院子里的那棵苍松冲了过去，似乎想用头撞那棵树。

看见此情景，王龙大惊失色，他怕儿子一时想不开，做出傻事，因为这孩子脾气倔，火气又大。于是他无奈地喊道："好吧，想干啥就干啥吧！随你的便！只是不要给我惹麻烦。"

听到父亲的话，儿子转怒为喜，立即就走开了。他怕父亲变卦，便很快从苏州买来了雕花的桌椅，红色的丝绸门帘，挂在门庭上。他又买来大大小小的花瓶，还买了一些画卷和仕女图挂在墙上。他还弄来许多奇形怪状的石头，按照他在南方见过的式样，在院子里造了一座假山。就这样，他马不停蹄，忙忙碌碌了许多天。

王龙的儿子整日里忙得团团转，不是出大门，就是进小院，每天多次穿梭在前庭后院。当他不得不从那些平民百姓中间走过去时，他就皱起鼻子，他讨厌那些人。而居住在那里的人们看着他走过去之后，无不讥笑地说："他把他们院子里茅厕的臭味已经忘掉了，他父亲可把大粪视为肥田的宝贝呢。"

然而，在他面前，没有人敢说嘲讽的话，因为他是富贵人家的公子。逢年过节的时候，也是重新考虑租赁的时候，住在黄家大院里的平民们发现，他们居住的房子和院子的租金都提高了，因为有人愿意出高价租房子。他们若是不愿意出更高的房租，他们就得搬出去。后来，他们打听到，这个所谓的"有人"便是王龙的大儿子，抬高房租的事就是他干的。他很聪明，不用开口，只与黄老爷外地的儿子一纸书信，便谈妥了房子租赁的价格。黄老爷的这个儿子是个纨绔子弟，什么事也不管，他所关心的就是如何在那些老房子上能多收点租金。

后来，那些住在黄家大院里的平民百姓不得不搬走了。他们一边搬着家，一边抱怨和咒骂着那个为所欲为的富人。他们收拾着家里那些破破烂烂的家当，打包装箱带走，离开时，他们怒火中烧，咬牙切齿地说："就算是你们富人富得流油，穷人总有一天还是要回来的。"

但是，这些谩骂和抱怨王龙是听不见的，他住在后院，很少来到前院。

他年纪大了，只是吃饭睡觉，消磨时光，把家里的一切事情都托付给儿子去办理。儿子请来了木匠、泥瓦匠，便开始修缮房屋和两个院子之间相通的月牙门。院子里的这些建筑被那些生活方式粗野的平民毁坏了。他重新修复了那些水池，并买来各种观赏鱼投放其中。竣工之后，他又根据自己的审美观，在水池里养了荷花和百合花，还有印度红竹。他尽量还原着他在南方见到的一切。他媳妇出来想看看他究竟搞了个什么杰作，于是，他们夫妻俩审视着每一个庭院，每一间房子，看看院子、房子还缺少什么。对媳妇的建议，他恭恭敬敬地听着，听得很认真，准备照着媳妇的要求去办理。

在镇上，街头巷尾的人们都听说了王龙的大儿子所做的那些事情，也听到了大院内发生的一切。人们交头接耳，相互传递着各种小道消息，说又来了一个大户人家，很富裕，住进了大院。那些以前称呼王龙为"农民王龙"的人们，现在开始称呼他为"王大人"或者"王财主"了。

银钱就这样如流水一般悄然从王龙的指缝里流走了，但他几乎没有觉察到这些银钱是什么时候流走的。他的大儿子总是要钱，其借口五花八门，如"这个事情需要一百块大洋"，或者说"有一个大门年久失修了，只需一点钱就能修复得崭新如初"，或者又说"有个地方需要摆放一张长条桌"；等等。

王龙就这样将银钱一点一点地给了儿子。他整日在院里不是悠闲地抽着烟，就是躺在床上睡大觉。银钱来得很容易，消费得也容易，银钱都是每年庄稼收获之后带来的效益，所以他出手阔绰，花多花少，不计其数。有天早上，太阳刚露出了笑脸，二儿子就来院子里找他。要不是老二的到来，他根本就不知道经他手让大儿子花掉的银钱有多少。老二对他说："爹，你这样大手大脚地花钱，你心里就没个底吗？难道我们住在了皇宫里吗？要是将这些钱按百分之二十的利息借出去，那会赚回好多钱的。院里搞的这些水池子，那些不结果光开花的树有什么用处？"

王龙看出来了，兄弟俩会为这些事情闹翻脸的。为了不造成矛盾，为了家庭的和睦，王龙赶紧说："这都是为了你的婚事。"

二儿子强颜欢笑，心里一点儿都高兴不起来。他说："结个婚，要花那么多钱财，费用比彩礼钱多出十几倍，真是咄咄怪事，不划算。这是我们家的遗产，你百年之后，我们兄弟几个要平分的，钱不能就这么白白地花掉，这样大手大脚地花钱，只是为了让大哥摆摆阔气而已。"

王龙很了解二儿子。这个儿子很执拗，认死理，他很清楚，如果这样争辩下去，他肯定搞不定这小子。于是他急忙说："好啦，好啦，我不会再给你哥钱了，我要跟你大哥谈谈，我得把口袋捂紧点。好啦，不说了，你说得很在理。"

这时，儿子掏出一张条子，上面写着他大哥的开支明细。王龙看了一下那张长长的账单，马上说道："我还没吃饭呢。我这么大年纪，早上不吃饭，就头昏目眩。找个时间我再看看吧！"他转过身，便回到自己的房间，就这么一句话便把二儿子打发走了。

当天晚上，他便对大儿子说："油漆、抛光活儿干完了，就停止不弄了。不管咋说，我们毕竟是庄户人家。"

但是，大儿子扬扬得意地回答道："我们不是庄户人家。镇上的人都开始叫我们'王家大户'了。我们的生活应该和这个名字相提并论。如果弟弟目光短浅，看不到这背后的含义，他只是为了钱而一股脑地钻进钱眼里，对于'大户人家'这个声誉，我们夫妻二人一定会竭力捍卫的。"

对于"大户人家"这一称呼，王龙一点儿也不知道镇上人是这样称呼他的，随着年纪越来越大，他很少光顾茶馆，也不太逛粮食市场了，因为二儿子在那里替他经营着粮食生意。但是，对这种说法，他还是暗自感到高兴。他说道："大户人家怎么啦？大户人家也是来自乡下，大户人家的根也是扎在泥土里的。"

但是，大儿子机灵地回答说："是的，但他们都不住在乡下，他们要的是儿孙绕膝，开花结果呢。"

可是王龙不喜欢大儿子如此随便和不假思索地回答他的问题。他说道："我该说的话都说了，该花的银钱也花了，一棵大树要开花结果，它的根必须深深地扎在土壤里。"

夜幕降临了，他希望大儿子赶快离开这个院子，回到他自己的屋子里，让他一个人在夜幕笼罩的晚上安静一会儿。但是，大儿子待在他的庭院里，没有马上离开的意思，这让他无法安宁下来，大儿子目前很孝顺，对父亲的话言听计从，因为他对这些房子和庭院很满足，至少现在如此。再说了，

他也已经完成了他想做的那些事情。然后，他又说道："好吧，这个事情就说到这里吧，但是还有一件事……"

王龙狠狠地将水烟袋摔在地上，气愤地说道："还能不能让我安宁一会儿？"

年轻人执拗地继续说："这不是为我，或者为我的儿子，爹。这是为我最小的弟弟，你的亲生儿子。他不能长大了目不识丁，他应该学点什么。"

听到这话，王龙睁大了眼睛。这确实是一件新鲜的事情。他早就计划好了他小儿子的前程。他说道："家里再不需要读书的人了，两个就够了。我死了，由他来照料地里的事情。"

"这不错，但恰恰因为这事，他夜里直哭，他的脸色才那么苍白，身材才那么瘦小。"

王龙从来没有想过要问问他的小儿子这辈子想干什么，因为他已经决定要有个儿子留下来照管土地。大儿子的一席话使他十分震惊，他沉默了。他从地上慢慢地捡起烟袋，想着他的小儿子。

这个儿子不像他的两个哥哥，倒是有些像他母亲那样不爱讲话，所以谁也没有多去想他，关注他。

"你听到过他说这些话了吗？"王龙有些不大相信地问老大。

"爹，你可以亲自去问问他！"儿子回答道。

"可是，有一点必须搞清楚，得有一个人留在家里种地！"王龙突然说道，跟吵架似的，声音很大。

"爹，为什么呢？"儿子争辩道，"像你这样的男人，就不应该有这样的一个儿子，活得像个农奴，这很不合适，人们会说你这人心眼太窄，把自己的儿子当成奴隶去种地，而他自己倒活得像个'王爷'。人们会这么看你，这么说你的。"

老大很聪明，真会说话。他知道父亲爱面子，最怕人家背后说他的不是。因此，他继续说道："我们可以请个教书先生来教他，也可以送他到南方的学校去上学。有我在家里，给你帮忙，二弟继续做好他的生意，让三弟随便吧，爱干什么就干什么吧！"

王龙最后说："去，把他给我叫来！"

232

不一会，老三就走了进来，站在父亲面前。王龙望着他，从头到脚打量了一番。这个后生清瘦而高挑，长相既不像父亲也不像母亲，性格不苟言笑，寡言少语，这一点颇像他妈，长得比母亲好看，家里除了二女儿外，他其实比其他几个孩子都漂亮。既然二女儿已经出嫁，那就不再算王家的人了。三儿子前额上的眉毛长得又浓又黑，显得他的脸色更加的清秀苍白。他时常皱起眉头，一皱眉头，两道浓浓的黑眉就会挤在一块儿，在额头上形成一条又粗又黑的直线。

王龙看着儿子，全身打量之后，对他说道："你大哥说你想读书？"

孩子微微翕动了下嘴唇，挤出一个"嗯"字，算是回答。

王龙磕了磕烟袋里的烟灰，用拇指慢慢地重新装好烟丝。"那就是说，你不愿意在农村待了，不想务农了。这么说，我的这几个儿子，没有一个想经营我的土地了！"

王龙非常痛心地说完这些话，但儿子却无动于衷，一声不吭。他身着夏季亚麻白色长衫，僵直地站在那里。终于，王龙实在忍受不了他的沉默，大动肝火地冲着他喊道："你哑巴了吗？为什么不说话？你真的不想待在乡下，不愿意干农活吗？"

儿子又一次"嗯"了一声。

王龙看着他，终于明白了一切。在他如此大的年纪，还真管教不了这些儿子了。他们不仅是他的忧虑，也是他的负担，他实在不知道如何对付这三个儿子。他感觉这些孩子待他不孝，也伤害了他，使他难以接受，所以他又一次生气地大声喊道："你做不做什么跟我有屁关系，给我滚出去！"

于是，儿子飞快地走开了。王龙一个人孤寂地坐着，心想，女儿要比儿子好得多。就说那个可怜的傻瓜女儿，除了吃的和那块做玩物的布头，她再无所求，另一个女儿已经嫁人，早早地离开了娘家。夜幕降临，笼罩着整个院落，他孤独地伫立于暮色的苍茫之中。

然而，正如往常的情况一样，一旦王龙的怒气平息之后，他就会姑息迁就儿子们，他们想干啥就干啥吧。他将大儿子叫来，对他说道："如果老三想念书，你就给他找个先生吧，就依了他算了，做他喜欢的事情吧。我不想为这事操心了。"

对于土地管理的事情，王龙还是不放心，他又叮咛老二说："既然没有

一个儿子愿意待在老家经管土地，那么收地租的事情就由你来管了，把房租收了，把每个季节收获的粮食卖了，银钱呢，由你来管。你识文断字，能掐会算，就替我做个账房先生吧。"

老二十分高兴。因为这意味着所有的银钱至少要经过他的手。他将知道每年的收入共有多少，如果家里的开销花过了头，他就可以给父亲提个醒。

王龙觉得二儿子的行为和别的儿子都不一样，很会精打细算，就拿他结婚大办酒席来说，对买酒买肉花销的钱他都非常仔细。比如，他将宴席分为不同的档次，把上好的酒肉留给他镇上的朋友，因为这些人知道酒席上的饭菜规格和价值，而对必须要请的乡下佃户，他把宴席摆到院子里，只给他们一些次等的酒肉，因为他们平日习惯了粗茶淡饭，酒席上的饭菜稍微好一点，他们就很知足了。

二儿子特别留意亲朋好友随的份子钱和赠送的礼物，他给每个丫鬟和仆人微不足道的赏钱。当他把区区两块银圆放到杜鹃手里时，她大为生气，故意提高嗓门，不无嘲讽地说："一个真正的大户人家可不能这样吝啬，这样抠门！大家看出来了吧，这户人家并不属于这个院子的真正主人。"

大儿子听到了杜鹃说的这番话，他感觉到脸上火辣辣的。他真害怕杜鹃那张嘴，便偷偷地又给她塞了些银圆堵她的嘴。他对弟弟的做法很不满，甚至在这大喜之日，当客人们围桌而坐时，新娘的花轿抬进了院子，这兄弟俩之间的矛盾和隔阂就显而易见了。

大哥只请了他为数不多的几个朋友来赴宴，因为他弟弟吝啬、抠门，又娶了一个乡下姑娘，为此很不满意。他轻蔑地站在一边，说着风凉话："我弟弟挑了一个村姑，他本来可以凭着父亲的地位和威望选一位富家千金。"

作为大哥和大嫂，他们在兄弟的婚礼上不以为然，当一对新人来到他们面前敬酒行礼时，大哥只是很不情愿地弯了一下腰，大儿媳妇端庄而傲慢，只是得体地躬身还礼，免得在众人面前有失身份。

现在，所有住在这些院子里的人，除了王龙的那个小孙子以外，似乎没有一个人感觉到了平静和舒适。王龙住在荷花院子隔壁的房间里，即使躺在雕花大床上，他在半夜里也时常醒来，在睡梦中，好像他自己回到黑暗简陋的土屋里。在那里，他可以随意地把剩凉茶泼到地上而不会溅到任何贵重的雕花家具上，更重要的是，一抬脚出了家门，他就可以走到他的庄稼地里。

至于王龙的儿子们，他们之间的矛盾日益加剧，没有片刻的安宁。大儿子大手大脚，总感觉到花钱太少，在别人的眼里不够体面了，还怕乡下人进出大门时，碰见镇上来访的人使他丢脸；二儿子担心花钱太多，毫无节制的开销；三儿子则努力学习文化，奋起直追，弥补作为一个农民儿子所失去的岁月。

但家里还有一个蹒跚行走，在庭院里跑来跑去，十分满意自己生活的人儿，那就是大儿子的儿子了。除了这个深宅大院，这小家伙从来没有想到过世上还有其他的地方。在他的眼里，这个家不大也不小，只知道这是他的家，是他玩耍的天地。这里有他的父亲，有他的母亲，还有他的爷爷，所有生活在这里的人都以他为中心，伺候他，宠溺他。从大孙子身上王龙得到了很多的精神慰藉。对于大孙子，他疼爱有加，总是看不够，总是对着他"呵呵呵"地笑，小家伙一不小心摔倒在地上，他急忙跑过去把他扶起来。每当此时，他便回想起了父亲是如何带他的：父亲高高兴兴地拿着一条腰带，拴在他幼小的腰上，然后，扯着腰带跟着走，这样蹒跚学步的他就不会摔倒了。

王龙爷孙俩从这个院子走到另一个院子。孙子指着水池中游来游去的金鱼，嘴里咿咿呀呀的，有时还用他的小手撕扯着一朵花。王龙任他在院子里跑来跑去，由着他的兴致，想干什么就干什么，只有这样，他才感到欣慰。

现在，家里有了大孙儿，大儿媳妇一向中规中矩，实实在在地居家过日子。她的任务似乎是生孩子，怀孕，生孩子，十分准时，生了一胎又一胎。每生一个孩子都要找一个奶妈。就这样，王龙看见院子里的孩子逐年增加，奶妈也越来越多。有人对王龙说："大儿子的院里又要多一张嘴了。"此时，他只是咧着嘴大笑着说道："啊，是的，是的。不怕，养得起，我们有好的良田土地，吃不完的粮食。"

他的二儿媳也如期生了孩子，他感到非常高兴。好似对大嫂的尊重，二儿媳妇头胎生了个女孩，显得合适又得体。在日后的五年时间里，王龙有了四个孙子和三个孙女，一下子院子里充满了啼笑欢语，其乐融融。

如果不是特别年轻或者特别年迈，五年时间对人而言，只不过是光阴飞逝，白驹过隙。王龙沉浸在儿孙绕膝的幸福之中，在这五年间，王龙的叔父——那个坐享其成的人——去世了。他早把叔父忘记了，残存的记忆只剩下了他如何给叔父和年迈的婶娘弄吃弄穿，还有如何为他们提供足够的大烟，为他们养老送终。

那是第五个年头的冬季，天气奇冷，是一个30年不遇的寒冷季节。在王龙的记忆中，护城河第一次结了冰，人们可以在冰上来回行走。寒冷的北风"呼呼"地刮着，如利剑刺透了人们单薄的衣服。家里没有可以穿在身上御寒的衣物，羊皮或毛皮大衣根本不顶用。庭院的每间房子里，都生起了木炭火炉，但这依然无法抵御寒冷天气的侵袭，从人们嘴里呼出的热气立马就变成了冰霜。

王龙的叔父和婶娘因为吸鸦片而变得骨瘦如干柴，形容枯槁。这两口子整天躺在床上，像两根枯树干，浑身没有一丝温暖，冰冷的身子，散发着凉气。王龙听说叔父躺在床上，连坐起来的气力都没有了，只要他稍微挪动一下身子，便咳嗽不止，还不断地咯血。他琢磨着，这老头时日不多了，便为他们准备了后事。

王龙买了两口棺材，板材还可以，但称不上上等棺木。他让人将两口棺材抬到叔父的房间里，他想让叔父和婶娘看见自己的寿材，这样，他们会无后顾之忧，舒舒服服地离开人世，而不至于死不瞑目。王龙要让二位老人知道他们的遗骨有存放的地方了。叔父的声音颤抖着，小声说："啊，你就是我的儿子，比我那游手好闲的亲生儿子强多了。"

王龙婶娘的身子骨要比叔父的好一些，她说道："如果我死后，儿子才回家的话，答应我给他找个好对象，他或许能给我们生几个孙子呢。"王龙对婶娘许诺说，他将会尽力而为。

叔父究竟是什么时辰去世的，王龙根本不知道。一天晚上，一个女佣进屋送汤时，发现老头子已经死在床上了。王龙葬叔父的那一天，气温骤降，刺骨的北风卷着鹅毛大雪横扫着田野。他把棺材安放在王家祖坟父亲的坟墓旁边，位置低于父亲的坟墓，但高于王龙未来的坟墓，这是安葬的习俗。

王龙让全家人为他叔父披麻戴孝，守孝一年，也就是穿了整整一年的孝服。

这倒并不是因为有人真正悼念这个只给他们增添麻烦的老人的过去，而是逝者为大，是对逝去长者的尊重。这样办理丧事是地方的风俗习惯，镇上的大家族尤为重视，他们倡导孝道，百善孝为先，让孝道敦厚人心。

接着王龙又将他婶娘搬进镇上，使她生活不至于太孤独。王龙在远处一个院子的尽头，专门给了她一间房子，吩咐杜鹃派一个丫头照料她的生活起居。这个老女人非常满意地躺在床上抽她的鸦片，天天昏睡不起。为了使她放心，她的寿材就放在她身边看得见的地方。

王龙想到，他曾经怕过这个女人——高大肥胖、又懒又爱吵闹的乡下女人——自己也觉得有些惊奇，那么不可一世的人，现在却躺在那里，又干又黄，干瘪得就像黄家破落后的那个老妪一样。

237

第三十一章　兵连祸结

王龙这一辈子总是不断地听到打仗的事，不是这里，便是那里发生了战争。年轻时为了逃荒，他带着家人来到南方的一个城市，就那次，他经历了所谓的战事。除此之外，战争也从未在他居住的附近发生过。还在他很小的时候，他就常常听人们说"今年西边发生了战争"，或者人们说"东边打仗了"，又或者"东北那地方又有战事了"，等等。

对他来说，战争神秘得如同大地、天空或流水的存在，没有人知道为什么会有这些东西。人们只知道发生了战争，仅此而已。他还时不时地听人们说"我们要奔赴前线打仗了"。能说这话的一般都是那些家里已经揭不开锅，快要饿死了的人。他们宁愿当兵吃粮也不愿当乞丐。还有一些不安于现状、待在家里又感觉无聊的人也说这种话，就像叔父儿子说过的话一样。可现实是，战争总是远离他们，而且是在一个遥远的地方发生。然而，有一天，战争就像突如其来的骤风飘然而至，终于逼近他们了。

王龙最早是从二儿子那里听说的这条消息。一天，二儿子从粮行回家吃午饭，对父亲说："爹，粮价突然上涨，是我们南边发生了战争，战火在燃烧，而且一天天向我们逼近。我们一定要把粮食储存好，不到关键时候，不要出售粮食。随着军队的到来，粮价会越涨越高。那时候，我们就可以把粮食卖个好价钱。"

王龙一边吃饭一边听着，然后，他说道："嗯，这件事情非常蹊跷，我倒很高兴想看看战争到底是个什么样子，我这一辈子老听说战争、战争的，可从来没见过。"

王龙记得，他曾一度非常害怕战争，因为那个时候他可能会被抓去当壮丁。但现在他老了，老了也就没有什么用了。再说，他现在是家资巨万，是当地的一个富商，富人是不会害怕这些事的。此后，他并不太注意这些事情，也不被大小的传闻惊动。他对二儿子说："你看着办吧，粮食在你手里，任你怎么处理都行！"

在此后的日子里，只要他心情好，兴致高，便跟小孙子一起玩。除此以外，他的日常生活就是睡觉、吃饭、抽水烟，有时也到后院的墙角处看看他那可怜的傻子女儿。

初夏的一天，一大队人马像蝗虫一般从西北方向席卷而来。在一个阳光明媚、晴空万里的早晨，王龙的小孙子和一个男仆站在门外，看着从大门口走过熙熙攘攘的人群。当看到有几队身穿灰色制服的青年人时，他便跑进院子对爷爷喊道："爷爷，爷爷，赶快出去看看，外面……外面有很多人！"

为了让小孙子高兴，王龙便和他一起来到大门口。这时，满大街都涌动着人群。他觉得空气和阳光好像一下子消失了，因为这一大批穿着灰色制服的人正踏着沉重而整齐的步伐从大街上走过。王龙仔细地瞧着他们，发现每个人身上都带有一种武器，武器的底部露出一把尖刀，每个人看上去都是那么的野蛮、凶狠和粗暴，尽管有些穿制服的人看上去还像个孩子——其实他们就是孩子。王龙看清了这些人的面孔后，赶紧把小孙子拉到身边，小声说："走，咱们回家吧，赶紧把门闩上。这些人不是好人，别看了，我的宝儿。"

他还没有来得及转身，突然间，队伍里的一个人一眼就瞅见了王龙，对他大声喊道："哎呦，伙计，原来是我的堂兄！"

王龙听见有人对他喊话，他急忙抬起头看了看。他发现，他的堂弟——叔父的儿子行走在队伍里。他穿着和其他年轻人一模一样的灰色制服，制服上沾满了尘土。他的脸庞比别人的大，看起来也比别人更凶残。他哈哈地狂笑着，冲着他的同伙喊道："弟兄们，我们可以在这里停一下！这是一户有钱的主，还是我的亲戚。"

在惊恐中，王龙还没有来得及反应，这群人就从他的身边拥进了大门。他无能为力，夹在这些人中间，一筹莫展，他们就像一股邪恶而肮脏的洪水冲进了他的院子，遍布每个角落，充斥着每间屋子，有的躺在地上，有的把手伸进池塘捧水喝，有的把军刀扔到雕刻精致的台桌上。他们随地吐痰，互相吆喝。

　　这时，对眼前突然发生的这一切，王龙真是惊慌无措，他赶紧带着孙子回到后院去找他的大儿子。王龙走进大儿子的屋子，发现他正在读一本书。看见父亲进来，他便站起身，听了王龙上气不接下气的描述，他苦叹一声，便匆匆地走了出去。

　　刚一出门，他就看见了堂叔，真不知道是该骂他一顿呢，还是要对他以礼相待。他看了看这帮人，胆怯地对身后的父亲说："他们人人都有一把军刀。"

　　于是，他非常客气地说："啊，是堂叔，欢迎回到家乡。"

　　堂叔咧着大嘴笑了笑说："我带来了几位客人。"

　　"你的客人，当然欢迎了，"王龙的大儿子说，"我去给他们弄饭，让他们吃了饭好再继续赶路。"

　　王龙的堂弟仍然咧着嘴不停地笑着说："好吧，弄点饭吃！先不要急，我们要在这里休整几天，说不定要住一个月，也许住一两年呢。我们就驻扎在这个镇上，等着战争的召唤。"

　　王龙和儿子听到部队要在这里安营扎寨而大惊失色，几乎掩饰不住内心的惊恐和沮丧，但父子俩不得不把他们的真实感受掩藏起来，因为明光闪亮的军刀在院子里随处可见。他们按住心中的沮丧和不安，强颜欢笑地说道："我们真是荣幸——我们太幸运了——"

　　大儿子佯装要去准备饭菜，他拉起父亲的手，匆匆地走进了后院，把门闩上。父子两人面面相觑，惊恐万分，不知道如何办才好。

　　这时，二儿子急匆匆跑回家，使劲地敲着门。他们给他打开门，进门时，他慌忙之中跌倒在地，连滚带爬地起来，上气不接下气地说："到处都是当兵的，咱们家每间屋子都是兵——甚至镇上的家家户户都是兵，我跑回来就是想告诉你们一定要谨慎小心，千万不要反抗。今天，我店里有个小伙计，我跟他很熟，天天和我一起站柜台。他听说了大街上所发生的事情，就赶忙回到家里看看。岂料他老婆生病躺着的屋里也住着兵。他很不高兴，嘴里嘟囔，埋怨了几句，谁曾想到一个当兵的顺手就捅了他一刺刀，一下子穿透了他的身子，好像在宰杀一头肥猪一样，白刀子进红刀子出，干净利落，刀子从前胸进，从后背出。爹，他们要啥就给啥——让我们祈祷吧，祈求战争很快转移到别的地方去吧！"

　　他们父子三人恐惧地互相对视着，心里想着家里的女眷和那些野蛮凶残、身强体壮、贪婪成性的士兵。大儿子想到了他那美丽贤惠的妻子，他说："我们一定要让女家眷住在一起，让她们都搬迁到最后边的屋子里吧，白天黑夜都要守护着她们。我们一定要把大前门闩好，把后面的'和平门'准备好，以便随时开启，以防万一。"

把所有的大门闩上后，他们把女人和孩子统统安排到荷花、杜鹃以及仆人所住的后院。她们就这样拥挤在一起，生活非常不方便，而且也不舒适。大儿子和王龙日夜看守着院子的大门，二儿子能回来时就来，尽量履行一份责任，他们十分警惕地、不分昼夜地看着家，护着院。

但是有一个人，有恃无恐，为所欲为，这个人就是王龙的堂弟。谁也无法找个理由把他拒之门外，因为他是王家的亲戚。他常常随意敲敲门就进来了，手里提着明晃晃的军刀，目中无人地在院子里游来逛去。大儿子四处跟着他，他走到哪里，就跟到哪里。为此大儿子满脸愁苦，但什么都不敢说，因为堂叔手里拿着那把寒气逼人的军刀。他的堂叔这里瞅瞅，那里看看，打量着每一个女人，并对她们指指点点，评头论足。

他瞧见了王龙的大儿媳妇，便放开粗犷的嗓门，笑着说："咴，我的大侄儿，娶了个漂亮的老婆，是镇上的女人，小脚，裹得像荷花苞子。"对着王龙的二儿媳妇，他说道："哦，这是个乡下胖妞，胖得像个红萝卜——简直就是一大块肥腻的红烧肉！"

他之所以这样说，是因为这个女人又胖又壮，满面红光，但并不难看。每当他目不转睛地瞧着大儿媳妇的时候，她便有意躲避着他，还用衣袖遮住了脸，而二儿媳妇则哈哈大笑，心直口快地开着玩笑，又不失分寸回答道："是啊，有些男人就喜欢心宽体胖、直爽泼辣的女人。"

王龙的堂弟立刻答道："对，我就喜欢这一口！"他往前走了一步，好像要抓她的手。

王龙的大儿子看到他俩人之间这种男女相互挑逗的行为，几乎恼羞成怒，男女之间是授受不亲的，怎么能在众目睽睽下说那些肉麻的话呢？他乜斜了一下他老婆，因为他实在看不惯堂叔和弟媳妇当着他老婆的面如此轻佻，他替堂叔感到害臊，也为弟媳妇感到丢人。他媳妇生长在城镇，比他出身高贵。堂叔看出他在老婆面前胆小怕事，畏首畏尾，便不怀好意地说："我宁愿天天吃红烧肉，也不愿吃一片冰冷、无味的鱼肉，就像旁边的

那一位。"

听到这话,王龙的大儿媳不失尊严地站了起来,一个人进了里屋。于是,他的堂叔粗俗地笑了笑,对正在抽水烟袋的荷花说:"镇上的女人太讲究了,是吧,老夫人。"他目不转睛地看着荷花,说道:"喂,老夫人,说实话,我堂兄是不是发财了,变得很富有了,只需看你一眼,便知道了。你看你,一身的肥膘,脑满肠肥,这是吃得好、营养丰富的结果啊,一看你就是富人家的太太。"

荷花十分高兴,因为她被称为"老夫人","老夫人"这个称谓不简单,只有大户人家的女人才配得上这样的称呼。从她粗壮沙哑喉咙里发出来一阵"咯咯"的笑声,她把烟锅里的余灰"噗"的一声吹了出来,磕了磕,将烟袋递给一个丫鬟,让其重新装满烟丝。她转过身,对杜鹃说:"这个粗俗的人还有点幽默,真会开玩笑呢!"

她说这话的时候,眼睛轻佻地瞟了那个堂弟一眼,尽管她肉乎乎的脸上那双杏核眼睛不如以前那么圆、那么大,不再那么迷人,但已没有以前的胆怯与扭捏。看见她暗送秋波、眉目传情的样子,他大声说:"哎呀,真是卖弄风情不减当年,还是那个婊子样儿!"说罢,他又爽快地狂笑起来。

王龙的大儿子一声不吭地站在那里观望着,敢怒不敢言。

这位堂叔调侃了这一切之后,想要去看看他的母亲。王龙便陪着他,来到母亲住的房间。母亲躺在床上,睡得很死,儿子几乎都叫不醒她。他把枪托在床头的砖地上敲得"咚咚"响,终于吵醒了母亲。她死死地盯着眼前这个人,恍如还在睡梦中。他不耐烦地说:"哦,你儿子回来啦!可你还在睡觉!"

她从床上坐起来,睡眼惺忪地望着他,然后,惊异地说:"儿子……我的儿子……是我的儿子……"她久久地望着儿子,不知道说什么才好。她把大烟枪递给他,好像这是她能给儿子的最好礼物。她对伺候她的丫鬟说:"给他准备一些烟抽吧!"

他看了老娘一眼,说道:"不,娘,我不抽烟!"

王龙站在床边,突然感到有些害怕,怕堂弟会发火,生怕对他说:"你怎么对待我母亲的?她怎么成了这个样子,面如土色,骨瘦如柴?"

王龙急忙接住话茬说道:"尽管她一天要抽不少钱的鸦片,我们还是希望她少抽一点。但是，在她这个年纪，我们怎么敢惹她生气呢，可她却偏要抽。"他一边说，一边唉声叹气，偷偷地也斜着他的堂弟。堂弟一句话都不说，只是站在旁边看着母亲，心想她怎么变成了这个样子。当母亲倒在床上进入昏昏入睡的境况时，他站起身，把枪当作拐杖，"咔嗒咔嗒"地走了出去。

　　尽管住在前院的那群懒散士兵们攀折树枝，采摘李子树和杏树上盛开的花朵；尽管他们的大皮靴踩坏了精雕细刻的椅子；尽管他们用垃圾毁坏了漂亮的池塘，使水里游弋欢畅的各种观赏金鱼翻着白肚漂浮在水上死去，但是他们当中没有一个人比这位堂弟更使王龙和家人憎恨和害怕。这位堂弟在整个庭院里随意走动，进出自由，色眯眯的眼睛总是盯着院子里的丫鬟们看。王龙和儿子们面面相觑，因为晚上不敢睡觉，他们睡眼惺忪，无精打采。杜鹃把这一切均看在眼里，她说道："现在我们必须这么做，在他待在这里的这段时间里，给他物色一个丫鬟，让他享乐一番，不然，他就会瞎胡来，祸害他不该找的女人。"

　　王龙欣然采纳了杜鹃的意见。家里的琐碎事情使他特别劳神，这样的日子实在令他难以忍受，因此他对杜鹃说道："这倒是个好主意。"

　　他吩咐杜鹃去问问他的堂弟，看他究竟喜欢上了哪个丫鬟，因为他把所有的丫鬟都看过了。

　　杜鹃就去问了问王龙的堂弟。她回来报告说："他说，他喜欢伺候夫人的那个白白净净的丫鬟。"

　　那个丫鬟叫梨花，是王龙在闹灾荒那年买来的。那时候，她身材矮小，饿得半死，让人十分可怜。就因为她身材瘦弱，人们才宠爱她，让她做杜鹃的帮手，干点零碎活儿，服侍荷花的日常起居，如点烟、倒茶等。正因为这样，王龙的堂弟才见过她。

　　梨花听说之后，在给荷花斟茶的时候便失声哭了起来，因为杜鹃在后院他们坐的地方将事情挑明，而且说得干干脆脆。梨花大惊失色，失手将茶壶掉在砖地上，摔成了碎片，茶水溅得地上到处都是。梨花没有意识到她到底做错了什么，她"扑通"一声跪在荷花面前，在砖地上不断地叩着响头，悲伤地说："啊，夫人，我不去……不要让我去……我怕他……"

荷花很不高兴，生气地对梨花说："他只是个男人，一个没有结婚的光棍汉，男人都一样，你一个丫鬟，怕什么？"她转过身对杜鹃说："把这丫鬟带走，给他送去吧。"

这个小丫鬟悲凉凄惨地两手合于胸前，哭得死去活来，柔弱细小的身体，吓得浑身战栗。她抬起头，胆怯地看看这个，看看那个，泪流满面地哀求着。

王龙的儿子们不敢在父亲的小老婆面前表示任何反对意见，甚至他们的媳妇就是心存不满，也不敢发表意见，就连王龙的小儿子也不敢说一个"不"字。他站在那里，两眼瞪着荷花，他紧握拳头，攥得两只手"嘎巴嘎巴"响，两道又黑又浓的眉毛紧锁着，缄口不语。孩子们和那些丫鬟们也只是站在那里观望着，一声不吭。只有惊恐万状的那个小丫鬟哭得令人心碎。

看到这种场面，王龙感觉到心烦意乱，面露难色。他不解地看着那个小丫鬟，也不顾荷花的感受，也不管她是否生气，眼前的一切对他触动很大，使他心生怜悯，他一贯慈悲善良，宅心仁厚。小丫鬟从王龙脸上看到了他那颗柔软善良的心。她迅速跑过去，双手紧紧地抱住他的腿，她低下头，亲吻着他的双脚，撕心裂肺地痛哭着。王龙低下头看着她，看着她的肩膀是那么得瘦小柔弱，无助的痛哭使她浑身不断地抽搐着。这时，王龙的脑海里浮现出堂弟那五大三粗、充满野性的躯体，难言的苦衷油然而生，堂弟已不再年轻，想到要把这个年小的丫鬟许配给他，令王龙十分反感。他声音温和地对杜鹃说："逼迫这小丫鬟违背了她的意愿，是罪过啊。"

王龙用十分柔和的声音说着，可是荷花发起了飙，疾言厉色喊道："叫她干啥就干啥，哪来这么多废话，就这么点小事，哭哭啼啼成何体统。作为女人，这是她们迟早要走的一条路。"

但是，王龙心地善良，不免对这个丫鬟心生怜悯，他对荷花说："咱们先看看有没有别的办法。如果你愿意，我可以为你再买个丫鬟回来，你说呢？不急，让我再想想办法。"

荷花早就想要一只外国造的钟表和一只新的红宝石戒指，听到王龙的一番话，她突然默不作声了。王龙对杜鹃说："去告诉我堂弟，他要的那个姑娘得了严重的不治之症。如果他不嫌弃，还想要她，那没有问题，就让她去陪伴他吧。如果他和我们一样害怕这种病，你就告诉他，我们还有更好、更健康的丫鬟。"

王龙环顾四周，打量着站在他身边的那些丫鬟们。看见东家用眼光审视着她们，这群丫鬟们立即扭过头，转过脸，"嗤嗤"地笑个不停，一脸害臊的样子。只有一个身体壮实的丫头正视着东家。芳龄 20 岁左右，她红着脸笑着说："嗯，这样的事情我听过好多了。如果他愿意要我，我愿意去试试。他长得并不难看，也不像有些人说得那么怕人。"

王龙心中的一块石头终于落地了，他如释重负地说道："好，那你就去吧，"

杜鹃接着说："跟我来！我就知道，事情会解决的，他到了饥不择食的地步。"说完，她们便走了出去。

那个小丫鬟依然把头紧紧地埋在王龙的脚下，听到王龙的安排后，她才停止了哭泣，跪伏在原地，静静地听着大家的谈论。荷花还在生她的气，她站起身，没说一句话便走进了房间。王龙轻轻地把那个丫鬟扶起来。她站在他面前，低着头，脸色苍白。就在这时，他才看清这个丫鬟长着一张鸭蛋形脸，粉嫩白净，还有一张红润的小嘴。他温柔地说："孩子，这几天不要伺候你的女主人了，等她气消了再回来吧。那个男人再来的话，你就躲起来，免得他再打你的主意。"

小丫鬟抬起头，睁开泪汪汪的眼睛，感激地看着王龙。她默默地从他身边走过，像影子一样，消失在大家的视线里。

王龙的堂弟在家里住了一个半月，高兴时，他便和那个丫鬟黏在一起，还使这姑娘怀了孕。这姑娘还大言不惭地在院子里显摆谈论这件事情。

突然有一天，上级传来了奔赴战场的命令，那群人就像秋风扫落叶，又似狂风席卷而来，谷壳、草料眨眼间无影无踪了。他们留下来的只有堆积如山的垃圾和满院子的疮痍。王龙的堂弟把军刀佩在腰间，肩上背着枪，站在他们面前，不无嘲弄地说："乡亲们，即使我回不来了，我也留下了后代，给我娘留下了孙子。在一个地方停留一两个月，并非人人都能留下儿子的。当兵就有这个好处——人走了，可是他的种子在他走后却生长起来了，其他人还要对他加以照料。"

讥笑过后，他便和其他当兵的一起开拔了。

第三十二章　家宅不宁

军队开拔之后，王龙和两个大儿子终于达成了一致的意见，即清除这些人在此停留期间留下的任何痕迹。于是，他们找来了木匠和泥瓦匠。男仆打扫庭院，木匠灵巧地修复着毁坏了的雕刻和桌子。水池子里的污泥和杂草被清理，干净的清水被注入池中。大儿子还买来了观赏金鱼，再次栽植了花草树木，剪掉了幸存树上的残枝和枯叶。一年后，整个庭院焕然一新，繁花盛开，芳草如茵，一派生机勃勃的景象。儿子们按部就班地住进了各自的小院子，这时的王家大院恢复如初，井然有序。

王龙吩咐那个和堂弟怀了孕的丫鬟去侍候婶娘，只要她还有一口气，就要好生服侍，伺候到她寿终正寝，而实际上，婶娘不会活得太久。她去世后，王龙也要为她装棺入殓。令王龙高兴的是，多亏这个丫鬟生了个女婴，如果生个男婴，她就会沾沾自喜，觉得自己了不起，可能还要求在家里得到一定的地位。既然她生了个丫头片子，这也只不过是丫鬟又生个丫鬟而已，她的家庭地位不会比先前高多少。

然而，王龙对她和其他人一视同仁，并无另眼相待之意。他对她说，如果婶娘死后，只要她愿意，就可以搬进婶娘的那间屋子，还可以睡在婶娘睡过的那张床上。这一房、一床对拥有60间房屋的大户人家来说根本算不了什么。王龙给了这个丫鬟一点银钱，她非常满意。但是她心里另有打算，装着这件事情不吐不快。当王龙给她钱的时候，她把她的心事诉给了王龙。

"东家，这钱你留着，将来给我置嫁妆吧，把我嫁给一个老实巴交的农民或给我找一个心地善良的穷人，我会对你的大恩大德记一辈子的，跟一个男人住在一起之后，我觉得，很难再一个人孤苦伶仃地睡在床上了。"

王龙欣然应诺了。应诺时，他脑海里浮现出一个想法：他现在答应把这个丫鬟嫁给一个穷人，而他自己也曾经是一个穷人，为了娶他的女人，他曾经走进了眼前的这些庭院。虽然上半辈子都没怎么在乎过阿兰，下半辈子也没有想过她，但现在，他触景生情，一想起阿兰，他感到十分的内疚和悲伤，那不是惋惜而是对往事痛苦的回忆。他突然感到，阿兰离他是多么的遥远。他心情沉重地说："那个老烟鬼死了后，我一定给你找个男人。不会让你等待太久。"

王龙说到做到，言出必行。一天早上，那个丫鬟跑来对他说："东家，你要信守诺言，你答应我的事情一定要兑现。今天一大早，老太婆死了，她不会再醒过来了。我已经把她的尸体放进了棺材。"

王龙思忖着，看看在他周围的人群里能否找到一位合适的男人。他突然记起了，那个曾经使老秦死去的高大愚笨的男孩，他整日龇牙咧嘴，一排大牙在下嘴唇外面裸露的那个人。他自言自语道："当时他并无恶意，不是故意要那样做的，也是个老实人，我这会儿能想到的就只有他了。"

于是，他派人去找那个男孩，他还真来了。他现在已经长大成人，但他看起来依然暮气沉沉、呆头呆脑的，还和以前一样，牙齿裸露在外。王龙得意地坐在大厅里的雕花椅子上。他把两个人叫到他面前，为了充分体验那一时刻的奇妙感觉，他慢条斯理地说道："小伙子，这里有一个女人，如果你愿意娶她，她就是你的了。除了我叔父的儿子以外，没有任何人碰过她的身子。"

小伙子十分感激地接受了她，她身材高大，脾性和善，一看就是个能生养孩子的女人。像他这么穷酸的男人，能娶这样的女人，知足了。

这时的王龙慢慢地从那个巨大的雕花椅子上站起来，享受着高高在上的感觉。他觉得，现在的生活令人满意，他这一辈子可以说如愿以偿，他做了自己想做的一切，努力奋斗得到的要比他梦寐以求的还要多。这一切，恍如一梦，他自己都不知道他是怎样历尽辛酸、吃苦耐劳地才走到了今天。沧海桑田，世事变幻无穷啊！他只是隐约感觉到累了，现在可以高枕无忧了，最起码可以平静地晒晒太阳，享享清福了。他已过了花甲之年，孙儿绕膝，像翠竹一般成长在他的身边。大儿子有三个儿子，最大的一个差不多有10岁了；二儿子也已经有了两个儿子；三儿子也很快就要结婚了，只要三儿子结了婚，生活中他又了却了一件大事，可谓人生圆满。

但是，王龙的生活一点也不平静。那些当兵的到来犹如一窝无王马蜂，开拔之后，这群野蜂到处留下了毒刺，后患无穷。他们不得不修复了满目疮痍的院落，清理了无处不在的垃圾。大儿媳妇和二儿媳妇，这两个妯娌原本相敬如宾，礼貌有加，可是，当她们搬到一个大院后，却口舌不断，俩人像仇人一般，互不往来。矛盾的根源是由一些鸡毛蒜皮的小事引起的。她们同住一个大院子，孩子们也一起玩耍，互相追逐，狗猫游戏般地追逐着，打打闹闹。做母亲的都向着自己的孩子，护着自己的孩子，孩子之间有了矛盾，母亲总是埋怨别人家的孩子，要打也是先打别人家孩子，吵起架来，自己的孩子总是对的，人家的孩子都是错的。所以这两个女人从此结怨，成了冤家。

堂弟在大院逗留期间所发生的事情，王龙至今记忆犹新。他的堂弟曾当着众人的面评论和嘲笑过他的两个儿媳妇，一个来自农村，一个来自镇上。这事情虽然早已过去，但妯娌俩为此却耿耿于怀。俩人总会在鸡毛蒜皮的小事情上论是非，争长短，让家里鸡飞狗跳，不得安宁。大儿媳妇从二儿媳妇面前走过时，总是傲慢地昂头挺胸，目空一切。一天，老二媳妇从她面前经过时，她大声对其丈夫说："家里养着一个粗野、毫无教养的女人，真是丢脸，不知道男人怎么能忍受。那个粗野当兵的把她叫作红烧肉，而她却对着那个男的傻笑。"

二儿媳妇也不是省油的灯。没等到大儿媳妇把话说完，她便大声地回敬了一句："嫂子是嫉妒了吧！那当兵的还说你是一片冻鱼呢。"

于是，这两个冤家便怒目相视，记恨于心。然而，大儿媳总觉得自己有理，故意冷落老二媳妇，对她的存在视而不见，用无言的蔑视来应对。每当自己的孩子离开院子时，她便指桑骂槐地喊叫起来："不要和那些缺乏教养的孩子玩！"

她叮咛孩子这些话时，就是专门冲着老二媳妇喊的，老二媳妇就站在隔壁院子里看得见的地方。于是，老二媳妇自然也针锋相对，冲着自己的孩子喊了起来："不要跟毒蛇一块玩，毒蛇会咬伤你们的！"

因此，这两个女人积怨越来越深，互相憎恨。更糟糕的是，弟兄两个之间也发生了矛盾和龃龉。老大总是心有余悸，总害怕在城里出生长大、门第也比他高的老婆瞧不起他，而老二则嫌弃大哥大手大脚，花钱如流水，他还担心，在分家之前老大会把家里的财产糟蹋个精光。此外，令老大不满的是，老二对父亲的银钱不仅知道底细，而且对家里的收入与支出了如指掌，因为收入与支出都是他经手的。虽然王龙收取并分配所有土地的租金，但只有老二知道究竟收了多少地租，可是他这个当大哥的却一无所知。想了解地租收入情况，他还必须像个小孩，向父亲询问地租情况。所以当两个儿媳妇吵起架来，她们的仇恨立刻转嫁到男人身上了，因此，两个院子里的"火药桶"经常是一触即发，吵闹不休。家中的不和使王龙痛心疾首，感到这日子没有办法过了，家庭里又失去了往日的宁静。

自从王龙那天没有让堂弟把丫鬟梨花从荷花身边带走后，王龙和荷花之间便产生了别人不易看出的裂痕。就打那天起，荷花便不待见梨花了，尽管她还是默默地、顺从地侍奉着荷花，天天围着她转，又是替她点烟，又是给她沏茶，取这拿那的，一刻不闲。夜里，荷花抱怨她不能入睡时，梨花便半夜起身给她按摩腿和身子，让她舒服些，即使这样，荷花仍然不满意。

荷花对梨花产生了一种嫉妒心理。王龙来到她屋子里时，她便把梨花支使开，然后骂王龙没有良心，说他目不转睛地盯着梨花看。而王龙却一直把梨花当作一个可怜的被吓坏了的孩子，他关心她就像关心自己可怜的傻女儿一样。除此之外，别无他意。但是，当荷花骂他鬼迷心窍，看中了梨花，对她有心思后，他还真的瞅了梨花一眼，他这才发现梨花的确长得漂亮，白白嫩嫩的真像一朵梨花。他看着她，近十多年来，在他枯老的躯体中缓慢地流动着的血液又开始奔腾翻涌起来。

王龙一边笑着，一边对荷花说："咋啦？我一年又进不了你房间三次，你还以为我是个色鬼吗？"他乜斜着梨花，心里躁动不安。

荷花对别的方面的事不太懂，只因她的经历，但她熟知有关男女之间的事情时，也能察言观色到男人的小心思。她知道，当男人们老了的时候，还会有第二春。因此，她对梨花非常恼火，怕梨花凌驾于她，影响自己家主之位，因此，她扬言要把梨花卖到大茶馆里去。但从内心，荷花又舍不得梨花，因为她很有眼色，善于服侍人。杜鹃越来越老，身子骨越来越懒，而梨花却勤快伶俐，善解人意，又听使唤。当女主人还没有想到需要什么的时候，她已经想到了，并安排得妥妥的。因此，荷花极不愿意让梨花离开她，又不得不忍痛割爱，必须让梨花离开。在这忧心如捣、纠结不堪的心理冲突中，荷花的脾气越来越大，动不动就火冒三丈，难以和别人和睦相处。王龙有很长一段时间没有去过她的房子，因为她耍起脾气来，他实在难以忍受。他安慰着自己说，再等等看吧，心想，这种状况会很快过去的。而这时候，他却想起了那个漂亮的、脸蛋白嫩的梨花。王龙自己都不敢相信，他竟然心里那么地牵挂着她。

那时，仿佛王龙对家里那些无事生非的女人们带来的麻烦还没有受够似的，一波未平一波又起，他最小的儿子又无事生非了。他原本是个沉稳恬静的孩子，一直埋头于书中，因此，没有人对他多加注意，只知道他是个脸色苍白、又瘦又高的文弱书生，经常腋下夹几本书，他那年迈的老师像一条忠实的狗一样跟在他后面。

在那些部队在他家驻扎的那段时间里，王龙的小儿子曾和那些当兵的生活在一起。他听他们讲战争、打仗和抢劫的故事。他听得全神贯注，津津有味，一句话都不讲。打那以后，他开始向年迈的老师借一些小说看——有描写古代战争故事的《三国演义》，有以农民起义为题材的《水浒传》。他的脑袋里充满了各种梦幻。

小儿子来到父亲跟前说："爹，我知道我想干什么了。我要去当兵，我要上战场打仗。"

儿子的这番话使王龙听后大惊失色，感到非常沮丧，他没有想到这么可怕的事情竟然发生在他身上。于是，他大声喊道："你发什么神经啊？难道我的儿子们永远不让我有片刻的安宁吗？"他和儿子理论起来了。当他看到儿子蹙着眉，浓密的黑眉毛拧成一条线时，便尽量温和而慈爱地对儿子说："儿子，自古老话说得好，好铁不打钉，好男不当兵。你是我最小的儿子，就你最孝顺，最听话，我怎能舍得你去当兵呢？一想起你在炮火连天的战场上东奔西走，我晚上咋能睡得着觉？"

但是，儿子决心已下。他看着父亲，浓黑的双眉紧蹙，斩钉截铁地说："我一定要去。"

然后，王龙连哄带骗地说："你可以到你喜欢的任何一所学校去读书，我可以送你到南方最好的学堂里，甚至我愿意把你送到外国的一所学校，让你学习那些稀奇古怪的知识。只要不去当兵，为了学习，你可以选一个你想去的任何地方。像我这样一个人，有钱有地，却让儿子去当兵，这就是一种羞辱，让人耻笑啊。"见儿子一句话也不说，他又力劝他道，"儿子，告诉老爹，你为什么要去当兵？"

儿子的眼睛在浓密的睫毛下灵动地闪烁着，他突然说道："就要发生战争了，我们从来没有听说过的战争——要爆发一场从未有过的革命斗争，我们的土地就要自由了！"

发生战争？什么革命？王龙听得惊诧不已。他的三个儿子都对他说过这件事。"告诉我，这到底是咋回事？我真不知道，"他迷惑不解地问道，"我们的土地本来就是自由的，所有肥沃的土地不是早就自由了吗？我的土地，我想租给谁就租给谁。土地给我带来银钱，土地给我产出优等粮食。你们吃的、穿的全靠这片土地。有了这么多的自由和享受，我不知道你们还想要什么自由。"

但是，儿子表情痛苦，喃喃地说道："你不明白——你年龄大了——你什么都不明白。"

王龙望着儿子，听得云里雾里的，心里很纳闷。看着儿子这般愁眉苦脸的样子，他便暗自思忖起来："我给了这孩子一切，甚至他的生命，从我这里他也得到了他想要的一切，为什么还不满足？他到底要干什么？他不愿意务农，我让他远离乡下，不再让他面朝黄土背朝天地瞎忙碌，我宁愿违背意愿，做出牺牲，在我身后，将来没有一个儿子务农照管土地。他们要读书，我就让他好好读书，将来能识文断字。家里已经有两个上过学的儿子，其实，根本用不着再让他上学。"王龙无奈地望着儿子，沉思着，然后自言自语地说道："我把心血全浇灌在这个儿子身上了，我满足了他的一切要求。"

他又仔细地看了看儿子，虽然个高、瘦削，他已经出脱得像个大人了，但他看不出儿子身上有点青春期的萌动。他疑惑地自言自语："嗯，也许他还有另外的一种需要！"于是，他一板一眼地大声说："哦，儿子，我们很快就要给你成亲了。"

三儿子从他浓眉如炭的眼眸下面，向父亲投去怨恨的一瞥，用一种轻蔑的口气说道："成什么亲，你要给我成亲，那我就要真的跑了。对我来说，女人可不是解决一切问题的答案，只有我哥那样的人，才整天想着

女人!"

王龙立刻明白自己想错了,说错了,因此,他赶紧解释说:"不……不是的……我们不是要逼你成亲。不过,我的意思是说,假如有一个合适的姑娘,你愿意……"

儿子两手抱于胸前,带着骄傲和庄严的神色回答道:"我不是一个普通的青年,爹,我有我的理想和抱负,我要的是荣誉。女人嘛,多的是,天下何处无芳草!"忽然,他似乎记起了他忘记的一件事情,庄严的神情立刻消失了,双手下垂,用平常的声音说道:"再说了,爹,你瞅瞅咱们院子里的这群丫鬟们,哪一个是能让人看上眼的。如果我能相中的话——但我一个都相不中——真的看不上眼,就是后院里的那个丫鬟——就是伺候后院女人的那个——还算长得白白净净,除了她,院子里没有一个漂亮的。"

王龙知道,他说的是梨花姑娘。这时,一种莫名其妙的嫉妒感吞噬着他的心灵。他突然感到,自己真的衰老了,比他想象的要老得多——一个上了年纪的人,大腹便便,满头银发,而自己的儿子却身材高挑匀称,气宇轩昂,活力四射。此时此刻,这两个人似乎不是父子关系,而是两个男人,一个垂垂老矣,一个是青春年华。王龙生气地说:"别打那些丫鬟们的主意了——我家的少爷们要作风正派,不准有伤风化的行为,我们是老实巴交、品行端正的庄稼人,我们家里不准发生有乱俗伤风、有辱门风的事情发生。"

儿子睁大了眼睛,蹙起浓黑的眉毛,耸了耸肩膀,对父亲说:"是你先提这件事的!"然后,他转身走了出去。

王龙独自一人坐在屋里的桌子旁边,感到十分地疲倦,他喃喃自语道:"唉,这个家啥时候能让我省点心,耳根子清净清净,使我获得片刻安宁吧!"

让他生气的事情实在太多了,都无从说起。虽然他说不出具体的原因,但总可以息事宁人。可是这件事情,让他心烦意乱,憋气和痛苦。他的这个儿子已经看上了那个面容姣好、皮肤白皙的姑娘,并对她产生了好感。

第三十三章　两情相悦

在父子之间的谈话中，小儿子无意间提到了梨花姑娘，王龙对儿子的心思掂量来掂量去，翻来覆去地揣摩着儿子的意思。梨花姑娘一如既往地随意出入所有庭院。每当梨花的身影出现在王龙身边时，他都会情不自禁地看着她。不知不觉，梨花的身影逐渐占据了他的整个心灵，他喜欢上了她。但是，他把这个秘密藏于心中，并守口如瓶，不为人知。

那年初夏的一个夜晚，静谧的空气，带着丝丝温暖和浓浓的芳馨，王龙独个儿坐在院子里一棵花朵盛开的肉桂树下乘凉。桂花散发的浓郁香气扑面而来。他坐在那里，浑身的血液像年轻人的一样沸腾。一整天，他都有种浑身燥热的感觉，他想到地里走走转转，感觉一下脚下那松软的土壤，还想脱掉鞋子和袜子，再次体会一下光着脚走在泥土上的感觉。

如果不是出于他人的言语，王龙真的会到地里走上一大圈的，感受土地的温馨和惬意。但是，他心有余悸，怕被别人看到和嘲笑。他已经进了城，也算是城里的富人了，不再是一个一穷二白的农民了。人们看待他是一个拥有土地的财主，一个富有不差钱的大户。身份的转换，使他无法像过去一样袒露心声，他在院子里心神不安地来回走动着。他和荷花的院子已经完全隔开了，荷花坐在树荫下，抽着水烟袋，她清楚地知道，一个男人会在什么时候心神不定。她有一双锐利的眼睛，能看出症结所在。此时此刻，王龙独自走在院子里来回踱步，他根本无心去见那两个争吵不休的儿媳妇，甚至不想去看看给他带来欢乐的小孙子。

这一天过得寂寞而漫长。他浑身的血液在皮肤下的血管里沸腾着。他怎么也忘不掉他那小儿子，他身材高大修长，胸部挺直，两条浓黑的眉毛拧在一起，他庄重地站在那里，好似一棵挺拔的青松。他更忘不了秀美白净的梨花姑娘。他无奈地自言自语道："我猜想，这俩年轻人年龄相当吧，

儿子已经 18 岁了，姑娘可能还不满 18 岁。"

他想到，过不了几年，他就要 70 岁了。他对自己流露出的情感，体内如火的躁动感到羞愧。他纠结地想："把梨花姑娘许配给儿子或许是件好事呢。"他在心里一遍遍地重复着这句话。每重复一遍，心如刀割，如同身上的伤疤未好又被戳了一刀。他不得不往自己的伤疤处戳刀子，也不得不忍受那种钻心的疼痛，这种煎熬使他不能自已。

这一天对他来说是那么漫长，是那么寂寞难耐，痛苦不堪。

夜晚降临时，他依然一个人孤苦伶仃，煎熬地坐在院子里。偌大的庭院里没有一个人影，想找一个像朋友一样可以推心置腹的人都没有，只有沉闷潮湿的空气里伴随着桂花的芳香。

黑夜里，他坐在树下，看见有人从大门口经过，大树距离大门口很近，那棵桂花树也在大门口旁边。他微微抬头向前看了一眼，来人正是梨花姑娘。

"梨花！"他叫了一声，声音压得很低。

梨花突然停住脚步，低头听辨着声音。

接着，他又叫了一声，低沉的声音像是从嗓子眼里冒出来的。

"你过来一下！"

听到王龙叫她，她怯生生地进了大门，站在了他的面前。可是在黑暗里，王龙几乎看不清她站在哪里，但他感觉到了。于是，他伸出手，抓住了她的小坎肩，喘着粗气说："孩子！——"

"孩子"二字刚说出，他语涩而止。他暗自想着，自己是个老头了，孙子孙女都和这姑娘年龄差不多大了，他的年龄可以做她爷爷了。一个行将就木的老人还想那些乌七八糟的事，那是多么不光彩，多么丢人的事。随之，他只用手指摆弄着她小坎肩的衣角。

梨花等着王龙把话说下去，她感到了他的体温和心跳的迸发，一股子暖流在他的体内循环着。她像一朵花从花梗上突然垂落一样，俯下身子，抱住了他的双脚，跪在了地上。他慢慢地说道："孩子——我老啦——年纪大了——"

在黑暗里，梨花说话的声音像是桂花树的呼吸声。她说道："我喜欢老人——我喜欢上了年纪的人——他们都那么善良。"

他弯下身，更靠近了她一点，温柔地说："像你这样的小姑娘应该嫁给一个高高大大、身子挺拔的小伙子——尤其像你这样的姑娘。"他心里想说"就像我儿子"，但没有说出口，他不敢大声说出口，怕梨花姑娘真的会产生那个念头，这是他难以面对，不能忍受的。

但是，梨花说："年轻人不会心疼人——他们太野蛮。"

听着她那孩子气般颤抖的声音，王龙的心里充满了对这个女孩的怜爱。他用双手把她轻轻地扶了起来，领着她走进了自己的院子。

云雨之后，王龙感到非常惊奇，他晚年的情欲比以往任何时候更使他神魂颠倒。因为爱，他对待梨花姑娘并不像以前他对待其他女人那样，饿虎扑食，霸王硬上弓。

没有，王龙真的没有直接扑上去，而是轻轻地把梨花搂在怀里。她那柔软充满活力的胴体贴在他那臃肿粗糙的躯体上，使他感到满足。白天，只要看上她一眼，他便感到惬意；夜晚，他用手轻轻地触摸着她那发出窸窣声的内衣，她安安静静地躺在王龙身边。如此垂垂年纪，竟有如此情欲，他感到很神奇，这就是他的兴趣和爱好，他浑身酥麻了。

梨花是一个情欲未谙的姑娘，她依偎着他，像女儿依偎着父亲。在王龙看来，梨花现在只是情窦初开，既不是一个孩子，也不是一个成熟的女人。

王龙与梨花的艳事并没有很快地被透露出去，他不动声色，没有走漏一点风声。因为他是一家之主，在没有一定的契机下，怎么能轻易地走漏风声呢？

但是，眼疾目锐的杜鹃事先有了察觉。她看见梨花一清早从王龙的院子里溜了出来，她上前拦住了梨花，用老鹰般锐利的眼睛盯着梨花，目光里闪烁着狡黠，她哈哈地笑着说："哎哟！狗改不了吃屎，老爷子的'毛病'又犯啦！"

王龙在屋里听见了杜鹃嘲弄他的说话声，他赶紧系好长袍，走了出来。他讪然但又自豪地说："是这么回事！我让她最好去找一个年轻小伙子，可她偏偏看中了我这个老头子。"

杜鹃说："老爷，你最好去跟你的姨太太知会一声吧！"她眼睛里充满着憎恶。

"我自己也没有搞清楚这是怎么一回事，"王龙慢慢地回答道，"我并不想在我的院子里再纳妾了，可这件事情身不由己地，就这么自然而然地发生了。"他又自我嘲道。

接着，杜鹃说："好吧，既然木已成舟，但这事儿，必须告诉姨太太。"王龙最害怕荷花生气，因此，他央求着杜鹃说："如果你执意要告诉她，那就随你的便吧。但是，如果你能安抚她，不要冲着我发火，我就给你一些银钱，作为回报。"

杜鹃仍然哈哈地笑着，脑袋不停地晃动着，像个拨浪鼓，但是，她最后还是同意了。王龙回到了自己的院子。过了不久，杜鹃回来了，对他说："喂，老爷，这事我给姨太太说过了，她勃然大怒，但在我的安慰和提醒下，她的怒气才消了。她说她想要一个外国钟表，这是她一直都想要的，还有，她要一对玉石手镯作为补偿，一只手腕上戴一只，如果想起了别的东西，她还会向你索要。她说让你先给她找一个丫鬟来取代梨花，以后也不准梨花接近她。没有她的允许，你也不准去见她，因为她看见你就恶心。"

王龙欣然允诺。他说："她要什么就给她什么，我不是个吝啬鬼，守财奴。"

事情就这么妥了，他也很高兴，起码他不必很快去见荷花了。荷花的那些要求得到满足后，她就不会再生气了。

就这件事，王龙如何向他的三个儿子交代？在他们面前，王龙对自己的所作所为感到愧疚而难以启齿。他反反复复地质问着自己："难道我不是这家的主人吗？难道我就不能收房我自己用钱买来的丫鬟吗？"

王龙既感到羞愧，又感到自豪。在别人眼里，他都是风烛残年的祖父辈了，而他依然老当益壮，感觉自己活力不减当年，春心荡漾。他在等候儿子们来到他的院子里向他请安问事。

儿子们在不同的时间从各自的院子里来见父亲。二儿子先到。来到之后，他便谈起了土地，谈到了收成，也谈到了夏季的旱灾，这场旱灾起码使今年的收成减少了三成。实际上，在这些日子里，王龙根本不去考虑什么旱涝成灾，丰年还是灾年，即使今年粮食歉收，还有去年存下的银钱作为贴补。他的家里存满了银钱，粮行里还欠着他不少的账，他还有外放的高利贷，这些银钱和账目都由二儿子替他管理，因此，他不再关心田地上空的天气是好还是坏。

二儿子喋喋不休地继续谈论着。说话期间，他那意不在此的眼睛窥探着室内的四周。王龙心里明白，他是在寻找那位丫鬟，以便确认那些道听途说的事情是真是假。于是，他毫不掩饰地把梨花从藏着的卧室里叫了出来，他喊道："孩子，给我上茶，给我儿子也泡杯茶。"

梨花走了出来，她那细嫩白皙的脸蛋儿宛如她的名字。她腼腆地低着头，两颊粉红含春，两只小脚轻盈地挪动着。王龙的二儿子目不转睛地看着她，似乎是直到现在他才相信他听说过的传闻。梨花听从主人吩咐，退出房子就去给他们泡茶。

他什么话也没有说，只是谈论了一些有关土地的情况，以及说到了年终，有些佃户要变更啦，或者说有的雇工沉溺于抽大烟，对地里该种什么庄稼，或者地里会有什么收成一概不闻不问啦，等等。王龙关心地问二儿子孙子的近况如何，二儿子回答道，孙子们得了百日咳，但不是大毛病，随着天气的转暖会好的。

就这样，父子俩一边喝着茶，一边谈着话。二儿子对他看到的一切似乎明白许多，然后，他不以为意地转身走了出去。王龙对老二悬着的一颗心终于落地了。

就在同一天，刚过午时，大儿子来了。他身材高大，英俊又潇洒，由于他成熟老练，清高孤傲。王龙最怕的就是他那股傲视一切的劲儿。一开始，他并没有把梨花叫出来，他抽着烟，静静地等待着。大儿子却正襟危坐在父亲面前，他很有礼貌地询问父亲的健康状况和生活情况。王龙迅速而持重地回答说，他的身体、生活一切都好。他抬眼细看儿子时，原来的恐惧感瞬间烟消云散了。

他把大儿子从头到脚仔细瞧了一遍，确认他已经长大成熟了。他虽然身材魁伟，自视清高，但清高中又不乏自卑，对自己的出身不如老婆的高贵而耿耿于怀，惧内，害怕从镇上娶回来的老婆。王龙对土地的渴望十分强烈，他以前都未察觉到，大儿子现在对土地也有如此强烈的渴求。但是如同从前一样，他根本没有把大儿子放在心上，也没把他那俊俏挺拔的身形放在眼里，于是，他突然很随意地对梨花喊道："喂，孩子，再给我的这

个儿子泡杯茶来!"

梨花马上走了过来,清冷的脸上镇定自若,她那鹅蛋小脸如同阳春三月雪白的梨花。她走进屋子时,低头垂目,循规蹈矩地倒茶、敬茶,做完了吩咐给她的事情之后,便匆匆离去。

梨花倒茶的时候,父子俩静坐一旁,默不作声,梨花走了之后,父子俩人才端起茶碗,慢悠悠地品着茶。王龙呷一口茶水,诧异地抬起头,愣神地瞧着儿子的眼神,他看到了一种毫不掩饰的艳羡眼神。这种神态就像一个人暗暗地羡慕着另一个人才有的眼神。接着,父子二人将茶一饮而尽,大儿子用一种浑厚、拿捏不准的声音说:"我才不相信这事呢。"

"为什么不相信呢?"王龙不动声色地说道,"这可是我的家。"

儿子叹了一口气,停了一会,回答说:"你有钱,爱干什么就干什么吧。"他又叹了一口气说,"嗯,我想一个男人娶一个老婆是远远不够的。总有一天——"

他突然欲言又止,眼睛里掠过一个男人贪婪地对另一个男人嫉妒的神情。王龙看到了这种神情,心里暗暗发笑。他清楚地知道大儿子沉湎于声色的特点。他那位漂亮的镇上老婆,不可能永远拴住他躁动不安的心,总有一天,野性会重新在他身上被唤醒的。

大儿子没有再说什么,便悻悻然走出了屋子。他的脑海里萦绕着一种崭新的念头。王龙坐着未动,继续"吧嗒吧嗒"地抽着烟。想想自己的一生,他引以为傲的是他在风烛残年的时候,还能这样得随心所欲,信马由缰。

小儿子来见他爹的时候,已经是晚上了,他也是只身一人来的。王龙坐在客厅里,桌子上点燃了几支红蜡烛,他坐在那里抽着烟。梨花静静地坐在桌子的另一面,面对王龙,两手交叉,放在两腿之间。她时不时地看看王龙,眼睛充满了深情,像一个天真无邪的孩子,没有一丝卖弄风情的做作。王龙也深情地看着梨花,为自己所做的一切深感自豪。

王龙小儿子突然出现在他的面前,不知道什么时候出现在漆黑的院子里,没有人看见他是如何进来的。他奇特地蹲伏在那里,王龙根本没有察觉到,当他看到儿子低首屈背的蹲伏姿势,刹那间令他想起过去发生的一件事:他曾看见村里有人从深山里抓了一头黑豹回来。那只黑豹被绳子捆绑着，弓着腰，眼里闪着凶光，做出匍匐挣扎的姿势。现在，儿子的眼里同样也闪着凶光，他凶神恶煞般地盯父亲的脸看。他眉毛又黑又浓，皱眉蹙眼地就那样站着。片刻，他终于用低沉的声音说道："爹，我要去当兵——我要去当兵——"

王龙的小儿子瞅都没有瞅一眼梨花，只是直愣愣地盯着父亲。对大儿子和二儿子，王龙丝毫没有一点怯意，可是，他突然害怕起小儿子来了。小儿子自打出生之后，他从来没有关心过他，也从来没有在意过他，根本就不了解这个儿子。

王龙嘴里咕咕哝哝地想说点什么，但是，当他把烟袋杆从嘴里拿出来之后，不知所措地连一句话也说不出来。他不解地望着儿子，但儿子一遍又一遍地重复着："我要去——我就要去——"

小儿子突然转过身，瞅了梨花一眼，梨花畏畏缩缩，颤抖着身子也看了看他，并用双手捂住脸，躲避着他的目光。这时候，小儿子转过头也不再看梨花，一个箭步踏出门外，不顾一切地向前奔去。小儿子走了，王龙朝门外黑咕隆咚的地方望去，茫然若失。院外，一片漆黑，身后留下了一片夏夜的宁静。

王龙回过头，转向梨花，自责而温柔地说："宝贝，对你来说，我老了。我知道我真的老了，太老了。"他的声音里充满着伤感和卑微，仅存的一丝自豪感也荡然无存了。

梨花将两手从脸上放下来，泪流满面，她哭得比任何时候都令人揪心。王龙从来没有听到过这样撕心裂肺的痛哭。"青年人太残忍了——我最喜欢年长的人！"

第二天早上，王龙的小儿子离家出走了，没有人知道他的踪迹。

第三十四章　故土难离

秋天就要过去了，秋老虎的燥热马上就要消散，冬季即将来临。王龙对梨花的情欲如秋冬交替间的那种残喘，余热、燥热慢慢地殆尽了。他虽然还喜欢梨花，但已力不从心，没有了过去的率性而为。

王龙突然变得淡漠起来，年龄真是不饶人啊。他现在显得垂垂老矣。然而，他对梨花还是有着顾念的情义，梨花依然待在他的院子里，并且忠心耿耿地侍奉着他。她有着超乎她年龄的耐心和细致。只要她出现在眼皮子底下，王龙便感到心里有种莫大的安慰。他对她，从怜惜到宠爱，渐渐地，这种发自内心的疼爱，油然而生一种父女之情。

为了博得王龙的欢心，她甚至对王龙的痴呆女儿也十分上心，这对他来说也是一种慰藉。因此，有一天，他把深藏于心窝里的话掏了出来，说给梨花听。傻女儿是他一生的牵绊，王龙曾多次想到，他死后，他那痴呆女儿会有怎样的悲惨结局。可以说，除了他，再没有任何人关心女儿的温饱和死活。因此，他从药店里买了一小包白色的毒药，等自己的寿限到的时候，在他奄奄一息的那一刻，就打算让傻子女儿吃下这包毒药。想到女儿的死，他悲痛欲绝，女儿的死要比自己的死更痛苦、更凄惨。当他看到梨花那么尽心尽责地照顾着自己的傻子女儿时，他心里便踏实了许多。

有一天，王龙把梨花叫到跟前，对她说："我死后，只能把我的傻子女儿托付给你，再没有其他人可以嘱托了。我死后，她不但要继续活下去，而且还要活得长长久久，你看她一天傻呵地活着，无忧无虑，没有烦恼。她都不会有自寻短见的烦心事。我很清楚，我死后，没有人会受这样的麻烦照顾她，更没人愿意给她遮风避雨，抵御严寒，或者在晴天里让她晒晒太阳。她可能会流浪街头，饿死陌巷——我这个可怜的女儿，她生活中的一切都是她妈和我来照顾的。对她来说，这个小纸包是她最好的归宿，使她避免活着受罪，受欺辱。我死后，你把纸包里的东西掺在米饭里让她吃下去，这样，我们父女二人就可以在另一个世界相会，永不分离。到了那个时候，我死也瞑目了。"

梨花急忙缩回手，不敢接王龙手里拿的那个纸包。她惶恐低语地说："我连一条小虫子都不敢弄死，何况这是一条人命呢？不行，老爷，我不能那样做。我会把她当成自己的亲人来照顾的。你一直对我那么关照——从我生下来到现在，你比谁都疼我，你是一个有善心的大好人。"

听了梨花的一番话，王龙差点儿哭了出来。他觉得，还没有一个人像她这样如此的感恩。他更加信赖梨花了，他现在把一切希望都寄托在梨花身上了，他说："不管怎样，你还是拿着吧，孩子！我谁也不相信，只相信你。总有一天，你也会死的——我真不该说这些不吉利的话——想想看，你死后，还会有谁来照顾她，没有，一个人都没有——我清楚，我明白，我的那些儿媳妇整天忙着照管她们的孩子，忙着斗嘴吵架，哪有时间照管我的女儿。儿子们都是男人，男人哪有时间想到这些事情。"

当明白了王龙的用意之后，梨花便接过了那个小纸包，再也没有说什么话。王龙特别信赖梨花，安排好了这些事情后，他不再为自己的傻子女儿的命运担忧了。

王龙已是垂暮之年。院子里除了梨花和他的傻子女儿外，他常常孑然一身，踽踽独行。有时候，当他稍微振作一点精神时，他便望着梨花，心酸难过地说："孩子，这里的生活对你来说太寂寞无聊了。"

但梨花总是心存感激，她温柔地说："寂寞是寂寞点，这里也清静些。"

有时，王龙还会不断重复地说："唉，我老了，不中用了，你还年轻。我身上的那股子火气早已燃烧成了灰烬。"

但她依旧感激不尽地说道："老爷，你是待我最好的人，我对什么男人都不想找。"

一次，当她说同样的这种话时，王龙感到很纳闷，他不解地问道："你这么年轻，什么事情让你对男人如此畏惧呢？"

他望着她，等着她回话。他突然看到她的眼睛里流露出恐惧的神情。她急忙两手捂住眼睛，低声说道："除了你，我恨所有的男人——我恨死男人了，甚至是我的父亲，是他把我卖了。我所听到的都是有关男人干的那些坏事情，我恨透了他们。"

这时，王龙不无惊讶地说："嗯，这么说，你在我这里过得还算安稳和舒适。"

"我心里有恨，"她说着，把头转向一边，"我真的恨他们，我恨所有的年轻男人。"她没有把话再说下去，而她的这番话引起了王龙的沉思。他不知道，荷花是否把她一生的遭遇告诉过梨花，并且吓唬过她；或者杜鹃告诉了她那些见不得人的肮脏事，把她吓坏了；或者她经历了一些不为人知的伤心往事，她却不愿意跟别人讲；或者她有不愿意让外人知道的什么难言之隐，总之不得而知。

他叹了一口气，不再去追问他那些乱七八糟的猜想，他现在最需要的是一片宁静，他只希望安安宁宁地待在家里，同这两个女孩子生活在一起。

生活就是这样，一边回忆，一边继续，从来不肯真正停留。王龙整日里坐着，就这样一天一天地老去，像他去世的父亲一样，倚门而坐，晒着太阳，似睡非睡，似醒非醒。他已到了桑榆暮景之年。他暗自思忖着，这辈子就要过去了，而对自己这一生，想想也是知足的，没有什么遗憾了。

王龙难得到其他院子里走走看看，有时他偶尔也去见见荷花，每当他见了荷花，荷花对王龙纳梨花为妾的事情只字不提，还是特别殷勤地招呼着他。岁月，沉淀着时光，流逝着人生，荷花也不再风情万种，虽然人老珠黄，依然享受着她喜欢的那些美酒佳肴。她时常感慨，张口就是"有钱的日子让我开心满足"。这些年来，争风吃醋也厌倦了，荷花和杜鹃这两位风月场上的姊妹也能平起平坐，俨然一对好朋友，不再是姨太和佣人的关系了。她俩无话不谈，但闲聊更多的是她们对过往的回忆——回忆她们与男人们相处的那些日子。她们时而轻声细语，时而谈笑风生，聊着那些见不得天日的事情。她们每天除了吃、喝、睡，就是窃窃私语那些苟且之事，第二天继续口无遮拦地闲聊，日复一日，得过且过。

王龙极少去他俩儿子的院子，一看老父亲来了，儿子们都对他毕恭毕敬，殷勤地给他倒着茶。他特别喜爱新生儿，总是说想看看家里新添的婴儿。无奈年事已高，容易忘事，他三番五次地问道："我现在有多少个孙子孙女了？"

有人立马回应道："爹，各房生的孩子加起来算，你已经有 11 个孙子，8 个孙女了。"

他止不住"咯咯"地笑，笑得很开心，然后说："看来每年都要添两个孙儿，这个数字我心里很清楚，我没有说错吧？人丁兴旺嘛，是不是。"

每当这个时候，他会多坐一会儿，目不转睛地望着周围的孙儿们。孙子们现在都长大了，高高的个子。他盯着他们看，仔细分辨着他们都长得像谁。他自言自语道："这个孩子看上去像他的曾爷爷，那个像外家姓刘的粮商，这个跟我小时候长得一模一样……"

一会儿，他又问这些孩子们："你们都上学吗？"

"上学了，爷爷。"他们回答道，声音参差不齐。然后他又问道："你们学不学'四书'？"

听到此话，孩子们哈哈大笑起来，他们不无轻蔑地对古董爷爷说："不，爷爷。自从革命之后，没有人再念'四书'了。"

王龙稍作沉思地回答道："啊，革命，我听说过。可是，我这辈子太忙，哪有时间关心这个什么革命。地里总有忙不完的活儿。"

听了爷爷的回答，孩子们又止不住窃窃地笑了起来。王龙失落地站起身，感觉到在儿子的院子里，自己只不过是一个过客而已。

有好长一段时间，他没有再去看他的儿孙们。但是，他会偶尔问问杜鹃："我的两个儿媳妇这些年来相处得好吗？"

杜鹃朝地上吐了一口唾沫，说道："哦，她们俩啊？她们像两只相互怒视的猫，倒也相安无事。但是，你大儿子对他老婆的絮絮叨叨已经厌烦透了——她可是个好媳妇，人长得漂亮，但她老是叨叨她在娘家时怎样怎样的事，她是一个令男人生厌的女人。听街坊邻里说，你大儿子要纳妾了，这一阵子他经常逛茶馆呢。"

"啊？"王龙惊呼道。

他压根就没有想到，家里竟然会发生如此荒唐的事情，想着怎么妥善解决此事。片刻间，他又对这个事情感到索然无味，让它顺其自然吧！此时的他只想喝杯茶暖暖身子，他感觉到了早春的阵阵寒风正冷冷地吹着他的双肩。

还有一次，他问杜鹃："有谁听到过我小儿子的消息？这么长时间了，

谁知道他究竟去哪里了？连个音信都没有。"。

在这个院子里，杜鹃可是个百事通，没有她不知道的事情。她回答说："噢，他连一封家信也不写，真是音信全无。但是，也有人经常从南方回来，据说他在部队吃皇粮，做了军官，在做一件大事情，叫作什么革命，我真不知道这个革命是什么——可能是一桩生意吧。"

"啊？"王龙又惊呼道。

他本想把这件事情好好琢磨一番，但天色已晚，夕阳西下，暮色苍茫，寒冷肆虐的风吹着他的身子骨隐隐作痛。心绪不宁的他，无法集中精力思考一件事情，他孱弱的身体现在最需要的莫过于食物和热茶。到了夜间，他身体时常发冷，梨花就躺到他身边，用热乎乎的身子暖和着他这把老骨头，她浑身散发着青春的气息。在床上有梨花温柔地陪伴，他这把年纪的人是惬意的、舒适的、幸福的，使他冰冷的心灵得到了慰藉。

岁月匆匆，时光飞逝。又是一年的春天，年迈的王龙对四季更迭变换的感觉越来越迟钝了。但是，与生俱来的一种本能，根本不必去刻意提醒或暗示，那就是他对土地的眷恋。他已经离开了他所热爱的土地，在镇上安了家，现在他衣食无忧，成了富人。然而，他的心依然根植于乡村的那片土地里。几个月来，他完全想不起自己的土地了，但是，每当春天来临时，他却一定要到地里走走看看。他既不能扶犁耕地，又不能干其他农活儿，只能眼巴巴地看着别人在地里扶犁耕田，翻滚着肥沃的土地，他又激动又艳羡，这就是他对土地的一片情结，他说去就去，毫不迟疑。他带上一个仆人和他的床铺，不顾家人的劝阻，再次回到年久失修的土坯屋里住了些时日。睹物思人，在这里，他的孩子出生了，留下了童年的记忆；在这里，阿兰和父亲命也归西，但他们的气息却永远留在了这里。天刚亮，他就醒了，他走到屋外，伸出颤抖的双手，折了一些含苞的柳絮枝，采了一束桃花，一整天都把它们攥在手里。

春末夏初的一天，和风徐徐，他徜徉在自己田间的小路上，不知不觉来到一个低矮的土岗，有一个用栅栏围起来的地方，那里埋葬着自己的亲人。他挂着拐杖，颤颤巍巍地站在那里，看着那些坟茔，眼前呈现出每一位死者的音容笑貌。他觉得在自己的脑海里，这些故去的亲人要比生活在自己家里的亲儿子们更加亲切。除了傻子女儿和梨花外，这些故去的亲人比家里的任何人都更加清晰可人。他的思绪又回到了多年以前，过去的一切历历在目——甚至看到了小时候的二女儿，他已经记不起有多久没有听到她的消息了，在他眼里，她简直就是这个家里一个漂亮的小公主，跟她在家里没出阁时一模一样，薄薄的红嘴唇，就像一块红丝绸。他对这个女儿的模样儿，还有坟墓里躺着的已故亲人的音容笑貌记忆犹新。这时，他沉思眷恋着，突然想道："唉，这不，下一个就该我躺在这里了！"

他慢慢地走进坟墙里面，仔细地察看着他身后要埋葬的那块地方。他要埋在父亲和叔父的脚下，要在老秦的上方，紧挨着妻子阿兰。他认真凝视着他那一小块地，若有所思，那里将是他灵魂的归宿。他仿佛看到了埋藏在地底下的自己，他将永远地回到了自己的土地中。他喃喃自语："我得看着把棺材准备好。"

这种想法萦绕在他的脑际，始终挥之不去，痛楚占据着他的心灵。他怀着这种沉重的心情，回到了镇上。他把大儿子叫过来，对他说道："儿子，我有件事要跟你说说。"

"说吧，爹，"儿子答道，"我听着呢！"

王龙刚要张口说话，一时却记不起来他要说什么了。眼眶里噙着泪水，直打转转。他心里曾非常看重的，想着要交代的事情，可现在死活就是想不起来了。他痛苦地在心里憋了好长时间，然后，他把梨花叫过来，问道："孩子，我刚才想说什么来着？"

梨花轻柔地问他："今天你都到哪里去了？"

"我到地里去了。"王龙回答道，眼睛盯着梨花的脸，等待着她的反应。

她又轻柔地问道："都去了哪块地？"

这时，他要说的那件事又突然回到了他的脑海里。他流着眼泪，"呵呵"地笑着说："啊，想起来了。儿啊，我已经在祖坟地看好了我的地方，我的坟墓将来就在我爹和我叔父的脚下，在老秦的上方，紧挨着你母亲。在我百年之前，我想看看我的寿棺。"

这时，王龙的长子尽着儿子的孝道，毕恭毕敬地说道："爹！可别说这样的话。不过我会按您嘱咐的去办的。"

于是，老大就买了一口上等的雕镂楠木棺材，那是用一整根楠木做成的，用它做寿材是再好不过了。这种木质很结实，似铁一样坚实，经久耐用，比人的骨头更耐朽防潮。这下子，王龙心里踏实了。

他让人把这口楠木棺材抬进他的屋里，天天守着它，看着它。

一日，他突发奇想，他自言自语道："嗯，我还是把棺材移到乡下的老房子里吧。我要在老房子里度过我生命里的最后几天。要死，我就死在那里。"

当儿子们看着他那笃定决绝的样子，只好按照他的意愿去做了。就这样，他又回到了乡下的老屋，带着梨花、傻子女儿，还有几个他们所需的仆人。他又回到了他心心念念的土地上，把镇上的房子留给了儿孙们。

日子过得真快，夏日悄然离去，转眼便是繁忙的秋收季节。在秋高气爽的阳光下，王龙坐在从前父亲靠墙坐着的地方，晒着太阳。现在的他，除了吃、喝和割舍不下的土地，他不再去想任何事情，只想着这是他的土地。他不再操心地里的收成如何，也不再考虑播什么种子，或其他的事情。有时他会弯下身，从地里抓起一把泥土，攥在手里，然后，坐在那里一动不动。他手指间的泥土仿佛赋予了新的生命，使他感到心满意足。他时不时地想着那倍感亲切的土地，想着早已准备停当的绝好的楠木棺材，还有那肥沃的土地仁慈地等候着他，一直等到他回归的那一刻。

儿子们对王龙都挺孝顺的。他们几乎每天都来看他，至少隔一天来一次，给他送些适合老人口味的精美食物。然而，他最喜欢吃的却是用滚烫的热水冲的玉米面糊糊，这是当年他父亲最爱吃的东西。

有时候，如果儿子们没有天天来看他，他就会对他们有些抱怨。他会对伺候他的梨花说："哎，他们整天都在忙些什么呢？"

梨花告诉他说："他们正值好年华，身强力壮，要忙的事情非常多。你的老大在镇上当了大官，行走于富人中间，还娶了个二房；你的老二开了一个很大的粮行。"虽然王龙仔细地听着，但他一脸茫然，对这一切还是听不明白。他常常往屋外看着，只要一看见他的土地，他马上就会把这些事情忘记得一干二净。

但是，有一天，王龙的头脑非常清楚。这天，他看见两个儿子都回来

266

了。他们恭敬亲切地向他问安之后，便走了出去。他们先在屋子周围转了转，然后便到田间地头看了看。王龙默默地跟在他们身后，他们停下来时，他缓慢地走到他们身边，在松软的土地上，儿子们没有听见父亲的脚步声和拐杖触地的声音，而王龙却听到二儿子压低声音说："我们把这块地卖掉，还有那块。我们把卖地的钱平分了。我想用高利贷把你那一份钱借用一下。新修的铁路要经过这里，我可以把稻米运到沿海一带，并且我……"

当王龙听到"卖地"这二字时，肺都要气炸了。他声音颤抖，语不成句地怒斥道："可恶！可恶！没有出息的孽种，你们……你们竟敢卖地？"他痛心疾首地哽咽着，就在他跟跄倒地时，儿子们一把拽住他，把他搀扶住。此时的王龙失声痛哭起来。

他们安慰着父亲，劝慰他说道："爹，不会卖的……不会的……您放心，我们永远都不会卖地的……"

"这个家快完蛋了……一旦开始卖地……"他泣不成声地说，"卖地就是一个家族的末日，我们从土地里来，还要回到土地里去……守得住土地，你们就能活下去。谁也不能把你们的……土地……抢走。"

王龙老泪纵横，眼泪如断线的珠子顺着他的脸颊流淌，脸上留下了两道斑驳泪痕。他弯下身，抓起一把泥土，攥在手里，喃喃地说道："要是把地卖了，那，那你们就完了。"

两个儿子搀扶着老人，一边一个，抓着他的胳膊。他手里紧紧地攥着那把温暖松散的泥土。老大和老二不厌其烦地安慰着他爹，一遍又一遍地说："您放心吧，爹，不用担心，地，我们绝不会卖掉。"

越过老人的头顶，弟兄两人四目相望，然后，会心会意地笑了。